He accepts an advantageous offer from Capt. William Pritchard, Master of the Antelope

GULLIVER'S TRAVELS
BY JONATHAN SWIFT, D.D.

걸리버 여행기

조너선 스위프트 지음 | 신현철 옮김

조너선 스위프트와 레뮤엘 걸리버

문학수첩

차례

발행자가 독자에게

《걸리버 여행기》의 저자인 레뮤엘 걸리버는 나의 오래되고 친한 벗이다. 더구나 외가 쪽으로 먼 친척이기도 하다. 걸리버는 지금부터 약 3년 전, 호기심이 많은 사람들이 레드리프 지방에 있는 그의 집으로 찾아오는 것에 지쳐, 고향인 노팅엄셔 주 뉴어크 근처에 집 한 채와 땅을 조금 사서 이사를 하게 되었다. 그곳에서 걸리버는 은둔 생활을 했으며, 주변에 살고 있는 이웃들에게 존경을 받고 있다.

걸리버는 노팅엄셔에서 태어나, 그의 아버지가 그곳에서 살았음에도 불구하고, 그는 아직도 자신의 가족이 옥스퍼드 주 출신이라고 말한다. 이를 확인하고자, 나는 옥스퍼드 주 밴베리에 있는 교회 묘지를 가 보았는데, 그곳에서 걸리버 가문의 비석을 여러 개 찾아볼 수 있었다.

레드리프를 떠나기 전 걸리버는 자신이 쓴 여행기라며 원고를 나에게 주고 갔다. 그 원고를 내가 자유롭게 처리할 수 있는 권리와 함께 말이다. 나는 원고를 세 번이나 숙독했다. 여행기의 문체는 매우 평이하면서도 간결했다. 결점이 하나 있다면 여행자의 행동 뒤에 이어지는 작가의 설명이 조금 지나치다 싶을 정도로 상세하다는 것이다.

나는 그의 작품 전체에 조용하게 흐르는 분명한 진실을 느낄 수 있었다. 실제로 걸리버는 대단히 정직한 사람이다. 레드리프에 있는 그의 이웃 사이에서는 어떤 사람이 무언가를 확신할 때, "걸리버 씨가 말하는 것만큼이나 진실되다"라는 속담으로 표현할 정도다.

작가의 동의와 몇몇 지인들의 충고에 힘입어, 나는 이제 《걸리버 여행기》를 감히 세상에 내보인다. 최소한 얼마 동안이라도 우리의 훌륭한 젊은이들에게 정치와 정당의 추잡한 잡문보다 훨씬 더 나은 즐거움을 주게 되길 바라면서.

바람과 조수, 여러 항해에서의 변주곡과 방패 문장, 선원들의 옷차림, 폭풍우 속에서 배의 조종에 관한 상세한 묘사, 경도와 위도에 관한 설명 등의 수많은 구절을 내가 과감히 삭제하지 않았더라면 이 책의 부피는 지금의 두 배로 늘어났을 것이다. 걸리버가 약간 불만스러워할 것으로 염려되나 독자들의 일반적인 능력에 어울리도록 작품을 맞추기로 결정했다. 그러나 바다의 일에 대한 나의 무지로 약간의 실수를 범한다면, 그 책임은 전적으로 나에게 있다. 그 누구라도, 작가의 손에서 나온 그대로, 보다 상세하게 작품 전체를 보기 원한다면, 언제나 환영이다.

이제, 책의 첫 페이지에서부터 독자는 만족할 것이다.

걸리버 선장이 그의 사촌 심프슨에게 보내는 편지

나는 네가 이 작품 때문에 문제가 생기게 되면, 언제나 사람들 앞에서 작품의 소유권을 가지고 있다는 사실을 기꺼이 인정하기를 바란다. 왜냐하면 많은 도움과 격려를 보내 주면서 너는 산만하고 결점이 많은 내 여행 이야기를 출판하도록 나에게 호소했고, 또한 사촌 댐피어가 그의 책 《세계 일주》에서 나의 충고대로 했듯이 여행기를 순서대로 정리하고 문체를 올바르게 수정해 줄, 옥스퍼드, 혹은 케임브리지 대학 출신의 젊은 학자들의 도움을 받을 수 있도록 해 주었기 때문이다. 그러나 나는 어떤 것이 생략되거나, 더욱이 어떤 것은 삽입되는 경우에 동의할 수 있는 권한을 너에게 주지 않았다. 그러므로 나는 여기에서 후자의 경우에 대한 모든 일들, 특히 신성하고 영광스러운 것으로 묘사된 앤 여왕의 대목은 폐기했으면 한다. 내가 앤 여왕을 누구보다 경배하고 존경하기는 하지만 말이다. 그러나 너나, 너를 돕고 있는 개찬자들은 그러한 일을 내가 좋아하기 때문이 아니라, 나의 주인인 휴이넘 앞에서 어떠한 동물을 찬양하는 것은 올바르지 않은 일이라는 것을 알아야만 할 것이다.

이러한 이유가 아니더라도 그 사실은 전적으로 틀린 일이다. 왜냐하면 나의 기억으로는 영국에서 여왕 폐하는 재임 기간 동안에 고돌핀 경과 옥스퍼드 경을 수상으로 임명하여 통치했기 때문이다. 그렇기에 너는 나로 하여금 사실이 아닌 것을 이야기하도록 한 것이다. 마찬가지로 학술원의 설명이나, 나와 나의 주인인 휴이넘과의 여러 대화 가운데서 네가 이런 방식으로 몇몇 실제 장소를 난도질해 생략해 버리거나 변경시켜서 나조차 이 작품을 알아볼 수 없을 정도로 만들어 버렸다. 내가 먼젓번 편지로 이러한 일에 대해 무언가 암시를 주었을 때 너는 네가 법을 위반할 것을 두려워하면서, 권한이 있는 사람들이 출판물에 대해 항상 신경을 쓰면서 비꼬는 투로(내가 생각하기에 너는 그렇게 말했다) 보이는 모든 것을 찾아내 처벌까지도 한다고 대답했다. 하지만 어떻게 2만 4천 킬로미터나 떨어진 먼 지역에서 오래전 내가 여행한 당시에 한 말들이, 내가 멸시했고 또한 그들과 함께 살아가는 불행을 피하고자 했던 야후들 가운데 어느 누구에게 적용될 수 있겠는가? 마치 휴이넘이 짐승이고, 천박한 야후들이 이성을 가진 것처럼, 휴이넘이 야후들을 마차에 태운 채 운반하는 것을 볼 때 내가 불평할 이유를 갖지 않겠는가? 그리고 그토록 터무니없고 혐오스러운 광경을 피하는 것이 내가 은퇴를 하는 중요한 동기다.

그러므로 나는 너 자신과, 내가 너에게 부여한 신뢰 관계에 비추어 이야기하는 것이 적절하다고 생각했다. 나는 다음으로 너와 몇몇 다른 사람들의 강요나 그릇된 논거에 압도되어 스스로의 의견까지 거스르면서 여행기 출판을 허락한, 나 자신의 분별력 없는 행동을 책망하겠다. 네가 공공선이라는 목적을 주장할 때도 나는 야후들이 교훈이나 훈계로는 전혀 고쳐지지 않는 동물임을 증명했다. 왜냐하면 이 작은 섬에서조차도 현실의 모든 만용과 부정부패가 최소한 내가 기대할 만한 이성에 의해 완전 폐지되는 것을 볼 수 있는 대신에, 여섯 달 이상의 경고 후에도 여행기가 나의 의도에 따라 단 하나라도 유효하게 생산된 것이 없다는 것을 알았기 때문이다. 나는 네가 편지로 알려 주기를 기다렸다. 파벌과 당파가 사라질 때, 심판관들이 유식해지고 고결해질 때, 변호사들이 약간의 상식이라도 지닐 수 있게 되어서 정직하고 겸손해질 때, 공개화형으로 악명 높은 런던의 스미스 필드 지역이 법률 서적의 금자탑으로 빛날 때, 젊은 귀족의 교육이 전적으로 변화될 때, 부정한 방법으로 돈을 버는 내과 의사들이 추방될 때, 여자 야후들이 미덕과 부덕과 진리와 훌륭한 판단력으로 가득 차게 될 때, 대리자들이 국왕을 대신해 시행하는 궁전회의나 접견이 전적으로 제거되고 사라질 때, 재치와 공로와 학식에 보답이 있는 때, 산문과 운문의 출판계에서 모든 불명예자가 그들 자신의 면직물만을 먹고 그들 자신의 잉크로만 갈증을 풀도록 저주가 내릴 때를 알려 주기를. 나는 위에서 이야기한 것과, 내 책에서 전달된 교훈으로부터 명백하게 유추될 수 있는 많은 개혁이 너의 장려로 이루어질 수 있으리라고 믿었다. 그리고 만약 야후들의 천성이 미덕과 지혜를 조금이라도 가지고 있다면, 그들이 얽매인 모든 악덕과 오류를 고치는 데 있어 일곱 달은 충분한 기간이었다.

그러나 너는 지금까지 보낸 편지 가운데 어느 하나라도 나의 기대에 응하기보다는 언제나 편지에 중상과 비방문, 색인표, 잔소리, 추억거리 그리고 특히, 제2부에서 내가 영국의 국민을 반영하고 인간의 천성을 (왜냐하면 그들이 이렇게 칭하는 데 여전히 확신을 가지고 있기에) 저하시키고, 여성들을 천하게 표현한다고 비난받고 있는 것을 적어 보냈다. 또한 나는 그런 족속의 작가들 내부에서조차도 그들 가운데 몇몇은 이 여행기의 저자로 인정하지 않으려는 반면, 나머지는 내가 전혀 알지도 못하는 책의 저자로 내세우는 등 의견 일치가 이루어지지 않고 있었다. 게다가 네가 고용한 식자공이 너무나 부주의하게도, 시대를 혼동하거나, 여러 번의 항해와 귀향 날짜를 오인하여 연도와 달 그리고 날짜 등을 모두 잘못 배정했다. 나는 책의 출판 때부터 이미 원본은 모두 파괴되었다고 들었고, 나 역시 더 이상 원본을 가진 것이 없다. 하지만 몇몇 수정해야 할 내용을 보내니, 만일 재판을 발행하게 되면 추가하도록 해

라. 몇몇 수정된 것을 다시 보낸다. 이 일을 나는 참을 수 없지만, 그런 것은 나의 현명하고 청렴한 독자들이 마음대로 판단하도록 맡긴다.

바다에 대한 나의 용어에 대해, 바다의 야후들이 많은 부분에서 그것이 부적절한 표현이거나 지금은 사용하지 않는 것이라고 비난을 한다고 들었다. 그러나 그것에 대해서는 어쩔 도리가 없다. 내가 어린 시절 항해를 처음 시작했을 때, 나는 가장 늙은 선원의 지도를 받았고, 그들의 말을 따라 배웠기 때문이다. 그러나 육지에서 살고 있는 야후의 언어가 해마다 바뀌는 영향을 받아, 바다의 야후도 육지의 야후와 마찬가지로 그들의 언어에 새로운 유행이 생겨난다는 것을 알게 되었다. 그렇기 때문에 야후의 언어는 내가 고향으로 다시 돌아올 때마다 많이 바뀌어 있어서 신조어를 잘 알아들을 수 없을 정도였다. 그리고 내가 관찰해 보니, 호기심이 많은 야후들이 런던에서 우리 집을 방문했을 때, 우리 모두 상대방에게 서로 이해될 수 있는 방식으로 자신의 뜻을 전달할 수 없었다.

만약 야후들의 비난이 어떠한 방식으로든 나에게 영향을 미쳤다면, 그들 가운데 몇몇이 그토록 대담하게 이 여행기가 나의 머리로부터 나온 허구로만 생각하는 것을 내가 불평하는 것이 당연한 것이고, 유토피아의 주민과 마찬가지로 휴이넘과 야후들이 사실은 존재하지 않음을 암시할 정도에 이르렀을 것이다. 그러나 솔직히 고백하건대, 나는 그 어떤 야후도 릴리퍼트나 브롭딩낵 그리고 라퓨타 사람들의 존재나 그들에 관해 그토록 주제넘게 의문을 제기하는 것을 들어 본 적이 없다. 왜냐하면 진실은 그 즉시 모든 독자들에게 확신을 줄 수 있기 때문이다.

휴이넘과 야후에 대한 나의 설명에 개연성이 떨어진다고 생각하는가? 특히 야후에 대해서는 그토록 명백하게 개연성이 드러나고 있는데도 말이다. 깩깩거리는 언어를 쓰고, 벌거벗지 않았다는 이유만 제외하면 휴이넘 나라에 살고 있는 짐승 같은 야후와 하등 다를 바 없는 인간들이 이 나라에는 수없이 많다. 나는 그들의 찬성(또는 반대)을 받기 위해서가 아니라, 그들을 개선시키기 위해 이 여행기를 쓰게 되었다. 모든 야후의 통일된 찬양보다, 나의 마구간에 있는 퇴화된 두 마리의 휴이넘이 힝힝거리는 말 울음 소리가 나에겐 더욱 중요하다. 나는 심지어 퇴화된 휴이넘을 통해서도 악에 휘말리지 않고 미덕을 따르며 더욱 나은 인간이 될 수 있었기 때문이다.

이 비천한 동물들은 스스로의 정직함을 보호하기에 내가 너무 퇴화했다고 생각할까? 나 역시 야후로서 휴이넘에 있는 나의 주인으로부터 받은 교육과 훈계를 통해 나는 나와 같은 종류의 모든 인간, 특히 유럽인에게 깊숙이 뿌리박힌 거짓말하기, 잔꾀 부리기, 속이기 등의 악마 같은 습관을 2년 후에야(나는 아주 가까스로 이 사실을 고백한다) 모두 제거할 수 있었다.

이렇게 짜증나는 경우에 대해서는 불평거리가 많다. 그러나 이로써 더 이상 나 자신이나 너를 괴롭히는 것을 그만두겠다. 허물없이 고백하자면, 지난번 고향을 방문한 이후로 나의 내면에 있는 야후의 천성이 그저 너희 종족 몇 명, 특히 나의 가족과 불가피하게 나눠야만 했던 대화로 인해 다시 자라게 되었다. 이렇듯 타락한 야후의 왕국에서 그들을 개선하는 어리석은 계획은 시도하지 않기로 했다. 나는 그러한 실현 불가능한 계획을 영원히 그만두기로 한 것이다.

1727년 4월 2일

제1부

A Voyage to Lilliput
작은 사람들의 나라

― 릴리퍼트 기행 ―

《걸리버 여행기》 제1부의 여행 지도
수마트라 섬의 서남쪽에 있는 작은 사람들의 나라 블레훠스크와 릴리퍼트가 보인다.

제1장

저자는 자신과 가족을 소개하고 처음으로 여행을 떠나게 된 동기에 대해 이야기한다. 배는 난파하고 헤엄쳐서 살아남는다. 릴리퍼트의 해안에 안착하고 포로가 되어 호송된다.

아버지는 노팅엄셔 지방에 조그마한 사유지를 가지고 계셨고, 나는 다섯 형제 중 셋째로 태어났다. 아버지는 내가 열네 살이 되던 해 케임브리지의 엠마누엘 대학으로 나를 보냈다. 그곳에서 3년을 기숙사에서 지내며 공부에 전념했다. 나의 학비는(집에서 보내주는 돈은 얼마 되지 않았지만) 우리 집의 얼마 되지 않는 재산으로는 부담스러운 것이었다. 그래서 나는 런던의 유명한 외과 의사인 제임스 베이트의 견습생이 되어 4년을 보냈다. 가끔씩 아버지가 보내 주는 얼마간의 용돈으로 나는 여행하는 사람에게 필요한 항해술과 수학 분야의 지식을 배우는 데 썼다.

나는 언젠가 여행을 떠나는 것이 내 운명이라고 항상 믿고 있었다. 제임스 베이트 밑에서 하던 일을 그만두고 아버지에게 돌아갔다. 거기서 아버지와 삼촌인 존, 여러 친척의 도움으로 40파운드를 얻을 수 있었고, 네덜란드의 도시 라이덴에서 공부하는 동안 매년 30파운드를 보내겠다는 약속도 받게 되었다. 그곳에서 나는 2년 7개월 동안 의학을 공부했다. 오랜 기간 여행을 하려면 의학이 필요하다고 생각했기 때문이다.

라이덴에서 다시 런던으로 돌아오자마자 나는 훌륭한 스승 베이트 씨의 주선으로 에이브러햄 파넬 선장의 스웰로 호의 외과 의사가 되었다. 그와 나는 3년 6개월 동안 동부 지중해와 그 밖의 다른 지역으로 한두 번씩 항해를 했다. 다시 돌아온 나는 스승 베이트 씨의 권유로 런던에서 개업을 하기로 결심했다. 그는 찬성하며 여러 명의 환자들을 나에게 소개해 주었다.

나는 올드 주리에 조그마한 집을 마련했다. 주위의 권유대로 뉴게이트 거리에 사는 양말상인 에드먼트 버튼의 둘째 딸 메리 버튼과 결혼을 했다. 그녀는 결혼 지참금으로 400파운드를 가져왔다. 그러나 2년 후에는 베이트 씨도 죽고, 주변에 친구도 별로 없었기 때문에 나의 사업은 점차로 기울어지기 시작했다. 왜냐하면 주위의 동료 의사들의 사기 행위를 흉내 내는 건 나의 양심이 도저히 용납할 수 없었기 때문이다. 그래서 나는 아내 그리고 가까운 몇몇 지인과 상의한 끝에 다시 배를 타기로 결심했다. 나는 커다란 배 두 척의 담당 의사가 되어, 6년 동안 동인도와 서인도 제도를 여러 차례 항해해 재산도 꽤 모을 수 있었다.

내가 탄 배에는 많은 책들이 있어서 가끔 여유가 있을 때는 동서고금의 위대한 저자들이 남긴 좋은 책들을 읽으며 시간을 보냈다. 육지에 상륙했을 때는 그 지방의 낯선 언어를 배우기도 하고, 그 나라 사람들의 풍습과 기질을 관찰하는 데 시간을 보냈다. 나는 기억력이 상당히

걸리버는 앤틸로프 호의 사장 윌리엄 프리처드에게서
매우 좋은 조건의 제안을 받아들였다.

좋았기 때문에 손쉽게 언어를 익히곤 했다.

그러나 마지막 항해에서 별로 돈을 벌지 못하게 되면서 바다가 싫증이 났다. 그래서 이제는 아내와 가족과 함께 집에서 머무르고 싶었다. 올드 주리에서 페터 레인으로 이사를 했다가 다시 워핑으로 옮겨 갔다. 선원 가운데서 몸이 아픈 환자를 찾아 사업을 확장시키려 했지만, 모든 일이 나의 뜻대로 되지는 않았다.

점차로 나아지겠지 하면서 3년을 보내게 되었다. 그러던 어느 날 나는 남태평양을 항해하려는 앤틸로프 호의 윌리엄 프리처드 선장에게서 매우 좋은 조건의 제안을 받아들였다. 1699년 5월 4일 우리는 브리스톨에서 출발했다. 항해는 무척이나 순조로워 보였다.

남태평양에서 겪은 우리의 모험담을 너무 상세하게 이야기를 하여 독자들을 괴롭히지는 않을 것이다. 다만 남태평양에서 동인도로 항해하던 중 심한 폭풍을 만나 반 디멘스랜드 서북쪽으로 밀려갔다는 것만은 말해 두겠다.

관측을 해 보니 우리는 남쪽 위도 30도 2분 부근에 와 있었다. 선원 가운데 열두 명이 과로와 영양실조 때문에 죽었으며, 그 나머지 선원들도 건강이 매우 악화된 상태였다. 그때는 11월 5일이었지만 이곳에서는 여름이 시작되는 시기였다.

그날은 마침 안개가 잔뜩 끼어서 앞도 잘 보이지 않았다. 선원들은 90미터가량 앞에 있는 암초를 발견하고 피하려 했지만, 바람이 너무나 거세게 불어와 배는 암초를 피하지 못하고 정면으로 부딪쳐 산산조각이 나고 말았다. 나를 포함한 여섯 명의 선원이 보트로 옮겨 타고 간신히 난파 당한 배와 암초에서 벗어났다. 우리가 계산하기에 16킬로미터 정도 노를 저어 갔으나, 배가 난파 당하기 전부터 우리는 이미 완전히 지쳐 있었기 때문에 도저히 더 이상은 저을 수가 없었다.

우리는 밀려오는 파도에 운명을 맡기기로 했다. 그러나 30분 정도가 지난 후, 북쪽에서 갑자기 불어온 돌풍으로 우리가 타고 있던 보트는 뒤집히고 말았다. 나는 배가 파선될 때 뛰어내렸던 사람들이나 배에 남아 있던 사람들은 말할 것도 없고, 암초 위에 올라가 있던 사람들이나 보트를 함께 타고 있던 동료에게조차 어떠한 일이 일어났는지 도저히 알 수 없었다. 아마도 그들은 모두 죽었을 것이다.

나는 모든 것을 운명에 맡긴 채 바람과 물결에 휩쓸리며 헤엄쳤다. 가끔씩 발을 내려 보았지만 바닥에 닿지 않았다. 그러나 이제는 끝이라는 생각에 포기하고 내가 더 이상 헤엄칠 수 없을 만큼 힘이 빠져 버렸을 무렵 발이 땅에 닿는 것을 느낄 수 있었다. 그 무렵에는 폭풍우도 대부분 가라앉아 있었다.

해변까지 이어지는 경사가 너무나 완만하게 나 있어서 1.6킬로미터 정도를 더 걸어야만 했다. 그때의 시간은 저녁 8시쯤 되었을 것이다. 앞으로 8킬로미터 정도를 더 걸어 나갔으나, 나는 사람이 살고 있는 집을 한 채도 구경하지 못했다. 그 당시 내가 너무나 지쳐 있었기 때문에 아무것도 보지 못했는지도 모른다. 탈진한 상태에다 날씨도 찌는 듯이 더웠고, 배에서 뛰어내리기 전 마셔 두었던 반병가량의 브랜디 때문에 무척 졸립기도 했다. 나는 그만 무척 짧고 부드러운 풀 위에 드러누웠다. 아마 평생 동안 그렇게 깊이 잠들어 본 적은 없었을 것이다. 아홉 시간 이상을 그렇게 누워서 잤다.

눈을 떴을 때는 이미 해가 높이 떠올라 있었다. 일어나려고 했지만 움직일 수가 없었다. 바닥에 등을 대고 누워 있는 동안 나의 두 팔과 다리가 땅에 단단히 붙들어 매 있었던 것이다. 길면서도 숱이 많은 나의 머리카락도 풀리지 않도록 묶여져 있었으며, 겨드랑이부터 허벅지에 이르는 온몸 전체에 몇 줄의 가늘고 긴 줄이 얽혀 있었다. 하늘을 향해 누워 있는 상태였기 때문에 햇볕이 뜨거워질수록 점점 눈이 부셨다. 주위에서 시끄러운 소리가 들렸지만 똑바로 누운 채 묶인 자세로는 하늘밖에 볼 수가 없었다.

조금 후 나는 왼쪽 다리 위로 살아 있는 무언가가 움직이며 조심스럽게 가슴 위로 올라오는 것이 느껴졌다. 그것이 거의 턱에까지 다다랐을 때, 나는 눈을 아래로 힘껏 돌려서 내려다보았다. 놀랍게도 15센티미터도 안 되는 작은 키의 사람이 서 있었다. 손에는 활과 화살을 들었고 등에는 화살 통을 메고 있었으며, 그 뒤로도 내가 추측하기에 같은 크기의 사람 40여 명이 뒤따라 올라오고 있었다.

내가 너무나 놀라 큰 소리로 고함을 지르자 그들은 깜짝 놀라 모두 달아났다. 나중에 들은 이야기지만 그들 중 몇 명은 나의 허리에서 뛰어내리다가 다치기도 했다. 그러나 작은 사람들은 다시 돌아왔다. 그들 가운데 한 명은 용감하게도 나의 얼굴 가까이 다가와서 몹시 놀라는 표정을 지었다. 그러고는 손을 높게 쳐들고 하늘을 쳐다보면서 날카롭지만 뚜렷한 목소리로 "헤키나 데굴"이라고 소리쳤다. 다른 사람들 역시 그 말을 몇 번이나 반복했으나, 나는 그 말이 무슨 뜻인지 알 수 없었다.

독자들이 잘 알다시피 나는 굉장히 불안한 마음으로 누워 있었다. 운좋게도 몸을 뒤척이다 줄이 끊어지는 바람에 왼팔에 묶인 말뚝을 뽑을 수 있었다. 그것을 얼굴 가까이 들고 보니 그동안 내가 어떻게 묶여 있었는지 알 수 있었다. 이와 동시에 왼쪽 머리카락을 묶고 있던 끈을 힘껏 잡아당기자 펄쩍 뛸 정도로 아팠지만 조금 느슨해졌다. 나는 팔을 움직여서 머리의 왼쪽을 묶어 두었던 줄을 조금씩 늦추었다. 그렇게 해서 약 5센티미터 정도 고개를 돌릴 수 있게 되었다.

그러나 이 조그만 사람들은 내가 잡기도 전에 다시 도망쳤다. 어디선가 아주 사납고 커다란 고함 소리가 들렸다. 고함 소리가 그치자 작은 사람들 가운데 한 명이 "톨고 포낙" 하고 크게 소리를 질렀다. 갑자기 나의 왼손을 향해 무수히 많은 화살이 쏟아졌다. 바늘같이 조그마한 화살들이 손에 박혔다. 작은 사람들은 다시 한 번 많은 화살을 하늘을 향해 쏘아 댔다. 그 모습은 마치 유럽 사람들이 대포를 쏘는 것 같았다.

많은 화살이 내 몸 위에 쏟아졌지만, 별로 아프지 않았고 단지 몇 개만 얼굴에 맞았을 뿐이다. 나는 왼손으로 얼굴을 가렸다. 소나기와도 같았던 화살의 대공세가 그치자, 나는 몸이 몹시 아프고 신세가 처량해서 신음 소리를 냈다. 그러고는 묶여 있는 몸을 풀기 위해 몸부림쳤다. 그들은 먼젓번보다 더 많은 화살을 쏘아 댔다. 몇 명은 창을 들고 허리를 찌르려고 했다. 다행히 가죽 재킷을 입고 있었기에 창에 찔리지는 않았다.

가만히 누워 있는 것이 가장 좋을 것 같다는 생각이 들어서 밤까지 기다려 보기로 했다. 이미 왼손이 자유스러웠으므로 나중에라도 몸을 묶은 줄을 손쉽게 풀 수 있을 것이라고 생각했다.

이 정도 크기의 작은 사람이라면 한꺼번에 군대가 다가온다고 하더라도 거의 대등한 싸움을 할 수 있을 것이다. 하지만 운명은 내 생각대로 놔두지 않았다. 내가 움직이지 않자 그들은 더 이상 화살을 쏘지 않았다. 그러나 소란스럽게 떠드는 소리가 점점 더 커지는 것으로 보아 작은 사람들의 수가 훨씬 많아진 것을 알 수 있었다. 오른쪽 귀에서 약 4미터 떨어진 곳에서 작은 사람들이 무슨 일을 하는지, 작업 하는 소리가 한 시간이 넘도록 끊이지 않고 들려왔다.

나를 묶은 말뚝과 줄이 허용하는 범위에서 머리를 돌려 보았을 때, 땅에는 약 45센티미터 높이의 연단이 만들어져 있었다. 그곳에는 작은 사람 네 명이 서 있었고, 누군가가 오르기 위한 사다리도 두세 개 세워져 있었다.

그들 중 신분이 높아 보이는 사람이 연단으로 올라와 나에게 오랫동안 연설을 했으나 한마디도 알아들을 수가 없었다. 그 사람은 연설을

시작하기 전에 세 번씩이나 "랑그로 데훌 산"(이 말은 앞에서 이미 이야기
한 "헤키나 데굴"과 함께 내가 여러 번이나 들은 것이다)이라며 큰 소리로
외쳤다. 그 말이 끝나자마자 50여 명의 작은 사람들이 다가와 나의 머
리 왼쪽을 묶었던 줄을 잘랐다.

그래서 나는 자유롭게 머리를 오른쪽으로 돌려 연설하고 있는 사람
의 풍채와 그의 행동을 바라볼 수 있었다. 그는 중년 정도의 나이로 보
였고, 호위하고 있는 다른 세 사람의 하인들보다 키가 컸다. 그의 옷자
락을 붙잡고 있는 하인의 키는 나의 가운뎃손가락보다 조금 클 것 같았
다. 나머지 두 명은 그를 보좌하려는 듯 나란히 서 있었다. 그는 연설가
의 면모를 훌륭하게 보여 주었다. 그는 아주 공손한 태도로 여러 차례
위협적인 말을 하고 무언가에 대한 약속도 해 주었으며, 나에게 동정을
베풀기도 했다. 나는 얌전히 따르겠다는 뜻으로 몇 마디 간단하게 대답
하고는 태양이 나의 증인이라도 되는 듯 바라보며 왼손으로 가리켰다.

나는 배가 몹시 고팠다. 배를 떠나기 몇 시간 전에 먹은 것 이외에는
음식을 구경도 못했기 때문이다. 더 이상 체면 유지를 할 수 없을 만큼
견딜 수 없게 된 나는(아마도 예의범절에 어긋나는 행동이겠지만) 먹을 것
을 달라는 뜻으로 손가락을 입으로 갖다 대는 시늉을 했다. 후르고(나
중에 알게 된 것이지만, 작은 사람들의 나라에서 이 말은 신분 높은 귀족이라
는 뜻이다)는 나의 의도를 잘 이해했다.

그는 연단에서 내려와 나의 허리 부근에 사다리를 대여섯 개 갖다 놓
으라고 명령했다. 얼마 안 있어 100명 정도의 작은 사람들이 사다리를
타고 올라와 고기가 가득 들어 있는 바구니를 나의 입 쪽으로 옮겼다.
이 나라의 현명한 국왕이 나의 소식을 듣고 각지에서 마련한 것 같았
다. 나는 여러 동물들의 고기라는 것을 알았지만 입에 넣어 봐도 어떤
고기인지 알 수 없었다. 양의 어깨나 다리, 그리고 허벅지처럼 생긴 것
도 있었다. 양념은 대체로 맛있게 되어 있었지만, 그 크기는 종달새의

날개보다도 더 작았다.

나는 한꺼번에 서너 덩어리씩 먹었으며, 총알만 한 크기의 빵도 세 개씩 한 번에 먹어치웠다. 작은 사람들은 나의 엄청난 식욕에 무척이나 놀라면서도 할 수 있는 한 열심히 음식을 가져다주었다. 나는 물을 마시고 싶다는 시늉을 했다.

내가 먹는 모습을 지켜 본 그들은 얼마 되지 않는 물을 가지고는 만족시킬 수 없다는 것을 알고 현명하게도 가장 커다란 물통을 쓰러뜨려 손이 있는 곳으로 굴려 와서 뚜껑을 열었다. 그 물은 반 리터 정도밖에 되지 않는 것이었기에 나는 단숨에 마실 수 있었다. 맛은 부르고뉴 와인과 비슷했지만 더욱 맛이 좋았다. 두 번째 통 역시 같은 방식으로 마셨다. 조금 더 달라는 시늉을 했지만 그것이 전부인 것 같았다.

내가 그처럼 놀랍게 먹고 마셨더니, 작은 사람들은 매우 좋아하며 크게 소리를 질렀다. 나의 가슴 위로 올라온 그들은 함께 어울려 춤을 추면서 "헤키나 데굴"이라는 말을 몇 번씩이나 되풀이했다. 그들은 나에게 두 개의 물통을 아래로 던지라고 했다. 하지만 던지기 이전에 먼저 밑에 있는 작은 사람들에게 "보라호 미볼라"라고 소리치면서 비켜 서 있으라고 했다. 내가 물통을 공중에 던졌을 때 모두가 "헤키나 데굴"이라고 소리를 질렀다.

그들이 몸 위에서 분주히 움직이고 있을 때, 나는 손에 잡을 수 있는 40~50명을 잡아 땅 위로 팽개쳐 버리고 싶은 충동이 인 사실을 고백하지 않을 수 없다. 그러나 조금 전에 당했던, 소나기와 같은 화살의 기억도 있고 그보다 더 심한 고통을 당할지도 모른다는 생각에, 그리고 공손하게 행동하겠다고 약속한 사실 때문에 그런 유혹을 떨쳐 버렸다. 게다가 그토록 엄청난 음식과 환호로 나를 대해 준 사람들에게 악의적으로 대할 수는 없었다. 마음속으로 나는 한쪽 손은 자유롭게 풀려 있는, 이처럼 커다란 생물을 보고도 결코 두려워하지 않고 몸 위로 올라와서 걸어 다니는 작은 사람들의 대담함에 놀랐다.

잠시 후 내가 더 이상 먹을 것을 요구하지 않자, 작은 사람들 중에서 국왕의 명령을 전하기 위해 사절이 나타났다. 그는 오른쪽 발목을 타고 올라왔다. 사절은 10여 명의 수행원을 거느리고 나의 얼굴 가까이 다가와서 국왕의 도장이 찍힌 신임장을 꺼내 보여 주더니 약 10분 동안 연설을 했는데, 다행히 화난 기색은 없었다. 다만 굳은 결의로 말하는 듯한 표정이었다.

그는 종종 손을 들어 앞쪽을 가리켰다. 나중에 알게 된 일이지만, 800미터 정도를 가면 작은 사람들의 수도가 있으며 국왕이 대신 회의에서 이미 나를 그곳으로 옮겨 가기로 결정했다는 것이다. 몇 마디 대답을 했으나 아무런 소용이 없었다. 나는 풀려 있는 왼손으로(고관과 수행원을 다치지 않게 하려고 그들 머리 위로 조심스레 옮기며) 오른손과 몸 그리고 머리를 가리키며 자유스럽게 해 달라는 몸짓을 했다.

그는 나의 뜻을 이해한 것 같았다. 하지만 거절한다는 뜻으로 머리를 가로저었으며, 손짓으로 내가 포로로 호송되어야 한다는 의미를 분명히 전달했다. 그렇지만 고기와 마실 것을 충분히 먹을 수 있고, 또한 아주 훌륭한 대접을 받을 것이라는 그들의 뜻을 나에게 알리기 위해 또 다른 몸짓을 했다.

그 당시 나는 다시 한 번 몸을 움직여 묶인 줄을 단숨에 끊어 버릴까 생각했지만, 그들의 화살이 얼굴과 팔에 쏟아진 기억을 떠올렸다. 화살을 맞은 자리에는 물집이 생겼다. 아직도 그대로 박혀 있는 화살도 많았고 또 이젠 적수도 늘어났다는 것을 떠올리고는, 나는 그들에게 모두 맡기겠다는 뜻의 신호를 보냈다. 후르고와 수행원들은 매우 예의 바르게 행동하면서 즐거운 모습으로 돌아갔다.

잠시 후 나는 "페플롬 셀란"이라는 말을 반복하며 외치는 소리를 들었다. 굉장히 많은 사람들이 몰려들어 나의 왼쪽을 묶고 있던 줄을 느슨하게 풀어 주었다. 그래서 나는 오른쪽으로 몸을 돌려 여태껏 참았던 많은 양의 소변을 볼 수가 있었다.

내가 소변을 보려고 하자 그들은 양편으로 갈라져 쏟아지는 오줌 줄기를 피했다. 그들은 많은 양에 놀랐다. 이에 앞서 그들은 향기가 나는 어떤 약을 얼굴과 두 손에 발라 주었는데, 조금 지나자 화살을 맞은 곳에 따끔거리는 통증이 없어졌다.

영양가 있는 음식으로 배를 채우고, 소변도 보고, 나를 괴롭히던 아픔도 사라지자 곧 잠이 들었다. 나중에 알게 된 사실이지만 여덟 시간 동안 계속해서 잔 모양이었다. 작은 사람들의 나라에 있는 의사들이 국왕의 명령을 받고 음식에 수면제를 섞었기 때문이었다. 내가 육지로 밀려와 잠들어 있는 것이 발견되자, 그 사실이 국왕에게 급히 전해졌으며 곧 대신 회의에서 나를 묶어 두기로 결정했던 것이다. 내가 잠이 든 사이 일어난 일이었다. 그리고 충분한 고기와 마실 것을 보내고 나서 나를 그 나라의 수도로 옮겨 갈 준비를 했다.

이와 같은 해결책은 어쩌면 매우 대담하고 위험스러워 보일 수 있다. 나는 똑같은 상황에 처하게 된다면 유럽의 어느 왕도 이처럼 하지는 않았을 것이라고 확신한다. 내 생각에는 아주 너그러울 뿐 아니라 신중한 결정이었다. 만약 작은 사람들이 내가 자고 있는 동안 창과 활을 이용하여 죽이려고 했다면, 나는 먼저 화살의 통증에 잠이 깼을 것이고, 화가 치밀어 묶어 둔 줄도 끊어 버렸을 것이다. 대항할 능력이 없는 그들은 나에게서 어떠한 자비도 바랄 수 없었을 것이다.

작은 사람들은 수학 방면에서 아주 뛰어났다. 학문을 좋아하는 것으로 유명한 국왕의 장려 정책으로, 이들은 상당히 높은 수준의 기계공학을 발전시켰다. 국왕은 통나무나 다른 무거운 것들을 옮기기 위해 바퀴 달린 기계를 여러 개 만들도록 했다. 때로는 270센티미터나 되는 커다란 군함을 목재가 있는 숲 속에서 만들어 300~400미터나 떨어진 바다까지 이것을 사용하여 끌어내기도 했다.

즉시 500명의 목수와 기술자들이 지금까지 만든 것보다 더욱 거대한 기계를 만드는 일에 동원되었다. 그것은 땅에서 약 8센티미터가량 올라가도록 했으며, 길이가 약 210센티미터 그리고 폭이 약 130센티미터의 몸체에 스물두 개의 바퀴를 달아 움직이도록 만들었다.

나는 이 기계가 도착했을 때 작은 사람들이 지른 환성을 들었다. 내가 땅에 닿은 후 네 시간 만에 만들어진 것 같았다. 그것은 내가 누운 것과 수평이 되도록 옮겨져 왔다. 그러나 더욱 어려운 일은 나를 기계 위로 올려놓는 것이었다.

이 작업을 위해 30센티미터 높이의 장대 80개가 세워졌다. 다음에는 나의 목, 팔, 몸, 다리 등을 붕대로 묶고 나서 그 끝에 갈고리를 달아 튼튼한 끈으로 연결시켰다. 장대 끝에 연결된 이 끈을 수많은 도르레로 잡아당기기 위해 900여 명의 장정이 동원되었다. 세 시간이 채 되지 않아 나는 그 기계 위로 올려진 채 묶였다. 이러한 일들은 모두 나중에 듣게 된 것인데, 그 이유는 내가 수면제로 잠에 깊숙이 빠졌기 때문이었다. 키가 약 12센티미터 정도인 국왕의 말 중 1,500마리가 나를 800미터 떨어진 수도로 옮겨다 놓았다.

수도를 향해 길을 떠난 지 네 시간 정도 지난 후 나는 매우 우스꽝스러운 사건 때문에 잠에서 깨어났다. 기계가 고장이 나는 바람에 기계를 고치는 동안 내가 어떠한 모습으로 잠이 들었는지 보고 싶었던 2~3명의 젊은이들이 몰래 나의 얼굴 가까이 다가왔던 것이다. 그들 가운데 호송 장교가 조그마한 창으로 내 왼쪽 콧구멍을 찔렀다. 마치 지푸라기처럼 나의 코를 간질이는 바람에 나는 심하게 재채기를 했다. 깜짝 놀란 그들이 재빠르게 도망쳤다. 나는 그처럼 갑자기 잠에서 깨어나게 된 이유를 3주일 후에서야 알 수 있게 되었다.

우리는 어두워질 때까지 계속 행진을 했다. 밤이 되자 작은 사람들은

500명의 군사를 각각 나의 양편에 세웠다. 절반 정도는 횃불을 들고 있었으며, 다른 절반은 화살을 끼운 활을 들고 있었다. 내가 조금이라도 움직이면 즉시 활을 쏘기 위해 준비를 한 것이다.

다음 날 아침 해가 뜨자 행진은 계속됐으며, 정오에 이르러 우리는 성문에서 200미터 정도 떨어진 거리에 도착할 수 있었다. 국왕을 비롯해 대신들 모두가 맞이하러 나왔지만 대신들은 국왕이 내 몸 위로 올라오는 위험한 일을 못하도록 막았다.

나를 싣고 온 마차가 멈춘 곳에는 작은 사람들의 나라에서 가장 크고 오래된 사원이 세워져 있었다. 수년 전에 그곳에서 잔인한 살인 사건이 일어났기 때문에 믿음이 강한 작은 사람들은 이 사원을 불결하다고 여겨, 모든 장식물과 가구를 옮긴 후 공공시설로 사용하고 있었다. 나는 이 건물에서 거주하게 되었다.

북쪽으로 나 있는 커다란 문은 높이가 120센티미터였으며 너비는 거의 60센티미터 정도 되었다. 나는 기어서 이 문을 드나들어야 했다. 문의 양편에는 땅에서부터 약 15센티미터 정도의 높이에 조그마한 창이 하나 달려 있었다. 국왕의 제련공들은 마치 유럽의 귀부인들이 가지고 다니는 회중시계 줄만큼이나 굵은 쇠사슬 아흔한 개를 연결해 그걸 왼쪽 창을 통해 내 왼쪽 다리에 감고는 서른여섯 개의 자물쇠를 채웠다. 이 사원 맞은편으로 6미터 떨어진 대로변에는 대략 150센티미터 높이의 탑이 하나 서 있었다. 이곳에서 국왕은 여러 대신들을 거느리고 나를 바라보았다. 그러나 나는 그들을 볼 수 없었기 때문에, 그가 나를 보고 있었다는 사실도 나중에 들어서 알게 되었다.

나를 보기 위해 마을 밖으로 나왔던 사람은 모두 10만여 명이 넘었다. 그리고 나를 감시하는 병사도 있었지만 여러 차례에 걸쳐 한 번에 1만 명이 넘는 사람들이 사다리를 타고 나의 몸 위로 올라왔다. 하지만 곧 허락 없이 내 몸 위로 올라가는 사람은 사형에 처한다는 명령이 내려졌다. 이윽고 내가 도망치지 않으리란 걸 알게 되자 국왕의 제련공들이 내가 줄을 풀 수 없다는 것을 알고는, 나의 몸을 묶고 있던 모든 줄을 풀어 주었다.

나는 일생 동안 한 번도 겪어 보지 못한 가장 비참한 기분으로 일어났다. 내가 일어서서 걷는 모습을 본 작은 사람들이 놀라서 소리 지르는 모습은 말로 다 표현할 수 없을 정도다. 왼쪽 발에 채워진 쇠사슬은 약 2미터 정도로 길었기 때문에 나는 앞뒤로 반원을 그리며 움직일 수도 있었다. 하지만 문에서 10센티미터 정도 안쪽에 묶여 있었기에 나는 안으로 기어들어가 사원 속에서 충분히 발을 뻗고 누웠다.

제2장

릴리퍼트의 국왕이 대신들을 수행하고 묶여 있는 저자를 보러 온다. 국왕의 모습과 습관이 묘사된다. 학자들이 저자에게 그들의 언어를 가르치도록 임명된다. 그는 온순한 성향으로 호감을 산다. 그의 주머니를 뒤져서 검과 총을 압수당한다.

겨우 다시 일어설 수 있게 되자 나는 주변에 있는 것들을 둘러보았다. 이제 와서 고백하건대, 이렇게 재미있는 광경을 지금껏 한번도 본 적이 없었다. 작은 사람들의 나라 전체가 마치 커다란 정원 같았다. 그리고 주위로 12미터 정도 막혀 있는 밭은 꽃밭처럼 보였다. 밭 사이에는 22제곱미터 정도의 수풀이 섞여 있었으며, 그중에서 가장 큰 나무도 2미터를 넘지 않는 아담한 크기였다. 나는 고개를 돌려 왼쪽에 있는 도시를 바라보았다. 조그마한 도시는 극장에 그려진 그림처럼 아름다웠다.

나는 몇 시간 동안을 생리적인 욕구에 시달렸다. 마지막으로 대변을 본 지가 이틀이나 지났으니 아주 당연하다. 다급한 마음과 부끄러움 사이에서 나는 무척 난처했다. 생각할 수 있었던 최선의 방법은 사원 안으로 들어가는 것이었으므로, 나는 안으로 기어들어가 문을 닫은 후 발에 묶인 쇠사슬이 미치는 구석에서 대변을 보았다. 그러나 내가 이처럼 불결한 행동을 한 것은 이번뿐이었다.

독자들은 내가 처한 상황을 생각해 너그러이 이해해 주리라 믿는다.

그 이후로 나는 매일 아침 일어나자마자 밖으로 나가 쇠사슬이 닿는 곳까지 멀리 떨어져서 대변을 보았다. 언제나 사람들이 오기 전에 일을 끝내려고 했다. 배설물은 특별히 배정된 두 명의 시종이 수레로 치워 주었다.

만약 세상 사람들에게 나의 청결함을 알릴 필요가 없었다면, 별로 중요하지도 않은 이러한 일을 설명할 필요도 없을 것이다. 그러나 이따금씩 내게 적의를 품은 몇몇 사람들이 내가 깨끗하지 않다고 비난하는 것을 들었다. 모험과도 같은 이 일을 마친 다음 나는 맑은 공기를 마시기 위해 밖으로 나왔다.

국왕은 벌써 탑에서 내려와, 말을 타고 나에게 오고 있었다. 하지만 이때 국왕은 큰일을 당할 뻔했다. 비록 훈련이 잘 된 말이었지만, 마치 산처럼 커다란 것이 자기에게 다가오는 것을 보고는 놀라서 뒷발로 일어섰다. 그러나 뛰어난 기수였던 국왕은 시종들이 달려와 고삐를 잡은 다음, 말에서 내릴 때까지 안장에서 움직이지 않고 앉아 있었다. 그는 말에서 내리자 나의 주위를 돌면서 감탄하며 바라보았다. 그러나 나를 묶은 쇠사슬이 닿지 않는 범위 내에서 거리를 유지했다. 그는 미리 대기하고 있던 시종과 요리사에게 음식을 준비하라고 명령했다. 수레에 가득 실린 음식이 나의 손이 닿는 곳까지 운반되었다. 나는 그것들을 금세 먹어 버렸다.

먹을 것이 실린 수레 가운데 스무 대에는 고기가 담겨 있었고, 나머지 열 대는 마실 것이 실려 있었다. 고기를 실은 수레는 한 대마다 한두 입 정도 분량이었고, 음료수는 수레 한 대에 열 병씩 올려져 있었다. 병에 든 마실 것은 한 수레씩 들어 단숨에 마셨다. 나머지 음료수도 이런 식으로 마셔 버렸다. 왕비와 왕자, 공주들은 많은 여시종과 함께 멀리 떨어진 가마에서 앉아 있었지만, 국왕의 말이 놀라 소란을 피웠을 때 모두 가마에서 내려 국왕 가까이 다가와 있었다. 이제부터 국왕 이야기를 해야겠다.

국왕은 키가 신하들보다 거의 내 손톱 크기만큼 더 컸다. 그는 얼굴이 반듯하고, 남자다웠다. 오스트리아 사람의 입과 매부리코, 올리브빛깔의 피부, 바른 자세에 균형 잡힌 신체를 하고 있었다. 동작에 품위가 있었으며 국왕답게 행동했다. 나이는 29세 9개월로, 한창 좋은 시절은 지났지만 그 용맹함으로 직접 다스린 7년 동안 이 나라는 평화를 누리고 있었다.

그를 좀 더 자세하게 보기 위해 나는 옆으로 누워 나의 얼굴에서 약 3미터 정도 떨어져 그의 얼굴과 나란히 했다. 게다가 나는 그를 여러 번 손 위에 올려놓고 보았기 때문에 제대로 묘사할 수 있다.

그의 옷은 매우 소박하고 단순했으며 아시아와 유럽 양식이 적당히 섞여 있었다. 그러나 윗부분에 깃털을 세우고 보석으로 장식한 가벼운 황금 투구를 머리에 쓰고 있었다.

내가 쇠사슬을 끊을 경우에 자신을 방어하기 위해 손에는 칼을 뽑아 들었다. 그 칼은 8센티미터 정도 되는 것이었는데 손잡이와 칼집은 다이아몬드로 화려하게 세공된 금으로 만들었다. 그의 목소리는 날카로웠으나 매우 또렷해서 내가 서 있어도 분명하게 알아들을 수 있었다.

여시종과 신하들은 모두 잘 차려 입었다. 그들이 머물러 있는 곳은 마치 금과 은으로 수놓은 치마를 땅에 깔아 놓은 것처럼 보였다.

국왕은 가끔씩 나에게 뭐라고 말을 했다. 나도 대답을 했지만, 서로의 말을 이해할 수는 없었다. 주위에 서 있던 몇 사람의 사제와 법률가들이(그들이 입고 있는 옷차림을 보고 나는 이렇게 생각했다) 국왕의 명령을 받아 나에게 이야기를 시작했다. 나는 조금이라도 알고 있는 독일어, 네덜란드어, 라틴어, 프랑스어, 스페인어, 이탈리아어 그리고 동부 지중해 지방의 혼합된 말 등 조금이라도 알고 있는 언어로 대화를 시도했지만 어떠한 말도 소용이 없었다.

두 시간 정도 지난 다음, 국왕과 그 일행은 궁전으로 돌아갔으며, 나를 지키는 수비대와 함께 나는 사원에서 머무르게 되었다. 그것은 무례한 사람들이 나에게 함부로 다가와 위험한 일을 저지를까 봐 방지하려는 것이었다. 그들은 조금이라도 내게 가까이 오고 싶어서 안달이 나 있었고, 어떤 사람은 사원 입구에 앉아 있는 나에게 다가와 갑자기 화살을 쏘기도 했다. 그중 하나가 내 왼쪽 눈을 아슬아슬하게 비껴갔다. 수비대 대장은 활을 쏜 여섯 사람을 잡아서 묶게 하고, 내 손바닥 위에 그들을 올려놓는 것만큼 좋은 벌이 없다고 생각했는지, 군사들을 시켜 내 손이 닿는 곳까지 데리고 왔다.

나는 그들을 오른손으로 잡아서 다섯 명은 위 호주머니 속에 집어넣고, 나머지 한 명에게는 산 채로 먹어 버리겠다는 시늉을 했다. 그 사람은 너무나 놀라서 비명을 질렀다. 더구나 내가 주머니칼을 꺼냈을 때는 지켜보던 군사들도 노심초사했으리라.

나는 곧 모두를 안심시켰다. 부드러운 표정으로 바라보다가 그 녀석을 묶은 끈을 잘라 주어 멀리 도망가도록 내려 주었다. 나머지 다섯 명도 호주머니에서 꺼내어 조심스럽게 놓아주었다. 군사들과 사람들은 나의 관대한 행동에 매우 고마워하는 것 같았다. 이 일은 나에게 이로운 방향으로 궁중에 전해졌다.

밤이 되자 나는 얼마간 힘들게 사원으로 들어가 땅 위에 드러누웠다. 약 보름 정도를 그렇게 생활했다. 그동안 국왕은 앞으로 내가 사용할 침대를 만들도록 했다. 일반적인 크기의 침대 600개를 사원 안으로 옮겨 와서 작업을 시작했다. 150개의 침대를 함께 엮어서 하나로 만들었다. 이렇게 해서 만들어진 것들을 다시 네 겹으로 쌓아 하나의 침대로 만든 것이다.

돌로 뒤덮인 딱딱한 바닥에서 이제 해방이었다. 같은 방식으로 작은 사람들은 나에게 홑이불과 담요 그리고 이불을 만들어 주었다. 오랫동안 고된 잠자리에 익숙해진 나 같은 사람에게는 제법 견딜 만했다.

나의 소식이 작은 사람들의 나라 전체에 전해지자 부유하고 게으르며 호기심이 많은 사람들이 나를 구경하기 위해 몰려왔다. 그래서 대부분의 마을들이 비게 되었다. 만일 국왕이 포고령과 법령으로 사람들이 나를 보러 오는 일을 금지하지 않았다면, 밭을 경작하는 일이나 여러 집안일은 아주 방치되었을 것이다. 국왕은 이미 나를 다 구경한 사람들은 즉시 집으로 돌아가야 하고, 국왕의 허가 없이 나의 집에서 반경 50미터 안으로 들어와서는 안 된다고 명령했다. 대신들은 이번 일 때문에 큰 수입을 벌 수 있었다.

국왕은 나를 어떻게 처리할 것인지 여러 번 대신 회의를 열었다. 대신 회의에서는 나에 대한 문제로 많은 어려움을 겪었다고 나중에 어느 친구에게서 전해 들었다. 그 친구는 신분이 아주 높았으며 국가 기밀에도 관여하는 사람이었다. 대신들은 내가 쇠사슬을 자르지나 않을까 걱정했다. 또한 나의 엄청난 식사량 때문에 생길 수 있는 기근에 대해서도 염려를 했다.

그들은 나를 굶겨 죽이거나, 나의 얼굴과 팔에 독 화살을 쏘아서 죽이는 방법도 생각했다. 그러나 그들은 나처럼 커다란 시체에서 풍겨나는 악취가 전염병을 일으킬 수도 있고, 또 그 질병이 작은 사람들의 나라 전체로 퍼져 나갈지도 모른다는 생각 때문에 철회했다.

대신 회의가 이와 같이 진행되고 있을 때, 육군 장교 몇 명이 넓은 회의실 앞으로 다가왔다. 그들 가운데서 출입이 허락된 두 장교가 앞서 말했던 여섯 명의 죄인에 대한 나의 너그러운 행동을 보고했다. 그것은 국왕과 그 회의에 참석한 사람에게 우호적인 인상을 심어 주었다.

마침내 국왕은 칙령을 반포했다. 그것은 수도를 중심으로 사방 900미터 이내의 마을에서는 아침마다 여섯 마리의 소와 40마리의 양 그리고 그 밖에 나에게 필요한 음식을 바치라는 것이었다. 여기에는 물론 고기와 같은 비중의 빵과 마실 것도 포함되어 있었다. 이 비용은 모두 국왕의 재무성에서 지불하도록 했다.

국왕은 자신의 소유지로부터 생산되는 산출물을 이용했다. 특별한 경우가 아니고는 좀처럼 백성으로부터 세금을 거두지 않았다. 단지 전쟁이 발생했을 경우에만 백성은 개인적으로 비용을 내고 국왕의 전쟁에 참여하기로 되어 있었다. 600여 명의 사람이 나의 시종으로 고용되었는데, 집 양옆으로 시종들이 거주할 간이 숙소가 건설되어 모두 그곳에서 먹고 잤다. 300명의 재단사가 그들이 입는 스타일로 내가 입을 옷을 만들었으며, 가장 뛰어난 학자 여섯이 그들의 언어를 나에게 가르치기 위해 파견되었다. 마지막으로 국왕과 귀족, 수비대의 모든 말들을 내 앞에서 훈련시켰다. 이것은 말들이 나를 보고도 놀라지 않도록 하기 위해서였다. 모든 명령은 정확하게 실행되었다.

3주 후에는 내가 작은 사람들의 나라 언어를 배우는 것에 어느 정도 진척을 보였다. 그동안 국왕은 가끔씩 나를 방문하는 영예를 베풀었으며, 나를 가르치던 학자들의 수업을 돕기도 했다. 우리는 벌써 간단한 대화를 나누기 시작했다.

처음으로 내가 배운 말은 자유의 몸이 되고 싶다는 표현이었다. 나는 아침마다 무릎을 꿇고 앉아 그 말을 반복했다. 내가 알아들을 수 있었던 국왕의 답변은, 그러한 일은 시간이 해결할 수 있는 문제이며 대신회의에서 논의되지 않고서는 이루어질 수 없는 일이라는 것이었다. 그리고 먼저 내가 '루모스 켈민 페소 데스마 론 엠포소(국왕과 작은 사람들의 나라에 대한 평화를 맹세한다)' 를 지켜야 한다는 것이다.

국왕은 앞으로 내가 모든 사람들에게 친절한 대우를 받을 것이라는 말과 함께, 인내와 신중한 행동으로 그와 그의 백성들에게 호감을 얻도록 노력해야 한다고 충고했다. 또한 그는 관리를 시켜서 몸을 수색하더라도 기분 나쁘게 생각하지 말라고 했다. 어쩌면 내가 무기를 가지고 있을지도 모르며, 나처럼 신체가 거대한 사람의 무기라면 그것은 매우 위험할 것이기 때문이라고 말했다.

나는 국왕이 바라는 대로 무엇이든 할 것이라고 대답했다. 주머니를 모두 뒤집어 보이거나, 내가 지니고 있는 것을 내놓을 준비가 되어 있었다. 어떠한 것은 말로, 또 어떠한 것은 몸짓으로 나의 의사를 전달했다. 그는 국법에 따라 두 명의 관리에게 수색을 받아야 한다고 대답했다. 이 일에 대해 나의 동의와 협조가 없이는 처음부터 불가능하다는 것을 그는 알고 있었으며, 나의 관대함과 정의감을 믿기 때문에 나에게 두 사람을 맡긴다고 했다. 압수한 것은 모두 내가 작은 사람들의 나라를 떠날 때 돌려줄 것이며, 그렇지 않으면 내가 원하는 비용에 모두 구입하겠다고 했다.

나는 두 명의 관리를 손으로 들어서 코트 주머니 속으로 넣었다. 다음에는 나의 모든 주머니 속에 차례대로 넣어 주었다. 두 개의 시계 주머니와, 나 이외에는 아무 상관이 없는 물건이 들어 있어서 수색 당할 필요가 없다고 생각된 비밀 주머니를 제외하고는 말이다. 한 개의 시계 주머니에는 은시계가 들어 있었으며, 다른 주머니에는 약간의 금이 들어 있었다.

두 관리는 펜과 잉크, 종이를 가지고 자신들이 수색한 물건의 정확한 목록표를 작성하기 시작했다. 일을 모두 끝내자 그들은 자신을 땅에 내려놓아 달라고 부탁했다. 그리고 국왕에게 목록표를 보여 주었다. 나중에 내가 글자 하나 틀리지 않고 영어로 옮긴 목록표는 다음과 같다.

우선 이 '산만 한 사람'(이것은 '퀸버스 플레스트린'이라는 말을 내가 그렇게 번역한 것이다)의 오른쪽 양복 주머니를 뒤져 본 결과, 크고 거친 천 조각 하나만을 발견했습니다. 하지만 그것은 국왕의 의자가 놓여 있는 넓은 대전에 깔린 융단과 같은 크기였습니다.

왼쪽 주머니에는 은 뚜껑이 달린 상당히 큰 은상자가 들어 있었는데, 상자를 덮은 은 뚜껑은 도저히 들 수가 없었습니다. 그래서 우리는 그에게 뚜껑을 열도록 했습니다. 우리 가운데 하나가 그 안으로 들어가자, 먼지 같은 것에 발이 절반 정도 빠졌습니다. 먼지의 일부가 우리의 얼굴로 날아와 여러 차례 재채기를 했습니다.

그의 오른쪽 조끼 주머니에서 우리는 마주 접힌, 하얗고 얇은 거대한 물건이 묶여 있는 것을 발견했습니다. 세 사람을 합친 것만큼이나 컸으며 튼튼한 철사 끈으로 묶여 있었습니다. 우리 추측으로는 글씨와도 같은 검은 모양이 기록되어 있었습니다. 추측하건대, 어떤 문서가 아닐까 합니다. 글씨 하나 크기가 우리 손바닥의 절반 크기였습니다.

왼쪽의 조끼 주머니에는 일종의 도구 같은 것이 있었는데, 뒤편으로는 스무 개의 기둥이 튀어나와 있었습니다. 그것은 마치 국왕의 궁전에 있는 철책과도 같았습니다. 그에게 우리의 말을 알아듣도록 하는 것은 아주 어려운 일인 데다, 계속 질문을 해서 그를 귀찮게 만들 수는 없었기 때문에 잘은 모르지만 ‘산만 한 사람’이 그것으로 머리를 빗는 것이 아닌가 생각됩니다.

허리 덮개(나의 바지를 의미하는 릴리퍼트 말 ‘란플로’를 옮긴 것이다)의 오른쪽 넓은 주머니에서는 기둥보다도 더욱 커다란 나무 조각에, 속이 사람 정도의 크기로 비어 있는 철기둥을 단단하게 고정시킨 것을 보았는데 그 기둥 한쪽 끝에는 커다란 쇳조각들이 솟아나와 이상한 형태를 이루고 있었습니다. 도저히 무엇으로 만들어졌는지 알 수가 없었습니다. 왼쪽 주머니에서도 같은 모습의 기계가 있었습니다.

오른쪽의 좁은 주머니에는 둥글고 평평하며, 하얗고 붉은 빛깔의 쇳조각이 있었는데, 그 크기는 각기 서로가 달랐습니다. 하얗게 보이는 것은 마치 은과 같았는데, 너무나 크고 무거워서 그것을 들어 올릴 수가 없었습니다. 왼쪽의 좁은 주머니에는 불규칙한 모양의 검은 기둥

두 개가 있었습니다. 우리는 주머니의 제일 아래인 바닥에 서 있었기 때문에, 그것의 꼭대기까지 올라가는 데 상당히 애를 먹었습니다. 그 중 하나는 덮개가 씌워져 있었으며, 하나의 재료로 되어 있는 것 같았습니다. 그러나 다른 하나에는 우리 머리 크기보다 두 배나 되는, 희고 둥근 물체가 있었습니다. 그 속에는 커다란 철판이 들어 있었습니다. 우리는 그것이 무엇인지 보여 달라고 했습니다. 위험한 물건일지도 모르기 때문입니다. 그는 철판들을 꺼내면서 자기 나라에서는 그 철판 중 하나로 면도를 하고, 다른 하나로는 고기를 자른다고 했습니다.

다른 두 개의 주머니에는 우리가 들어가 보지 못했습니다. 그는 그 것을 '작은 주머니' 라고 불렀는데, 허리 덮개의 꼭대기에 크고 길게 늘어져 있는 것으로서, 배의 압력으로 꽉 눌려져 있었습니다. 오른쪽의 시계 주머니 바깥으로 커다란 은줄이 걸려 있었으며, 그 끝에는 이상한 종류의 기계가 있었습니다. 우리는 그 사슬 끝에 매달려 있는 것이 무엇인지 꺼내 보라고 지시했습니다.

그것은 한쪽이 은으로 장식되어 있었고, 다른 한쪽은 투명한 금속으로 만들어진 원반이었습니다. 투명한 쪽에는 빙 둘러 가며 기묘한 문양이 그려져 있었으며, 그것들을 만져 볼 수도 있다고 생각했습니다. 그러나 손가락을 가져다가 대 본 다음에야 투명한 물체로 가로막혀 있다는 것을 알았습니다.

'산만 한 사람' 은 그 기계를 우리의 귀에 가져다 대 주었는데, 물레방아와 같은 소리를 내면서 쉬지 않고 움직였습니다. 우리는 그것이 알려지지 않은 동물이거나, 또는 그가 숭배하는 신이라고 생각했습니다. 그러나 우리가 판단하건데, 그것이 그가 믿고 있는 신이라는 추측이 더 옳으리라 생각합니다. 왜냐하면 그가 우리에게(매우 불완전하게 설명했지만, 혹시 우리가 이해한 것이 올바르다면) 모든 행사를 그것에 따라 시행한다고 했기 때문입니다. 그는 그것을 신탁이라고 불렀으며 생활에 있어서 모든 행동을 할 시간을 가르쳐 준다고 했습니다.

왼쪽의 작은 주머니에서는 어부가 사용하는 만큼이나 커다란 그물을 꺼냈습니다. 그것은 여닫을 수 있도록 되어 있었으며, 지갑으로 사용되는 것이었습니다. 우리는 지갑 속에서 매우 크고 노란 몇 개의 금속 조각을 보았는데, 만약 그것이 금이라면 굉장한 가치가 있을 것 같습니다.

국왕의 명령에 따라 모든 주머니를 열심히 수색하다가 우리는 그의 허리에서 거대한 동물 가죽으로 만든 띠를 보았습니다. 그 띠의 왼쪽에는 다섯 사람 정도 크기의 칼이 걸려 있었고, 오른쪽에는 두 개의 칸으로 구분된 가방이 있었는데, 각각에는 국왕의 백성 세 사람이 들어갈 수 있을 정도였습니다.

칸 가운데 하나에는 굉장히 무거운 금속으로 만들어진, 공처럼 생긴 것이 몇 개 있었습니다. 그 크기는 우리 머리만 한 것이었으며 이것을 드는 데도 상당한 힘이 들었습니다. 다른 방에는 한 무더기의 검은 낟알이 있었는데, 그렇게 크거나 무겁지 않아서 우리의 손바닥 위에도 한꺼번에 50개 이상을 올려놓을 수 있었습니다.

이상이 '산만 한 사람'의 몸을 정확하게 조사한 결과를 작성한 목록입니다. 그는 우리를 친절하게 대해 주었으며, 국왕 폐하의 명령에 경의를 표했습니다. 국왕의 훌륭한 통치 제 89개월 4일에 서명하여 봉인합니다.

— 클레프 플렐록, 마아시 플렐록

이 목록표가 국왕에게 전해지자, 그는 나에게 물건들을 꺼내 놓으라고 했다. 우선 칼을 보여 달라고 요구했기 때문에 나는 칼집까지 바닥에 내려놓았다. 그동안 국왕은 활과 화살을 준비한 3천여 명의 군사에게 멀리서 나를 둘러싸라고 명령했다. 만일의 사태가 일어날 경우에는 즉시 화살을 쏘라고 했으나, 나는 이 사실을 눈치채지 못했다. 나는 국왕만을 바라보고 있었기 때문이었다.

그는 내가 칼을 꺼내도록 했다. 바닷물 때문에 칼이 약간 녹슬기도 했지만 여전히 반짝거리며 빛을 반사했다. 칼을 뽑아 든 순간, 모든 군사들은 두려움과 놀라움으로 소리를 질렀다. 내가 칼을 들고 앞뒤로 흔들 때, 햇빛에 반사된 빛이 그들을 눈부시게 했기 때문이었다.

국왕은 용기가 있는 사람이어서 내가 생각한 정도로 놀라지 않았다. 그는 칼을 다시 칼집에 집어넣고 내가 묶여 있는 쇠사슬의 끝에서 2미터 정도 떨어진 곳에 조용하게 내려놓으라고 했다.

다음에는 속이 비어 있다는 쇠기둥을 보여 달라고 요구했다. 그것은 권총이었다. 나는 권총을 꺼내 들고 가급적 알기 쉽게 사용법을 설명한 후 화약을 장전했다. 화약은 조그마한 가방 속에 꼭 닫혀져 있었기에 (화약이 젖지 않도록 조심하는 것은 모든 선원들의 관습이다) 다행스럽게도 바닷물에 젖지는 않았다. 나는 우선 국왕에게 놀라지 말라고 주의를 준 다음 하늘에 대고 총을 쏘았다. 이번에는 칼을 보았을 때보다도 더욱 놀랐다. 수백의 사람들이 마치 번개에 맞은 듯 털썩 쓰러졌다. 국왕은 넘어지지는 않았지만, 잠시 동안 정신을 차리지 못했다.

나는 칼을 내려 두었을 때와 같은 방식으로 화약과 탄환이 담긴 주머니와 함께 두 자루의 권총을 바쳤다. 물론 화약 가방을 불에 가까이 대지 말라고도 경고했다. 조그마한 불씨라도 화약 가방에 닿기만 하면, 그의 궁전을 단숨에 무너뜨릴지도 모른다고 주의를 주었다.

나는 시계도 내려놓았다. 상당한 호기심을 보였다. 더욱 자세히 보려는 듯 국왕은 두 명의 키 큰 근위병을 시켜서 영국의 짐꾼들이 맥주 통을 옮기는 것처럼, 그것을 길다란 장대에 매달아 어깨로 들어 올리라고 했다. 국왕은 시계의 그칠 줄 모르는 소리와 분침이 움직이는 것을 보고 무척이나 놀랐다. 작은 사람들은 그것을 쉽게 알아볼 수 있었다. 왜냐하면 작은 것을 보는 데는 그들의 시력이 우리보다 훨씬 더 좋았기 때문이다.

국왕은 학자들에게 시계에 대한 의견을 물었다. 내가 일일이 말하지 않아도 독자 여러분은 상상할 수 있으리라. 비록 내가 작은 사람들의 말을 완전하게 이해할 수 있었던 것은 아니지만, 그들의 의견은 다양하고도 어이없는 경우가 많았다. 그리고 나는 은전과 동전도 꺼냈다. 게다가 커다란 금화 아홉 개와 조그마한 금화가 몇 개 들어 있던 지갑도 내려놓았다. 주머니칼과 면도칼, 빗과 은으로 만든 코담배 갑, 손수건 그리고 일기책도 보여 주었다. 칼과 권총 그리고 화약 가방은 궁전 창고로 옮겨졌으나, 그 이외의 물건은 나에게 되돌려 주었다.

앞에서 이야기했듯 나는 개인적인 주머니 한 개는 수색당하지 않도록 했다. 그 속에는 안경과(나는 시력이 안 좋아서 가끔씩 안경을 사용했다) 망원경 그리고 몇 개의 잡다한 물건이 들어 있었다. 그것들은 국왕과 별로 연관이 없는 잡다한 물건이었기 때문에 보여야 할 어떠한 의무감도 느끼지 않았다. 그리고 만약 그것들을 내놓았을 경우에는 잃어버리거나 못쓰게 될지도 모른다는 생각이 들었던 것이다.

제3장

저자는 국왕과 남녀 귀족을 매우 특이한 방식으로 즐겁게 해 준다. 릴리
퍼트의 궁정 오락에 대해 묘사된다. 저자는 일정한 조건하에 자유를 보장
받는다.

일어설 수 있게 되자 나는 주위를 둘러보았다. 고백하건대, 나는 나
의 신사다운 행동과 선량한 마음은 국왕과 신하들은 물론 군대와 일반
사람들에게까지 좋은 인상을 주었다. 그래서 나는 곧 자유를 누리게 될
것이라는 희망을 가지게 되었다. 나는 다양한 방법으로 그들에게 호감
을 얻기 위해 정성을 기울였다. 작은 사람들은 조금씩 내가 그들에게
어떠한 위험을 가할지도 모른다는 걱정을 하지 않게 되었다. 나는 가끔
씩 바닥에 드러누워서 대략 여섯 명 정도의 사람들이 손바닥 위에서 춤
을 추도록 했다. 나중에는 어린아이들도 아무렇지도 않게 나의 머리카
락 속에 숨어서 장난을 치며 놀았다.

작은 사람들의 말을 듣거나 말하는 데도 상당한 진척이 있었다. 어느
날 국왕은 그 나라의 여러 놀이로 나를 즐겁게 해 주려고 했다. 놀이의
화려함과 기술은 내가 알고 있던, 그 어느 나라의 놀이보다도 훨씬 뛰
어났다. 특히 줄타기는 무척이나 재미가 있었다. 그것은 약 30센티미
터의 높이에서 60센티미터 길이의 가늘고 하얀 실 위에서 솜씨를 선보
이는 것이었다. 여기에 관해서는 독자들이 좀 지루하더라도 상세하게

쓰고 싶다.

이 놀이는 작은 사람들의 나라에서 높은 자리에 오르거나 국왕의 신임을 받으려고 하는 사람들 사이에서만 이루어지는 것이다. 이들은 어렸을 때부터 줄타기 연습을 하는데, 반드시 귀족 출신이거나 고등교육을 받은 사람들만은 아니다. 사망이나 파면으로(이는 종종 있는 일인데) 공석이 생겼을 경우, 대여섯 명의 후보들이 줄 위에서 춤추며 국왕과 대신들을 즐겁게 하는 경쟁을 시작한다. 줄에서 떨어지지 않고 가장 높이 뛰어오르는 사람이 그 자리를 얻게 되는 것이다.

이따금 대신들도 국왕의 명을 받아 줄타기를 보여줌으로써, 아직 자신들이 줄타는 것을 잊지 않고 있다는 것을 증명하기도 한다. 재무대신 플리냅은 팽팽하게 당겨진 줄 위에서 왕국의 그 어떠한 귀족보다도 25밀리미터나 높게 뛰었다. 나는 그가 영국에 있는 노끈보다도 더욱 가느다란 줄에 고정된 나무 접시 위에서 몇 번인가 재주를 넘는 것을 보았다. 나의 친구인 궁정 대신 렐드레살은 플리냅 다음으로 실력파였다. 그 이외의 대신들은 대개 서로 비슷했다. 이 놀이는 이따금씩 목숨을 잃을 정도로 치명적인 사고가 발생하기도 하는데, 정식으로 기록되어 있는 것만으로도 상당수에 달했다. 후보들이 다치는 것을 나도 여러 차례 보았다.

대신들이 직접 묘기를 보일 때가 가장 위험했다. 실력 이상으로 주위의 동료보다 자신이 더욱 뛰어나다는 것을 보이려고 무리하게 뛰다가 한두 번 떨어진 경험이 없는 사람이 없었다. 내가 이곳에 오기 1~2년 전 플리냅조차 떨어졌을 때 바닥에 국왕의 방석이 놓여 있지 않았더라면, 그는 분명히 목이 부러져 죽었을 것이라고 했다.

이것과 비슷한 놀이가 또 하나 있었다. 그것은 특별한 일이 있을 때, 국왕과 왕비 그리고 총리대신 앞에서만 펼쳐지는 것이라고 했다. 국왕은 탁자 위에 대략 15센티미터 정도 길이의 파란색, 빨간색, 초록색의 비단 줄 세 개를 놓는다. 이 비단 줄은 특별한 은총의 표시였으며 국왕이 뽑는 사람에게 상으로 내려주는 것이다. 이러한 예식은 국왕의 의자가 있는 넓은 대전에서 행해진다.

여기에서 국왕의 은총을 얻으려는 후보들은 줄타기와는 아주 다른 묘기를 선보인다. 이것은 유럽이나 아메리카 어느 대륙에서도 찾아볼 수 없던 것이다. 국왕은 두 손으로 막대기를 잡고 수평이 되도록 만든다. 그러면 후보들이 한 명씩 차례로 나와 막대기가 올라가고 내려가는 것에 따라, 그것을 뛰어넘기도 하고 아래로 기어서 여러 번 왕복하기도 했다. 때로는 총리대신들이 반대편을 잡고 있기도 한다.

가장 재치 있으면서도, 멀리 뛰거나 기어가는 사람에게 파란색의 비단 줄이 주어진다. 2등에게는 빨간 줄, 그리고 3등에게 초록 줄이 주어진다. 입상자들은 그 실을 허리에 두 번 감는다. 궁중에 있는 고관들은 모두가 이러한 비단 줄로 장식을 하고 있었다.

매일같이 국왕과 군사들이 타는 말은 내 곁에서 훈련을 받아서, 이제는 아무런 거리낌이나 두려움 없이 발아래까지 다가오고는 했다. 기수들은 내가 땅에 내려놓은 내 손을, 말을 타고 뛰어넘었다. 왕의 사냥꾼 가운데 하나는 명마를 몰고서 구두를 신은 발을 뛰어넘었는데, 실로 멋진 솜씨였다.

어느 날 나는 매우 독특한 방법으로 국왕을 즐겁게 할 수 있는 기회를 마련했다. 나는 국왕에게 길이 60센티미터에 굵기는 여느 지팡이만한 몇 개의 막대기를 달라고 했다.

국왕은 숲을 관할하는 신하에게 나의 요구 조건을 그대로 들어주라고 명령했다. 다음 날 아침 신하 여섯이 각각 여덟 마리의 말이 이끄는 마차 여섯 대를 끌고 왔다. 나는 아홉 개의 막대기를 땅에 단단히 박아서 한 변의 길이가 75센티미터인 정사각형 모양을 만들었다. 그러고는 다른 네 개의 막대기를 이용해 땅에서 약 60센티미터 높이로 네 군데의 귀퉁이에 평행하도록 묶었다. 아홉 개의 막대기 위에 손수건을 대놓고 팽팽하게 잡아당겨서 북처럼 탄탄하도록 만들었다. 손수건으로 만들어진 바닥으로부터 12센티미터 위쪽에 나 있는, 평행으로 설치한 네 개의 막대기가 난간의 역할을 하도록 한 것이다.

작업을 마친 다음, 나는 국왕에게 가장 잘 달리는 말 스물네 마리로 구성된 군대를 불러와 손수건 위에서 훈련을 할 것을 제안했다. 그는 나의 제안을 받아들였다.

나는 무장한 군사가 타고 있는 말을 하나씩 들어서 손수건 위에 올려 주었다. 훈련을 맡게 될 장교도 함께 있었다. 정렬을 하고 난 다음 그들은 둘로 나뉘어 모의 전투를 시작했다. 촉이 달려 있지 않은 화살을 쏘고, 칼을 뽑아서 쫓고 쫓기며, 공격과 후퇴를 하면서 군사훈련을 시작했다. 나는 이제까지 구경한 것 중에서 가장 뛰어난 군사훈련을 보았다. 평행으로 나 있는 막대기가 난간 역할을 훌륭하게 해 주어서 말들이 아래로 떨어지는 것을 막아 주었다.

국왕은 무척 즐거워하면서 훈련을 며칠 동안이나 계속하도록 했다. 한 번은 직접 무대에 올라가서 지휘를 하기도 했다. 그리고 억지로 왕비를 설득해 연습하는 모습을 잘 볼 수 있도록 그녀가 타고 있는 가마를 나에게 들린 채로, 무대에서 2미터 정도 떨어진 거리에서 군사훈련을 지켜볼 수 있게 했다.

그동안 불의의 사고가 일어나지 않은 것은 참으로 다행이었다. 다만 어느 대장이 타고 있던 사나운 말이 뒷발질을 하는 바람에 손수건에 구멍이 뚫리게 되었다. 그 구멍 속으로 말의 다리가 빠져 기수가 함께 넘어졌다. 그러나 나는 재빨리 한 손으로 구멍을 막고 다른 손으로 그들을 하나씩 조심스럽게 내려놓아 모두 구할 수 있었다. 넘어진 말은 왼쪽 어깨를 다쳤지만, 말에 타고 있던 기수는 다행히 다치지 않았다. 나는 손수건을 다시 손보았다. 그러나 그처럼 위험한 일에 손수건을 다시 사용할 수는 없었다.

내가 자유의 몸이 되기 2~3일 전 일이었다. 이런 종류의 묘기로 사람들을 즐겁게 하고 있을 때, 국왕에게 급한 전갈이 들어왔다.

그것은 내가 처음에 잡혀 왔던 곳에서 말을 타던 사람들이 땅 위에 놓인 크고 검은 물체를 보았다는 것이다. 가운데 부분이 마치 사람의 키 정도로 높게 솟아 있었으며, 가장자리는 국왕의 침실 만큼이나 넓고 둥글게 펼쳐진 아주 이상한 물체였다. 하지만 그것은 작은 사람들이 생각했던 것처럼 생물은 아니었다. 풀 위에서 움직이지 않고 가만히 누워 있었던 것이다. 몇 명이 그 주위를 빙빙 돌기도 했고, 다른 사람의 어깨 위로 올라가 윗부분을 살펴보기도 했다는 것이다.

평평한 윗부분에서 발을 조심스럽게 굴러 보니 속이 비어 있었다는 것이다. 그들의 생각으로는 '산만 한 사람'이 사용하는 물건으로 보였으며, 국왕께서 원하신다면 즉시 말 다섯 마리로 그것을 운반해 오겠다고 했다. 나는 그것이 무엇인지를 알 수 있었다.

보고를 받은 후, 나는 무척 즐거웠다. 배가 난파된 다음 파도에 휩쓸리다가 육지에 상륙했을 때, 나는 혼수상태에 빠져 있었다. 노를 사용해 배를 저어 가고, 헤엄을 치는 동안 머리에 끈으로 묶어 두었던 모자가 육지에 도착한 이후 의식을 잃게 된 장소까지 오던 도중 떨어졌던 것 같았다.

묶어 두었던 끈이 어쩌다 끊어졌는지 모르지만 그동안 나는 육지로 오던 중 줄이 끊어지면서 모자를 바다에서 잃어버렸을 것이라고 믿고 있었다. 나는 국왕에게 되도록 빨리 모자를 가져올 수 있게 부탁했다. 그리고 이상한 물건의 정체와 용도를 그에게 설명했다. 다음 날 작은 사람들이 모자를 가지고 왔으나, 그 상태는 아주 좋지 않았다. 그들은 모자의 가장자리에서 35밀리미터 정도 되는 곳에 구멍을 뚫고, 두 개의 갈고리를 건 다음 기다란 줄을 이용해 말과 연결했던 것이다.

나의 모자는 이러한 상태에서 800미터라는 먼 거리를 끌려왔던 것이다. 하지만 작은 사람들의 나라는 땅이 아주 평평하고 굴곡이 없었기 때문에 짐작했던 것보다는 크게 망가지지 않았다.

모자를 되찾은 지 이틀이 지났다. 국왕은 도성 주변에 자리 잡고 있는 군사들에게 훈련 준비를 명령했다. 그는 아주 재미있는 방법으로 훈련을 시작하기 위해 나에게 최대한 넓게 다리를 벌린 채 동상처럼 서 있어 달라고 했다. 그는 장군에게(나이가 지긋하고 경험도 풍부했으며, 나를 무척 아껴 주는 사람이었다) 군대를 밀집대형으로 정렬시켜 나의 다리 밑으로 행진을 하라고 시켰다.

보병은 스물네 명이 줄을 하나 만들었고, 기병은 열여섯 명씩 조를 이루었다. 그들은 북을 울리고 깃발을 휘날리며 창을 앞으로 힘껏 겨눈 채 행진을 했다. 보병 3천 명과 기병 1천 명으로 구성된 대규모 군대였다.

국왕은 행진을 하고 있는 군사들에게 나에 대한 예의를 엄격히 지키지 않을 경우에는 누구를 막론하고 엄벌에 처하겠다고 경고했다. 그러나 젊은 장교 몇 명이 나의 다리 아래를 지나갈 때, 힐끗 눈을 치켜 올리는 것은 막을 수 없었다. 사실은 그 당시 나의 바지가 아주 형편없는 상태였기 때문에, 이것을 본 그들은 가끔씩 웃어 젖히기도 했다.

나는 자유를 얻기 위해 수많은 탄원서와 진정서를 제출했다. 국왕은 그 문제로 대신 회의와 전체 회의를 소집했다. 나와 기분 나쁘게 다툰 일이 없는데도 나를 아주 미워하고 있는 스키레슈 볼골람을 제외하고는, 전체 회의에서 나에게 자유를 주는 것을 반대하는 사람은 없었다. 하지만 그의 반대에도 불구하고 회의에 참석한 모든 사람들은 이 문제에 찬성을 했으며 국왕의 승인도 받게 되었다.

스키레슈 볼골람은 국왕의 신임도 두텁고, 임무 해결 능력도 뛰어난 '갈베트', 즉 해군 사령관이었으나 성질이 매우 까다로웠다. 결국 다른 이들의 의견을 따르기로 하긴 했지만 내가 자유를 얻기 전에 전제되어 야 할 조건과 조항들에 관한 문서는 그가 직접 작성하겠다는 주장을 굽 히지 않았다. 그렇게 작성된 문서는 두 명의 차관과 여러 명의 고관들 을 거느린 스키레슈 볼골람이 직접 나에게 전달했다.

　나는 그들에게 조항을 지키겠다는 맹세에 대한 선서를 요구받았다. 처음에는 영국 식으로, 그다음에는 작은 사람들의 방식대로 하라는 것 이었다. 작은 사람들의 선서법에 따르면, 왼손으로 오른쪽 발을 잡고 오른손의 가운뎃손가락을 들어서 정수리에 대고 엄지손가락을 오른쪽 귀의 끝부분에 대는 것이었다. 내가 자유를 얻기 위해 지켜야 할 조항 과 작은 사람들의 독특한 표현 방식을 독자들이 알고 싶어 할지도 몰라 그 문서 전체를 가능한 한 직역을 했다. 그것은 다음과 같다.

　릴리퍼트 왕국의 위대한 국왕이며, 우주의 즐거움과 두려움의 존재 이고, 다스리는 영역은 땅 끝까지 미치고 그 영역은 5천 블러스트럭스 (둘레 길이 약 20킬로미터)나 되고, 왕 중의 왕이며, 키는 누구보다도 크고, 내딛는 발은 땅의 중심을 누르며, 머리로는 빛나는 태양을 치며, 한번 고개를 저으면 지상의 군주들이 무릎을 떨고, 봄처럼 온화하고, 여름처럼 명랑하고, 가을처럼 풍성하고, 겨울처럼 엄격하며, 지극히 높은 국왕 '골바스토 모마렌 에블람 거딜로 쉬핀 물리 울리 궤'는 얼마 전 이 나라에 도착한 '산만 한 사람'에게 다음과 같은 사항을 선서로서 지킬 것을 분부한다.

第1조　'산만 한 사람'은 국왕의 도장이 찍혀 있는 허가서 없이 함부로 　　　릴리퍼트의 영토를 떠나서는 안 된다.

第2조　'산만 한 사람'은 국왕의 명령이 없이는 도성에 들어올 수 없 　　　다. 명령이 있을 경우 국민은 문밖으로 절대 나오지 말라는 주의를 두 시간 이전에 받을 것이다.

제3조 '산만 한 사람'은 걸어 다닐 경우 국도만을 이용해야 한다. 농장이나 곡식이 자라는 밭에서 함부로 걸어 다니거나 누워서는 안 된다.

제4조 '산만 한 사람'은 국도에서 걸을 때에도 사랑하는 국민과 말 그리고 마차 등을 밟지 않도록 언제나 조심해야 한다. 그리고 동의 없이 국민을 손으로 쥐어서는 안 된다.

제5조 '산만 한 사람'은 칙사를 급하게 보낼 필요가 있을 때, 주머니에 칙사와 말을 넣어서 옮겨 주는 의무를 다해야 한다. 그것은 한 달에 한 번 정도 있는 6일간의 여행이고, 이외에도 필요한 경우에는 칙사를 안전하게 돌아오도록 도와주어야 한다.

제6조 '산만 한 사람'은 블레훠스크에 있는 적과 싸울 때, 릴리퍼트의 동지가 되어야 한다.

제7조 '산만 한 사람'은 여유가 있을 때는 노동자들을 도와서 큰 돌을 옮겨 주어서 수렵장 주변의 벽을 쌓거나 왕궁의 건물 짓는 것을 도와주어야 한다.

제8조 '산만 한 사람'은 2개월 이내에 해변을 한 바퀴 돌아본 다음 발자국 수를 계산해 릴리퍼트의 면적에 대한 정확한 측량보고를 해야 한다.

제9조 '산만 한 사람'은 위의 모든 조항을 준수하겠다는 선서에 따라 하루에 국민 1,728명을 먹이기에 충분한 양의 음식과 마실 것을 지급받게 될 것이고, 릴리퍼트 국왕을 자유로이 만나볼 수 있으며, 그 외의 다른 호의도 받을 것이다. 본인 통치 제 91개월 제 12일 벨파보락에 있는 궁전에서 내려 보낸다.

몇 개의 조항은 내가 기대한 것보다 명예롭지 못한 것이었다. 하지만 나는 즐겁고 만족한 마음으로 조항을 지킬 것을 선서했다. 하지만 기분이 좋지 않은 점은 그것이 해군 사령관 스키레슈 볼골람에 의해 악의적으로 만들었다는 것이다.

쇠사슬은 곧 풀어졌으며, 나는 완전한 자유의 몸이 되었다. 국왕이 직접 나와서 나의 선서를 지켜보았다. 나는 국왕의 발 아래 엎드려 감사의 뜻을 전달했다. 그는 나에게 일어나라고 했다. 국왕의 여러 말에 몸둘 바를 몰랐지만 그것을 여기서 일일이 다 말하면 팔불출이라는 소리를 들을 것 같아 그만두지만, 국왕은 내가 아주 좋은 국민이 되기를 진정으로 바라고 있으며, 자신의 은총을 받을 만한 자격이 있는 사람이기를 기대한다고 말했다.

독자들은 내가 자유를 회복할 수 있는 마지막 조항에서 국왕은 사람들 1,728명을 먹여 살릴 만큼 충분한 양의 음식과 마실 것을 나에게 지급하겠다는 대목에 주의하기를 바란다. 나중에 한 친구에게 어떻게 해서 그처럼 분명한 숫자가 나왔는지를 물었다.

그는 국왕의 수학자들이 기구를 사용해 나의 키를 재 본 결과, 그들의 키보다 열두 배가 넘는다는 것을 알게 되었다. 따라서 외모는 그들과 똑같이 생겼으니 나의 몸이 최소한 작은 사람들 1,728명을 합친 것과 같다는 결론을 얻었다고 했다. 여기에 의해서 그 숫자만큼의 릴리퍼트 사람들이 먹는 음식물의 양을 필요로 할 것이라는 결론에 도달했다는 것이다. 이러한 사실로 미루어 국왕이 경제에 대해 얼마나 신중하고 정확한지, 그리고 릴리퍼트의 사람들이 얼마나 영리한 사람들인지 독자들은 짐작할 수 있을 것이다.

제4장

릴리퍼트의 수도인 밀덴도와 국왕의 궁궐에 대해 묘사된다. 나라의 여러 사정에 관해 저자와 수상이 대화한다. 저자는 전쟁 시 국왕을 돕겠다고 한다.

내가 자유를 얻은 다음 처음으로 요청한 것은 릴리퍼트의 수도인 밀덴도에 들어가 보는 것이었다. 국왕은 쉽게 허락을 했지만 시민과 집들이 상하지 않도록 특별한 주의를 하라고 이야기했다.

내가 밀덴도를 방문할 거라는 사실이 사람들에게 알려졌다. 수도를 둘러싼 성벽은 높이가 대략 75센티미터, 너비가 26센티미터 정도 되었다. 그렇기 때문에 그 위에서는 마차도 안전하게 돌 수 있었다. 3미터 정도의 거리마다 튼튼한 탑이 세워져 있었다.

나는 서쪽의 성문을 조심히 넘어 두 갈래의 넓은 길을 몸을 옆으로 비껴 천천히 걸어갔다. 지붕이나 처마가 외투자락에 걸려서 무너지게 될까 봐 조끼만 입고 있었다. 시민들은 집 안으로 들어가 나오지 말라는 명령이 이미 내려져 있었지만, 그래도 아직까지 거리에 남아 있을지 모르는 사람들을 밟지 않으려고 조심하면서 걸었다.

다락방의 창문과 지붕 꼭대기에는 많은 구경꾼들이 몰려 있었다. 제법 여러 곳을 여행한 적이 있는 나도 지금처럼 많은 사람이 살고 있는 곳은 아직 한 번도 본 적이 없다고 생각했다. 정사각형 모양으로 이루어진 도시의 벽은 하나의 길이가 150미터나 되었으며, 도시를 네 부분으로 나누는 교차로를 가로지르며 지나가는 두 개의 큰길은 너비가 150센티미터였다. 들어갈 수는 없었지만, 지나가면서 스쳐 보았던 조그만 길과 골목길은 대부분 30~45센티미터가량 되었다. 이 도시의 인구는 50만 명이었다. 작은 사람들의 집들은 3층에서 5층으로 만들어졌으며 상점과 시장에는 물건들이 가득 있었다.

두 개의 큰길이 서로 만나는 도시의 중심에 궁전이 세워져 있었다. 궁전은 높이 60센티미터의 담장으로 둘러져 있었으며, 건물에서부터 6미터 정도 떨어져 있었다.

나는 국왕의 승낙을 얻어 담장을 넘어갔다. 담장과 궁전 사이가 제법 넓어 나는 비교적 손쉽게 궁중의 많은 것들을 볼 수 있었다. 바깥쪽에 있는 궁전은 12미터의 크기였으며, 그 안에는 두 개의 작은 궁이 들어 있었는데 제일 깊숙한 곳에 세워져 있는 궁은 바로 국왕이 머무르는 곳이었다. 그곳을 무척이나 보고 싶었지만, 쉽지 않았다.

왜냐하면 마당에서 다른 마당으로 이어지는 문은 아무리 크다 해도 높이가 45센티미터, 너비가 18센티미터 정도로 작았기 때문이다. 비록 담장이 두께 10센티미터 정도의 돌로 견고하게 만들어져 있었지만, 바깥쪽에 있는 궁전 건물들의 높이가 최소한 150센티미터는 되었기에 그 건물에 약간의 손상을 입히지 않고서는 넘기가 거의 불가능했다.

국왕은 자신의 훌륭한 궁전을 내게 보여 주고 싶어 했다. 그러나 3일 후에나 궁전을 구경할 수 있었다. 그동안 나는 도시에서 100미터가량 떨어진 숲에서 가장 큰 나무 몇 그루를 베어, 하나의 높이가 90센티미터가량 되는, 나의 몸무게를 충분히 견딜 만한 디딤판 두 개를 만들었다.

시민들은 내가 다시 수도로 들어온다는 통고를 받았다. 나는 두 개의 디딤판을 들고서 궁전으로 다가갔다. 바깥쪽의 궁전에 도착하자 나는 디딤판 위에 올라가서 다른 디딤판을 들어, 그것을 지붕을 넘어 안쪽 궁전 사이에 있는 공터에 가만히 내려놓았다.

공터는 넓이가 약 240센티미터 정도 되었다. 나는 편하게 한쪽 디딤 판에서 다른 쪽으로 건너갈 수 있었다. 그러고는 갈고리가 달린 지팡이 로 먼젓번 디딤판을 잡아당겼다. 이런 식으로 가장 안쪽의 궁전에 도착 하자 그곳에서 옆으로 누운 다음, 가운데 층의 창문에 얼굴을 대고 안 을 들여다보았다.

열린 창문 사이로 나는 상상했던 것보다 훨씬 호화로운 내부 장식을 볼 수 있었다. 그곳에서는 왕비와 젊은 왕자들이 시종을 거느린 채 여 러 개의 방에서 생활하고 있었다. 왕비는 매우 즐거운 표정으로 우아하 게 웃으며 창문 밖으로 손을 내밀었다. 내가 입을 맞출 수 있도록 하기 위해서였다. 그러나 독자에게 더 이상은 설명하지 않겠다. 자세한 얘기 는 조만간 출판할 예정인, 보다 방대한 책을 위해 남겨 두고 싶다.

그 책에는 릴리퍼트를 건설한 왕에서부터 그 이후의 여러 왕들 사이 에 오랫동안 계승되어 온 일반적인 기록들, 특히 전쟁, 정치, 법, 학문 그리고 종교에 대해 상세하게 기록해 두었다. 게다가 그곳에서 자라는 동식물, 작은 사람들의 독특한 의식과 관습, 아주 이상하면서도 유용한 많은 것들을 함께 기록했다. 여기서는 9개월 동안 릴리퍼트에 머무르 면서 공적으로 일어난 일들을 이야기하려는 것이다.

내가 자유를 얻은 지 2주가 흘렀다. 어느 날 아침 (그들의 방식으로 말하자면) 비서실장으로 있는 렐드레살이 수행원을 데리고 나에게 찾 아왔다. 그는 마차를 멀리서 기다리게 하고는 한 시간만 이야기할 기회 를 달라고 했다. 내가 탄원서를 제출했을 때 보여 주었던 호의나, 그의 신분과 인품을 보아서도 그렇게 하지 않을 수 없었다.

나는 그가 쉽게 말할 수 있도록 눕겠다고 했다. 그러나 그는 자기가 말하는 동안 차라리 나의 손 위에 올려달라고 했다. 그는 내가 자유를 얻은 것에 대해 진심으로 축하한다고 했다. 그렇게 되기까지는 자신의 공도 어느 정도 있다고 했다. 하지만 만일 지금 궁중이 처해 있는 어떠한 사태가 없었다면, 그토록 빨리 자유를 얻지는 못했을 것이라고 했다. 그는 거기에 대한 이유를 다음과 같이 이야기했다.

다른 나라 사람에게는 릴리퍼트가 번영하는 것처럼 보일지 모르지만, 지금 우리는 두 가지 어려움에 직면해 있습니다. 내부적으로는 격렬한 당쟁이며, 외부적으로는 적의 침략에 대한 위험이 있습니다. 우선 지난 70개월 이전부터 이 나라에는 두 당파가 서로 논쟁하고 있다는 사실을 이해하시길 바랍니다.

'트라멕산' '슬라멕산' 이라는 이름으로 불리는데, 그들은 자신들이 신은 구두의 높은 굽과 낮은 굽으로 당파를 구별하고 있습니다. 높은 굽이 이제까지의 제도에 가장 잘 부합된 것도 사실입니다. 그러나 지금의 국왕은 행정부나 왕궁에 관련된 모든 직책에 오직 낮은 굽을 신은 사람만을 등용하기로 결정했습니다. 당신도 보셨겠지만 국왕이 신고 있는 구두의 굽은 다른 사람들이 신고 있는 신발보다 1드러르 정도 (약 1.8밀리미터) 낮은 것입니다.

이들 당파간의 적대감은 굉장히 커서 함께 식사를 하거나 술을 마시지도 않고, 심지어는 서로 이야기도 같이 나누려고 하지 않습니다. 높은 굽을 신은 '트라멕산' 파가 우리보다 훨씬 더 많은 것으로 알고 있습니다. 그러나 모든 권력은 '슬라멕산' 파에게 있습니다. 그러나 왕위를 이어받을 왕자가 높은 굽을 따르는 것이 걱정입니다. 왕자의 신발 가운데 한쪽의 굽이 다른 쪽 굽보다 조금 높은 것을 보면 그 사실을 알 수 있습니다. 그렇기 때문에 걸을 때마다 왕자는 조금씩 절름거리지 않습니까?

이와 같이 내부적으로 편안하지 못한 가운데 우리는 블레훠스크로부터 침략의 위협을 받고 있습니다. 그들은 릴리퍼트와 거의 비슷한 영토와 국력을 가지고 있습니다. 물론 당신 말처럼 큰 사람들이 살고 있는 곳이 있겠지만, 릴리퍼트의 학자들은 그 사실을 믿으려고 하지 않습니다. 당신이 달에서 떨어졌거나, 많은 별 가운데 어느 한 곳에서 왔을 것이라고 믿습니다. 당신과 같은 사람 100여 명만 있어도 릴리퍼트에 있는 모든 과일이나 짐승들은 순식간에 없애 버릴 것이기 때문입니다.

그리고 6천 개월이라는 우리의 역사를 살펴보아도 릴리퍼트와 블레훠스크를 제외한 다른 나라의 이야기가 전혀 없었습니다. 다시 이야기를 되돌리면, 릴리퍼트와 블레훠스크라는 강력한 나라들은 지난 36개월 동안 한 치의 양보도 없는 전쟁을 수행하고 있습니다. 그 전쟁은 다음과 같이 시작되었습니다. 계란을 먹기 전에, 그것을 깨는 가장 오래된 방법은 넓고 둥근 방향의 끝부분을 깨는 것이었습니다. 그런데 지금 국왕의 할아버지께서 소년이었을 당시 그동안의 관습대로 계란을 깨다가 손가락을 베는 사건이 일어났습니다.

이렇게 되자 그의 아버지였던 당시의 국왕이 새로운 법을 만들어 모든 사람들에게 계란을 깰 때는 좁은 방향의 끝부분을 깨도록 명령하고, 이것을 어기는 사람이 있을 경우에는 엄한 벌을 내리기로 결정했습니다. 역사책을 보면, 한동안 국민은 이 법에 몹시 화가 나서 여섯 차례의 반란을 일으켰습니다. 반란에 휘말렸던 어느 국왕은 목숨까지 잃었으며, 왕위까지 잃은 사람도 있었습니다.

내란은 언제나 블레훠스크가 선동했으며, 진압이 되고 난 다음 반란을 주도했던 주동자들은 언제나 그 왕국으로 망명을 했습니다. 통계에 의하면 그동안 1만 1천 명이나 되는 사람들이 여러 차례에 걸쳐 좁은 방향의 끝부분으로 계란을 깨기보다는 차라리 죽음을 택했던 것입니다. 이 문제에 관해 수백 권의 두툼한 책이 출판되었습니다.

그러나 넓은 방향의 끝부분을 깨는 것을 옹호하는 사람들은 오랫동
안 출판과 판매의 자유가 금지되어 왔습니다. 그리고 법에 의해 그들
은 공직에도 취임하지 못하도록 되어 있습니다. 이러한 갈등이 일어나
는 동안 블레훠스크 국왕은 가끔씩 대사를 통해 우리의 행위가 브런데
크랄(작은 사람들이 믿고 있는 종교의 복음을 기록해 둔 성서를 의미
한다) 제 54에 있는 위대한 예언자 러스트롱의 가르침을 위배하기에
종교의 분리를 조장하고 있다고 비난했습니다.

그러나 이것은 성서에 대한 고의적인 잘못된 해석에 불과합니다. 원
래의 기록에는 '진정한 믿음이 있는 사람들은 계란의 편리한 방향의
끝부분을 깨도록 하라'고 씌어 있습니다. 어느 방향으로 계란을 깨는
것이 편리한가에 대해서는 각자의 마음에 달린 일이지만, 나는 국왕이
그것을 결정할 수 있다고 생각합니다.

계란의 넓은 방향 끝부분을 깨어 먹는 파에서 망명을 한 사람들은
블레훠스크 국왕으로부터 많은 신임을 받고 있으며, 또한 고향인 릴리
퍼트에 있는 자기 파 사람들로부터도 많은 도움과 격려를 받고 있기
때문에 지난 36개월 동안 두 나라 사이에는 언제나 피비린내 나는 전
쟁이 계속되었던 것입니다.

그동안 릴리퍼트는 커다란 군함 40척을 잃었고, 이보다 더욱 많은
수의 작은 군함 그리고 군사 3만 명을 잃었습니다. 적의 손실은 우리의
경우보다 얼마간 더 컸을 것으로 추정됩니다. 그러나 지금 그들은 수
많은 함대를 무장시킨 채 머지않아 쳐들어 올 준비를 하고 있습니다.
국왕은 당신의 용기와 힘에 많은 믿음을 가지고 있으며, 그러기에 이
이야기를 당신에게 전하라고 나에게 명령했던 것입니다.

나는 그에게 국왕에 대한 나의 존경심을 전해 달라고 부탁했다. 다른
나라에서 온 사람이기에 당쟁에는 함부로 끼어들 수 없지만, 외부의 침

략자들로부터는 국왕과 릴리퍼트를 위해 생명의 위험을 무릅쓰고서라
도 방어할 마음의 준비가 되어 있다고 말했던 것이다.

제5장

저자가 놀라운 전략으로 타국의 침략을 막아 낸다. 영예로운 호칭이 그에게 부여된다. 블레휘스크 국왕에게서 특사가 도착하여 화평을 요청한다. 황후의 거처에 사고로 화재가 발생하고 저자는 궁궐을 구하는 데 중요한 역할을 한다.

블레휘스크 왕국은 릴리퍼트의 북동쪽에 위치한 섬으로 730미터 거리밖에 되지 않는 해협을 사이에 두고 떨어져 있었다. 나는 블레휘스크를 지금껏 한 번도 본 적이 없었다. 침략이 있을 것이라는 말을 들은 다음, 나는 그 나라에 나에 대한 정보가 아직까지는 전해지지 않았지만, 블레휘스크의 배에게 발견되는 것을 염려해 그 나라가 있는 방향의 해변으로 몸을 드러내는 것을 피했다. 전쟁 동안에는 두 왕국 간의 왕래가 엄격하게 금지되어 있었다. 이것을 위반하는 사람은 사형에 처해졌으며, 국왕은 모든 선박의 출입을 통제하고 금지했다. 따라서 나의 존재는 알려지지 않았을 터였다.

나는 국왕에게 블레휘스크의 함대를 모두 잡아올 수 있도록 준비해 줄 것을 요구했다. 정찰병의 보고에 따르면, 적은 바람이 알맞게 불어오는 것과 동시에 출항할 준비를 갖추고 항구에서 정박하고 있었다.

나는 그 해협에 대한 경험이 풍부한 선원들에게 바다의 깊이를 물어보았다. 그들의 말에 따르면, 만조 시에는 가장 깊은 부분이 70글럼그루프스로(유럽의 측정 단위로는 180센티미터가량) 그 이외의 경우에는 50 글럼그루프스밖에 되지 않는다는 것이었다.

나는 블레훠스크 맞은편 북동쪽의 해안으로 걸어가 나지막한 언덕 뒤에 엎드렸다. 주머니용의 작은 망원경을 꺼내어 항구에서 정박 중인 블레훠스크의 함대를 살펴보았는데, 약 50척의 군함으로 구성되어 있었고 그 이외에도 많은 수송선들이 있었다.

집으로 돌아온 나는 단단한 밧줄과 쇠 막대를 갖다 달라고 지시했다. 그들이 가져다 준 밧줄은 두께가 삼노끈만 했고, 막대의 길이와 두께는 뜨개바늘 정도 되었다. 나는 세 개의 밧줄을 한 묶음으로 꼬아서 보다 강력하게 만들었다. 쇠 막대도 같은 방법으로 한데 모아서 끝을 비틀어 갈고리 모양으로 만들었다. 이렇게 만든 50개의 갈고리에 50개의 쇠줄을 묶어서 다시 북동쪽 해안으로 떠났다. 외투와 신발 그리고 양말을 벗은 다음, 만조가 되기 30분 전에 가죽조끼 차림으로 바다에 들어갔다. 서둘러 걷기 시작한 나는, 건너편 땅에 다시 닿을 때까지 27미터 정도의 깊은 곳은 헤엄쳐서 건넜다.

30분이 채 되기 전 나는 블레훠스크 항구에 도착할 수 있었다. 적들은 갑자기 나타난 나를 보고는 깜짝 놀라 배에서 뛰어내린 후 헤엄쳐 기슭으로 도망갔다. 기슭에는 적어도 3만 명 정도의 적군이 있었다. 밧줄을 꺼내 든 나는 밧줄의 끝에 달린 갈고리를 뱃머리마다 건 다음 한데 모아 묶었다. 그동안 적들이 쏘기 시작한 수천 개의 화살이 얼굴과 손으로 날아와 박혔다. 따끔따끔한 것은 말할 것도 없었으며, 내가 움직이는 데도 많은 장애가 되었다.

제일 걱정이 되었던 것은 눈이었다. 그 당시 좋은 아이디어가 떠오르지 않았다면 틀림없이 눈을 잃었을 것이다. 나는 황제의 눈을 피해 따로 보관해 두었던 안경을 주머니에서 꺼내어 코 위에 단단히 고정시켜 썼다. 그런 다음에는 적들이 아무리 빗발 같은 화살을 쏘더라도 대담하

칼을 꺼내 든 걸리버는 닻으로 고정되어 있는 줄을 끊기 시작했다.
그러는 동안 얼굴과 손에는 200여 개의 화살이 날아와 박혔다.

게 일을 계속할 수 있었다. 여러 개의 화살이 안경에 와 부딪쳐 약간 흔들렸으나, 별다른 일은 일어나지 않았다. 마침내 정박해 있는 배에 갈고리를 모두 걸 수 있었다.

그러고 나서 묶은 밧줄을 들고 한곳으로 끌기 시작했다. 그러나 배가 아주 단단하게 닻으로 고정되어 있었기 때문에 한 척도 움직이지 않았다. 나는 밧줄을 놓았다. 갈고리는 배에 묶은 그대로 둔 채, 대담하게도 칼을 꺼내들고 닻으로 고정되어 있는 줄을 끊기 시작했다. 그동안에도 얼굴과 손에 200여 개의 화살이 날아와 박혔다. 일을 모두 마친 다음, 나는 갈고리로 연결된 줄을 잡고서 적의 거대한 군함 50척을 쉽게 끌고 올 수 있었다.

나의 행동을 상상조차 할 수 없었던 블레훠스크 사람들은 너무 놀라서 어리둥절했다. 그들은 내가 닻을 끊는 것을 보고, 배들을 제멋대로 흘려보내거나 부딪쳐서 부수어 버릴 것이라고 생각했다. 그러나 모든 배를 끌고 가는 것을 보자, 그들은 말로 표현할 수 없는 슬픔과 절망에 빠져 소리를 질러 댔다.

위험에서 벗어나자 나는 잠시 걸음을 멈추고 얼굴과 손에 박힌 화살을 뽑은 다음 처음 도착한 날 받았던 고약을 릴리퍼트 사람들이 알려준 방식대로 발랐다. 그런 다음에는 안경을 벗고 만조가 조금 빠질 때까지 한 시간 정도 기다렸다가 배를 끌고 릴리퍼트의 항구에 안전하게 도착했다.

국왕과 신하들은 거창한 모험의 결과를 알기 위해 해변에서 기다리고 있었다. 그들은 배들이 마치 반달과 같은 모양으로 움직이는 것을 보았다. 그러나 아직 가슴까지 물속에 잠겨 있는 나를 발견할 수는 없었다. 해협의 중심부로 걸어갔을 때는 바닷물이 목까지 차오른 모습을 본 그들은 상당히 걱정을 한 모양이었다.

국왕은 내가 물에 빠져 죽었으며, 블레훠스크의 함대가 공격을 하는 것이라고 결론을 내렸다. 그러나 그의 근심은 이내 사라졌다. 내가 한 걸음씩 걸을 때마다 물은 점점 얕아졌기 때문이다.

마침내 나는 그들의 목소리를 알아들을 수 있을 만큼 가까운 거리에 도착했다. 그러고는 군함을 묶은 줄을 높이 들고 큰 소리로 "릴리퍼트의 위대한 국왕 만세!" 하고 소리를 질렀다. 내가 상륙하자 국왕은 온갖 찬사로 맞아 주었고, 가장 영예로운 칭호인 '나르다크'를 그 자리에서 내려 주었다. 국왕은 언젠가 다시 기회를 봐서 블레휘스크의 나머지 배들까지도 릴리퍼트로 끌어와 달라고 요청했다.

국왕의 야망이란 끝이 없었다. 아마도 그는 블레휘스크의 영토 전체를 자신의 지배하에 두어 다스리고 싶었을 것이다. 그래서 지금 망명을 가 있는, 계란의 넓은 끝부분을 깨 먹어야 한다고 주장하는 사람들을 모두 처치하고 그곳에서 살고 있는 사람들에게도 계란의 좁은 끝부분을 깨뜨리도록 강요하며, 이 세상에서 가장 위대한 국왕으로 남기를 바라는 것 같았다.

그러나 나는 정치 문제로 일어나는 많은 분쟁을 일깨워 줌으로써 국왕의 마음을 돌리려고 애썼다. 또한 자유롭고 용감한 국민을 노예로 만드는 일을 도울 수는 없다고 딱 잘라 거절했다.

대신 회의에서 이 일을 논의했을 때, 현명한 사람들은 나의 의견에 동의를 했다고 한다. 공개적이고 대담한 나의 발언은 국왕의 계획이나 정책과는 아주 상반되는 것이었기 때문에 그는 나를 절대로 용서할 수 없었다. 그는 회의를 하는 도중 교묘한 방법으로 이에 대해 이야기를 했다. 나중에 듣게 된 이야기지만, 대신 가운데 현명한 사람들은 침묵으로 일관하며 나의 의견에 공감을 표시했다는 것이다. 그러나 나에게 남몰래 나쁜 감정을 가지고 있던 사람들은 간접적으로 나를 비난했다. 그때부터 나에게 악의를 품고 있던 대신들과 국왕 사이에는 음모가 진행되었다. 음모는 2개월도 채 지나지 않아 시작되어 나의 목숨을 영영 빼앗아 갈 뻔했다. 국왕의 야망을 충족시키는 것을 거부했다는 이유로 나의 전공도 별반 가치가 없는 것으로 인정되고 말았다.

내가 공을 세운 지 3주 뒤에 블레훠스크에서 파견된 사절단이 도착해 겸손한 태도로 화평을 요청했다. 조약은 릴리퍼트 국왕에게 아주 유리한 조건으로 성립되었다. 여기에 대해서는 구구절절 얘기하여 독자들을 괴롭히고 싶지 않다.

사절단은 500여 명의 수행원들을 거느린 여섯 명의 대사로 구성되어 있었다. 그들의 행렬은 블레훠스크를 다스리는 국왕의 위엄과 사안의 중요성을 염두에 둔 만큼 굉장한 것이었다. 조약이 진행되는 동안 나는 아직 궁정의 신뢰를 얻고 있던 터라(아니, 그렇게 보였을 뿐인지도 모르지만) 나는 그들을 도와주었다. 사절단은 내가 자신들에게 호의를 갖고 있다는 것을 들은 모양이었다. 조약이 정식으로 체결되자, 내가 얼마나 많은 도움이 되었는가를 알게 된 대사들이 공식적으로 나를 방문했다. 나의 용기와 관대함에 찬사를 보내는 것으로 말을 시작한 그들은 블레훠스크 국왕의 이름으로 나를 초청했다. 그리고 나의 엄청난 힘을 자기들에게도 보여 달라고 했다.

나는 기꺼이 그들의 요청을 들어주었지만 거기에 대한 많은 설명으로 독자들을 힘겹게 하고 싶지는 않다. 블레훠스크에서 파견된 대사들을 충분히 만족시키고 나서, 나는 그들의 국왕에게 경의를 표할 수 있는 영광을 베풀어 달라고 요청했다. 그들의 국왕이 쌓았던 두터운 덕이 벌써 세상에 널리 알려져 있기에, 영국으로 돌아가기 이전에 블레훠스크 국왕을 만나 볼 기회를 얻으면 좋겠다고 말했던 것이다.

그 후 릴리퍼트 국왕을 만났을 때, 나는 블레훠스크 국왕을 만나 볼 수 있도록 허가해 달라고 부탁했다. 그는 아주 냉담한 표정으로 승낙했다. 그러나 그렇게 냉담했던 이유를 알 수는 없었다.

나중에 어떤 사람이 은밀하게 알려 주기를, 내가 대사들과 만나는 것이 국왕에 대한 강력한 불만의 표시라며 플리냅과 볼골람이 비난했다는 것이다. 여기에 대해 나는 결백하다. 좌우지간 이를 계기로 나는 궁중과 대신들을 조금씩 의심하기 시작했다.

블레훠스크의 대사들과 내가 이야기를 할 때, 통역이 필요했다는 사실을 잊어서는 안 된다. 릴리퍼트와 블레훠스크의 언어는 유럽의 나라들처럼 서로 달랐으며, 이들은 서로가 자기 나라의 말이 훨씬 오래된 전통과 아름다움 그리고 힘을 가지고 있다고 자랑했다. 그러면서 서로가 다른 나라의 말을 얕보고 있었다.

그러나 블레훠스크의 함대를 모두 끌고 옴으로써 우위를 지키고 있던 릴리퍼트 국왕은 대사들의 신임장이나 대화를 모두 릴리퍼트의 글과 언어로 하도록 명령했다. 하지만 오해를 없애기 위해 말해 두는데 릴리퍼트와 블레훠스크 사이의 잦은 무역과 망명 그리고 서로의 나라에 젊은 귀족이나 부유한 호족들의 자제들을 파견해 물정을 익히고 풍습을 이해하는 데 도움이 되도록 했던 관습 때문에 신분 높은 사람이나 상인 또는 해변에 사는 사람 중 두 나라의 말을 못하는 사람이 거의 없다는 사실도 이야기해야 하겠다.

이 사실은 몇 주 후에 내가 블레훠스크 국왕에게 경의를 표하러 갔을 때도 알 수 있었다. 나의 방문은 릴리퍼트에 있는 정적들의 방해로 힘든 시기에 이루어졌기 때문에 행복한 모험이 되었다. 여기에 대해서는 나중에 적절하게 이야기를 하겠다.

내가 자유를 얻기 위해 어떤 문서에 서명을 했을 때, 거기에는 몇 가지의 굴욕적인 조항이 있었다는 사실을 현명한 독자들은 기억할 수 있을 것이다. 그 당시 내가 곤란한 처지에 놓여 있지 않았더라면, 결코 서명하지 않았을 것이다.

그러나 릴리퍼트에서 가장 영예스러운 '나르다크' 칭호를 수여받은 지금, 그 조항들은 내 인격을 손상시키는 것이며 국왕도(이것만은 분명히 말해 두고 싶지만) 그대로 따르라고 언급한 적이 한 번도 없었다. 그러나 얼마 지나지 않아서 나는 국왕에게 봉사할 훌륭한 기회를 맞을 수 있었다. 적어도 그 당시에는 그렇게 생각했다.

어느 날 밤, 나는 수백 명의 사람이 문 앞에서 크게 소리 지르는 바람에 잠에서 깨어났다. 갑자기 일어난 나는 까닭 모를 두려움이 엄습했다. '버글럼'이라는 말이 끊임없이 되풀이해 들려왔다. 국왕의 시종 몇 사람이 사람들 사이를 헤치고 다가와 궁전으로 급하게 와 달라고 간청했다.

소설을 읽다가 그대로 잠이 든 시녀의 부주의로 왕비의 침소가 불에 타고 있다는 것이다. 나는 재빨리 일어나 사람들에게 길을 비켜달라고 했다. 그날은 때마침 밝은 달이 떠 있어서 한 사람도 밟지 않고 궁전에 도착할 수 있었다. 많은 사람들이 왕비가 있는 침소의 벽에 사다리를 세워 두고 물통을 나르고 있었다. 그러나 물은 멀리 떨어진 곳에 있었으며, 물통 역시 골무만 한 크기였다.

작은 사람들이 서둘러서 나에게 물을 날라다 주었지만, 불길이 너무 거셌기 때문에 별로 도움이 되지 않았다. 내 커다란 외투로 불을 쉽게 끌 수 있을 거라 생각했지만 너무 서둘러서 오는 바람에 외투를 집에 두고 가죽조끼만 입고 달려온 것이다.

이제는 불을 끈다는 것이 절망적으로 보였다. 그리 쉽지 않은 일이었지만 만일 나에게 응급조치가 생각나지 않았더라면 이 훌륭한 궁전은 틀림없이 몽땅 타 버려 잿더미가 되었을 것이다.

어제 저녁 나는 '글리미그림'(블레휘스크 사람들은 그것을 '훌루네' 라고 부르고 있지만, 릴리퍼트에서 만들어진 것이 훨씬 좋은 것이라고 알려져 있다) 이라고 부르는 굉장히 맛있는 포도주를 잔뜩 마셨는데, 그것은 소변을 자주 보게 했었다. 다행히도 나는 아직 소변을 보지 않았다. 불 옆에서 소화 작업에 열중하고 있자니 몸속이 뜨거워지면서 곧 소변이 마려워지기 시작했다. 불길 가까이 다가선 나는 곧 참고 있던 소변을 보기 시작했다. 게다가 꼭 필요한 곳을 겨냥해 방출했기 때문에 불은 나의 오줌으로 3분 만에 완전히 꺼지게 되었다. 완성되기까지 오랜 세월이 걸렸을 궁전의 나머지 부분은 화재의 위험에서 안전하게 되었다.

날이 밝아 오자, 나는 국왕의 치하도 기다리지 않고 곧바로 집으로 돌아왔다. 비록 대단한 공로를 세우기는 했지만, 국왕이 불을 끈 방법에 대해 무어라 생각할지 몰랐기 때문이다. 릴리퍼트의 법에는 지위고하를 막론하고 궁전 부근에서 소변을 보는 자는 사형에 처하도록 되어 있었다. 그러나 나의 죄를 용서해 줄 것을 대법원에 요청했다는 국왕의 전갈을 받고 약간은 안심이 되었다.

하지만 결국 나는 면죄를 받지 못했다. 어떤 이가 은밀히 들려준 얘기에 따르면, 내가 불을 끈 행위에 혐오감을 느낀 왕비가 반대편에 있는 궁전으로 이사를 갔으며, 그 건물을 보수한다 해도 자신의 거처로는 사용하지 않기로 했다는 것이다. 또한 왕비는 친근한 사람들이 있는 곳에서 무례한 행동을 한 나에게 반드시 복수를 하겠다는 말을 되풀이했다는 것이다.

제6장

릴리퍼트 주민들의 학문, 법률 그리고 관습에 대해 설명한다. 그들의 아이를 교육시키는 방식과 저자가 그 나라에서 살아가는 법에 관해 이야기한다. 한 귀부인에 관해 저자는 변호한다.

이 왕국에 대한 묘사는 그 주제만을 다룬 특별한 논문을 다시 준비하고 있지만, 몇 가지 이야기로 독자의 호기심을 채워 주기로 하겠다. 작은 사람들의 키는 약 15센티미터에 조금 못 미쳤으며, 초목이나 동물들도 이와 같은 비율로 크기가 작았다. 가장 큰 말이나 황소도 10센티미터에서 13센티미터 사이였으며, 양은 4센티미터 정도이거나 또는 이보다도 작았다. 거위는 영국의 참새만 했다.

이런 비율로 점점 작아져 나중에는 가장 작은 동물에까지 이르게 되는데, 가장 조그마한 동물들은 거의 보이지도 않았다. 그러나 자연은 릴리퍼트 사람들의 눈을 아주 작은 것이라도 세심하게 볼 수 있게 만들었기 때문에 그들은 아주 미세한 것도 잘 바라볼 수 있었다. 하지만 아주 멀리 떨어져 있는 것은 보지 못했다.

아주 작은 물건들도 제대로 바라보는 작은 사람들의 예민한 시력에 대해 몇 가지 예를 들자면, 나는 요리사가 파리보다도 더 작은 종달새의 털을 뽑거나, 어린 소녀가 보이지도 않는 바늘과 명주실로 바느질하는 모습을 재미있게 바라보았다.

가장 큰 나무라도 2미터 정도였다. 그 나무는 왕실 정원에 있는데 내가 손을 뻗으면 겨우 꼭대기에 닿을 정도였다. 다른 식물들도 크기가 이와 같은 비율이었다. 그러나 이것은 독자의 상상에 맡기기로 한다.

그들의 학문에 대해 조금만 이야기하겠다. 여러 분야의 학문이 수세대에 걸쳐 꽃을 피웠으나, 작은 사람들이 글을 쓰는 방식은 아주 특이했다.

유럽 사람처럼 왼쪽에서 오른쪽으로 써 가는 것도 아니고, 아라비아 사람처럼 오른쪽으로 써 가는 것도 아니다. 중국 사람처럼 위에서 아래쪽으로 글을 쓰는 것도 아니고, 카스카지아 사람처럼 아래에서 위로 쓰는 것도 아니다. 마치 영국의 귀부인이 쓰는 글씨처럼 종이의 한쪽 모서리에서 다른 쪽의 모서리로 비스듬히 써내려 가는 것이다.

작은 사람들은 죽은 사람을 매장할 경우, 머리를 아래로 향하도록 해서 묻는다. 그들은 1만 1천 개월이 지나고 나면 죽은 사람이 다시 살아난다고 믿는다. 그때가 되면 지구가(릴리퍼트의 학자들은 지구가 평평한 것으로 믿고 있다) 거꾸로 뒤집히기 때문에, 머리를 아래로 향하도록 묻어야 죽은 사람들이 다시 살아나게 되었을 때 똑바로 서 있게 된다는 것이다. 그들 중에서도 현명한 사람은 이런 생각이 어처구니없는 일이라고 말하지만 대중 사이에서 아직도 이런 관습은 남아 있었다.

이러한 법률과 관습이 내가 사랑하는 조국, 영국과 그토록 정반대가 아니었더라면 분명 이들의 정당성을 옹호하고 싶은 마음이 들었을 것이다. 지금으로선, 부디 그 법률과 관습이 잘 지켜지기를 바랄 뿐이다.

가장 먼저 이야기할 것은 밀고자에 관한 것이다. 국가에 반하는 모든 범죄는 아주 엄격하게 처벌되었다. 그러나 피고인이 재판 과정에서 자기의 무죄를 분명하게 밝히게 된다면 반대로 밀고자가 즉시 불명예스러운 죽음을 맞이하게 된다. 그리고 무죄 판결을 받은 사람은 밀고자에게서 압류한 재산이나 토지로부터, 자기가 잃어버린 시간과 겪었던 위험, 감옥에서 고생한 일 그리고 변호를 위임하는 데 사용된 모든 비용의 네 배를 보상받는다. 만일 허위로 밀고하다가 처벌을 받은 사람의 재산이 보상을 하기에 충분하지 못할 경우에는 부족한 만큼을 대부분 국왕으로부터 받게 된다. 이외에도 국왕은 여러 대중 앞에서 무죄 판결을 받은 사람에게 은총의 표시도 내려 주어, 그의 결백함을 공포한다.

작은 사람들은 도둑질보다도 사기를 더욱 큰 죄로 생각하는 것 같았다. 그러므로 사기는 언제나 사형으로 처벌되었다. 그들은 몇 가지 주의를 하면서 잘 살피기만 하면 도둑들로부터 물건을 지킬 수 있지만, 정직은 비상한 간교함을 막아 낼 수 있는 아무런 보호막도 가지고 있지 않으며, 사고파는 신용거래가 계속해 이루어져야 하는데, 만일 사기가 허용되거나 관대하게 용서해 그것을 징계하지 않으면 정직한 사람들은 언제나 손해를 보고 나쁜 사람들이 이익을 보게 된다고 주장했다.

언젠가 나는 많은 돈을 어음으로 받고 도망쳐 자신의 주인을 속인 죄인을 용서해 달라고 국왕에게 청한 적이 있었다. 나는 정상을 참작해 달라는 뜻으로, 그는 단지 신용을 어겼을 뿐이라고 말했다. 국왕은 그건 말도 안 되는 일이며 그를 변호하려는 것은 오히려 죄를 더욱 무겁게 할 뿐이라고 말했다. 나는 관습이 나라마다 다르다는 식으로 대답할 수밖에 없었으나, 한편으로는 매우 부끄러웠다.

상벌이 국가를 유지하는 중요한 요소라고 우리는 흔히 말하지만, 나는 릴리퍼트 이외의 나라에서 이 말이 그대로 지켜지는 것을 본 적이 없다. 어느 사람이든지 73개월간 이 나라의 법률을 엄격하게 준수했다는 증거를 가진 사람은, 신분과 지위에 따라 어떤 특권이 주어지고, 이러한 경우에 사용되도록 준비된 기금을 받아서 생활할 수 있었다.

그리고 자손에게 물려주지는 못하지만 '스닐팔'이라는 영예로운 칭호를 부여받아 자기의 이름 앞에 붙일 수도 있다. 영국의 법률은 언제나 상에 관해서는 아무런 언급이 없으며 오로지 벌을 주기 위해서만 시행된다고 내가 그들에게 이야기하자, 그들은 그것이 영국의 법률 집행에 있어, 엄청난 결함이라고 이야기했다.

작은 사람들의 법원에는 정의의 이미지에서 본따 만든 앞뒤에 두 개씩 그리고 양옆으로 하나씩, 모두 여섯 개의 눈을 가진 정의의 여신상이 있었다. 이것은 재판을 신중히 하라는 의미였다. 또한 이 동상은 오른손에 열린 금자루를, 왼손에는 칼집에 든 칼을 들고 있었다. 이는 벌보다는 상으로써 처결을 내리는 릴리퍼트의 관습을 의미했다.

작은 사람들은 공무원을 채용하는 데 있어 뛰어난 능력보다 훌륭한 덕성을 가진 사람을 더욱 선호한다. 정부는 인간에게 없어서는 안 될 존재이므로 누구나 어느 정도의 능력만 가지고 있어도 어느 지위든 간에 일을 할 수 있다고 믿고 있다. 한 세대에 세 명 정도도 나타나기 어려운 천재적인 사람들에 의해서만 공적인 업무가 처리될 수 있도록 만들지는 않았다는 것이다.

그들은 성실과 공평함, 절제 등을 모든 사람이 실천할 수 있다고 믿으며, 삶의 경험과 올바른 마음가짐의 도움을 받아 이들을 실행한다면 누구나 공직을 맡을 자격이 있다고 했다. 물론 특별한 학문적 지식이 필요한 경우는 제외하고 말이다. 그러나 도덕적인 측면이라고 할 수 있는 덕성의 결핍은 아무리 능력이 뛰어나도 채워질 수가 없기 때문에, 그런 위험한 사람들을 자격을 갖춘 사람으로 손쉽게 판단해 채용할 수는 없다는 것이다.

적어도 덕성을 지닌 사람이 잘 몰라서 실수를 하게 될 경우에도, 악덕한 기질을 가지고 자신의 잘못을 어떻게 적당히 처리하거나 변호할 수 있는 뛰어난 능력을 가진 사람의 행위처럼 사회에 치명적인 결과를 초래하지 않는다는 것이다.

이와 비슷한 맥락에서, 신의 능력을 믿지 않는 사람은 어떠한 경우에도 공적인 지위를 얻을 수 없었다. 국왕들이 신의 능력을 대신해 수행하는 사람이라고 자처하고 있는데, 그 국왕의 권위를 부정하는 사람을 공직에 채용하는 것은 매우 불합리한 일이라고 릴리퍼트 사람들은 생각했다.

나는 위에서 이제까지 말했던 법률이나, 앞으로 이야기를 시작할 법률에 대해 말할 때 원래의 법률 그 자체에 대해 말하는 것일 뿐, 인간이 나면서부터 갖고 있는 악에 물들기 쉬운 성질 때문에 벌어지는 악덕 행위에까지 이야기를 확장시킬 생각은 없다.

예를 들어, 높게 매달린 줄 위에서 춤을 잘 춘다고 높은 직위를 얻게 된다든가, 국왕이 들고 있는 막대기 위로 높게 뛰거나 아래로 지나감으로써 은총과 명예의 표지를 받는 얼토당토않은 관습을 지금의 릴리퍼트 국왕의 할아버지 대에서 처음으로 시작되었다는 사실과, 당파와 파벌이 점차 증가하여 지금처럼 혼란스러워졌다는 사실을 독자들은 알아주기 바란다.

어느 나라에서는 배덕이 사형에 해당하는 중죄로 처벌받게 된다고 하는 내용이 쓰인 책을 언젠가 읽은 적이 있지만, 릴리퍼트에서도 마찬가지로 사형에 처한다. 작은 사람들이 이렇게 생각하는 것에는 다음과 같은 이유가 있다. 누구든지 은혜를 베푼 사람에게 악으로 보답하는 사람은 모든 사람의 공공의 적이며, 따라서 그런 사람은 살 가치가 없다는 것이다.

부모와 자식의 의무에 관한 그들의 생각도 우리와는 너무 다르다. 남자와 여자가 서로 결합하는 것은 다른 동물처럼 종족을 번식하기 위한 자연의 법칙에 근본을 두고 있기 때문에, 릴리퍼트 사람들은 자식에 대한 부모의 애정 역시 자연의 법칙에서 비롯된 것이고, 따라서 자식은 자기를 낳고 길러 준 부모에 대해 은혜를 느껴야 할 어떠한 의무감도 가질 필요가 없는 것이다.

게다가 인생은 고통과 슬픔이 가득하기 때문에 이 세상에 태어났다는 것만으로 불행한 것이며, 부모 또한 사랑 행위를 할 때 보통 자식에 대해 생각을 하는 경우는 없다. 이러한 이유 때문에 작은 사람들의 생각으로는 자식 교육을 부모가 맡는 것은 올바르지 않다. 그래서 모든 도시마다 학교가 있었다.

농부와 노동자를 제외한 모든 부모는 자식의 나이가 20개월에 달했을 때, 성별을 막론하고 학교에 보내 양육시키고 교육을 받게 할 의무가 있다. 20개월 정도가 되면 아이들은 어느 정도 가르침을 따를 만한 기초적인 성격을 갖추기 때문이다. 이러한 학교는 신분이나 성별에 알맞도록 몇 종류로 나누어져 있다. 각 학교마다 부모의 지위나 아이들의 기질은 물론 능력에 어울리는 생활 조건을 아이들에게 준비를 시키는 일을 잘하는 선생들이 몇 명씩 배치되어 있다.

먼저 소년들이 다니는 학교에 대해 이야기한 뒤, 소녀들이 다니는 학교에 대해 이야기를 하겠다.

귀족이나 명문가 출신 소년들이 다니는 학교에는 근엄하고 학식 있는 선생과 그들의 보좌관들이 있다. 아이들이 입고 있는 옷이나 먹는 음식은 평범하고 소박하다.

그들은 명예, 정의, 용기, 겸손, 관용, 종교 그리고 조국애를 배우면서 길러진다. 짧은 시간 동안의 식사와 취침 그리고 육체적 단련을 위한 두 시간 정도의 오락을 제외하고는 언제나 뭔가를 공부하고 있다. 네 살이 될 때까지는 남자 하인들이 옷을 입혀 주지만, 그 이후에는 아무리 지체 높은 집안 아이라도 스스로가 옷을 입어야 한다. 영국으로 치면 대략 50세 정도 되는 보모들은 가장 천한 일만 하도록 되어 있다. 교육을 받는 아이들은 어떠한 경우에도 하인과 함부로 이야기를 해서는 안 되며, 언제나 선생이나 보좌관이 한 사람이라도 있는 곳에서 무리 지어 놀도록 되어 있다. 그렇게 함으로써 유럽 어린이들이 어리석은 행동이나 나쁜 일에 쉽게 영향을 받지 않도록 주의하는 것이다.

그들의 부모는 1년에 두 번만 아이들과 만날 수 있으며, 한 시간 이상 함께 있어도 안 된다. 만나고 헤어질 때 서로에게 입맞춤을 하는 것은 허락되지만, 면회 시간 내내 곁에서 지켜보는 선생들은 그들이 귀에 대고 조그마하게 속삭이며 귀여워하는 표시를 하거나, 장난감이나 사탕과 같은 선물을 가져오지 못하도록 한다. 아이들의 교육이나 놀이를 위한 보조금을 내지 않을 경우에는 국왕의 관리들에게 강제로 징수된다.

서민이나 상인, 무역업자 그리고 수공업자들의 아이들을 위한 학교에서도 위에서 말한 방식과 다소 차이는 있으나 같은 방법으로 운영된다. 단지 상업에 종사하고자 하는 아이들만 일곱 살이 되었을 때 견습생으로 나가는 것이 허락된다. 반면에 귀족의 아이들은 이 나라 나이로 15세, 즉 영국 나이로 스물한 살이 될 때까지 학교에서 공부를 해야 한다. 그러나 마지막 3년 동안은 엄격하게 통제된 생활에서 조금씩 풀어지기 시작한다.

소녀들이 다니는 학교에서도 귀족 가문 출신의 아이들은 귀족 가문 출신의 소년들과 비슷한 교육을 받게 된다. 단지 다섯 살이 되어 스스로 옷을 입을 수 있을 때까지, 선생들이 지켜보는 가운데 여자 하인들이 옷을 입혀 주는 것만 다르다.

보모들은 마치 영국의 시녀들처럼 무섭거나 어리석은 이야기, 또는 저속하고 바보 같은 행동으로 어린 소녀들을 즐겁게 하는 행동을 절대로 해서는 안 된다. 만약 그러한 행동을 하다가 발각되는 경우에는 모든 시민이 보는 앞에서 세 차례 채찍질을 당한 후 1년 동안 감옥에 갇혔다가 나라에서 가장 황폐한 곳으로 추방당하게 된다. 그렇게 해서 어린 소녀들도 사내아이들처럼 겁쟁이나 바보라 불리는 것을 아주 부끄럽게 여기며, 품위 있고 깔끔한 장신구 외에는 어떤 치장도 하지 않는다.

그리고 단정함과 정결함의 도를 넘어 몸을 꾸미는 장식품들을 모두 경멸한다. 내가 지켜본 바에 따르면 소년과 소녀의 교육에는 별반 차이가 없었다. 차이가 있다면 소녀들처럼 격렬한 운동을 하지 않는 것, 가정 생활 예절을 좀 더 많이 배운다는 것, 학과 범위가 다소 제한되어 있다는 점 정도였다.

왜냐하면 귀족 사회에서는 여자란 언제까지 젊을 수 있는 것은 아니기에 항상 이성적이고 남편과 마음이 통하는 아내가 되도록 노력해야 한다는 것이 이 보육원의 방침이기 때문이다. 마침내 열두 살이 되어 결혼을 할 수 있는 나이가 되면, 소녀들의 부모나 보호자가 선생들에게 고맙다는 표시를 하고 그들을 집으로 데려가는데, 학교를 떠나게 되는 소녀와 가까운 친구들은 눈물을 흘리며 서로에 대한 깊은 우정을 표시한다.

지체가 낮은 소녀들은 자신의 성별과 출생에 따라 몇 개의 등급으로 나뉘어져 필요한 일들을 학교에서 배우게 된다. 견습공이 되기 위한 아이들은 일곱 살이 되면 나가게 되고, 그 이외의 아이들은 열한 살이 될 때까지 계속 학교에 남아 있어야 한다.

어려운 생활을 하는 집에서 아이들을 학교에 보내게 되었을 경우에는 아주 낮은 금액으로 정해진 학비 보조금 이외에도 나중에 딸이 받게 될 몫으로 한 달 동안 벌어들인 수입의 어느 정도를 학교 관리인에게 보내도록 되어 있었다. 따라서 법률에 의해, 아이를 기르는 부모는 모두 지출에 제한을 받았다.

릴리퍼트 사람들은 부모들의 욕망에 의해 아이를 낳았기 때문에, 양육 지원에 대한 책임을 사회에 전가시키고 모르는 체하는 것만큼 부당한 일은 없다고 생각한다.

귀족들은 자신의 형편에 따라 얼마간의 비용을 국가에 맡겨 아이들에게 지급될 수 있도록 한다. 그리고 이렇게 모인 기금은 언제나 알뜰

하고 정직하게 관리된다.

농부나 노동자들은 자신들이 하고 있는 일이 땅을 매거나 경작하는 것이기에 아이들을 학교에 보내지 않고 집에서 키운다. 아이들에 대한 이런 교육을 국가에서 굳이 가르칠 필요는 없기 때문이다. 하지만 농부와 노동자 사이에서도 늙거나 병에 걸린 사람은 요양원에 들어가 치료를 받도록 되어 있다. 릴리퍼트에는 거지가 존재하지 않기 때문이다.

이제 내가 릴리퍼트에 머물러 있던 9개월 13일 동안, 내가 살아가던 방식에 대한 이야기로 독자들의 관심을 좀 끌어야겠다.

원래 손으로 뭔가 만드는 일을 좋아하기도 했고 필요하기도 했기 때문에 나는 국왕의 숲에서 자라는 나무들을 잘라 식탁과 의자를 만들었다. 200명의 재봉사가 동원되어 내가 입을 셔츠와 식탁보, 침대보를 만들어 주었다. 그러나 그들이 구할 수 있는 가장 튼튼하고 두꺼운 천이라고 해도 영국의 론(아주 얇은 명―옮긴이)보다 약간 얇은 정도였기에 그것들을 모아서 여러 겹으로 누볐다.

그들이 구했던 천은 너비 8센티미터에 길이는 90센티미터였다. 나의 몸을 재봉사들이 측정하기 위해 나는 가만히 땅에 누워 있어야 했다. 목 근처에 한 사람이 서 있고, 한 사람이 무릎의 중심에 서서 힘껏 잡아당긴 줄의 끝을 서로 잡고 있으면 다른 사람이 25밀리미터의 자로 그 길이를 재는 것이었다.

그 일을 마친 다음에는 나의 오른손 엄지손가락 둘레를 쟀다. 옷을 만들기 위해 몸을 측정하는 일은 이것이 마지막이었다. 그 이유는 이 나라의 계산법으로 엄지손가락 둘레의 두 배가 손목 둘레라는 수학적 계산이 나오며, 이와 같은 식으로 목과 가슴둘레도 계산할 수 있기 때문이다.

본을 뜨기 위해 땅 위에 펼쳐 둔 낡은 셔츠를 이용해 작은 사람들은 내 몸에 맞는 옷을 만들어 주었다. 정장을 만들기 위해 300명의 재단사가 동원되었으며, 재치 있는 방법으로 나의 몸을 재었다. 내가 꿇어앉은 다음, 그들은 땅에서부터 목에 이르기까지 사다리를 세웠다. 한 사람이 사다리 위로 올라와 옷깃에서부터 바닥까지 실에 매단 추를 던졌다. 그렇게 해서 계산된 것이 내가 입을 수 있는 재킷의 길이였다.

그러나 허리와 팔에 대한 품은 내가 직접 쟀다. 아무리 커다란 집이라도 나의 옷을 작은 사람들의 집에 넣을 수가 없었기에 내가 거처하는 사원에서 옷을 만들게 되었다. 완성된 옷은 마치 영국의 귀부인들이 조각조각 이어서 만든 패치워크처럼 보였다. 다만 하나의 색깔로만 옷이 만들어져 있는 것이 조금 다른 점이었다.

내 식사를 준비하기 위해 나는 300명의 요리사를 데리고 있었다. 나의 집 주위에 새로 만들어진, 조그맣고 편리한 오두막집에서 요리사들은 가족과 함께 살면서 한 사람마다 두 접시 정도의 요리를 준비했다.

나는 손으로 20명의 시종을 집어서 식탁 위에 올려놓았다. 그 외에도 100여 명이 넘는 시종들이 식탁 아래에서 식사 시중을 들어주었다. 이들 가운데 어떤 이들은 고기 접시를 들었으며, 또 어떤 이들은 어깨에 술통이나 다른 마실 것을 들고 있었다. 내가 원하는 대로 식탁 위에 있는 시종들이 바닥으로 줄을 늘여뜨려 준비된 음식을 들어 올렸다. 마치 유럽에서 물을 길어 올릴 때 우물에서 두레박을 들어 올리듯 아주 현명한 방법으로 줄을 매달아서 들어 올리고는 했다.

한 접시 분량의 고기는 한 입 정도로 먹을 수 있었으며, 한 통의 술은 대략 한 모금이 되었다. 작은 사람들의 양고기는 영국보다 맛이 없었지만, 쇠고기는 매우 훌륭했다. 허리 부분의 고기가 매우 커서 세 입에 걸쳐 나누어 먹은 적도 있었지만, 그런 경우는 아주 드물었다.

영국에서 종달새의 다리를 먹을 때처럼, 내가 소 뼈까지 먹는 것을 본 하인들은 깜짝 놀라는 표정이었다. 거위와 칠면조 따위는 한 번에 먹을 수 있었는데, 영국의 것보다 훨씬 맛이 좋았다. 이보다 작은 크기의 새들은 칼끝으로 모아서 20마리나 30마리씩 한꺼번에 먹어 버렸다.

내가 어떻게 살고 있는지 보고를 받은 국왕은, 왕비와 어린 왕자, 공주들을 거느리고 나와 함께 식사를 할 수 있는 행복을 즐길 수 있었으면 좋겠다고 했다. 나는 식탁 위로 그들을 들어 올려서 맞은편 자리에 놓았으며, 근위병이 보호하도록 했다. 하얀 지휘봉을 든 주무대신 플리냅이 참석해 함께 식사를 했다. 가끔씩 그가 불쾌한 표정으로 쳐다보았지만, 나는 못 본 체하면서 사랑하는 조국의 영예를 위해 평소보다 훨씬 많이 먹음으로써, 사람들을 열광시켰다.

이번 방문에서 플리냅이 국왕에게 나를 모함할 수 있는 기회를 얻었다는 사실을 대충이나마 짐작할 수 있는 이유가 있었다. 평소 까다로운 성격인 그는 겉으로는 내게 무척 친절히 대해 주었으나, 사실 그는 숨겨진 적이었다.

플리냅은 국왕에게 어려운 재무 사정을 설명했다. 장관은 엄청난 이자로 돈을 빌려 올 수밖에 없었으며, 재무부 증권이 표준 이하인 9퍼센트로도 유통되지 못한다고 했다. 내가 릴리퍼트에서 머무르기 때문에 국왕은 150만 스프럭(작은 사람들의 나라의 가장 큰 금화 단위로 스팽글과 비슷한 크기다) 이상의 돈을 썼으며, 여러 가지를 고려해 볼 경우 기회가 닿는 대로 나를 추방하는 것이 옳은 일이라는 것이었다.

여기에서 나 때문에 아무런 죄 없이 고통받는 어느 귀부인의 명예에 대한 이야기를 하지 않을 수 없었다. 플리냅은 자신의 부인이 나에게 뜨거운 연정을 품고 있다는 괴소문을 어느 사람에게서 듣고 질투를 하게 되었다.

얼마 동안 퍼졌던 소문에 의하면, 그 부인이 나의 거처에 몰래 들어왔었다는 것이다. 하지만 이것은 아무런 근거도 없고 형편없는 거짓말이라는 사실을 엄숙히 선언한다. 그 부인은 정결하게 나에 대한 자유와 우정의 표시만 했을 뿐이다. 플리냅의 부인이 이따금씩 나를 방문한 것은 사실이지만, 그것은 언제나 공적인 일이었으며, 방문했을 경우에도 대부분 세 명 이상의 누이동생이나 어린 딸 그리고 가까운 지인들과 함께 찾아왔었다. 이러한 일은 궁중에 있는 다른 귀부인들도 언제나 하고 있는 일이었다.

내 시종들에게 누가 탔는지도 모를 마차가 한 번이라도 나의 집 문밖에 서 있는 것을 본 적이 있는지 물어보면 될 일이다. 나는 시종들에게 누군가가 마차를 타고 방문했다는 전갈을 받은 다음에야 문으로 다가가고는 했다. 나는 찾아온 사람에게 정중하게 경의를 표하고 난 다음, 마차와 말 두 마리를 조심스럽게 들어(마차를 끌고 있는 말이 여섯 마리일 경우에는 마부가 미리 네 마리의 말을 풀어 두었다) 식탁 위에 가만히 올려 두었다. 식탁의 둘레에는 사고 방지를 위해 이동시킬 수 있는 12센티미터 높이의 난간을 마련해 두었다.

나는 가끔씩 네 대의 마차와 말들을 한꺼번에 놓기도 했다. 이와 같이 손님들을 맞이할 때 나는 그들을 향해 얼굴을 숙이고는 의자에 앉는다. 내가 한 마차의 방문객들과 어울려 담소를 나누고 있으면, 다른 마차들은 조용히 식탁 주위를 달리고는 했다. 이렇게 생활하면서 여러 날의 오후를 즐겁게 보냈다.

나는 주무대신과 그의 밀고자 클러스트릴과 드런로에게(이 자리를 통해 이들 두 사람이 잘못을 뉘우치기를 바라는 마음에서 이름을 밝히겠다), 앞서 이야기한 것처럼 국왕의 명령으로 비밀리에 파견된 비서실장 렐드레살을 제외하고는 이름을 알리지 않고 나를 찾아 온 사람이 있었는가를 증명해 보라고 감히 요구하는 바다. 나의 명예는 차치하더라도, 귀부인의 높은 명예가 이처럼 긴밀하게 연관된 문제가 아니었다면, 나는 여기에 대해 이처럼 길게 쓰지는 않았을 것이다.

플리냅이 가지고 있지 않은 '나르다크'라는 칭호를 나는 이미 하사받았지만 주무대신이라는 그의 직책을 감안해서 플리냅이 나보다 윗 사람 행세를 하더라도 그냥 내버려 두었다. 그는 나보다 한 급 정도 아래인 '클럼글럼'이라는 칭호를 가지고 있었다. 그것은 마치 영국에서 후작이 공작보다 낮은 것과 같다.

위에서 이야기한 내용을 내가 어떻게 알았는지는 말하지 않는 것이 좋을 것이다. 하여간 이 불쾌한 소문 때문에 오랫동안 플리냅은 자신의 부인을 험상궂은 얼굴로 바라보았으며, 나까지도 불쾌한 듯 바라보았다. 나중에서야 자신의 잘못을 알고 부인과 화해를 했지만, 플리냅은 나에 대한 모든 믿음을 잃어버렸기 때문이다. 더구나 플리냅의 말을 신뢰하는 국왕과의 관계도 빠르게 악화되었다.

제7장

저자는 자신을 반역죄로 고발하려는 음모를 깨닫고 블레훠스크로 도피한다. 그곳에서 그는 환대받는다.

내가 이 나라를 떠나게 된 경위를 말하기 전에 먼저 릴리퍼트를 떠나기 두 달 전부터 나를 해치기 위한 음모가 비밀리에 진행되었다는 사실을 독자들은 알아주기 바란다. 낮은 신분이었던 나는 궁중 생활에 대해 전혀 알고 있지 않았다. 물론 국왕이나 신하들의 기질에 대해 여러 번 들었으며 책에서 읽은 적도 있지만, 유럽과는 전혀 다른 방식으로 통치되는 이처럼 멀리 떨어진 나라에서 이같이 기질이 무서운 경험을 하게 되리라고는 꿈에도 생각하지 못했다.

블레훠스크 국왕을 방문하기 위해 준비를 하고 있을 때, 궁중에서 상당히 높은 지위에 있는 사람이(릴리퍼트 국왕이 그 사람에게 몹시 화가 나 있을 때, 내가 나서서 그를 위해 많은 도움을 준 일이 있었다) 내부가 보이지 않는 가마를 타고 깊은 밤 나를 찾아왔다. 그 사람은 이름을 숨기면서 나를 만나고 싶다고 했다.

가마를 들고 있던 하인들을 내보낸 후, 나는 그 사람이 들어 있는 가마를 코트 주머니 속에 집어넣었다. 성실한 하인에게 누가 찾아오거든 몸이 불편해서 자고 있다고 말하게 하고는 문을 걸어 잠갔다.

나는 늘 하던 대로 가마를 식탁 위에 올려놓은 다음, 곁에 가 앉았다.

서로 인사를 나눈 후, 나는 그의 얼굴이 걱정에 싸여 있는 것을 보고 그
이유를 물었다. 그는 나의 명예와 생명이 달린 문제이니 인내심을 가지
고 이야기를 들어 달라고 부탁했다. 나는 그가 떠나자마자 그것을 기록
해 두었다. 그 사람의 말은 다음과 같다.

당신의 문제를 해결하기 위해, 최근 아주 비밀스럽게 몇 차례 위원
회가 열렸으며, 국왕이 결정을 내린 지 이틀이나 지났습니다. 당신이
릴리퍼트에 도착했을 때부터 스카이리스 볼골람은(그는 해군 사령관
이라는 뜻의 '갈베트' 라는 직위에 있다) 당신을 적으로 여기고 있다는
사실을 잘 알고 있을 것입니다. 어떻게 해서 처음부터 볼골람의 적이
되었는지는 나도 알 수 없습니다. 블레휘스크에 대해 당신이 거둔 큰
승리는 볼골람의 증오심을 한층 부추겼습니다. 그가 가지고 있는 해군
사령관으로서의 명성이 희미해졌기 때문입니다. 그는 부인 때문에 당
신에게 많은 적대감을 가지고 있는 재무대신 플리냅, 육군 사령관 림
톡, 궁내대신 랄콘, 대법원장 발무프 등과 함께 당신을 반역뿐 아니라
여러 중죄를 저질렀다는 이유로 탄핵할 조항을 작성했습니다.

아무런 죄도 짓지 않았던 나는, 그동안 세웠던 공로를 생각하자 그가
하는 말을 도저히 참고 들을 수 없었다. 내가 그의 말을 끊고 뭔가 말하
려 하자, 그는 조용히 있어 달라고 부탁하고서는 말을 이었다.

당신이 나에게 베풀어 준 은혜를 보답하는 마음으로, 나는 그 일이
진행되었던 정보와 탄핵서 사본을 구했습니다. 당신을 위해 목숨을 걸
고 말입니다.

'산만 한 사람'에 대한 탄핵서

제1조 칼린 데사르 플륜 국왕의 재임 기간에 만들어진 법률에 의하면, 궁중에서 소변을 보는 사람은 지위고하를 막론하고 대역죄의 벌을 받도록 되어 있다. 하지만 '산만 한 사람'은 왕비의 처소에 불이 난 것을 끈다는 구실로 그 법률을 위반하면서 무례하게 소변을 보았는데, 이러한 사실은 그 법률에 정식으로 위배되며 또한 그가 지켜야 할 의무에도 위반된 일이다.

제2조 '산만 한 사람'은 블레훠스크의 함대를 릴리퍼트의 항구로 끌고 온 다음, 다른 모든 선박들도 잡아와서 블레훠스크를 식민지로 전락시켜 릴리퍼트에서 파견하는 총독에 의해 통치하도록 하며, 그 나라에 망명해 있는 계란의 넓은 끝 부분을 깨 먹는 사람들을 처단하고 죽일 것은 물론, 계란의 넓은 끝 부분을 깨는 이단 행위를 즉시 그만두지 않는 블레훠스크 사람들을 죽이라고 명령받았을 때, '산만 한 사람'은 가장 어질고 현명한 국왕의 의사에 반하여 양심을 어기거나 죄가 없는 사람들의 자유와 생명을 빼앗기 싫다는 구실로 국왕이 명령한 임무를 이행하지 못하겠다고 했다.

제3조 블레훠스크 국왕으로부터 파견된 대사들이 평화를 청하기 위해 궁중에 도착했을 때, '산만 한 사람'은 블레훠스크의 대사들이 바로 얼마 전까지 국왕의 엄연한 적이며, 국왕에 대항해 전쟁을 일으킨 사람들이라는 사실을 알고 있음에도 불구하고, 마치 매국노처럼 대사들을 도와주었으며, 선동하고, 편안하게 지내도록 도왔다.

제4조 '산만 한 사람'은 충실한 신하의 의무를 지키지 않고 블레훠스크로 여행을 떠날 준비를 하고 있는데, 여기에 관해서는 국왕으로부터 단지 구두로만 허가를 받았을 뿐이다. 이 허가를 구실로

삼아 최근까지 릴리퍼트의 적이었으며, 전쟁을 일으킨 블레휘
스크 국왕을 방문하여 그를 돕고 위로하고 선동할 계획을 불충
하게도 준비하고 있다.

　이외에도 다른 조항이 더 있습니다. 하지만 이것들이 가장 중요한
것이기에 줄거리만 요약하여 읽어 드린 것입니다. 탄핵서에 대한 논의
를 여러 차례 계속하면서 분명히 말해 두지만 국왕은 당신의 공로를
기억하거나, 당신이 지은 죄에 대한 정상을 헤아리려고 노력함으로써
자신의 너그러움을 여러 번 표시했습니다.

　하지만 주무대신 플리냅과 해군사령관 볼골람은 깊은 밤 당신의 집
에 불을 질러 참혹하고 고통스럽게 죽이자고 주장했습니다. 육군 사령
관 림톡은 독화살을 당신의 얼굴과 손에 쏘기 위해 2만 명의 무장한 군
사를 데리고 그곳으로 가겠다고 했습니다. 그리고 내의와 침대에 독물
을 뿌리도록 당신의 시종들에게 명령해 살을 찢는 고통을 겪으면서 죽
도록 할 수도 있다는 의견도 나왔습니다.

　육군 사령관도 이와 같은 의견이었으며, 회의장은 한동안 당신에게
불리한 의견들로 떠들썩했습니다. 그러나 가능하다면 당신의 생명을
구해 주기로 마음을 정한 국왕은 결국 궁내대신을 설득해 자신의 의견
을 따르도록 하는 데 성공했습니다. 국왕은 당신의 진정한 친구인 비
서실장 렐드레살에게 의견을 물었습니다.

　그는 자신의 의견을 말했는데, 이를 듣고 당신이 왜 그토록 그의 인
품을 신뢰하는지 잘 알 수 있었습니다. 그는 당신이 저지른 죄가 매우
크다는 것을 인정했으나, 존경받고 있는 군주로서 가장 찬양할 만한
덕목인 관용의 여지가 남아 있다고 했습니다. 그는 당신과의 우정이
이미 널리 알려져 있기 때문에 아마도 위원회 사람들이 자기를 편파적
이라고 생각하고 있을지도 모른다고 했습니다.

그러나 그는 왕의 명령에 따라 자신의 생각을 솔직하게 말하겠다고 했습니다. 만약 당신이 이룬 공로를 국왕이 어느 정도 고려하고, 또한 국왕의 관대한 성격을 따라 당신의 목숨까지는 빼앗지 않고 두 눈만 보이지 않도록 벌을 내린다면 그것으로 목적은 충분히 달성될 것이라고 했습니다. 그러면 정의도 어느 정도 실현될 수 있으며, 사람들도 국왕의 너그러운 덕과 함께 정당하고 관대한 행동을 보인 위원회의 대신들도 찬양할 것이라고 이야기했습니다.

두 눈을 잃는다고 해도 힘은 남아 있기 때문에 앞으로도 당신은 국왕에게 유용한 일들을 계속 해낼 수 있으리라는 것입니다. 그리고 눈이 멀게 된다는 것은, 눈앞의 위험을 보이지 않도록 함으로써 당신의 용기를 더욱 북돋을 것이라고 했습니다. 블레훠스크의 함대를 끌고 오는 데도 당신은 눈을 다칠지 모른다는 걱정 때문에 생각처럼 움직일 수 없었다고 말했습니다. 대신들의 눈을 통해 보게 되는 것만으로도 충분하다는 것입니다. 왜냐하면 가장 위대한 국왕들도 결국은 신하들의 눈을 통해 현실을 바라보기 때문입니다.

그러나 이러한 제안은 위원회 사람들에게 격렬한 반대를 받았습니다. 해군 사령관 볼골람은 자신을 억제하지 못하고 화를 내며 일어섰습니다. 그러고는 비서실장이 어떻게 해서 감히 반역자를 살려 주자는 말을 할 수 있느냐고 주장했습니다. 당신이 몇 차례 전공을 세웠다고 하지만, 그건 전공이 아니라 이 나라의 올바른 기준으로 보면 죄를 한층 더 무겁게 할 뿐이라는 것입니다.

왕비전에 소변을 봄으로써(이 말을 하면서 볼골람은 몹시 경악하는 표정을 지었습니다) 화재를 진압했던 당신이, 똑같은 방법으로 홍수를 일으켜 다음에는 왕궁을 모두 물바다로 만들어 버릴 수도 있으며, 화가 치밀 때는 적의 함대를 끌고 왔던 힘으로, 다시 끌고 가 버릴 수도 있다는 것입니다.

당신은 계란의 넓은 쪽 끝 부분을 깨 먹는 사람들을 옹호할 만한 이유가 다분하며, 반역은 행동으로 나타나기 이전에 마음속에서 먼저 시작하는 것이기에 당신을 반역자로 탄핵하고 그에 따라 죽여야 한다고 주장했습니다.

재무대신 플리냅도 같은 의견이었습니다. 그는 당신의 생활비를 대기 위해 국왕의 재정이 얼마나 긴박한 상태에 놓여 있는가를 설명했습니다. 여기에 덧붙여 얼마 지나지 않아 당신의 생활비를 도저히 감당할 수 없게 될 것이라고 했습니다. 당신의 눈을 멀게 하자는 비서실장의 의견이 사태를 오히려 악화시킨 것입니다. 어떤 종류의 새는 눈이 멀게 되었을 경우에 더욱 빨리, 그리고 많이 먹어서 살이 찌게 된다는 것입니다. 당신을 재판하기 위해 회의에 모인 사람들과 국왕 모두 내심으로는 당신의 유죄를 확신하고 있으므로, 법의 엄격한 규정에서 요구되는 공식적인 증거가 없더라도 당신에게 사형을 내릴 만한 충분한 이유가 된다고 했습니다.

그러나 사형에 대해서는 이미 반대하기로 마음먹은 국왕은 만약 눈을 멀도록 하는 것이 너무 가벼운 벌이라고 대신들이 생각하면, 나중에 다른 벌을 더 줄 수 있지 않느냐고 했습니다. 다시 한 번 말을 할 수 있는 기회를 요청한 당신의 친구 렐드레살은 주무대신의 말처럼 엄청난 생활비 때문에 당신을 도저히 살려 둘 수 없다면, 국왕의 수입을 맡고 있는 주무대신이 당신의 식량을 조금씩 줄이면 어렵지 않게 난관을 해결할 수 있으며, 그렇게 되면 점차로 약해지고 식욕을 잃게 된 당신은 몇 달도 지나지 않아 굶어 죽게 될 것이라고 했습니다. 바싹 마른 당신의 시체는 위험한 악취도 풍기지 않을 것이며, 또한 당신이 죽은 다음 5~6천여 명의 국민이 사흘 안으로 당신의 몸에서 살을 잘라 내 전염병이 돌지 않도록 수레에 싣고는 먼 곳에 묻어 버리고, 뼈는 기념비로서 후대를 위해 남겨 둘 수도 있다는 것입니다. 다만 뼈만은 진귀한 기념물로 후대에 남겨 두는 것이 좋겠다고 말했습니다.

비서실장의 진정한 우정으로 모든 일들이 해결되었습니다. 당신을 조금씩 굶겨 죽인다는 결정은 비밀로 간직하도록 엄격하게 지시를 했으며, 눈을 멀게 한다는 판결만 명부에 오르게 되었습니다. 이 결정에 대해서는 왕비의 심복인 해군 사령관 볼골람만이 끝까지 반대를 했는데, 그는 당신을 반드시 죽이라는 왕비의 명령을 받았기 때문입니다. 왕비는 얼마전에 발생한 화재를 진화할 때, 수치스러우며 불법적인 방법을 사용했기에 당신에 대해 커다란 악의를 가지고 있습니다.

사흘 후에 렐드레살이 국왕의 명령으로 당신을 방문해 탄핵에 대한 조항을 읽을 것입니다. 그리고 국왕과 위원회의 위대하고 관대한 결정과 당신이 입게 된 은혜를 말해 줄 것입니다. 당신은 눈만 잃게 되는 벌을 받을 것이고, 국왕은 당신이 감사하고 겸손한 마음으로 그 벌에 응해 줄 것이라는 사실을 믿고 있다고 할 것입니다.

땅에 누워 있는 동안 당신의 눈동자에 날카로운 화살을 찌르는 것으로 수술이 시작되며, 이것을 감독하기 위해 국왕의 외과의사 20여 명이 함께 참석할 것이라는 사실을 알리게 될 것입니다.

앞으로 어떠한 대책을 세워야 할 것인가에 대해서는 당신이 신중하게 생각하기 바랍니다. 의심을 받지 않도록 하기 위해서 나는 방문할 때와 마찬가지로 다른 사람들이 알지 못하게 돌아가야 하겠습니다.

그가 돌아간 다음, 나는 많은 의구심과 혼란스러운 마음 때문에 답답해서 혼자 조용히 있었다. 현재의 국왕과 그 내각이 처음으로 만든 관습이 하나 있다(내가 알기로 그전에는 전혀 없었던 것이었다). 궁중에서는 죄인에게 국왕의 분노나 그의 총애를 받는 신하의 악한 마음을 만족시키기 위해 일부러 잔인한 형을 선포했다. 그런 다음에는 바로 이전 회의를 소집해 온 세상에 잘 알려진 것처럼, 국왕이 자신의 위대한 관용을 보이기 위한 것이 하나의 관습이었다. 이 연설문은 왕국 전체에 공표되었다.

하지만 국왕의 관용에 대한 찬사는 많은 사람에게 더욱 커다란 공포감을 심어 주었다. 찬사가 과장되면 과장될수록 가해지는 벌은 더욱 비인간적으로 되고, 벌을 받게 되는 사람은 죄가 없다는 사실을 역설적으로 증명하기 때문이다. 그러나 출생 신분이나 교육으로 대신이 되려는 생각조차 해 본 적이 없는 나로서는 국왕과는 달리 이러한 사실을 잘 판단할 수가 없었기 때문일까. 나에게 내려진 선고에서는 아무런 관용이나 은총을 찾아볼 수 없었다.

아마도 틀린 것이겠지만, 나의 생각에 따르면 이 탄핵과 선고는 매우 가혹한 것이었다.

나는 재판을 다시 받을까 하는 생각도 했다. 왜냐하면 비록 몇 개의 조항은 부인할 수 없다 하더라도, 어느 정도는 정상을 참작해 줄지도 모른다는 기대 때문이다. 그러나 재판관들의 의도에 따라 결정이 내려지게 되는 여러 국사범의 재판에 대해 잘 알고 있는 나는, 이처럼 중대한 일을 그들의 위험한 결정에 맡길 수는 없다고 판단했다.

잠시나마 저항을 해 볼까 하는 생각이 들기도 했다. 나의 몸이 자유로운 동안에는 작은 사람들이 모든 힘을 다 합쳐도 나를 쉽게 굴복시키기 어려울 것이다. 돌을 던져서 릴리퍼트의 수도를 파괴해 버리는 것도 그리 어려운 일은 아니다. 그러나 국왕에게 했던 맹세와 그에게서 받은 호의, 그리고 나에게 수여한 ‘나르다크’라는 영예로운 칭호를 생각하고 곧 그 계획을 포기했다. 그러나 국왕이 결정 내린 당시의 혹독한 처사가 과거 내가 그에게 헌신한 바를 감안했다는 대신들의 호의를 느낄 순 없었다.

마침내 나는 결정을 내렸다. 그것 때문에 감당할 수 없을 만큼의 비난을 받을 수도 있을 것이며, 또한 비난을 받아도 할 수 없는 일이다.

내가 눈을 지키고, 자유를 유지할 수 있게 된 것은, 경솔한 나의 성질과 부족한 경험 때문이다. 만일 그 후에 다른 궁중에서 여러 번 볼 수 있었던 국왕과 신하라는 인간의 정체, 그리고 나보다 덜한 죄를 지었던 죄수를 다루는 방법을 알았다면, 그 정도의 벌을 즐거운 마음으로 기꺼이 받았을 것이다.

그러나 젊어서 마음이 급했던 나는 블레훠스크 국왕을 만나볼 수 있다는 허락을 이미 받았기 때문에, 사흘이 지나기 전 친구인 비서실장에게 연락해서 그날 아침 블레훠스크로 떠나기로 결정했다는 사실을 알렸다. 국왕의 허락에 따라 그렇게 한다는 이야기도 함께 적었다. 그리고 거기에 대한 답장은 기다리지도 않고 함대가 정박해 있는 항구로 다가갔다. 커다란 군함을 하나 잡아서 뱃머리에 줄을 연결하고 닻을 끌어 올렸다.

팔 밑에 끼고 간 이불과 함께 입고 있던 옷을 벗어서 배에 실었다. 나는 걷거나 헤엄을 치면서 배를 끌고 갔다. 얼마 후 나는 블레훠스크의 항구에 도착할 수 있었다. 블레훠스크 사람들은 오랫동안 내가 방문하기를 기다리고 있었다.

그들은 나라의 이름과 동일하게 불리는 수도, 블레훠스크로 나를 안내하기 위해 두 명의 호위병을 파견해 주었다. 그들을 양손 위에 올려 부드럽게 들고 성문에서 약 180미터 되는 거리까지 다가갔다. 그리고 호위병들을 보내 내가 도착했으며, 블레훠스크 국왕의 명령을 기다리고 있음을 알리게 했다. 한 시간 정도 지나자 국왕이 가족과 신하를 거느리고 나를 맞이하러 온다는 소식을 전해 들었다. 나는 100미터 정도 앞으로 나갔다. 국왕과 일행은 말에서 내렸으며, 왕비와 귀부인들은 마차에서 내렸다. 그들은 나를 조금이라도 두려워하거나 염려하는 기색을 보이지 않았다.

블레훠스크 국왕과 왕비의 손에 입을 맞추기 위해, 나는 바닥에 엎드렸다. 나는 릴리퍼트 국왕의 허락을 받아서 블레훠스크를 방문하게 되었으며, 이처럼 위대한 왕을 만날 수 있어서 무척이나 영광스럽다고 했다. 그리고 릴리퍼트에 대한 의무에 크게 어긋나지 않는 범위 내에서 능력이 닿는 대로 봉사를 하겠다고 이야기했다. 하지만 릴리퍼트에서 내가 신임을 잃게 되었다는 말은 한마디도 하지 않았다.

이 일에 대해서 지금까지 공식적으로 전해진 것도 없었기 때문에 탄핵에 대한 내용을 전혀 몰라도 될 것이기 때문이다. 게다가 나는 아무리 릴리퍼트 국왕이라 할지라도 자신의 힘이 미치지 않는 나라에 내가 와 있는 동안 그처럼 비밀스러운 결정을 세상에 공표할 리는 없을 것이라 생각했다. 그러나 나의 생각이 틀렸다는 사실이 곧 판명되었다.

블레훠스크에서 받았던 호의에 대해 자세하게 이야기해서 독자들을 괴롭힐 생각은 없다. 다만 그것은 위대한 국왕의 관대함과 참으로 걸맞은 것이었다. 내가 기거할 집이나 침대가 없었기 때문에, 이불로 몸을 싸고 땅바닥에 누워서 생활하던 일이나 몇 차례 꽤 힘든 일을 겪었던 것에 대해서도 자세하게는 이야기 하지 않겠다.

제8장

저자는 운 좋게 블레휘스크를 떠날 방도를 찾아낸다. 그리고 약간의 고생 끝에 그의 고국으로 무사히 돌아간다.

블레휘스크에 도착한 지 3일 만에, 나는 그 나라의 북동해안 쪽으로 산책을 나갔다가 약 2킬로미터 정도 떨어진 바다에서 뒤집힌 보트로 보이는 물체를 발견했다. 신발과 양말을 벗고 200~300미터를 걸어 들어갔다. 그 물체가 조류에 휩쓸려 점점 가까이 다가오자, 나는 그것이 진짜 보트라는 것을 알게 되었다. 폭풍에 휩쓸린 어느 함선에서 떨어져 나와 흘러온 것 같았다.

나는 즉시 블레휘스크의 수도로 돌아왔다. 그리고 지난번 함대를 잃어버린 후 남은 함대 가운데 가장 커다란 배 스무 척과 부사령관의 지휘를 받는 3천 명의 해군을 빌려 달라고 국왕에게 부탁했다. 함대가 블레휘스크의 주위를 돌아오는 동안, 나는 지름길로 달려가 보트를 발견한 해변으로 돌아왔다. 조류가 보트를 더욱 가까운 거리까지 옮겨 주었다. 함대가 도착하자 나는 옷을 벗고 90미터 정도를 걸어서 건너간 후 보트에 닿을 때까지 헤엄쳤다.

블레휘스크의 군사들은 내가 튼튼하게 꼬아 만든 밧줄을 가지고 있었다. 나는 수병들이 던져 준 밧줄의 한쪽 끝을 보트의 앞부분에 나 있는 구멍에 묶었으며, 다른 한쪽 끝은 함대의 뒷부분에 묶었다. 그러나 물이 너무 깊어서 작업을 하기가 어려웠기 때문에 크게 도움은 되지 않았다.

나는 헤엄치면서 한쪽 팔로는 보트를 힘껏 밀었다. 조류도 나를 도와주었다. 한참동안 헤엄을 치다 보니 발이 땅에 닿게 되었다. 2~3분가량 쉬고 나서 다시 보트를 밀기 시작했다. 바닷물이 나의 어깨 부근에 닿을 때까지 계속 일을 했다.

이제 가장 힘들고 어려운 일은 끝났다. 나는 군함 한 척에 쌓아 두었던 밧줄 무더기를 꺼내어 보트에 묶고는 그 끝을 풀어 나를 따라오던 아홉 척의 배에 각각 다시 붙들어 맸다. 다행스럽게도 순풍이 불어 주었고, 또한 군사들이 힘껏 노를 저어 주었으며 내가 뒤에서 밀었기 때문에 우리는 해변에서 약 36미터 지점까지 보트를 끌고 올 수 있었다. 이제는 썰물이 되어 바닷물이 빠지기를 기다렸다가 하나도 젖지 않고 보트가 있는 곳까지 걸어가서, 밧줄과 장비를 가진 2천 명의 군사들의 도움으로 엎어진 보트를 바로 세울 수 있었다. 보트는 부서진 곳이 거의 없었다.

10일 걸려 만든 노를 저으며 블레휘스크의 항구까지 보트를 몰고 가는 동안 겪은 어려움을 모두 이야기할 필요는 없을 것이다. 내가 항구에 도착했을 때, 너무나 커다란 배를 보고는 수많은 사람들이 놀라서 감탄을 했다. 블레휘스크 국왕에게 나는 행운이 이 보트를 보내 주어서 나를 다른 곳으로 떠날 수 있도록 했으며, 또한 그곳에서부터 그리운 고향으로 돌아갈 수 있도록 할 것이라고 했다. 그리고 보트를 수리해서 떠날 수 있도록 물자를 지원해 달라고 간청했다. 그는 몇 마디의 친절한 충고와 함께 기꺼이 승낙해 주었다.

그동안 나는 릴리퍼트 국왕으로부터 나와 관련된 문제로 아직까지 사신을 블레휘스크에 파견되지 않았다는 사실에 어느 정도 놀라고 있었다.

그러나 나중에 알게 된 것으로는, 릴리퍼트 국왕은 내가 그 계획을 알고 있었다고는 생각하지 못하고, 약속을 지키기 위해 허락에 따라 내가 블레휘스크을 방문했다고 믿고 있었다. 블레휘스크를 방문하겠다는 나의 약속과 여기에 대한 국왕의 허락은 릴리퍼트에서 이미 잘 알려진 것이었다. 그리고 방문을 마친 다음 2~3일 후에는 반드시 릴리퍼트로 돌아올 것이라고 믿고 있었던 것이다.

그러나 내가 오랫동안 돌아오지 않자, 결국 국왕은 근심을 했으며, 재무대신 플리냅을 포함한 비밀위원회의 여러 신하들과 의논한 끝에 나를 탄핵하는 문서를 사신에게 보내왔던 것이다.

릴리퍼트의 사신은 블레휘스크 왕에게 나의 눈을 멀게 하는 것으로 만족한 릴리퍼트 국왕의 위대한 관용에 대해 이야기했다. 내가 법의 제재를 피해 도망쳤으며 만일 내가 두 시간 안에 돌아오지 않는다면 '나르다크'라는 칭호를 박탈하고 반역자로 선포할 것이라는 지시사항을 알려 주었다. 그리고 그 사신은 서로간의 평화와 우애를 계속 유지하기 위해서는 블레휘스크 국왕이 나의 손과 발을 묶어 릴리퍼트로 호송해 반역자로 벌을 받을 수 있도록 해야 될 것이라고 말했다.

사흘 동안 여러 대신들과 진지하게 의논을 한 블레휘스크 국왕은 정중한 사과문을 답장으로 보냈다. 거기에는 알다시피 나를 묶는 것은 도저히 불가능한 일이라는 것을 이해하기 바란다고 씌어 있었다. 그리고 비록 내가 블레휘스크의 함대를 빼앗아 갔지만, 서로간의 평화를 주선하는 등 여러 좋은 일도 했다고 이야기했다. 내가 타고 갈 만한 커다란 보트를 해안에서 발견했으며, 그것을 지금 고치고 있기 때문에 두 나라의 국왕은 편안한 마음을 가져도 될 것이라는 말도 잊지 않았다. 두 주일이 지나면 두 나라 국왕은 계속 먹이면서 살릴 수도 없고 그렇다고 어떻게 하지도 못하는 사람으로부터 자유롭게 될 것이라는 내용도 기록했다.

사신은 답장을 가지고 릴리퍼트로 돌아갔으며, 블레훠스크 국왕은 그동안 일어났던 일들을 나에게 말해 주었다. 그리고 아주 조용하고 은밀한 목소리로 내가 계속 이 나라에 남아서 국왕에게 봉사한다면 보호해 주겠다고 약속했다. 나는 그가 자신의 진심을 솔직하게 말하고 있다고 믿었지만, 다시는 국왕이나 신하들을 믿지 않겠다고 이미 결심한 바 있다. 그의 호의에 감사의 뜻을 전하면서, 제의는 거절했다. 불행인지 다행인지 모르지만 이렇게 배를 손에 넣게 된 이상, 지금은 용서를 구했다. 나는 그에게 좋을지 나쁠지는 모르겠으나 운명이 내게로 보트를 보내 주었으니, 릴리퍼트와 블레훠스크의 대립을 초래하는 사람이 되느니 차라리 보트를 이용해 바다로 항해를 떠나는 것이 좋겠다고 이야기했다.

약간의 시간이 흐른 뒤, 나는 아주 우연한 기회에 블레훠스크 국왕과 신하 대부분이 나의 결심에 대해 무척이나 다행스럽게 여기고 있다는 사실을 알게 되었다.

이러한 사건들이 예정보다도 조금 빠르게 나의 출발을 서두르게 만들었다. 내가 떠나기를 바라는 블레훠스크 사람들이 배 수리 일을 도와주었다.

두 개의 돛을 달기 위해 500명의 사람이 동원되었다. 그들은 매우 튼튼한 열세 장의 천을 누벼 돛을 만들었다. 나는 가장 두껍고 강한 끈을 고른 다음, 열 줄이나 스무 줄 혹은 서른 줄을 함께 엮어 보트에서 사용할 밧줄을 만들었다. 그리고 오랜 시간 동안 해변을 뒤지다가 우연히 발견하게 된 커다란 돌멩이를 닻으로 사용했다. 300마리의 소에서 나온 기름으로 보트를 발랐다. 기름은 이외에도 여러 곳에서 유용하게 사용되었다.

가장 큰 나무를 몇 그루 잘라 힘들여 노와 돛대를 만들었다. 나무를 자르거나 끌고 오는 것과 같은 힘든 일은 내가 했으며, 그것을 매끄럽게 다듬는 일은 블레훠스크의 배 만드는 목수들이 많이 도와주었다.

모든 준비가 완료되기까지는 한 달이 걸렸다. 나의 출발에 대한 허락을 블레훠스크 국왕에게 받기 위해 사람을 보냈다.

국왕과 그의 가족들은 나를 전송하기 위해 궁중의 바깥으로 나왔다. 나는 몸을 굽혀 국왕이 자비롭게 내미는 손에 입을 맞추었다. 그런 다음 왕비와 왕자, 공주의 손등에도 부드럽게 입을 맞추었다. 국왕은 금 200스프럭이 들어 있는 주머니 50개를 나에게 선물했다. 그리고 자신의 실물 크기의 초상화도 선물했다. 나는 초상화가 훼손되지 않도록 한쪽 장갑에 넣었다.

출항을 하기 위해서는 무척 많은 의식을 거쳐야 했다. 여기에 대한 것을 자세하게 이야기해서 독자들을 괴롭히고 싶지는 않다.

나는 100마리 분량의 소고기와 300마리 분량의 양고기, 많은 빵과 마실 것 그리고 400명의 요리사가 양념을 해 둔 고기를 보트에 실었다. 나는 영국에서 키울 생각으로 황소 두 마리와 암소 여섯 마리, 같은 수의 암양 여섯 마리와 숫양 두 마리를 산 채로 가져가기도 했다. 배 위에서 이들을 먹이기 위해 커다란 건초 더미와 곡식 주머니를 하나씩 보트에 실었다.

작은 사람도 10여 명 데려가고 싶었지만, 국왕은 절대로 허락하지 않았다. 나의 주머니를 샅샅이 뒤지는 것만으로도 마음이 놓이지 않은 그는, 비록 자기의 백성 가운데 누군가가 따라가기를 원한다 하더라도 절대로 데려가지 않겠다는 약속을 명예를 걸고 하도록 했다.

항해 준비를 모두 마친 나는 1701년 9월 24일 아침 6시에 출발했다. 돛을 올려서 동남풍을 받으며 북쪽으로 약 19킬로미터를 갔을 때, 서북쪽으로 2.5킬로미터 떨어진 곳에 있는 조그마한 섬을 발견했다. 그 때는 이미 저녁 6시였다.

나는 바람이 불지 않는 곳으로 배를 정박했다. 그 섬은 사람이 살지

블레휘스크 국왕은 금 200스프럭이 들어 있는 주머니 50개를 걸리버에게 선물했다.
그리고 자신의 실물 크기의 초상화도 선물했다.

않는 곳인 듯했다. 나는 음식물을 먹으며 이곳에서 쉬기로 했다. 여섯 시간 정도를 깊이 잠들었다. 내가 잠에서 깨어난 후 두 시간 뒤에 날이 새기 시작했다. 하늘이 아주 맑은 밤이었다. 나는 해가 뜨기 전에 아침을 먹은 다음, 닻을 거두었다. 다행스럽게도 순풍이 불어왔다. 주머니 나침반을 보면서 어제와 같은 방향으로 항해를 했다.

가능하다면 밴디맨 섬의 동북쪽에 있는 여러 개의 섬들 가운데 어느 한 곳에 도착하는 것이었다. 하지만 그날은 아무것도 발견하지 못했다. 다음 날 나는 오후 3시가량에 동남쪽을 향해 가고 있는 배의 돛을 발견했다. 나의 계산에 의하면 블레휘스크로부터 약 115킬로미터 정도 떨어진 곳이었을 것이다.

그 당시 나는 동쪽으로 가고 있었다. 커다란 소리로 불렀으나 아무런 대답이 없었다. 그러나 바람이 약해졌기 때문에 나는 그 배 가까이 접근할 수 있었다. 나는 돛을 최대한 높이 올렸다. 30분 후에 그 배에서 나를 알아보고 깃발을 흔들면서 대포를 쏘았다. 사랑하는 조국과 그곳에 두고 온 가족들을 다시 만날 수 있다는, 전혀 기대하지도 않았던 희망이 이루어지는 순간이었다. 이 순간 내가 느꼈던 기쁨은 뭐라 표현할 수가 없다.

나를 발견한 배는 돛을 낮추었다. 9월 26일 저녁 5~6시 사이에 나는 그 배로 가까이 다가갈 수 있었다. 더구나 영국의 국기가 휘날리고 있는 것을 보자 더욱 가슴이 뛰었다. 나는 소와 양을 주머니에 넣은 다음, 그 밖의 음식물들을 들고서 배에 올랐다.

그 배는 북해와 남태평양을 거쳐 일본에서 돌아오는 영국 상선이었다. 데프트 포드 출신의 존 비델 선장은 아주 친절한 사람이자 뛰어난 선원이었다. 우리는 남위 30도 지점에 있었다. 배에는 대략 50여 명의 사람들이 타고 있었다. 여기서 나는 옛 친구인 피터 윌리엄즈를 만났는데, 그는 선장에게 내가 좋은 사람이라고 말해 주었다.

친절하게 나를 맞아 준 선장은, 내가 마지막으로 떠나 온 곳이 어느 곳이며, 또 어디를 향해 가고 있는 것인지 물었다. 나는 몇 마디의 대답을 들려주었지만 그는 내가 헛소리를 한다고 생각했다. 내가 오랫동안 고생을 했기 때문에 정신이 조금 이상해졌다고 생각한 것이다.

나는 주머니에서 까만 소와 양들을 꺼냈다. 매우 놀란 선장은 나의 말이 진실임을 믿어 주었다. 블레훠스크 국왕의 초상화와 함께 블레훠스크의 진귀한 물건들, 그리고 그에게서 선물 받은 금화도 보여 주었다. 나는 선장에게 금 200스프럭이 들어 있는 주머니 두 개를 선물하고, 영국에 도착하면 새끼를 밴 암소와 양을 각각 한 마리씩 선물하겠다고 약속했다.

아주 순조로웠던 이 항해에 대한 자세한 내용은 이야기하지 않겠다. 우리는 1702년 4월 13일 다운즈 항구에 입항했다. 이번 항해에서 나는 오직 한 가지의 재난을 겪었다. 그것은 배에 있는 쥐들이 양 한 마리를 물고 간 일이다. 고기를 말끔하게 발라먹은 그 양 뼈는 쥐구멍에서 발견되었다. 나머지 가축들은 무사히 해변에 내려놓을 수 있었다. 나는 그리니치의 풀밭에서 짐승들에게 풀을 먹였다. 그들이 영국의 풀을 먹

지 못하면 어쩌나 하고 걱정을 했지만 그곳의 풀은 아주 부드러웠기 때문에 만족스러운 듯 배불리 먹었다.

하지만 선장이 질 좋은 비스킷을 가루로 만들어 물에 섞어 먹이는 것을 허락하지 않았다면, 오랜 항해 동안 이들을 살릴 수는 없었을 것이다. 영국에 잠깐 머무는 동안 이 가축들을 귀족과 여러 사람들에게 구경시키면서 꽤 많은 돈을 벌어 들였다.

나는 두 번째 여행을 떠나기 전에 이들을 600파운드를 받고 모두 팔아 버렸다. 내가 마지막 여행에서 돌아오자, 이 짐승들이 그사이 아주 많이 번식해 있었다. 특히 양은 더욱 많았다. 이들의 털은 매우 부드럽기 때문에 모직공업의 발전에 많은 도움이 될 것이다.

나는 고작 두 달 정도 가족과 함께 지냈다. 다른 나라를 여행하고 싶은 욕망이 나를 영국에 오랫동안 머무르지 못하게 한 것이다. 나는 아내에게 1500파운드를 남겨 주었고, 또한 레드리프에 있는 좋은 집으로 이사를 하도록 했다. 나머지 재산 중 일부는 현금으로, 일부는 상품으로 바꾸어 이를 종자돈 삼아 재산을 늘릴 생각으로 여행을 떠났다. 그렇긴 해도 큰 삼촌 존이 죽으면서 에핑 근처에 있는 토지를 내게 유산으로 물려주어, 1년에 약 30파운드가량의 수입을 올릴 수 있었다. 그리고 나는 페터 라인에 있는 블랙 불 농장을 세 놓고 있었다. 이곳에서도 역시 한 해에 30파운드의 수입을 올릴 수 있었다. 그렇기 때문에 내가 없더라도 가족들이 가난하게 지낼 위험은 없었다.

삼촌인 존의 이름을 따서 '조니' 라고 이름을 지은 나의 아들은 중학교에 다니고 있었으며, 아주 전도유망한 아이였다. 딸 베티는(지금은 결혼을 하여, 한 아이의 엄마가 되었다) 그 당시 바느질을 배우고 있었다. 나는 눈물을 흘리며 아내와 아들, 딸과 이별을 했다. 리버풀 출신의 존 니콜라스 선장이 지휘하는, 수라트를 향하는 300톤짜리 상선 어드벤처호에 올랐다. 이 이야기는 나의 여행기 제2부에서 시작할 것이다.

제2부

A Voyage to Brobdingnag

큰 사람들의 나라

― 브롭딩낵 기행 ―

《걸리버 여행기》 제2부의 여행 지도
큰 사람들의 나라 브롭딩낵은 북미 대륙의 동쪽에 붙어 있다.

제1장

엄청난 폭풍을 만난다. 물을 구하기 위해 보트를 보내고 저자는 한 나라를 발견한다. 그는 해안에 남겨져서 거인에게 붙들려 농부의 집으로 간다. 그를 보고 어떤 일들이 벌어졌는지, 그리고 그곳 거주자들은 어떤지 묘사된다.

집으로 돌아온 지 두 달 만에, 운명의 여신에게서 험하고 불안정한 생활을 점지 받은 나는 또다시 고향을 뒤로 하고 1702년 6월 20일 다운즈에서 배를 타고 영국을 떠났다. 콘월 사람인 존 니콜라스 선장이 지휘하는 어드벤처 호를 타고 수라트로 항해를 했다. 희망봉에 도착할 때까지는 순풍이 불어 주었다. 하지만 희망봉에서 신선한 물을 구하기 위해 잠시 상륙하자, 우리는 배로 물이 스며드는 것을 발견했다. 우리는 화물을 내려놓고 그곳에서 겨울을 보냈다. 그리고 선장이 학질에 걸리는 바람에 3월이 끝날 무렵까지 그곳을 떠날 수 없었다.

우리는 3월 말에 다시 출항했으며, 마다가스카르 해협을 지날 때까지는 모든 것이 순조로웠다. 그러나 그 섬의 북쪽인 남위 5도 지점에 이르러서는 12월부터 5월 초까지 언제나 북서쪽에서 불어오던 바람이, 4월 19일이 되자 서쪽에서 아주 대단한 위력으로 불기 시작했다. 그 바람은 거의 20여 일 동안이나 그치지 않고 불었으며, 우리가 타고 있던 배는 그동안 몰루카 군도에서 약간 동쪽에 있는 지점까지 밀려나게 되었다.

선장이 5월 2일 관측한 바로는, 여기가 적도에서 북쪽으로 3도 정도 되는 지점이라고 했다. 바람이 완전히 가라앉고 바다도 잔잔해져서 나는 꽤 기뻤다. 하지만 이곳을 항해한 경험이 많은 선장은 폭풍에 미리 대비하라고 했다.

다음 날, 선장의 말처럼 폭풍이 불어왔다. 몬순이라는 남풍이 거세게 불어온 것이다. 폭풍이 잠잠해질 것 같지 않았으므로 우리는 대형 돛을 접고 난 다음, 앞쪽의 돛을 감아 들일 준비를 했다. 날씨가 점점 나빠지고 있었기에 우리는 대포를 단단히 묶어 흔들리지 않도록 한 다음, 뒤쪽에 있는 돛을 감았다.

배가 육지에서 꽤 먼 곳에 떨어져 있었기 때문에, 승무원들은 돛을 접고 바다 위를 떠다니느니 차라리 바람을 등지며 가는 것이 나을 것이라고 생각했다. 우리는 앞쪽의 돛을 짧게 펴 고정을 시키고 돛대의 아래에 있는 밧줄을 뒤로 잡아끌면서 키를 바람 부는 방향으로 돌렸다. 배는 기세 좋게 방향을 바꾸며 뱃머리가 앞을 등졌다.

앞의 돛을 줄이기 위해 밧줄을 단단하게 잡아맸으나 돛이 찢어져 버렸다. 우리는 활대의 줄을 풀어서 돛을 내리고, 돛은 안에 접어 넣은 뒤 다른 부속물도 전부 풀어 버렸다. 아주 강한 폭풍이었다. 바다는 매우 이상하고 위험하게 변했다. 우리는 방향타의 손잡이에 달려 있는 밧줄을 잡고, 힘껏 당겨 키를 잡은 사람들을 도와서 배의 방향이 바뀌지 않도록 했다.

중간 돛대는 그대로 세워 두었다. 배가 바람을 등지고 잘 달려 주었기 때문이다. 중간 돛대가 서 있으면, 넓은 해역에서는 걸리적거리는 것 없이 안전하게 잘 나아갈 수 있는 것이다.

폭풍이 지나가자 우리는 앞쪽의 돛과 대형 돛을 세우고, 바람이 불어오는 방향으로 배를 돌렸다. 뒤쪽의 돛과 대형 돛의 위에 펼쳐져 있는 돛 그리고 앞쪽 돛대 위에 펼치는 돛들도 모두 올렸다. 우리가 가야 할 방향은 동북동이었으며, 바람은 남서쪽에서 불어 주었다.

강한 서남서풍이 불어오고 난 다음, 폭풍이 부는 동안 배가 약 2,400 킬로미터 동쪽으로 이동했기 때문에 배에서 가장 노련한 선원도 우리가 어느 곳에 와 있는지 알 수가 없었다. 다행스럽게도 음식은 충분했으며, 배도 아무 이상 없이 튼튼했다. 선원들도 모두 건강했다. 그러나 우리는 물 때문에 아주 많은 어려움을 겪었다. 약간 북쪽으로 배를 돌리는 것보다 지금과 같은 항로로 계속해서 항해하는 것이 더욱 좋을 거라 생각했다. 잘못해서 북으로 향하기라도 한다면 우리는 거대한 타타르 지방의 북서쪽을 지나 얼음의 바다로 들어서게 될 수도 있었기 때문이다.

1703년 6월 16일 망루에 올라가 있던 어린 선원이 육지를 발견했다. 다음 날 우리는 커다란 섬을(섬이 아니라 대륙인지도 몰랐다) 앞쪽에서 바라볼 수 있었다. 그 섬의 남쪽에는 육지가 어느 정도 바다로 향해 있었다. 물굽이가 너무 얕았기 때문에 100톤 이상의 배는 들어갈 수 없었다. 우리는 물굽이에서 5킬로미터가량 되는 곳에 닻을 내렸다. 선장은 물통과 함께 10여 명을 무장시켜 커다란 보트에 싣고는 물을 찾아내려 보냈다. 나는 그들과 함께 가도록 해 달라고 선장에게 부탁했다. 무엇인가 새로운 것을 찾을 수 있을까 싶었기 때문이다.

얼마 후 우리는 섬에 도착했다. 하지만 물이 흐르는 강이나 샘 또는 사람이 살고 있는 흔적조차 발견하지 못했다.

선원들이 신선한 물을 찾기 위해 해변을 살피는 동안, 나는 그들과 다른 방향인 해안가를 따라 1,600미터 정도를 걸어갔다. 그곳은 온갖 바위로 이루어져 있었기에 몹시 황폐했다. 호기심을 만족시킬 만한 것을 아무것도 찾을 수 없던 나는 조금씩 지치기 시작했다. 그래서 서서히 물굽이가 있는 곳으로 돌아왔다.

바다가 바라다 보이는 곳에 이르렀을 때, 벌써 보트에 올라탄 선원들이 있는 힘껏 배 쪽으로 노를 젓는 모습이 보였다. 이제와서 소용없을 것이라고 생각했지만, 그래도 그들에게 소리를 지르려고 했다. 그러자 거대한 사람 하나가 그들을 따라 바다로 걸어 들어가는 것이 보였다. 물이 무릎까지 올라왔고 보폭도 아주 넓었지만, 선원들은 처음부터 2.5킬로미터 정도 앞서 있었으며 또한 근처 바다는 날카로운 바위로 뒤덮여 있었기 때문에 그 괴물은 보트를 따라잡지 못했다. 이 이야기는 나중에 전해 듣게 되었는데, 나는 그 광경을 지켜볼 수 없었기 때문이다.

나는 처음에 걸어갔던 길로 도망치면서 경사진 언덕으로 올라갔다. 그곳에서 나는 이 나라의 한 부분을 살펴볼 수 있었다. 눈앞에 펼쳐진 들판이 모두 경작지였다.

처음으로 나를 놀라게 했던 것은 풀의 높이였다. 목초로 사용하기 위해 베지 않고 남겨 둔 풀의 길이는 6미터 정도나 되었다. 나는 넓은 길로 들어섰다. 큰 사람들의 나라에서는 보리밭 사이로 좁게 나 있는 길이었지만, 나에게는 무척이나 넓은 길이었다. 한참을 걸었지만 나에게는 아무것도 보이지 않았다. 추수할 시기를 맞이한 곡식들이 약 12미터까지 자라났기 때문이었다.

한 시간을 걸어서 그 밭의 끝부분에 도착했다. 그 밭은 높이가 36미터나 되는 관목의 울타리로 둘러싸여 있었다. 나무들의 크기는 그 높이를 도저히 계산할 수 없을 정도였다. 울타리에는 이웃의 밭으로 넘어가는 충계가 있었다. 네 개의 계단으로 만들어진 충계의 제일 위에는 커다란 돌이 놓여 있었다. 한 계단의 높이는 180센티미터나 됐다. 그 위에 놓인 돌 역시 6미터 정도 되었기 때문에 나는 그 충계를 올라갈 수가 없었다.

관목들의 울타리 사이에 나 있는 빈틈을 찾는 동안, 나는 바다에서 보트를 뒤쫓아 가던 거대한 사람과 비슷한 크기의 사람이 이웃 밭에서 일하다가 충계를 향해 다가오는 것을 보았다. 그 사람의 키는 마치 성당의 뾰족한 탑만큼이나 거대했으며, 보폭도 약 9미터나 되었다.

극도의 놀라움과 두려움에 사로잡힌 나는 곡식 속으로 숨어 들었다. 나는 충계 꼭대기로 올라선 그 사람이 오른쪽으로 몸을 돌려 저편에 있는 밭을 향해 큰 소리로 사람들을 부르는 것을 들었다. 그것은 나팔보다도 몇 배나 큰 소리였다. 하지만 하늘 높이에서 들려왔기에 처음에는 천둥소리인 줄 알았다.

그가 외치는 소리를 듣고 괴물 같은 사람 일곱 명이 보통 낫보다 여섯 배나 큰 날이 선 낫을 들고 다가왔다. 그들은 처음에 나타난 사람보다 옷을 잘 입지 못했다. 그 사람 밑에서 일하는 하인이나 소작인인 듯했다. 그가 몇 마디 하자, 그들은 내가 숨어 있는 밭의 곡식을 베기 시작했다.

나는 될 수 있는 한 그들로부터 멀리 떨어지려고 했다. 그러나 서둘러서 자리를 옮기기가 매우 힘들었다. 줄기의 간격이 때로는 30센티미터도 채 되지 않아서 지나가기가 힘들었기 때문이다. 나는 힘들게 앞으로 나아가서 비바람에 곡식이 쓰러져 있는 곳까지 이르렀다. 그곳에서 나는 한 걸음도 나아갈 수가 없었다. 기어갈 틈도 없을 만큼 줄기가 서로 얽혀 있었으며, 곡식에서 떨어진 이삭의 억세고 날카로운 수염이 옷을 뚫고 들어와 살을 찔렀던 것이다.

나는 곡식을 수확하는 사람들이 100미터 정도로 가까이 다가왔다는
것을, 그들의 말소리를 듣고 알 수 있었다. 극심한 피로와 그동안 겪었
던 고생으로 절망한 나는 슬픔과 서글픔에 사로잡힌 채, 두 개의 이랑
사이에 누워 고달픈 나의 생애가 여기서 끝나기를 진심으로 바랐다. 혼
자 남아서 과부가 될 아내와 아버지를 여의게 될 아이들에게 생각이 미
치자 더욱 슬펐다.

여러 친구와 친척의 충고에도 불구하고 두 번째 여행을 시작한 내 어
리석음과 제멋대로인 성격을 자책했다.

이러한 끔찍한 마음의 동요 속에서 나는 릴리퍼트를 생각했다. 작은
사람들은 세상에서 가장 놀라운 존재로 나를 바라보았다. 그곳에서 나
는 블레훠스크의 함대를 한 손으로 끌고 올 수 있었다. 몇 백만 명이 그
들의 후손에게 증언한다고 한들 좀처럼 믿을 수 없을 만한 기적들을 나
는 이룩했던 것이다. 릴리퍼트의 후손들은 이 이야기를 아마도 믿지 않
을 것이다. 릴리퍼트의 작은 사람 하나가 영국에 온 것처럼, 이 나라에
서 나는 얼마나 보잘것없는 존재처럼 보일지에 대해 생각하니 무척이
나 억울했다. 하지만 이 정도의 불행은 앞으로 겪게 될 불행들 가운데
서 가장 보잘것없는 것에 속할지도 모른다는 생각이 들었다. 사람들을
살펴볼 경우, 그 신체의 크기에 비례해 더욱 야만적이고 훨씬 잔인해지
기 때문이다.

만약 지금 눈앞에 있는 엄청나게 거대한 야만인 같은 사람 손에 붙잡
히기라도 하면, 한 입 식사밖에 되지 않을 것이다. 크거나 작다는 개념
은 상대적인 것이라고 철학자들이 이야기한 것은 옳은 말이다. 릴리퍼
트의 작은 사람들도 어떤 운명의 장난으로 내가 그들을 발견한 것처럼
그들보다도 훨씬 작은 사람들이 사는 나라를 발견할 수도 있을 것이다.
그리고 괴물처럼 커다란 사람들도 아직 우리가 찾아내지는 못했지만,
어느 먼 곳에서 내가 이들을 보는 것처럼 그들이 올려다보아야 할 어마

걸리버는 큰 사람을 보고 공포에 질려서 크게 소리를 질렀다.
큰 사람은 걸리버를 발견하게 되었다.

어마하게 큰 사람들을 만나게 될 수도 있을 것이다.

이러한 생각에 잠긴 채 두려움에 떨고 있을 때였다. 내가 드러누운 이랑으로 10미터 가까이 수확을 하는 사람 하나가 다가왔다. 그가 한 걸음만 더 옮겨도 나는 발에 깔려 죽거나, 휘두르는 낫에 두 동강이 나게 될 터였다. 그것은 나를 온통 두려움으로 몰아넣었다. 큰 사람이 다시 움직이려고 하자, 나는 공포에 질려 소리를 질러 댔다. 그러자 큰 사람은 발걸음을 멈추고 잠시 동안 아래를 살펴보았다. 그러다가 땅에 누워 있는 나를 발견한 것이다.

큰 사람은 조그마하면서도 위험한 동물을 사로잡을 경우에 할퀴거나 물리지 않는 방법에 대해서 잠시 신중히 생각했다. 그러고 보니 나도 영국에서 족제비를 잡을 때 종종 그랬었다. 드디어 결심한 듯 엄지와 검지로 내 허리 가운데 부분을 잡았다. 나를 좀 더 확실하게 관찰하기 위해, 그는 눈에서 약 3미터의 거리까지 들어올렸다. 나는 그가 무엇을 하려는지 알 수 있었고, 운 좋게 목숨을 구하게 되어 마음도 차분히 가라앉았다. 큰 사람이 나의 옆구리를 세차게 잡고 있었으나 그의 손가락 사이로 미끄러져 떨어지게 될까 봐 무척 두려웠다. 그래서 2미터 정도의 공중에서 탈출을 위한 몸부림은 전혀 하지 않기로 결심했다. 그동안 내가 했던 행동이라고는 하늘을 향해 기도하는 자세로 두 손을 모은 채, 지금 처한 상황에 어울리도록 겸손하고 서글픈 어조로 몇 마디 말을 하는 것뿐이었다. 나는 작고 불쾌한 동물들을 죽일 때 우리가 하는 것처럼, 어느 순간에 그가 나를 땅바닥에 팽개쳐 버리지나 않을까 몹시 걱정이 되었다.

다행스럽게도 큰 사람은 나의 목소리와 행동에 기분이 좋아진 것 같았다. 특히 내가 사람처럼 분명한 발음으로 말을 하는 것을 듣고는 매우 놀라면서 호기심 어린 눈으로 바라보았다.

그동안 나는 신음소리를 내면서 눈물을 흘리지 않을 수 없었다. 그의 억센 손가락 힘으로 내가 얼마나 심한 고통을 당하고 있는가를 알리기 위해 옆구리 쪽으로 머리를 돌렸다. 큰 사람은 나의 뜻을 이해한 것 같았다. 그는 자신의 윗저고리 자락을 들어 나를 돌돌 감싸고는 곧바로 자기의 주인에게 달려갔다. 층계에서 내가 처음으로 보았던 사람이 주인이었는데, 그는 많은 경작지를 가진 농부였다.

주인은(그들의 대화를 듣고 난 다음 짐작한 것이지만) 하인의 이야기를 듣고 나서, 지푸라기를 이용해 나의 웃옷 자락을 들쳐보았다. 웃옷을 벌레의 껍질로 생각한 모양이었다. 그는 나의 모습을 자세히 보기 위해 머리카락을 양옆으로 불어 날렸다.

주인은 주변에 있는 하인들을 모두 불러서(나중에야 알게 된 일이지만) 나와 닮은 조그만 동물을 밭에서 본 적이 있는지 물었다. 그러고 나서 네 발로 땅을 짚는 모양이 되도록 조심해서 나를 내려놓았다. 나는 곧 두 발로 일어서서 큰 사람들에게 도망칠 의사가 없다는 것을 보여 주기 위해 천천히 앞뒤로 걸었다. 그들은 내가 움직이는 것을 자세히 관찰하기 위해 주위에 뱅 둘러앉았다.

모자를 벗어 든 나는 농부를 향해 머리 숙여 인사를 했다. 무릎을 꿇은 채로 얼굴을 들면서, 손을 벌리고 커다랗게 몇 마디 이야기를 했다. 그리고 금화가 든 지갑을 꺼내 들고는 공손하게 그에게 바쳤다. 주인은 손바닥으로 지갑을 받아서 무엇인가 알기 위해 눈 가까이로 가져갔다.

얼마 후 그는 소매에서 꺼낸 핀 끝으로 그것을 여러 번 굴려 보았지만, 아무것도 모르겠다는 표정을 지었다. 나는 몸짓으로 지갑을 바닥에 놓도록 말한 후 지갑을 열어 안에 들어 있던 금들을 그의 손바닥에 쏟아 놓았다. 20~30개 정도의 조그만 금화들 이외에도 스페인의 금화가 여섯 개 있었다. 그는 새끼손가락 끝에 침을 묻혀 가장 큰 금화를 들어 보였다. 다른 것들도 하나씩 침을 묻혔다.

그러나 그는 그것이 무엇인지 전혀 모르는 눈치였다. 그는 손짓으로 나에게 금화를 다시 지갑에 넣은 다음, 주머니에 집어넣도록 했다. 나는 그에게 몇 번이고 지갑을 주려고 했으나, 결국 주머니에 넣어 둘 수밖에 없었다.

주인은 이처럼 작은 생물이 이성을 가지고 있다는 것을 확신했다. 가끔씩 나에게 이야기를 했지만, 그의 목소리는 마치 물레방아 소리처럼 나의 귀를 꿰뚫었다. 그러나 발음은 알아듣기에 충분히 명료했다. 나는 여러 나라 말로 크게 대답을 했다. 그는 2미터 정도의 거리까지 귀를 갖다 대었지만, 아무 소용이 없었다. 말이 전혀 통하지 않았던 것이다.

주인은 하인에게 하던 일을 계속 하게 한 뒤 주머니 속에서 손수건을 꺼내 한 번 접은 다음 손바닥에 폈다. 땅바닥 가까이 손바닥을 내려놓은 그는 올라타라고 손짓을 했다. 손바닥의 두께가 30센티미터를 넘지 않았으므로, 나는 쉽게 올라갈 수 있었다. 그의 말에 복종을 하는 것이 내가 해야 할 일이라고 생각해서, 떨어지지 않도록 손수건 위에 드러누웠다. 내가 떨어질까 봐 염려한 그는 손수건의 나머지 부분으로 나를 감싸고 집으로 데려갔다.

집에 도착한 다음, 주인은 아내에게 나를 보여 주었다. 여자는 마치 영국 여자가 두꺼비나 거미를 보고 놀라듯 소리를 지르며 도망갔다. 하지만 얼마 동안 나의 행동을 바라보고, 또한 남편의 말을 잘 따른다는 것을 알고는 점차 나를 귀여워했다.

정오가 되어 하인 하나가 음식을 가져왔다. 그것은 농부의 소박한 살림에 어울리는 커다란 고기 요리 뿐이었는데, 접시 크기는 직경이 무려 7미터나 되었다. 함께 음식을 먹은 사람들은 농부와 아내, 세 아이 그리고 나이 많은 할머니였다. 그들이 식탁에 모여 앉자, 농부는 나를 들어 바닥에서 9미터 높이의 식탁 위의 자기에게서 좀 떨어진 자리에 나를 내려놓았다. 심한 두려움에 사로잡힌 나는 떨어질까 겁이 났다. 그래서 가능하면 식탁 가운데 자리로 들어와 가만히 있었다.

농부의 아내는 고기를 잘게 자른 다음, 가루처럼 부순 빵 조각과 함께 가져다주었다. 나는 깊숙이 절을 해 고마움을 전하고는 가지고 있던 나이프와 포크를 꺼내 음식을 먹기 시작했다. 내가 먹는 것을 지켜본 그들은 매우 기뻐했다.

농부의 아내는 하녀를 시켜 아주 조그만 컵을 가져오게 했다. 그러나 그것은 9리터나 담을 수 있는 커다란 컵이었다. 그 컵에 마실 것을 채우자, 두 손을 사용해서 겨우 들 수 있었다. 나는 영어로 "부인의 건강을 위하여"라고 크게 소리를 지르고는 아주 점잖은 태도로 마셨다. 이러한 행동이 그들을 즐겁게 했다. 요란한 웃음소리 때문에 나는 거의 귀가 멀 지경이었다.

음료는 사과주와 같은 맛이 났으며, 썩 나쁘지 않았다. 내가 모두 마시자 농부는 자신의 나무 접시 곁으로 다가오라고 손짓을 했다. 잔뜩 겁에 질려 있던 나는 식탁 위를 걸어가다가 빵 부스러기에 걸려서 앞으로 넘어졌다. 너그러운 독자들은 충분히 있을 수 있는 일이라고 용서해 줄 것이다.

나는 얼굴이 닿을 정도로 넘어졌지만 다치지는 않아서 금세 다시 일어섰다. 그러나 걱정하는 주위 사람들의 얼굴을 보고는 멀쩡하다는 것을 알리기 위해 겨드랑이에 끼고 있던 모자를 예절 바르게 머리 위로 흔들며 만세를 세 번 불렀다. 주인을(나는 이제부터 농부를 주인이라고 부르기로 했다) 향해 가까이 다가가고 있을 때, 그의 곁에 앉아 있던 열 살짜리 막내아들이 장난꾸러기처럼 나의 다리를 잡고 하늘 높이 들어올렸다. 그에게 매달린 나는 사시나무 떨듯이 몸을 벌벌 떨었다.

주인은 나를 빼앗으면서, 동시에 유럽의 기병대 1개 중대 정도를 땅에 쓰러뜨릴 만큼 힘센 주먹으로 아들의 왼쪽 뺨을 때렸다. 그리고 식탁에서 물러가라고 호통을 쳤다. 나는 주인의 아들이 혹시나 내게 악의를 품게 될까 봐 걱정이 되기도 했고, 영국의 아이들이 참새나 토끼, 고양이 새끼, 강아지에 대해서 얼마나 많은 장난을 치는가를 생각하기도 했다. 그래서 나는 무릎을 꿇은 채 주인에게 소년을 가리키며 야단을 치지 말아달라고 부탁했다. 나의 말을 알아들은 주인은 아들을 다시 의자에 앉도록 했다. 나는 아이에게 걸어가서 그의 손등에 입을 맞추었다. 주인은 아이의 손을 들어 나를 쓰다듬게 했다.

식사를 하는 도중, 농부의 아내가 귀여워 하는 고양이가 그녀의 무릎으로 올라왔다. 나는 등 뒤에서 10여 명의 양말 방직공이 기계를 작동시키는 소리 같은 것을 들었다. 뒤돌아보니 그 소리는 여주인이 음식을 먹이며 쓰다듬는 동안 고양이가 내는 것이었다.

고양이의 머리와 앞발의 크기로 계산해 볼 때, 영국의 암소보다 세 배나 컸다. 나는 15미터나 떨어진 식탁의 저편에 서 있었으며, 펄쩍 뛰어서 앞발로 나를 내려치지 않도록 농부의 아내가 꼭 붙잡고 있었지만, 그 고양이의 무서운 모습은 나를 몹시 불안하게 했다. 하지만 다행스럽게도 별다른 위험은 없었다.

주인이 나를 고양이에게서 약 3미터 떨어진 곳에 내려놓아도 고양이는 나에 대해 별다른 신경을 쓰지 않는 것 같았다. 오래전부터 들어 온 이야기였으며, 또한 내가 여행을 하면서 경험으로 확인된 것이지만, 무서운 짐승 앞에서 도망치거나 두려움을 보이면 오히려 그 짐승이 곧 뒤따라와서 해친다는 것을 잘 알고 있었다. 그래서 지금같이 위험한 순간에도 나는 두려움을 드러내지 않기로 결심했다.

나는 용기를 내어 고양이 앞으로 다가서서 여러 번 움직였다. 그리고 50센티미터라는, 아주 가까운 거리까지 다가서기도 했다. 그러자 고양이는 두려운 듯 뒤로 물러났다. 나는 방에 들어온 서너 마리 개들에 대해서도 별로 걱정을 하지 않았다. 개가 방 안으로 들어오는 것은 농부의 집에서 흔히 있는 일이다.

하나는 매스티프 종이었는데, 코끼리를 네 마리나 합쳐 놓은 것만큼 컸다. 다른 하나는 그레이하운드 종으로, 키는 매스티프 종보다 컸으나 몸집은 조금 작았다. 식사가 거의 끝나 갈 무렵, 한 살 정도 되어 보이는 아기를 안은 유모가 방으로 들어왔다.

나를 보자마자 그 아이는 런던 다리에서 첼시까지 들릴 정도의 커다란 소리로 울기 시작했다. 신기한 것을 보게 된 아기들이 늘 그러듯이 나를 장난감으로 가지고 놀겠다는 것이었다. 농부의 아내는 아기의 응석을 받아 주며 나를 들어서 아기의 앞에 놓아주었다.

신이 난 아기는 바로 내 허리를 붙잡더니 머리를 자신의 입으로 가져갔다. 그순간 내가 큰 소리를 질렀기 때문에 아기는 너무 놀라서 나를 떨어뜨렸다. 농부의 아내가 앞치마로 나를 받아 주지 않았다면 분명 목이 부러지고 말았을 것이다. 결국 유모는 아기를 달래기 위해 소리 나는 장난감을 흔들었다. 그 장난감은 속이 텅 빈 용기에 거대한 돌덩어리를 넣은 것으로, 줄을 달아서 아기 허리에 묶어 둔 것이었다. 하지만 장난감은 아기에게 아무런 소용도 없었다. 결국 유모는 젖을 꺼내 아기에게 빨리기 시작했다.

솔직히 나는 이제까지 유모의 거대한 젖가슴보다 더 구역질 나는 물체를 본 적이 없었다. 궁금한 독자들에게 젖가슴의 크기와 모양 그리고 색깔에 대해 무엇인가 알려 주어야 할 텐데, 나는 그 젖가슴과 비교해 말할 수 있는 것이 아무것도 없다. 그것은 가슴에서 180센티미터 정도 솟아오른 것이었다. 젖가슴의 둘레는 5미터나 됐다.

젖꼭지는 내 머리 크기의 절반 정도 되었고, 양쪽 젖가슴의 빛깔이며 그 주변에 나 있는 여러 개의 점과 여드름, 주근깨들이 무척 지저분하여 그보다 더 구역질 날 수 없을 지경이었다. 아기에게 편안히 젖을 먹이려고 유모는 자리에 앉아 있었으며, 나는 식탁 위에 서 있었기 때문에 그것을 자세하게 바라볼 수 있었다.

그것을 보자 나는 영국 귀부인들의 살결이 생각났다. 그 살결이 우리에게 아름답게 보이는 것은, 귀부인들의 크기가 우리와 같아서 추한 부분이 잘 드러나지 않기 때문이다. 그러나 실험을 위해 현미경을 가져다가 살결에 대 본다면, 가장 부드럽고 흰 살결도 억세고 거칠게 느껴지며 피부색도 좋아 보이지 않을 것이다.

릴리퍼트의 작은 사람들의 살결이 이 세상에서 가장 희고 아름답게 보였던 일이 생각난다. 나와 친근하게 지내던 릴리퍼트의 학자에게 이 얘기를 했을 때, 그는 내 손에 들려 나를 가까이 바라볼 때 보다는 멀리 떨어진 땅에서 쳐다볼 때의 내 얼굴이 훨씬 희고 부드럽게 보인다고 말했다. 솔직히 말해, 나를 가까이서 처음 보았을 때 나의 피부는 아주 소름끼치는 모습이었다고 했다. 나의 피부에는 커다란 구멍이 여러 개 나 있었으며, 수염은 산돼지의 털보다도 열 배나 거칠었다. 피부색 역시 보기 싫은 몇 개의 색깔로 합쳐졌다고 했다. 그러나 나의 피부는 영국의 남자 중에서도 좋은 편이었으며, 여행을 하는 동안에도 별로 타지 않았었다.

릴리퍼트 궁중에서 일하는 그 학자는, 궁정 귀부인들의 뒷담화를 하며 어떤 귀부인은 주근깨가 많고 어떤 부인은 입이 너무 크다고 했다. 그리고 어떤 부인은 코가 너무 크다고 했지만, 나는 도무지 알 수가 없었다.

지금 내가 이 사실을 자꾸 되풀이해서 이야기하는 것은, 이 여행기를 읽는 독자들이 혹시라도 큰 사람들을 마치 이상하게 생긴 것처럼 고정 관념을 갖게 되는 것을 염려해서이다. 큰 사람들은 잘생긴 종족이었다. 특히 주인의 얼굴은 비록 농부에 지나지 않았으나 내가 18미터 아래에서 올려다볼 때 아주 잘생긴 모습이었다.

식사가 끝나자 주인은 하인들이 일하는 밭으로 나갔다. 그의 목소리와 행동을 짐작해 볼 때, 아내에게 나를 잘 보살펴 주라고 한 듯했다. 나는 매우 피곤해 잠을 한숨 자고 싶었다. 농부의 아내는 내 맘을 알기라도 한듯 자기 침대에 나를 눕힌 다음, 깨끗하고 하얀 손수건을 이불처럼 덮어 주었다. 그 손수건은 군함의 제일 큰 돛보다도 더욱 크고 거친 것이었다.

나는 두 시간 정도 잠이 들었는데, 그동안 고향 아이들과 아내를 만나는 꿈을 꾸었다. 잠에서 깨어난 다음 너비가 60~90미터, 높이가 60미터나 되는 커다란 방에서 20미터 정도의 침대에 홀로 누워 있는 나를 발견했을 때, 슬픈 마음이 더욱 커질 뿐이었다. 농부의 아내는 집안일을 보기 위해 방을 열쇠로 잠가 두었던 것이다.

침대와 바닥 사이의 거리는 8미터나 됐다. 대변이 몹시 마려웠던 나는 바닥으로 내려가야만 했다. 그러나 나는 내려가기 위해 소리를 지르기가 망설여졌다. 소리를 질러도 내 목소리 정도로는 가족들이 있는 부엌까지 들리지 않았을 것이다.

어쩔 줄 모른 채 서성거리고 있을 때, 두 마리 쥐가 커튼을 타고 올라왔다. 쥐들은 냄새를 맡으며 침대 위를 이리저리 뛰어다녔다. 그중 한 마리가 내 앞으로 다가왔다. 깜짝 놀란 나는 방어하기 위해 단검을 빼들었다.

이 무시무시한 두 마리의 동물들은 대담하게도 양쪽에서 공격을 해왔고 그중 어느 쥐의 다리가 나의 옷자락을 스치기도 했다. 다행히 쥐들이 나에게 무슨 짓을 저지르기 전에 배를 찔러 쓰러뜨렸다. 이것을 본 다른 쥐는 재빠르게 달아났지만, 나는 등에 상처를 입혔다. 그 쥐는 피를 흘리면서 도망쳤다.

아슬아슬한 모험 끝에, 나는 놀란 마음을 진정시키려고 침대에서 이리저리 걸어 다녔다. 영국의 매스티프만큼이나 커다란 쥐였다. 하지만 매스티프보다도 더욱 재빠르고 거칠었다. 내가 잠들기 전에 칼이 달린 허리띠를 풀어 놓았더라면 틀림없이 갈기갈기 찢겨 쥐에게 잡아 먹혔을 것이다.

나는 죽은 쥐의 꼬리 길이를 재어 보았다. 길이는 2미터나 되었다. 나는 속이 메슥거려 피를 흘리고 있는 쥐를 침대에서 끌어내릴 수가 없었다. 쥐가 완전히 죽지 않은 것을 보고는 목을 깊게 찔러 죽여 버렸다.

얼마 후, 농부의 아내가 방으로 들어왔다. 그녀는 내가 피투성이인 것을 보고는 황급히 달려와 손으로 나를 들었다. 죽은 쥐를 가리키며 나는 아무렇지도 않다는 듯 미소를 지었다. 그녀는 무척이나 다행스럽게 여기며, 하녀를 불러서 죽은 쥐를 창밖으로 내버리도록 했다.

식탁으로 다가간 농부의 아내는 나를 그 위에 올려놓았다. 나는 그녀에게 피 묻은 칼을 보여 주었다. 피를 웃옷의 깃에 닦고 난 다음, 칼을 집어넣었다.

나는 대변이 몹시 급해서 어쩔 줄 몰랐다. 아무리 급해도 이것만은 누가 대신 할 수 없는 일이다. 나는 농부의 아내에게 마루에 내려놓아 달라는 뜻을 전하려고 애를 썼다. 그녀는 나를 마루에 내려놓았다.

나는 부끄러워 도저히 입으로 얘기할 수 없었다. 그래서 문을 가리키며 몇 번이고 허리를 굽히는 시늉을 했다. 친절한 농부의 아내는 노력한 끝에 드디어 내가 무엇을 원하는지 알게 되었다. 손으로 다시 나를 잡은 그녀는 정원으로 가서 놓아주었다. 나는 200미터 정도를 걸어서 구석으로 갔다. 농부의 아내에게 나를 보거나 따라오지 말라고 손짓을 하고는 괭이밥 잎사귀 사이로 몸을 숨기고 일을 보았다.

이 일에 대해 길게 이야기를 하는 것을 친절한 독자들은 용서해 주기를 바란다. 어리석고 천박한 정신을 가진 사람에게는 이것이 아주 사소한 일로 보일지 모른다. 하지만 매사를 깊이 사고하려는 현명한 사람에게 이런 이야기야말로 자신의 사고와 상상력을 깊고 풍부하게 만드는 데 도움을 줄 뿐 아니라, 개인이나 사회인으로 생활하는 데 있어서도 많은 도움을 줄 것이라 믿기 때문이다. 바로 이것이 내가 이 여행을 비롯한 여러 여행기를 세상에 내보내는 이유다.

이 글에서 나는 학식을 자랑하거나 오만한 문장으로 겉만을 치장하는 일 따위는 하지 않고, 오직 진실만을 알리는 일에 있는 힘을 다하고 있다.

제2장

농부의 딸에 대해 묘사한다. 저자는 읍내 장터로 그다음엔 수도로 옮겨진
다. 그 여정에 대한 기록이다.

주인에게는 나이에 비해 훨씬 조숙하고 바느질에 능숙하며, 아기 인
형의 옷을 잘 만드는 아홉 살짜리 딸이 있었다. 그녀와 그녀의 어머니
는 내가 잠자리로 사용할 수 있도록 인형용 요람을 만들었다. 그리고
이것을 조그만 장 서랍에 넣어서 쥐들이 올라오지 못하도록 벽에 달린
선반 위에 올려놓았다.

내가 이들과 함께 머무는 동안 요람은 내 침대로 사용되었다. 내가
이들의 언어를 배우기 시작하고 무엇이 필요한지 알릴 수 있게 되면서,
침대는 조금씩 개선되었다. 어린 소녀는 아주 솜씨가 좋았다. 내가 소
녀 앞에서 한두 번 옷을 벗는 것을 보자, 곧 나의 옷을 벗기거나 입혀
줄 수 있었다. 그러나 이 일은 혼자서 할 수 있는 것이었으므로 도움을
청하지 않았다.

소녀는 나에게 일곱 개의 셔츠와 몇 장의 속옷을 만들어 주었다. 가
장 부드러운 천을 사용해 속옷을 만들어 주었지만, 그것은 부대 자루
보다도 더욱 거친 것이었다. 소녀는 나를 위해 직접 세탁을 해 주기도
했다.

소녀는 마치 학교 선생님처럼 나에게 말을 가르쳐 주었다. 내가 어떤

것을 지시하면, 소녀는 큰 사람들의 언어로 그 이름을 말했다. 며칠이 지나자 나는 원하는 것의 이름을 자유롭게 말할 수 있었다. 소녀는 무척 마음씨가 좋았으며, 키는 나이보다 작은 편이었는데 12미터 정도 되었다.

소녀는 나에게 '그릴드릭'이라는 이름을 붙여 주었다. 주인의 가족들 모두가 그릴드릭이라는 이름을 그대로 불렀으며, 나중에는 큰 사람들의 나라 전체가 쓰게 되었다. 그 말은 라틴 어로 'nanunculus', 이탈리아 어로 'homunceletino' 그리고 영어로는 'mannikin'이라는 뜻을 가지고 있다. 다시 말하면 난쟁이라는 것이다.

그 소녀 때문에 나는 큰 사람들의 나라에서 목숨을 유지할 수 있었다. 내가 그 나라에서 머무는 동안 우리는 한 번도 헤어진 적이 없다. 나는 소녀를 '글룸달클리치'라고 불렀다. '꼬마 유모'라는 뜻이었다.

이 여행기를 쓰면서 글룸달클리치의 사랑과 보호에 대해 이야기하지 않는다면, 나는 큰 은혜를 저버리는 것이다. 할 수만 있다면 보답을 하고 싶다고 진심으로 바라고 있으며, 혹시라도 실수로 그녀에게 불명예가 될 만한 일들을 이곳에 쓰게 되지나 않을지 걱정이 될 뿐이다.

사람과 모든 것이 닮아 있는, 스플락넉 정도 크기의 동물을 주인이 밭에서 발견했다는 사실이 주위에 알려지기 시작했다. 스플락넉은 큰 사람들의 나라에만 살고 있는 동물로 아주 귀여웠으며 그 길이가 180센티미터 정도였다. 그 이상한 동물은 사람과 똑같이 흉내를 냈으며 언어도 가지고 있는 데다, 이미 그 나라 말도 몇 마디 배웠다고 했다. 두 발로 일어나서 걸을 수도 있으며, 성질도 아주 부드러워 시키는 대로 말을 잘 들었다. 또한 세상에서 제일 가느다란 팔과 다리를 가지고 있고, 세 살 난 귀족의 딸보다도 더욱 하얗고 아름다운 피부를 가졌다는 내용이었다.

이웃에 사는 주인의 가까운 친구가 소문이 진실인가를 알아보기 위해 방문했다. 나는 식탁 위로 올라가게 되었다. 주인이 시키는 대로 나는 걸으면서 칼을 뽑았다가 다시 칼집에 집어넣었다. 그리고 찾아온 농부에게 경의를 표하면서 글룸달클리치가 가르쳐 준 것처럼, 큰 사람들의 언어로 인사를 하고 방문해 줘서 고맙다는 말을 했다.

나이가 들어 눈이 나빠진 그 사람은 나를 좀 더 자세히 보기 위해 안경을 썼다. 그것을 보고 나는 크게 웃지 않을 수 없었다. 그의 눈이 두 개의 창문을 통해 방 안으로 비치는 보름달처럼 보였기 때문이다. 내가 어째서 웃고 있는지를 알게 된 사람들도 함께 웃었다. 하지만 그 늙은 농부는 바보 취급을 당한 듯 몹시 화를 내며 무안해했다.

그는 사람들에게 구두쇠로 통했다. 불행하게도 그것은 사실이었다. 그 농부는 36킬로미터 떨어져 있어서 말을 타고 가면 30분 정도 걸리는 옆마을에 장이 서는 날, 날 데리고 가서 사람들에게 나를 구경거리로 삼으라고 말한 것이다. 주인과 그 농부가 가끔씩 나를 손가락으로 가리키며 오랫동안 이야기하는 것을 들으면서, 나는 무언가 좋지 않은 일이 일어나고 있다는 것을 알았다. 두려움에 사로잡혔지만 그들의 말을 엿들을 수 있었고, 그 가운데 몇 마디는 알아들을 수 있었다.

다음 날 아침 글룸달클리치는 어머니에게 전해 들은 이야기를 나에게 해 주었다. 가엾은 소녀는 나를 가슴에 안고 모멸과 슬픔에 찬 눈물을 흘렸다. 나를 눌러서 죽이거나, 손으로 잡다가 팔다리를 부러뜨릴지도 모르는 거칠고 야만스러운 사람들에게 내가 무슨 일을 당할까 봐 걱정을 한 것이다.

그녀는 나의 부드러운 성품과 명예를 소중히 여기는 마음을 알고 있었기 때문에, 돈을 벌기 위해 많은 사람들 앞에 구경거리가 된다면 내가 얼마나 많은 모욕을 당할지를 염려했다. 그리고 자신의 부모가 그릴드릭, 즉 나를 자신에게 주겠다고 약속했는데, 작년에 양 한 마리를 주겠다고 약속하고는 그 양이 살이 찌자마자 도살장에 팔아 버린 것과 같은 일이 또다시 되풀이될 거라고 말했다.

　사실 나는 그 일에 대해 글룸달클리치보다도 신경을 쓰지 않고 있었다. 언젠가 나는 반드시 자유의 몸이 될 것이라는 강한 희망이 있었기 때문이다. 그 희망을 버린 적은 없었다. 짐승처럼 끌려 다니면서 구경거리가 되더라도, 이 나라에서 나를 아는 사람은 아무도 없을 것이므로 내가 영국으로 돌아가고 나면 어떠한 비난도 받지 않을 것이다. 영국의 국왕이라도 나와 같은 처지에 놓이게 된다면 지금과 같은 고난을 겪을 수밖에 없었을 것이다.

　다음 장날이 되자 주인은 친구의 말을 듣고 나를 상자에 넣어 다른 마을로 가지고 갔다. 나의 유모인 나이 어린 딸도 말에 태워 데려갔다. 내가 든 상자는 드나들 수 있는 작은 문 하나를 제외하고는 모두 막혀 있었다. 다만 공기가 통하도록 송곳으로 구멍 몇 개를 뚫었다.

　소녀는 내가 누울 수 있도록 이불을 넣어 두는 것을 잊지 않았다. 비록 30분 정도밖에 되지 않는 여행이었지만, 그동안 나는 심하게 흔들렸고 몹시 불안했다. 말은 한꺼번에 12미터를 내디뎠으며, 달릴 때 움직이는 높이도 대단했기 때문에 올라갔다 내려가는 느낌이 마치 거대한 폭풍 속에서 배가 위아래로 요동치는 것 같았다.

　우리가 이동한 거리는 런던에서 세인트 올번스까지 거리보다도 조금 더 멀었다. 주인은 자주 들리는 여관에서 말을 세우고는 여관 주인과 함께 잠시 이야기를 했다. 몇 가지 필요한 준비를 마치고 나서 그들의 말로 그룰트루드, 즉 광고하는 사람을 고용해 마을을 돌아다니며 이상한 생물을 푸른 독수리 여관에서 보여준다고 선전하도록 했다. 스플락넉만 한 크기의 이상한 생물은 모두 사람을 닮았으며, 몇 마디 말도 할 수 있는 데다 재미있는 재주를 부린다고 광고를 한 것이다.

　나는 푸른 독수리 여관의 가장 큰 방에서 넓이가 30제곱미터 정도 되는 식탁 위로 올라갔다. 글룸달클리치는 식탁 주위에 낮은 의자를 놓고 그 위에 올라서서 나를 돌보며 해야 할 것들을 가르쳤다. 너무 많은 사람들이 몰리는 것을 피하기 위해 주인은 한 번에 30명만 들어와서 구경하도록 했다.

나는 소녀가 시키는 대로 식탁 위에서 걸어 다녔다. 소녀는 내가 이해할 수 있는 정도의 질문을 던졌으며, 나는 아주 크게 대답했다. 구경꾼들을 향해 돌아서서 예의 바르게 경의를 표하고, 와 주어서 감사하다고 이야기를 한 다음, 미리 배워 둔 연설을 시작했다. 그리고 글룸달클리치가 컵으로 사용하라고 건넨 골무에 술을 담아 "모두의 건강을 위하여"라고 소리치며 건배를 했다.

영국에 있는 기사들의 흉내를 내면서 칼을 뽑아 들고 휘두르기도 했다. 글룸달클리치는 밀짚을 자른 것을 나에게 주었다. 그것을 들고 젊었을 때 배웠던 창술을 펼치기도 했다. 그날 구경하는 사람들은 모두 열두 차례나 몰려왔기 때문에, 같은 행동을 열두 번이나 되풀이해야 했다. 육체적 피로와 괴로운 마음에 거의 죽을 지경이었지만, 구경을 한 사람들은 아주 재미있는 볼거리가 있다며 소문을 퍼뜨리고 다녔기 때문에 많은 사람들이 밀려와 문이 부서질 지경이었다.

주인은 돈벌이를 할 수 없게 될까 봐 무서워서 글룸달클리치 이외에는 아무도 나를 만지거나 건드리지 못하게 했다. 위험을 방지하기 위해 구경꾼들의 손이 닿지 못하도록 무대 주변 적당한 거리에 긴 의자들을 놓아주었다.

그러나 장난꾸러기 어린 학생 하나가 내 머리를 겨냥해 개암나무 열매를 던졌다. 그것은 아슬아슬하게 내 머리를 빗나갔다. 작은 호박 크기의 열매에 맞았다면 틀림없이 죽었을 것이다. 나는 어린 학생이 두들겨 맞고 쫓겨나는 것을 보고 안심이 되었다. 주인은 다음 장이 설 때 나를 보이겠다고 알렸다. 그동안 나를 위해 좀 더 편한 여행을 준비했다. 내가 여덟 시간 동안이나 구경꾼들을 대하고 난 다음, 일어서거나 말을 할 수도 없을 만큼 피곤해하는 것을 보았기 때문이다.

안정을 되찾기까지는 사흘이 걸렸다. 하지만 집으로 돌아와서도 나는 편히 쉬지를 못했다. 마을에서 160킬로미터 근방에 사는 사람들도 소문을 듣고 찾아왔다. 부인과 아이들을 거느린 서른 가족 이상이 구경을 왔다. (정말 많은 사람들이 살고 있는 나라였다) 주인은 한 가족이 찾아오더라도 방에 가득히 들어서 사람들이 구경할 때의 값을 요구했다. 따라서 다른 마을로 여행을 다니지 않더라도 전혀 쉴 수 있는 날이 없었다(하지만 수요일은 큰 사람들의 나라의 안식일이었기 때문에 예외였다).

내가 얼마나 많은 돈을 벌어들일 수 있는지 알게 된 주인은 그 나라에서 가장 큰 도시를 찾아 여행을 떠나기로 했다. 긴 여행에 필요한 것을 모두 준비한 다음 집안일을 처리했다. 내가 도착한 지 두 달 후인 1703년 8월 17일 그는 아내와 작별하고 이 집에서 800킬로미터나 떨어진 큰 사람들의 나라의 수도를 향해 길을 떠났다.

주인은 내가 들어 있는 상자를 글룸달클리치의 허리에 끈으로 고정시킨 후 그녀의 무릎 위에 올려놓고 뒤에 태웠다. 글룸달클리치는 가장 부드러운 천으로 상자 안쪽에 대 주었다. 밑에는 편안하게 이불을 깔았다. 아기 인형의 침대도 상자에 넣어 주었으며, 할 수 있는 한 모든 것을 편리하게 만들어 주었다. 주인은 내의와 그 밖의 필요한 것들도 함께 넣어 주었다. 짐을 운반하기 위해 그 집의 소년 하나만 말을 타고 뒤를 따라오게 했다.

주인은 수도로 가는 길목에 있는 여러 도시에서 나를 구경시키려고 했다. 구경꾼이 모일 만한 곳에서는, 본래 가야 할 길에서 80~160킬로미터 떨어진 거리라도 개의치 않고 찾아갔다. 우리는 하루에 225~257킬로미터 정도씩만 이동했다. 나를 염려한 글룸달클리치가 말을 타고 여행하는 것이 피로하다는 핑계를 대며 하루에 조금씩만 여행하자고 아버지에게 졸랐기 때문이었다.

글룸달클리치는 내가 부탁할 때마다 가끔씩 나를 상자에서 꺼내 바람을 쐬게 하거나 시골 풍경을 보여 주기도 했다. 그러면서도 내가 떨어지지 않도록 묶은 줄을 꼭 잡고 있었다. 우리는 나일 강이나 갠지스 강보다도 몇 배나 넓고 깊은 강을 여러 번 건넜다. 런던의 교외를 흐르는 템스 강보다 작은 강은 하나도 없었다.

여행을 시작한 지 10주가 지났다. 나는 여러 마을과 가문의 저택 외에도 제법 큰 도시만 열여덟 군데나 돌며 재주를 부려야 했다.

우리는 10월 26일에 '우주의 자랑'이라는 의미인 이 나라의 수도 로브럴그라드에 도착했다. 주인은 궁전에서 그리 멀리 떨어져 있지 않은 곳에 거처를 정했다. 그리고 이전과 같이 나에 대해 상세하게 쓰인 광고를 붙였다. 그는 가로 100미터 정도 되는 커다란 방을 빌렸다. 내가 무대로 사용할 수 있도록 지름 18미터 정도의 식탁도 마련했다. 그리고 식탁의 가장자리에서 1미터 정도 되는 곳에 같은 높이로 목책을 둘렀다. 이것은 내가 식탁에서 떨어지지 않도록 하기 위한 것이었다.

나는 하루에 10회 정도 사람들 앞으로 불려 나가 재주를 부렸다. 나는 큰 사람들의 말을 어느 정도 할 수 있었으며, 나에게 하는 말은 거의 완벽하게 이해하고 있었다. 큰 사람들의 나라 글도 배워서 문장을 직접 설명할 수도 있었다.

글룸달클리치는 집에서 쉬고 있을 때나, 여행 도중 쉬는 시간을 이용해서 나에게 글을 가르쳐 주었다. 그 소녀는 샌슨 지도책과 비슷한 크기의 책을 주머니에 넣고 다녔다. 그것은 나이 어린 소녀들이 읽을 만한 글을 모은 책으로, 큰 사람들 나라의 종교에 관해 간단하게 설명된 안내서였다. 그 책을 사용하여 글룸달클리치는 나에게 문자를 가르쳤으며, 낱말들을 해석해 주었다.

제3장

저자는 궁궐로 간다. 왕비는 주인인 농부에게서 그를 사서 왕에게 선물한다. 그는 왕의 학자들과 논쟁을 벌인다. 궁궐 안에 저자를 위한 거처가 마련된다. 그는 왕비의 크나큰 환심을 산다. 그는 조국을 변호하고 왕비의 난쟁이와 다툰다.

매일 쉬지 않고 무대에 오르는 것을 몇 주일간 계속하다 보니 나의 건강은 극도로 악화되었다. 돈을 많이 벌어들일수록 주인은 재물 욕심을 자꾸만 냈다. 너무나 힘들었기 때문에 식욕을 잃게 된 나는 뼈만 남을 정도로 앙상하게 야위었다.

나의 초라해진 모습을 본 주인은 곧 죽을 것이라고 여겼던지, 죽기 전에 더욱 많은 돈을 벌려고 했다. 그러는 동안 궁중 의례를 맡고 있던 관리(그들은 '슬라드랄'이라고 불렀다)가 와서 나를 궁중으로 데려오라는 명령을 전달했다. 왕비와 시녀들에게 나를 보여 주기 위해서였다.

몇 명의 시녀들은 벌써 나를 구경했다. 나의 멋진 모습과 행동 그리고 양식에 대한 흥미 있는 일들을 보고했던 것이다. 왕비와 시녀들은 나의 행동을 보고 매우 기뻐했다.

나는 무릎을 꿇고 왕비의 발에 입을 맞출 수 있는 영광을 베풀어 달라고 호소했다. 마음씨 좋은 왕비는 나를 식탁 위에 올려놓고 새끼손가락을 내밀었다. 두 팔로 손가락을 껴안은 나는 아주 정중하게 입술을 그 끝에 대었다.

왕비는 영국과 나의 여행에 대해 몇 가지 질문을 했고, 나는 최선을 다해 분명하고 간단하게 대답했다. 왕비는 나에게 궁중에서 지내고 싶은 마음이 있는가 물었다. 나는 식탁에 턱이 닿을 정도로 허리를 굽히고는 '나는 지금 주인의 종입니다' 라고 공손하게 대답했다. 그러고 나서 할 수만 있다면 왕비를 위해서라면 모든 노력을 다하겠다고 했다.

왕비는 주인에게 값을 후하게 치러 줄 테니 팔지 않겠느냐고 물었다. 얼마 후에 내가 곧 죽게 될 것이라고 생각했던 주인은 기뻐하며 그렇게 하겠다고 대답했다. 그는 금화 천 개를 요구했다. 왕비는 그 자리에서 바로 돈을 주게 했다. 한 개의 크기가 포르투갈의 모이도레스 금화 800개를 합친 것만큼 거대했다. 그러나 큰 사람들의 나라에 있는 물건과 유럽에 있는 물건의 크기를 서로 비교해 본다면, 영국의 기니 금화 천 개 이상은 되지 않을 것이다.

나는 이제까지 친절하게 보살펴 주었던 글룸달클리치를 거두어 계속 나를 돌보고 가르치는 유모와 선생이 될 수 있도록 해 달라고 왕비에게 간청했다. 나의 간청을 들어 준 왕비는 주인에게 말해서 쉽게 승낙을 얻었다. 궁중에서 자신의 딸이 생활하게 된다는 것은 주인에게도 좋은 일이었기 때문이다. 글룸달클리치도 그 말을 전해 듣고 기쁨을 감추지 못했다. 잘 지내라는 인사를 하고, 내가 좋은 곳에서 지내게 된 건 자기 덕분이라고 생색을 내며 주인은 돌아갔다. 나는 그의 인사말에 잠시 허리를 굽혔을 뿐 달리 아무런 말도 하지 않았다.

주인에게 냉담하게 대하는 것을 본 왕비는, 그가 거실에서 나간 다음 나에게 그 이유를 물었다. 나는 용기를 내어 대답했다. 자기의 밭에서 우연하게 발견한, 가엾고 조그마한 생물을 죽이지 않은 것을 제외하고는 내가 그에게 감사해야 할 이유는 없으며, 그것도 큰 사람들의 나라를 절반이나 돌아다니면서 나를 구경시켜 벌어들인 돈과 지금 왕비에게 팔아서 번 돈으로 충분히 보상이 되었다고 이야기했다. 그리고 그동안 내가 겪은 생활은, 나보다 열 배나 힘센 동물이라도 충분히 죽일 수 있을 만큼 고된 것이었으며 온종일 여러 사람들을 즐겁게 해 주기 위해 치른 고생 때문에 건강이 아주 악화되었다. 나의 생명이 위험하다고 농부가 생각하지 않았다면 아마 지금처럼 싼 값으로 살 수 없었을 것이라고 했다.

그러나 자연의 본보기이며 세상을 사랑하고 백성에게 즐거움을 주면서 끊임없이 창조하는, 위대하고 선량한 왕비의 보호 아래 학대의 위험에서 벗어난 나는 농부의 걱정이 근거 없는 것이라고 했다. 이처럼 장중한 왕비의 궁중에 있는 것만으로도 활력이 되살아난다고 말했던 것이다. 이것이 내가 왕비에게 두서없이 멈칫거리며 말한 내용이다.

하지만 왕비에게 말하는 존칭어구는 나를 궁중으로 데려오는 동안 글룸달클리치에게 배운, 큰 사람들의 나라에서 특이하게 쓰이는 형식으로 된 것이다. 구성이나 낱말 모두가 형편없을 나의 이야기를 도중에 막지 않고 끝까지 들어 준 왕비는, 나처럼 조그마한 동물에게도 이처럼 풍부한 정신과 교양이 있는 것을 보고 매우 놀란 듯했다.

왕비는 나를 들고 왕에게로 갔다. 왕은 마침 방에서 쉬고 있었다. 근엄한 용모에 걸맞는 성격을 지닌 왕은, 처음에 나의 모습을 제대로 알아보지 못하고 왕비에게 언제부터 스플락넉을 좋아하게 되었느냐고 물었다. 왕비의 오른손에서 엎드려 있는 나를 스플락넉으로 착각했던 것이다.

유머 감각과 재치가 뛰어난 왕비는 나를 서랍 달린 책상 위에 조심스럽게 세워 놓고 나에게 자신에 관한 이야기를 직접 하라고 말했다. 나는 간단하게 대답했다.

조심스럽게 방문 앞에 서 있던 글룸달클리치는 내가 보이지 않아서 조바심을 내고 있다가 들어오라고 하는 명령을 받았다. 글룸달클리치는 나를 집에서 처음으로 보았을 때 일부터 이야기하며, 내가 한 대답들이 틀림없다는 것을 분명하게 해 주었다.

왕은 큰 사람들의 나라에서 누구보다도 학식이 뛰어났으며, 특히 철학과 수학을 잘 알고 있었다. 그러나 내가 이야기를 시작하기 전에 일어나서 걷는 것을 보자, 그는 나를 훌륭한 기술자가 만든 태엽 인형일 것이라고 했다(태엽 장치 인형을 만드는 기술은 큰 사람들의 나라에서 아주 잘 발달해 거의 완벽할 지경에 이르렀다).

그러나 나의 목소리를 듣고 또 이야기의 논리가 정연한 것을 보고는 매우 놀랐다. 왕은 내가 큰 사람들의 나라에까지 오게 된 경위를 도저히 납득하지 못했다. 비싼 값에 나를 팔기 위해 농부와 글룸달클리치가 꾸며 내서 그런 말들을 가르쳤다고 생각했던 것이다.

꼬투리를 잡고자 왕은 나에게 몇 가지 질문을 던졌다. 왕이 물어볼 때마다 나는 발음이 서툴고, 큰 사람들의 나라 말에 대해 아직까지 불완전한 지식을 가지고 있다는 것만 제외하면 이치에 합당한 말을 했다. 또 다른 결함이 있다면 그것은 농부의 집에서 내가 배웠던 거친 말투가 궁중의 세련된 양식에 어울리지 않았다는 것이다.

왕은 번갈아 가며 일주일에 한 번 궁정을 방문하는(이것은 큰 사람들의 나라에 있는 고유한 풍습이다) 세 명의 뛰어난 학자들을 불러오도록 했다. 나의 모습을 아주 세밀하게 살펴본 그들의 견해는 서로 달랐다. 그러나 내가 민첩하거나, 나무에 오르거나, 땅에 구멍을 파거나 해서 생명을 보존할 수 있는 신체를 가지고 있지 않은 것을 보고 정상적인 자연의 법칙으로 태어난 생물이 아니라는 점에서는 모두 동의했다.

그들은 나의 치아를 아주 세밀하게 관찰하고 나서 내가 육식 동물이라는 것을 알아냈다. 그러나 내가 잡을 수 있기에는 대부분의 짐승들이 너무 크고, 또 들쥐나 그 밖의 작은 동물들은 너무 재빠르기에 어떻게 해서 작은 몸으로 음식을 구할 수 있었는가는 잘 이해되지 않는다고 했다.

어떤 학자는 내가 먹을 수 있는 것이 달팽이나 곤충뿐일 것이라는 결론을 내렸다. 하지만 더욱 전문적인 토론과 논의를 거친 끝에 내가 그런 것을 먹을 것 같지는 않다는 사실을 확실히 알게 되었다.

다른 학자는 내가 태아나 낙태한 아이일 것이라고 했다. 하지만 이 의견은 다른 두 학자에게서 즉각 반박을 당했다. 그들은 나의 팔과 다리가 아주 튼튼한 것과 확대경을 통해서 발견한 수염을 통해 나이가 적어도 수년은 된다는 것을 알았기 때문이다.

어떠한 것과도 비교할 수 없을 만큼 내가 조그마했기 때문에, 난쟁이라고 생각할 수도 없었다. 큰 사람들의 나라에서 가장 작았던, 왕비의 사랑을 받는 난쟁이도 키가 거의 9미터나 되었기 때문이다.

오랫동안 논쟁을 벌이던 학자들은 만장일치로 내가 '렐플럼 스칼카스' 말 그대로 옮기자면, '자연의 장난'으로 생겨났다는 결론을 내렸다. 이것은 유럽의 철학과 많이 일치하는 것이다. 유럽의 철학 교수들은 아리스토텔레스의 제자들이 자신들의 무지를 감추기 위해 꾸며 낸 '신비한 원인'이라는 모호한 말은 그들의 잘못이라고 경멸하면서 '자연의 장난'이라는 말을 찾아내 인간 지식의 발전에 지대한 도움을 주었다.

이렇게 결론이 난 이후, 나는 한마디 말할 수 있도록 해 달라고 간청했다. 왕을 쳐다보면서 나는, 나와 같은 크기의 사람 수백만 명이 살고 있는 나라에서 왔다고 이야기했다. 그곳에서는 동물도, 식물도, 집도 모두 나와 같은 비율로 작고, 따라서 그곳에서는 왕의 백성들이 이곳에서 생활하는 것처럼 자신을 지키거나 먹을 것을 구할 수도 있다고 대답했다. 학자들의 논쟁에 대해 올바른 답을 했던 것이었다. 그러나 학자들은 경멸의 미소를 지으면서, 농부가 나를 잘 가르쳤다고 말했다.

학자들보다도 이해력이 훨씬 좋았던 왕은 그들을 보내고 난 다음 농부를 불러오라고 했다. 다행히 농부는 아직 로브럴그라드를 떠나지 않고 있었다. 먼저 농부에게 물어본 다음, 나와 소녀를 대면시킨 왕은 내가 한 이야기가 사실일지도 모른다고 생각했다.

왕비는 왕에게 나를 잘 보살피라고 부탁했고, 글룸달클리치와 내가 서로 많은 애정을 가지고 있는 것을 보고 그녀가 계속해서 나를 보살펴주었으면 좋겠다고 했다.

글룸달클리치를 위해 편한 방이 하나 마련되었다. 그녀에게 교육을 시키기 위해 가정교사가 임명되었으며, 옷을 입히는 시녀도 배정되었다. 잡다한 일을 처리하기 위해 하녀 둘이 새로 배정되기도 했다. 그러나 나를 돌보는 일은 글룸달클리치에게 모두 맡겨졌다.

왕비는 자신의 가구 제작자에게 명령하여 글룸달클리치와 내가 의논한 모형에 따라 침실로 사용할 수 있는 상자를 만들라고 했다. 그는 아주 손재주가 좋은 사람이었다. 나의 지시에 따라 3주 후에 한 변의 길이가 5미터, 높이가 4미터 정도인 나무 침실이 만들어졌다. 위아래로 여닫이 창문과 문이 한 개, 벽장 두 개가 달려 있어, 마치 런던의 침실과 흡사한 분위기였다. 천장을 이루고 있는 판자는 두 개의 연결고리로 이어져 있어서 양문 개폐 형식으로 올렸다 내렸다 할 수 있도록 되어 있다. 그곳을 통해 목공이 만든 침대를 들여놓았다.

글룸달클리치는 매일 침대를 꺼내어 깨끗하게 정리를 하고 바람을 쏘였으며, 밤이 되면 다시 침대를 집어넣은 다음 지붕을 잠갔다.

장난감을 잘 만들기로 유명한 직공이 등걸이와 팔걸이가 있는 의자 두 개와 작은 물건을 넣는 서랍이 딸린 테이블 두 개를 상아와 같은 재료를 사용해 만들었다. 방에는 천장이나 벽, 마루를 가리지 않고 깃털 이불을 댔다. 내가 들어 있는 방을 가지고 가던 사람이 실수를 했을 경우나, 마차에 실려 흔들릴 때 무슨 일이 생길까 봐 그렇게 한 것이다.

나는 쥐가 들어오지 못하도록 문에는 자물쇠를 달았으면 했다. 열쇠를 만드는 사람은 몇 번 노력한 끝에 큰 사람들의 나라에서 이제까지 본 일이 없는, 아주 작은 열쇠를 만들었다. 얼마나 작았냐 하면, 영국의 어느 부잣집 문에 달린 자물쇠가 이것보다 컸을 정도다. 나는 혹시나 글룸달클리치가 잃어버릴 것을 염려해 주머니에 열쇠를 따로 넣고 다니기로 했다.

왕비는 큰 사람들의 나라에서 가장 가늘고 부드러운 비단을 구해 나에게 옷을 만들어 주라고 명령했다. 영국의 담요보다는 거칠지 않았으나 몸에 익숙하기까지는 상당한 시간이 걸렸다. 옷은 그 나라의 유행에 어울리도록 만들어졌는데, 페르시아의 양식과 중국의 양식을 닮아서 아주 품위 있고 단정했다.

왕비는 나와 함께 있는 것을 좋아했다. 나와 같이 하지 않으면 아예 식사도 거를 정도였다. 나의 식탁과 의자는 왕비의 왼쪽 팔꿈치 근처에 마련되었다.

글룸달클리치는 곁에서 등받이 없는 의자 위에 서서 나를 도와주고 보살폈다. 나를 위해 은 접시와 은 쟁반을 비롯해 필요한 것은 모두 한 벌씩 마련되었는데, 왕비의 식기와 서로 비례하여 대조해 보면 런던의 장난감 상점에서 내가 볼 수 있었던 아기 인형의 가구들과 별반 다를 게 없었다. 글룸달클리치는 이 식기 세트를 은 상자에 넣어 자기 주머니에 보관했다. 그리고 식사 때마다 내가 필요한 것을 꺼내 주다가 다 사용한 후에는 깨끗이 씻어서 보관해 주었다. 열여섯 살 난 언니 공주와 당시 열세 살 1개월 된 동생 공주만이 왕비와 함께 식사를 했다.

왕비는 나의 접시 위에 고기 조각을 놓아주었다. 나는 그것을 칼로 잘게 잘라 베어 먹었다. 조그마한 것이 오밀조밀하게 먹는 모습만 봐도 재미있는 일이었을 것이다. 왕비는 적게 먹는 편이었는데도, 영국의 농부 열두 명이 한 끼에 먹을 것을 한 입에 넣고는 했다. 이따금씩 그것은 역겨워 보이기도 했다. 왕비는 다 자란 칠면조 날개보다 아홉 배나 큰 종달새의 날개를 뼈까지 씹어 먹었다. 12펜스짜리의 커다란 빵보다 두 배나 큰 빵 조각도 한입에 집어넣었다.

술도 금으로 만든 잔에 담아 한 모금에 큰 통으로 한 통 이상씩을 마셔 대는 것이었다. 나이프의 크기도 큰 낫보다 두 배나 컸다. 스푼이나 포크를 포함한 다른 식기들도 같은 비율로 컸다. 언젠가 글룸달클리치가 호기심에 나를 궁중 식당으로 데리고 갔다. 10여 개의 커다란 나이프와 포크가 한꺼번에 늘어서 있는 것을 본 나는 무척이나 놀랐다. 이제까지 나는 그처럼 무서운 광경을 본 적이 없었다.

매주 수요일에는(앞에서 잠깐 이야기했지만, 수요일은 큰 사람들의 나라 안식일이다) 왕과 왕비가 거실에서 왕자와 공주들을 데리고 함께 식사를 하는 관습이 있었다.

왕은 곧 나를 좋아하게 되었다. 나의 조그마한 의자와 식탁은 왕의 왼쪽 소금그릇 앞에 놓여졌다. 왕은 나와 함께 이야기하는 것을 좋아했다. 그는 유럽의 관습, 종교, 법률, 정치, 학문 등에 대해 물어보았고, 나는 알고 있는 한 물음에 대답을 했다. 이해력이 좋은 왕은 판단력이 정확했기 때문에 나에게 아주 현명한 의견을 제시하기도 했다.

그러나 내가 무역과 육지나 바다에서의 전쟁, 종교 분열, 그리고 정당에 관해 많은 이야기를 했을 때 왕은 지금까지 받았던 교육에 의한 편견으로 좀처럼 나를 신용하려 들지 않았다. 왕은 오른손으로 나를 잡고 왼손으로 등을 두드리며 한바탕 크게 소리 내 웃었다. 그러고는 나에게 ‘그대는 휘그당인가 토리당인가’ 하고 농담조로 물었다. 왕은 로열 서브린 호의 돛만큼 커다란, 하얀색의 왕 홀을 가지고 뒤에 기립해 있는 대신을 향해 몸을 돌리고 ‘인간의 위대함이란 얼마나 하찮은 것인가’에 대해 이야기를 했다. 나와 같이 작은 벌레도 그것을 흉내 낼 수 있다니 말이다.

왕은 계속해서 말했다. 저 생물들도 관직이 있으며, 둥우리나 굴을 파고 집이나 도시라고 부를 것이다. 옷과 마차의 모양도 서로 따질 것이다. 때로는 사랑하거나 다투며, 논쟁을 하고 속이고 배반할 것임에 틀림없다.

왕이 말하는 동안 나는 그가 내 사랑하는 조국을 그처럼 모욕적으로 이야기한다는 사실에 낯이 뜨거워졌다.

그러나 모욕을 당했다고 해서 화를 낼 입장이 못 되는 나는 좀 더 어른스러운 생각, 즉 내가 정말 모욕을 당했는가, 아니면 그렇지 않았는가에 대해 생각하기 시작했다. 몇 개월 동안이나 이 나라 사람들을 보고 대하면서 그 비례만큼 큰 물건들을 보아 왔기 때문에 그들의 크기와 모습에서 처음으로 받았던 공포감은 많이 사라졌지만, 지금 내가 영국의 귀족이나 귀부인들이 예복과 생일에 입는 좋은 옷을 입고 정중하게 걷거나, 허리를 굽혀 인사하거나, 점잖게 말하고 행동하는 것을 본다면, 이곳 왕과 대신들처럼 나도 그들을 향해 웃어 주고 싶을 것이기 때문이다.

왕비는 나를 손 위에 올려놓고 거울 앞으로 다가서고는 했다. 우리가 이 거울 속에서 함께 나타날 때, 나는 자신을 향해 연민의 미소를 띠지 않을 수 없었다. 둘의 모습을 비교하면 할 수록 우스꽝스러웠다. 나는 자신이 본래 크기보다 수십 배 줄어든 게 아닌가 하고 진심으로 걱정한 적도 있었다.

왕비의 난쟁이처럼 나를 화나게 하거나 기분을 상하게 하는 것은 없었다. 그 나라에서 가장 키가 작은 사람이면서도(그 난쟁이의 키는 9미터도 채 되지 않았다고 확신한다) 자기보다도 훨씬 작은 생물을 보고는 아주 거만해졌다.

내가 왕비의 대기실에 있는 식탁에서 귀족이나 귀부인들과 이야기하고 있을 때, 일부러 거들먹거리면서 보란 듯이 곁을 지나가고는 했다.

그는 내가 작다는 것에 대해 기회가 있을 때마다 강조했다. 나는 그에게 '어이, 형씨' 하고 부르거나 '어디 한 판 붙어 볼 테야?' 하고 대꾸를 하면서 복수를 했다. 이런 식의 말대꾸는 궁중에서 시중을 드는 사람들 사이에서 아주 일상적으로 일어나는 것이었다.

어느 날 식사를 하던 도중에 그 난쟁이가 내 대꾸에 화를 내면서 일어나더니, 왕비의 의자 팔걸이에 가만히 앉아 있는 나를 붙잡아 크림이 담긴 은 그릇 속에 떨어뜨리고는 재빨리 달아났다. 나는 거꾸로 떨어졌다. 헤엄을 잘 치지 못했더라면 매우 위험했을 것이다.

운 나쁘게도 글룸달클리치는 조금 떨어진 곳에 있었고, 왕비는 너무 놀란 나머지 나를 도울 수 없었다. 잠시 후 글룸달클리치가 달려와 나를 구해 주었다. 내가 이미 1리터 이상의 크림을 마셨을 때였다. 입고 있던 옷이 버려진 것을 제외하고는 별다른 일은 생기지 않았다. 하지만 나는 침대에서 누워 있어야 했다.

난쟁이는 그 벌로 매를 맞았으며, 나를 던져 넣은 그릇에 가득히 담겨 있던 크림을 모두 마셔야 했다. 왕비의 사랑도 다시는 받지 못하게 되었다. 얼마 후에 왕비는 난쟁이를 어느 귀부인에게 선물로 줘 버렸기 때문이다. 다행스럽게도 나는 그를 다시는 만나지 않아도 되었다. 여전히 궁중에 머물러 있었다면, 심술궂은 난쟁이가 화를 풀기 위해 무슨 짓을 저질렀을지도 모른다.

이전에도 그는 식사를 하면서 아주 심하게 장난을 친 적이 있었다. 그것은 왕비를 웃기기도 했지만, 동시에 화를 돋우는 일이기도 했다. 내가 나서서 간청하지 않았다면 난쟁이는 진작에 추방되었을 것이다.

왕비는 소의 정강이뼈를 집어 들고 골수를 빼낸 다음 여느 때처럼 접시 위에 세워 두었다. 글룸달클리치가 잠시 식기 선반 쪽으로 간 틈을 타, 난쟁이는 글룸달클리치가 나를 돌볼 때 사용하는 등받이 없는 의자로 올라가 두 손으로 나를 잡았다. 그리고 나의 다리를 서로 붙게 만들어 정강이뼈 속에 허리까지 집어넣었던 것이다. 그래서 나는 우스꽝스러운 모습으로 얼마 동안 박혀 있어야 했다.

다른 사람이 그것을 알기까지는 1분가량이 걸렸다. 소리를 질러서 도움을 청하기에는 나의 자존심이 허락하지 않았기 때문이다. 왕비가 뜨거운 음식을 좋아하지 않았기 때문에 발을 데지는 않았지만, 양말과 바지가 형편없이 더러워졌다. 내가 용서를 구했기 때문에, 난쟁이는 호되게 매를 맞는 것 외의 처벌은 받지 않았다.

내가 겁이 많은 것에 왕비는 가끔씩 조롱을 하면서, 영국 사람들은 모두 나처럼 형편없는 겁쟁이인지 물었다. 그것은 다음과 같은 일이 있었기 때문이다.

큰 사람들의 나라에는 파리가 아주 많아서 여름마다 큰 곤란을 겪었다. 종달새 크기의 파리는 식사를 하는 동안 잠시도 쉴 틈을 주지 않고 내 귓가를 맴돌았다. 이따금씩 파리는 나의 음식에 앉아서 더러운 배설물이나 알을 낳고 날아가 버렸다. 큰 사람들의 눈에는 잘 보이지 않았으나, 미세한 것들을 자세하게 살펴볼 수 있던 나는 확실하게 보았다.

나의 코나 이마에 내려앉은 파리는 지겨울 정도로 쏘아 대거나 역겨운 냄새를 풍기기도 했다. 파리가 천장 위에 거꾸로 매달려 걸을 수 있도록 해 주는 끈적끈적한 물체도 알아보았다. 나는 이 끔찍한 파리로부터 나를 지키기 위해 한바탕 소동을 벌여야만 했다. 얼굴 가까이 파리가 날아올 때는 깜짝깜짝 놀라지 않을 수 없었다.

난쟁이는 초등학교에 다니는 어린아이들처럼 파리를 여러 마리 손으로 잡았다가 나의 코 밑에서 갑자기 날려 나를 매우 놀라게 했다. 왕비는 그 모습을 보고는 아주 즐거워했다. 하지만 나는 주위에서 날고 있을 때, 파리를 칼로 찔러 죽였다. 민첩한 나의 행동은 칭찬을 받았다.

어느 맑은 날 아침, 글룸달클리치가 평소 하던 대로 바람을 쏘이기 위해 내가 들어 있는 상자를 창문 위에 올려 두었다(영국에서 새장을 못에 걸어 두는 것처럼 내가 들어 있는 상자를 걸어 달라고 할 수는 없었기 때문이다).창문을 열어젖힌 나는, 식탁에 앉아서 아침식사로 달콤한 케이크를 먹으려고 했다.

그때 케이크의 냄새에 이끌린 말벌이 스물 네 마리 이상 날아 들어와 백파이프보다 더 큰 소리로 붕붕거렸다. 몇 마리는 과자를 조금 떼어 달아났지만, 나머지는 계속 소음을 내면서 나의 머리 위를 날아다녔다. 나는 그들의 독침 때문에 두려움을 느꼈지만, 용기를 내어 칼을 빼어들고 벌 떼를 공격했다. 네 마리를 죽이자 나머지는 모두 달아났다. 나는 서둘러 창문을 닫았다.

메추리만큼 커다란 벌들의 침을 빼 보니, 바늘처럼 날카로운 것이 거의 4센티미터나 되었다. 그 벌침들을 조심스럽게 간직해 유럽으로 돌아왔을 때, 나는 다른 것들과 함께 그것들을 몇 군데에 전시했다. 영국으로 돌아온 뒤에 세 개는 그레샴 대학에 기증했고, 나머지 한 개는 아직도 내가 보관하고 있다.

제4장

이 나라에 대해 설명한다. 현대의 지도를 수정할 것을 제의한다. 궁궐과 수도에 관해 설명한다. 저자의 여행 방식을 이야기하며 가장 큰 사원에 대해 묘사한다.

이 나라에 대해 간단하게 설명하겠다. 사실 내가 여행을 했던 지역은 수도인 로브럴그라드를 중심으로 해서 3,220킬로미터밖에 되지 않는다. 내가 모시고 있던 왕비는 왕이 나라를 순시할 때 함께 가는 일은 있어도 수도에서 3,220킬로미터 경계 밖으로는 나가지 않았기 때문이다. 그곳에서 왕이 변방을 살핀 다음, 돌아올 때까지 기다리는 것이다.

왕이 다스리는 지역은 길이가 9,650킬로미터, 넓이가 4,800~8천 킬로미터가량 되었다. 그것으로 미루어 볼 때, 나는 일본과 캘리포니아 사이에는 바다만 있다는 유럽 지리학자들의 주장이 틀린 것이라는 결론을 내리지 않을 수 없었다. 왜냐하면 거대한 타타르 대륙과의 균형을 이루는 땅이 지구에 있어야만 한다는 것이 나의 생각이었기 때문이다.

따라서 나는 그동안 지리학자들이 만든 지도나 해도를 수정해 이 거대한 땅을 아메리카 대륙의 북서쪽에 붙임으로써, 세계지도를 수정하는 데 힘을 아끼지 않을 준비가 되어 있다.

반도로 이루어진 큰 사람들의 나라는, 동북쪽으로 48킬로미터 높이의 산맥이 가로놓여 있어서 그 곳이 국경이 되었다. 그 산의 꼭대기에 많은 화산이 있어서 사람이 지나다닐 수는 없었다. 학식이 있는 사람들도 이 산맥 뒤에 어떤 사람들이 살고 있는지 모르고 있었으며, 또 아무도 살고 있지 않다고 믿고 있었다.

이 나라의 삼면은 바다와 연결되어 있으며, 항구는 하나도 없다. 강물이 흘러드는 해변은 뾰족한 바위들로 가득했다. 바다가 아주 거칠었기 때문에 조그마한 배라 할지라도 감히 밖으로 나갈 생각을 못했다. 따라서 이 나라 사람들은 다른 나라 사람들과의 교류를 전혀 생각하지 않았다. 대신 큰 강에는 배들이 가득 차 있었고, 다양한 종류의 물고기들이 살고 있었다.

큰 사람들은 바다에서 고기를 낚지 않는다. 바닷고기는 유럽의 생선과 같은 크기였기에, 잡았다 하더라도 별로 가치가 없었다. 이러한 것을 살펴볼 때, 이처럼 커다란 식물과 동물을 만드는 자연의 법칙도 전적으로 이 대륙에만 한정된 것이라고 할 수 있다. 그 이유에 대해서는 철학자들에게 맡기는 수밖에 없다.

가끔씩 고래를 잡곤 했는데, 일반인들은 그것을 아주 맛있게 먹었다. 내가 봤던 고래는 매우 거대해서 도저히 혼자서는 어깨에 짊어질 수 없을 정도였다. 때로 진귀한 것이 잡히면 사람들은 고래를 바구니에 넣어 로브럴그라드로 가져오기도 했다. 나는 왕의 식탁에 올려진 진귀한 음식으로, 접시에 담겨 있는 고래 한 마리를 보았다. 왕이 고래 고기를 좋아하는지는 알 수 없었다. 사실 그 고래는 보통의 것보다 조금 큰 것이어서 왕의 식욕을 돋우지 못했던 것 같다. 예전에 내가 그린란드에서 봤던 것이 더 크긴 하지만 말이다.

이 나라에는 많은 사람들이 살고 있다. 51개 도시와 성벽으로 둘러진 마을이 100여 개, 그리고 수많은 촌락들이 있었다. 로브럴그라드를 묘사하는 것만으로도 호기심이 많은 독자들을 충분히 만족시킬 수 있을 것이다. 로브럴그라드의 도시는 중심에 흐르는 강 주변으로 거의 비숫하게 나뉘어 있었다. 도시에는 8만 가구 이상이 거주하고 있었으며 길이는 그들의 단위로 3글론글렁 즉, 87킬로미터, 너비는 2.5글론글 렁, 즉 72킬로미터나 되었다.

이것은 왕의 명령으로 만들어진 지도를 가지고 실제로 내가 재 본 것 이다. 내가 펼쳐보기 위해 그 지도를 땅 위에 내려다 놓았는데, 길이가 30미터나 되었다. 나는 직경과 둘레를 몇 번씩이나 재어 축척으로 계 산했다. 그렇게 해서 제법 정확하게 잴 수 있었다.

왕궁은 건물로만 이뤄진 것이 아니라, 약 11킬로미터에 걸친 택지 안 에 몇 동의 건물이 모여 있는 형식이었다. 중요한 방들은 대개 높이가 73미터가량 되었으며, 너비와 길이도 그에 비례했다.

글룸달클리치와 내가 마음대로 사용할 수 있는 마차가 있었는데, 여 교사가 가끔씩 글룸달클리치를 데리고 거리를 구경하러 가거나 상점 에 들르기 위해 이용했다. 나는 언제나 상자 속에 들어가서 함께 나갔 다. 내가 원하면 글룸달클리치는 상자에서 나를 꺼내어 손 위에 두었 다. 거리를 지나는 동안 집이나 사람들을 좀더 쉽게 볼 수 있도록 하기 위해서였다. 마차는 웨스트민스터 국회의사당의 넓이만 했으나 높이 는 좀 낮았다. 그러나 나의 계산이 아주 정확한 것이라고는 할 수 없다.

어느 날 여교사는 마부에게 몇 군데 상점에서 멈춰 서라고 지시했다. 그 기회를 이용해 거지들이 마차의 주위로 몰려들었다. 큰 사람들의 나 라에서 내가 본 것들 가운데 가장 무서운 광경이었다.

가슴에 종기가 난 여자가 있었는데, 그 종기는 기괴하리만치 거대한 데다 구멍도 아주 많았다. 많은 구멍 가운데 두세 개의 것은 내가 쉽게 들어갈 수 있을 만큼 컸다.

어떤 남자는 양모가 든 자루를 다섯 개나 합친 것보다도 더 커다란 혹을 목에 달고 있었으며, 어떤 남자는 6미터 정도의 나무로 만든 의족 을 양쪽에 달고 있었다.

그러나 가장 끔찍한 것은 그들의 옷에 기어 다니는 이였다. 나는 유럽의 이를 현미경을 통해 살펴보는 것보다도 더 확실하게 이 해충들의 다리를 볼 수 있었다. 돼지처럼 튀어나온 코로 먹을 것을 찾아 움직이는 것도 볼 수 있었다.

이를 이렇게 확실히 본 건 난생 처음이었다. 그 이들은 내가 큰 사람들의 나라에서 처음 본 것으로, 적당한 해부 도구만 가지고 있었다면 (운이 나쁘게도 나는 모든 의료 도구들을 배에 두고 왔다) 그 가운데 한 마리를 해부해 보고 싶을 만큼 호기심이 나는 것들이었다. 하지만 이의 모양은 아주 역겨워서 나의 배 속을 온통 뒤집어 놓을 정도였다.

나를 넣고 다니는 커다란 상자 이외에, 왕비는 여행을 하는 데 편리하도록 한 변의 길이가 약 4미터 정도인 조그마한 상자를 하나 만들도록 했다. 지금까지 쓰던 큰 상자는 글룸달클리치의 무릎 위에 올려놓기에도 조금 커서, 마차에서도 불편했기 때문이었다.

조그마한 상자도 큰 상자를 만들었던 목공이 만들게 되었는데, 내가 직접 설계를 했다. 이렇게 해서 만들어진 여행용 상자는 정사각형이었다. 세 방향의 벽으로 창문이 나 있었고, 모든 창문은 여행 도중의 사고를 방지하기 위해 외부에 쇠줄로 만든 격자를 붙였다. 창이 달려 있지 않은 벽에는 튼튼한 꺾쇠 두 개를 붙였다. 말을 타고 이동하고 싶을 때, 나를 들고 다니는 사람이 그 꺾쇠를 허리띠에 끼울 수 있도록 하기 위해서였다.

글룸달클리치가 몸이 불편할 때는 내가 신뢰할 만한 하인의 허리에 내가 들어 있는 상자를 붙이는 일도 있었다. 그렇게 해서 나는 왕이나 왕비가 행차를 나갈 때 따라갈 수 있었으며, 정원을 살펴보거나 지체 높은 귀부인과 대신들을 방문할 수도 있었다.

얼마 되지 않아서 나는 고위층의 인사들에게 알려졌으며, 존중받기 시작했다. 이것은 아마도 내가 그렇게 가치 있는 인물이어서가 아니라,

내가 왕에게 받고 있는 사랑 때문이었을 것이다.

여행을 하는 도중 내가 마차를 타는 일에 싫증이 날 때는, 말에 탄 하인이 내가 든 상자 끈을 허리에 매고 상자를 앞에 있는 방석 위에 놓는다. 그곳에서 나는 세 벽으로 나 있는 창을 통해 그 나라를 바라볼 수 있었다. 상자 속에는 야전용 침대와 그물 침대가 있었다. 말이나 마차가 흔들릴 때 움직이지 않도록 마루 위에 붙여 둔 두 개의 의자와 탁자도 있었다. 바다를 여행하는 일에 오랫동안 익숙해져 있었기 때문에 말이나 마차의 격렬한 진동에도 별로 괴롭지는 않았다.

도시를 보고 싶을 때마다 나는 언제나 여행용 상자를 이용했다. 글룸달클리치는 큰 사람들의 나라에서 행하는 방식으로 덮개가 없는 가마를 타고 내가 들어 있는 여행용 상자를 무릎 위에 올려놓았다. 그 가마는 네 사람이 메고 왕비전의 복장을 입은 두 사람이 따르는 것이었다. 나의 이야기를 소문으로 전해 들은 사람들은 호기심에 가득 차서 가마 주위로 몰려들고는 했다. 마음씨 착한 글룸달클리치는 가마를 멈추게 하고는, 좀 더 사람들이 쉽게 바라볼 수 있도록 손바닥 위에 나를 올려놓곤 했다.

나는 큰 사람들의 나라에서 가장 거대한 사원, 특히 가장 높은 건축물로 잘 알려진 사원의 탑을 보고 싶었다.

어느 날 글룸달클리치는 그곳으로 나를 데려가 주었다. 사원을 구경한 나는 몹시 실망을 했다. 가장 높은 탑이 900미터 정도밖에 되지 않았던 것이다. 큰 사람들의 나라와 유럽을 서로 비교할 때, 그것은 별로 감탄할 만한 일이 아니었다. 그 비례로 보아서는 솔즈베리의 탑과도 상대가 되지 않는다.

그러나 내가 많은 신세를 진 나라의 유명한 탑이 갖고 있었을 품위를 손상시키지 않기 위해, 탑의 높이는 보잘것없었지만 그 아름다움이나 힘찬 면에 있어서는 충분히 높이의 부족함을 보상하고도 남았다는 것만은 이야기해 두어야 하겠다.

사원의 벽은 두께가 거의 30미터 정도 되었고, 하나하나의 너비는 12미터 정도나 되는 잘린 돌로 만들어져 있었다. 사면에 있는 여러 개의 벽 사이 움푹 들어간 곳은 실물보다 크게 만들어진 신과 국왕들의 대리석상으로 장식되어 있었다. 그 가운데 어느 석상에서 떨어져 내린 손가락 하나의 길이를 재 보니, 정확히 123센티미터였다. 글룸달클리치는 돌아올 때, 그 손가락을 손수건에 싸서 주머니에 넣었다. 대부분의 아이들처럼 글룸달클리치 역시 보잘것없는 물건들을 자신의 것으로 소중히 모으고 있었던 것이다.

궁중의 부엌은 180미터 높이의 아치형 천장을 가진 고상한 건물이었다. 거대한 아궁이의 크기는 성 바오로 성당의 둥근 지붕보다 열 발자국 정도 작았다. 유럽으로 돌아온 다음, 성 바오로 성당의 둥근 지붕을 재 보았기 때문에 이것은 확실할 것이다.

그러나 만일 내가 부엌의 벽난로, 무지막지하게 큰 아궁이들, 꼬치에 꿰어져 익은 고기들, 그리고 그 밖의 것들에 대해서 이야기를 한다면 나를 믿는 사람은 아마도 거의 없을 것이다. 냉정한 비평가들은 간혹 여행가들이 자신의 행적을 어느 정도 과장하고 있다고 의심하곤 하는데, 내 이야기도 그런 의심을 받기 쉬울 것이다.

이러한 비난을 피하기 위해 내가 거꾸로 작게 말하지나 않았는지 걱정이 된다. 만일 이 글이 브롭딩낵의(이것은 큰 사람들의 나라를 가리키는 일반적인 국호다) 언어로 번역되어 그곳에서 읽히게 된다면, 국왕을 비롯한 그 나라 사람들은 내가 그들을 왜소하게 묘사해 자신들의 체면을 손상시켰다고 불평할 것이다.

키가 16~18미터 정도 되는 말을 600여 마리 이상 궁중 마구간에 들여 놓는 일은 드물었다. 하지만 국왕이 종교적인 예식 때문에 밖으로 나가게 될 경우에는 500여 명의 기병으로 이루어진 시민 근위대의 호위를 받았다. 전투 대형으로 모여 있던 친위군을 보기 전까지 나는 그 광경이 큰 사람들의 나라에서 가장 멋있는 장면이라고 생각했다. 군대에 관한 이야기는 다음의 기회로 미루기로 하자.

제 5 장

저자는 여러 모험을 겪게 된다. 범죄자의 처형을 묘사한다. 저자는 배 타는 기술을 선보인다.

내가 아주 작은 사람이라는 사실 때문에 우스꽝스럽고 귀찮은 사건들을 여러 번 겪도록 만들지 않았더라면, 나는 큰 사람들의 나라에서 아주 행복하게 지낼 수 있었을 것이다. 그 사건들 가운데 몇 개만 이야기하겠다.

글룸달클리치는 종종 나를 작은 상자에 넣어 궁중의 뜰로 데리고 가서, 손에 들거나 땅 위에 내려놓아 걷도록 했다.

지금도 뚜렷이 기억하는데, 난쟁이가 추방을 당하기 전에 우리를 따라서 뜰로 걸어온 적이 있었다. 글룸달클리치는 나를 땅 위에 내려놓았다. 난쟁이와 나는 작은 사과나무 가까이에 나란히 서 있었다. 나는 그 사과나무를 난쟁이와 재미있게 비교했다. 영국에서도 그렇지만, 큰 사람들의 나라에서는 작은 크기의 나무를 난쟁이 나무라고 불렀던 것이다.

내가 난쟁이를 나무라고 놀리자 그는 몹시 화를 냈다. 그는 나를 괴롭힐 기회를 엿보기 시작했다. 내가 사과나무 아래로 걸어갈 때, 그는 바로 나의 머리 위에서 나무를 흔들어 댔다. 커다란 브리스톨 술통 정도 크기의 사과 10여 개가 주위로 떨어져 내렸다. 놀라서 허리를 굽히

난쟁이가 나무를 흔들자, 커다란 브리스톨 통 정도 크기의 사과 10여 개가 주위로 떨어져 내렸다.

자, 그중 하나가 등으로 떨어져 내렸다. 나는 엎어졌지만 별로 다치지
는 않았다.

내가 먼저 그를 놀렸기 때문에, 나는 그를 대신해 용서를 빌었다. 난
쟁이는 아무런 벌도 받지 않았다.

어느 날 내가 부드러운 풀밭에서 혼자 놀고 있는 동안 글룸달클리치
는 여교사와 함께 조금 떨어진 곳에서 산책을 하고 있었다. 갑자기 맹
렬한 우박이 쏟아졌다. 나는 땅 위로 쓰러지지 않을 수 없었다. 내가 쓰
러지자 우박은 마치 테니스 공으로 연달아 때리듯 무자비하게 등 위로
쏟아져 내렸다. 나는 엉금엉금 기어 작약 화단 쪽으로 숨어들어가 얼굴
을 땅에 대고 납작 엎드려 위험을 피할 수 있었다. 그러나 머리부터 발
끝까지 타박상을 입었기 때문에 열흘 동안이나 밖으로 나갈 수 없었다.

이것은 그리 놀라운 일이 아니다. 자연현상은 모든 면에 있어 그들의
신체와 같은 비율을 유지하고 있기 때문에, 브롭딩낵의 우박은 유럽의
우박보다 거의 1,800배나 컸다. 흥미를 가지고 우박의 크기를 재 보았
기 때문에, 체험에 의거해 나는 그것을 주장할 수 있다.

그러나 바로 그 정원에서 더욱 위험한 사건이 일어났다. 글룸달클리
치는 내가 이따금씩 혼자서 생각에 잠기고 싶을 때, 나를 안전한 곳에
놓아 두고는 여교사와 귀부인들과 함께 저편으로 가고는 했다.

마침 그날은 글룸달클리치가 평소에 나를 넣어 두던 상자를 챙겨 오
기 귀찮아서 그냥 집에 두고 왔다. 그녀가 멀리 가게 되어 내가 소리를
질러도 들리지 않게 되자, 정원사가 기르는 희고 조그마한 스페니얼 종
의 개 한 마리가 우연히 정원에 들어왔다. 그리고 내가 누워 있는 곳까
지 오게 되었다. 개는 냄새를 맡고 곧장 나에게 다가와 입으로 나를 물
었다. 정원사에게로 달려간 개는 꼬리를 흔들며 나를 가만히 내려놓았
다. 다행히도 훈련을 잘 받은 개였다.

그 개는 나의 몸을 상하지 않게 했다. 옷을 조금도 찢지 않고 이빨 사

이에 나를 물고 갔던 것이다. 아주 친근하게 나를 대해 주던 그 정원사는 너무나 놀랐다. 그는 두 손으로 조심스럽게 나를 잡고는 몸 상태가 어떠하냐고 물어보았다. 두려움 때문에 숨이 넘어갈 지경이었던 나는 아무 말도 할 수 없었다. 몇 분 후 정신을 차리자 그는 나를 글룸달클리치에게 데리고 갔다.

글룸달클리치는 나를 두었던 자리에 돌아와 보니 내가 보이지 않았을 뿐만 아니라 불러도 대답이 없었기에 아주 괴로워하고 있었다. 글룸달클리치는 개를 잘 단속하지 않았다고 정원사를 심하게 꾸짖었다. 그러나 그 일은 궁중에 알려지지 않았다. 왕비가 몹시 화를 낼 것이고, 그 이야기가 알려지면 나에게도 별 도움이 되지 않을 것이기 때문이었다.

이 사건을 계기로 글룸달클리치는 밖으로 나갈 때 다시는 자기가 볼 수 없는 곳에 나를 남겨 두지 않게 되었다. 오랫동안 나는 글룸달클리치가 이러한 생각을 하게 될까 봐 두려웠다. 따라서 내가 혼자 있을 때 일어났던 좋지 않은 사소한 일들은 이제까지 감추어 두었던 것이다.

예를 들어, 한번은 정원 위를 감돌던 매가 나를 향해 내려왔다. 만일 내가 신속하게 칼을 빼 든 채 울창한 과수원 나무 밑으로 달려가지 않았더라면, 아마 그 매는 발로 나를 채어 갔을 것이다.

두더지가 새로 만들어 놓은 흙무더기 위로 걷다가 실수를 해서 구멍에 목까지 빠진 일도 있었다. 확실하게 기억이 나지는 않았지만 옷을 더럽힌 것에 대해 나는 거짓말을 꾸며 댔다. 또한 달팽이 껍질에 걸려 넘어져서 오른쪽 정강이를 부러뜨린 적이 있었다. 그때 나는 혼자 걸으면서 조국인 영국을 생각하고 있었다.

이렇게 걷는 동안 작은 새들이 나를 조금도 겁내지 않고 1미터 앞에서 뛰어다니거나, 주위에 아무도 없는 것 같으면 안심했다. 그리고 난 뒤 벌레나 그 밖의 먹을 것을 찾고 있으면, 좋았는지 나빴는지조차 알 수 없을 정도로 묘한 기분이 들었다.

지금도 기억이 나지만 개똥지빠귀 한 마리는 글룸달클리치가 아침 식사용으로 건네 준 과자 조각을 나의 손 안에서 부리로 빼앗아 가기도 했다. 마음 놓고 걸어 다니는 새들을 잡으려고 하자, 그들은 용감하게 나를 향해 돌아섰다. 손가락을 쪼려고 했기 때문에 나는 감히 가까이 갈 수가 없었다. 그러자 새들은 내가 있다는 사실에 대해 상관하지 않고 돌아와서는 조금 전에 하던 대로 벌레나 달팽이를 찾는 것이었다.

그러던 어느 날 나는 홍방울새를 향해 굵은 몽둥이를 던졌는데, 다행히도 명중해 땅 위로 떨어졌다. 나는 그 새의 목을 두 손으로 잡아들고 의기양양하게 글룸달클리치에게 달려갔다. 그러나 잠시 정신을 잃었던 홍방울새가 정신을 차리고는 나의 머리와 몸을 여러 차례 날개로 거세게 내리쳤다. 얼마나 움직여 대는지 두 팔로 목을 감고 새의 발톱이 닿지 않기 위해 애를 쓰던 나는, 그만 날려 보낼까 하는 생각도 여러 번 했다. 어느 하인이 그 새의 목을 비틀어 버리고 나를 구해 주었다. 왕비는 다음 날 나에게 홍방울새를 저녁 식사로 요리해 주라고 했다. 그 홍방울새가 영국의 백조보다 조금 더 컸던 것 같다.

시녀들은 이따금씩 나를 보거나 만지는 즐거움을 얻기 위해 글룸달클리치를 초대하기도 했다. 시녀들은 가끔씩 나를 머리에서부터 발끝까지 발가벗기고는 가슴에 꼭 껴안아 주기도 했는데, 나는 그것이 아주 싫었다. 그녀들의 피부에서 아주 역겨운 냄새가 났기 때문이었다.

내가 존경하는 멋진 숙녀들의 체면을 손상시키기 위해 냄새 이야기를 하는 것은 아니다. 몸이 작아진 만큼 나의 감각도 더 날카로웠기 때문이다. 신분 높은 귀부인들이 자기의 애인이나 다른 사람들에게 불쾌한 냄새를 풍기지는 않았을 것이다. 나는 이들의 몸에서 풍기는 본래의 냄새가, 그래도 향수보다는 훨씬 참을 만하다는 것을 알게 되었다. 몸에 향수를 뿌린 시녀 곁에서 냄새를 맡던 나는 곧바로 기절할 뻔 했던 것이다.

어느 더운 날 릴리퍼트에서 내가 한창 운동에 열중하고 있을 때, 나와 아주 가까웠던 친구 하나가 나의 몸에서 풍기는 강렬한 냄새에 불만을 표시했던 사실을 잊을 수 없다. 유럽 남자 가운데 나는 별로 체취가 심하지 않은 편이었는데도 말이다. 아마 브롭딩낵 사람들의 후각보다 내 후각이 훨씬 더 섬세했던 것처럼, 그 릴리퍼트 친구의 감각도 나에 비해서 아주 섬세했던 것이다.

이 기회를 빌어 나는 왕비와 글룸달클리치의 명예를 위해 확실히 말해 두지만, 둘의 몸에서는 영국의 어떠한 귀부인에게도 뒤지지 않을 만큼 좋은 냄새가 났던 것이다.

글룸달클리치가 나를 데리고 시녀를 방문했을 때 가장 기분이 나빴던 일은, 별 가치 없는 벌레 보듯 아무 예의도 갖추지 않고 나를 대한 것이었다. 시녀들은 내가 바라보는 곳에서 옷을 갈아입었다. 화장대 위에 올려진 채 아무것도 입지 않은 시녀의 몸을 보았을 때, 유혹을 느끼기는커녕 두려움과 역겨움을 느낄 뿐이다.

시녀들의 피부는 가까이서 볼 때 쟁반 만한 크기의 점들이 여기저기 있었고, 그 위에는 짐을 묶는 노끈보다도 더 굵은 털이 달려 있었다. 아주 거칠고 울퉁불퉁한 피부색도 여러 가지가 서로 섞인 채였다. 피부 이외의 다른 것은 말할 필요도 없다.

시녀들은 내가 곁에 있다는 사실에도 전혀 주저하지 않고 오줌을 누었는데, 1천 리터짜리 술통의 세 배가 넘는 크기의 요강에 한꺼번에 40리터 정도의 오줌을 내보내는 것이었다.

시녀들 가운데 가장 아름답고 쾌활하며 장난을 좋아하는, 열여섯 살짜리 시녀는 때때로 나를 가슴 위에 올려놓고 자신의 젖꼭지를 타고 앉게 했다. 온갖 짓궂은 장난을 당했지만 자세하게 이야기하고 싶지는 않다. 독자들은 너그럽게 용서해 주기 바란다. 하여간 나는 아주 기분이 상해서 시녀들을 다시는 만나지 않았으면 좋겠다고 글룸달클리치에게 부탁을 했다.

어느 날 여교사의 조카인 젊은 신사가 찾아왔다. 그는 글룸달클리치와 나에게 사형 집행식을 구경하자고 졸랐다. 사형이 집행되는 사람은 그 신사와 아주 가깝게 지내던 사람을 죽였던 것이다. 글룸달클리치는 마음이 아주 부드럽고 착했기 때문에 싫다고 했으나, 자꾸만 가자는 바람에 함께 따라 나서게 되었다.

나도 이런 구경은 싫었지만 엄청날 수밖에 없는 사형 집행 광경이 궁금하긴 했다. 사형수는 단두대 앞 의자에 묶여 있었다. 사형 집행자가 12미터나 되는 칼로 한 번 내려치자, 그의 머리가 떨어졌다. 사형수의 잘린 혈관에서 아주 많은 양의 피가 하늘 높이 뿜어 올라갔다. 피가 솟구치는 모습은 베르사이유 궁전에 있는 분수보다도 더욱 장관이었다. 그의 머리가 바닥에 떨어지면서 엄청난 높이로 튀어 올라, 적어도 800미터쯤 떨어져 있었는데도 불구하고 깜짝 놀라 자리에서 펄쩍 뛸 정도였다.

바다 여행 이야기를 즐겨 듣던 왕비는 내가 우울할 때, 기분 전환을 해 주기 위해 많은 노력을 기울였다. 왕비는 배를 모는 연습을 하면 건강에 한결 도움이 될 것이라면서 나에게 돛이나 노를 다룰 수 있느냐고 물었다. 나는 돛과 노를 모두 훌륭하게 다룰 수 있다고 대답했다. 나의 직업이 배의 외과의사였지만 가끔씩 위급할 때면 일반 선원들과 마찬가지로 일을 했기 때문이다.

어떻게 하면 이 나라에서 배를 띄울 수 있을지 상상조차 할 수 없었다. 큰 사람들의 나라에 있는 가장 작은 보트도 유럽의 일급 전함만큼 거대했으며, 내가 조종할 만한 보트가 있다고 해도 이 나라의 강에 띄운다면 순식간에 뒤집어질 게 분명했기 때문이다.

왕비는 내가 설계만 한다면 손쉽게 운전할 수 있는 배를 만들어 줄 것이며, 또 뱃놀이를 하기 위한 장소도 마련해 줄 것이라고 했다. 아주 솜씨 있고 재능 있는 사람이었던 목공은 나의 지시에 따라 10여 일 후에 유럽 사람 여덟 명을 충분히 태울 수 있는 유람선을 건조했다. 거기에는 모든 장비가 훌륭하게 갖추어 있었다.

배가 완성되자 왕비는 아주 기뻐하며 그것을 치마 앞자락에 싸 가지고 왕에게 달려갔다. 왕은 물이 가득 들어 있는 물통에 배를 놓고서 시험을 해 보도록 했다. 장소가 그렇게 넓지 않았기에, 나는 두 개의 짧은 노도 사용할 수 없었다.

왕비는 다른 계획을 미리 세워 두고 있었다. 목공에게 시켜서 길이가 90미터, 너비가 15미터 그리고 깊이가 240센티미터 정도의 나무통을 만들게 한 것이다. 물이 새지 않도록 콜타르 칠을 해 둔 물통은 궁중의 정원을 바라보는 방의 벽 쪽에 닿도록 설치했다. 물이 더러워질 경우에는 버릴 수 있도록 통 밑바닥에는 구멍을 만들어 두었다. 30분 정도면 두 명의 하인이 물을 가득 채울 수 있었다. 이곳에서 나는 가끔씩 기분 전환을 위해, 그리고 왕비와 시녀들의 재미를 위해 뱃놀이를 했다. 배를 움직이는 나의 재주와 재빠름을 보고 왕비와 귀부인들은 매우 즐거워했다.

귀부인들이 부채로 바람을 일으키는 동안, 나는 돛을 세우고 방향만 조종하면 되었다. 그들이 부채질을 하다가 지치면 시종 몇 사람이 입김으로 불어 주었다. 나는 내가 원하는 대로 오른편이나 왼편으로 방향을 바꾸는 기술을 보였다. 뱃놀이가 끝나면 글룸달클리치가 배를 침실로 가져가 못에 걸어 말리고는 했다.

이렇게 뱃놀이를 하다가 목숨을 잃을 뻔한 사고가 일어났다. 시종 하나가 보트를 물통에 집어넣은 후, 글룸달클리치의 여교사가 아주 부드럽게 나를 들어 올려 보트에 놓으려는 순간이었다. 나는 그녀의 손가락 사이로 미끄러져 12미터 아래에 있는 마루로 떨어질 뻔했다. 그러나 다행스럽게도 그녀의 가슴 장식에 달려 있던 커다란 핀에 매달려 목숨을 구할 수 있었다. 그 핀의 머리 부분이 셔츠와 허리띠 사이에 걸려 대롱대롱 매달려 있는 동안 글룸달클리치가 달려와서 나를 구해 주었다.

사흘마다 물통에 깨끗한 물을 옮겨 담는 일을 맡은 하인의 부주의로, 커다란 개구리 한 마리가 물통 속으로 들어와 버렸다. 개구리는 내가 보트를 탈 때까지 물 아래에 숨어 있다가 이윽고 희망하던 휴식 장소가 생겼다는 듯 배 위로 올라왔다. 개구리가 올라타자 배가 한쪽으로 급속히 기울어졌고, 나는 배가 뒤집히지 않도록 반대편에 몸무게를 실어 균형을 잡았다.

배 위로 올라온 개구리는 한꺼번에 배의 절반 정도 거리를 펄쩍 뛰었다. 몸이 아주 컸기 때문에 상상할 수 있는 모든 동물 가운데에서 가장 못생겼다. 역겹고 찐득찐득한 점액을 나의 몸에 묻히며 개구리는 이리저리 뛰어다녔다. 글룸달클리치가 도와주려고 했으나 나는 혼자서 처리할 수 있다고 했다. 노를 들어 한참 동안 개구리를 두들겨 패자, 드디어 개구리는 보트에서 뛰어내렸다.

내가 큰 사람들의 나라에 있는 동안 식당에서 일하는 사람이 기르던 원숭이에게서 받은 고통은 너무 힘든 것이었다. 글룸달클리치는 일을 하러 가거나 다른 사람을 방문할 때, 나를 그녀의 침실에 넣고는 문을 잠가 두었다. 날씨가 아주 더웠기 때문에 침실의 창문은 활짝 열어 두었다. 내가 들어 있던 큰 상자의 창문도 모두 열어 둔 채였다. 평소 나는 큰 상자에 머물러 지냈다. 의자에서 조용히 생각에 잠겨 있을 때, 나는 무엇인가가 침실 창문을 통해 뛰어 들어와 가까이 다가오는 소리를 들었다. 깜짝 놀란 나는 의자에서 몸을 움직이지 않고 밖을 내다보았다. 장난을 좋아하는 원숭이가 이리저리 뛰어다니고 있었다. 원숭이는 내가 들어 있는 커다란 상자를 발견하고는 가까이 다가왔다. 창문을 통해 나를 들여다보며 재미있어 하는 듯했다. 원숭이가 창문으로 들여다보는 바람에 잔뜩 두려움에 질린 나는 상자의 구석으로 물러났다. 마음의 안정을 잃은 나는 침대 밑으로 숨지도 못했다.

이를 드러내며 상자를 들여다보던 원숭이는 혼잣말로 중얼대다 드디어 나를 찾아냈다. 그리고는 고양이가 쥐를 가지고 노는 것처럼 슬며시 문을 통해 손 하나를 쓱 넣었다. 여러 번 피해 다녔지만, 원숭이는 웃옷 자락을(명주로 만들어진 옷감이었지만, 큰 사람들의 나라에서 만든 것이어서 아주 굵고 강한 것이었다) 잡고 끌어 당겼다. 나를 바깥으로 끌어낸 원숭이는 오른손으로 나를 잡고 마치 젖을 먹이려는 듯한 자세를 취했다. 그것은 유럽 원숭이들이 자신의 새끼를 다룰 때 하는 것과 같은 자세였다. 몸부림을 치자 나를 더욱 세게 끌어안았기 때문에, 차라리 가만히 내버려 두는 것이 안전할 것이라고 생각했다. 다른 손으로 나의 얼굴을 쓰다듬는 모습은 나를 원숭이 새끼로 오해하고 있는 것 같았다.

침실 문이 열리는 소리가 나자 원숭이는 갑자기 행동을 멈추고는 창문으로 뛰어나갔다. 한 손으로 나를 끌어안은 채, 낙숫물을 받기 위해 설치해 둔 홈통 위를 걸어서 건너편 건물 지붕으로 올라갔다.

원숭이가 나를 안고 간 것을 알게 된 글룸달클리치는 큰 소리로 비명을 질렀다. 그녀는 거의 미칠 지경이었다. 궁중은 온통 소란에 빠지게 되었다. 시종들이 사다리를 가져오기 위해 달려갔다. 궁중에 있는 많은 사람들이 그 원숭이를 볼 수 있었다.

건물의 지붕 위에 올라앉은 원숭이는 나를 한쪽 앞발로 새끼처럼 들고, 다른 손으로는 옆구리에 달린 가방에서 먹을 것을 꺼내 나에게 먹여 주었다. 내가 먹지 않으려고 하자 원숭이는 나를 달래듯 쓰다듬어 주었다. 아래에서 구경하던 많은 사람들은 그 모습을 보고 웃지 않을 수 없었다. 나는 그들이 웃는 것을 비난할 수 없었다. 그 광경이 나를 제외한 누구에게나 매우 우스꽝스러운 광경이라는 것에는 의심의 여지가 없었기 때문이다.

원숭이를 아래로 내려오게 하기 위해 몇 사람이 돌을 던졌다. 그러나 곧 그 행동은 엄격하게 금지되었다. 그렇지 않았다면 나의 머리는 분명히 산산조각 났을 테니까.

사다리가 놓이고 몇 사람이 올라왔다. 원숭이는 그것을 보고 자기가 포위되었다는 것을 알았다. 세 발로는 충분한 속력을 낼 수 없기 때문에, 원숭이는 지붕 위 기와에 나를 떨어뜨린 채 도망쳤다. 땅에서 450미터 정도 되는 높이에서 얼마 동안 앉아 있었다. 언제 갑자기 바람에 날려 떨어질지도 몰랐고, 자칫 잘못하여 현기증이 나서 처마까지 굴러갈 수도 있었다. 그러나 글룸달클리치의 충실한 시종이었던 소년 하나가 올라와 나를 바지 주머니에 넣고 안전하게 내려 주었다.

원숭이가 나의 목구멍으로 쑤셔 넣은 더러운 물건 때문에 나는 거의 숨이 막힐 지경이었다. 나의 꼬마 유모 글룸달클리치가 작은 바늘로 입에서 그것을 꺼내 주었다. 나는 토하면서 쓰러졌다. 한번 토하고 나니 한결 편안해졌다. 그러나 그 흉악한 원숭이가 옆구리를 세게 쥐어서 온몸이 멍들고 기력도 상당히 쇠약해졌으므로 2주 정도 침대에 누워 있어야 했다.

왕과 왕비, 그리고 궁중의 모든 사람들이 나의 건강을 묻기 위해 매일 사람을 보냈다. 왕비는 내가 누워 있는 동안 친히 몇 번이나 방문했다. 나를 괴롭힌 원숭이는 잡아서 죽였다. 앞으로 그런 동물을 궁중에 두지 말라는 명령도 내려졌다.

몸이 회복된 후, 나를 염려해 준 것에 감사를 표하기 위해 왕을 찾아갔다. 그는 이번에 일어난 일로 나를 놀리고 싶어 했다. 내가 원숭이에게 잡혀 있을 때, 무슨 생각을 하고 있었지 물어보았다.

원숭이가 먹여 준 음식물의 맛은 어땠으며, 어떤 방식으로 먹이를 주었는지, 지붕 위에서 마신 신선한 공기가 나의 식욕을 돋우지나 않았는지, 내 나라에서 이러한 일이 벌어졌다면 내가 어떻게 행동을 했을지 그는 알고 싶어 했다.

유럽에서는 사람들의 호기심을 만족시키기 위해 다른 지방에서 데려오는 원숭이밖에 없으며, 그것도 아주 작은 원숭이기 때문에 만일 그들이 나를 공격한다면 한꺼번에 열 마리 이상도 해치울 수 있다고 대답했다. 그리고 나를 골탕 먹인, 그 흉악스럽게 큰 동물로 말하더라도(사실 그 원숭이는 코끼리만큼이나 거대한 것이었다) 너무 두려운 나머지 단검을 사용할 마음을 먹었더라면(이렇게 이야기하면서 나는 두 눈을 날카롭게 뜨고 칼집에 손을 대었다) 원숭이가 앞발을 들이밀었을 때, 그에게 상처를 입혀서 움츠러들게 했을지도 모른다고 했다. 용기를 의심받았기 때문에 나는 분연히 일어서서 아주 확고한 어조로 말을 했던 것이다.

그러나 나의 말은 웃음거리밖에 되지 않았다. 왕 주변의 사람들이 조심성 없이 웃음을 터뜨렸기 때문이다. 그것을 본 나는 자신보다 월등히 높은 사람들 앞에서 보잘것없는 사람이 명예를 지키기 위해 노력하는 것이 얼마나 헛된 일인지 알 수 있었다.

이런 일은 내가 영국에 돌아온 뒤에도 자주 겪었다. 보잘것없는 집안이나 지식을 가진, 형편없는 사람이 잘난 체하며 대영제국의 위대한 인물들처럼 행동하려고 하는 것을 본 것이다.

매일 나는 궁중에서 우스꽝스러운 이야기를 제공했다. 나를 무척이나 사랑하고 있던 글룸달클리치도 내가 어리석은 일을 저질렀을 때, 그것이 왕비에게 유쾌한 이야깃거리가 된다고 생각하면 낱낱이 고했던 것이다.

건강이 안 좋아진 글룸달클리치를 위해 여교사와 함께 마차로 약 한 시간 정도 걸리는 곳으로 산책을 나간 일이 있었다. 그들은 작은 길이 나 있는 들판 근처에서 마차를 멈추었다. 글룸달클리치가 나의 여행용 상자를 내려놓자, 나는 밖으로 나와 걸어 다녔다.

작은 길에는 소똥이 있었다. 그것을 뛰어넘으려면 상당한 힘이 필요했다. 껑충 뛰었으나 발이 미처 닿지 못했기에, 나의 무릎은 똥 한가운데로 빠지고 말았다. 애써서 걸어 나오자 시종 한 사람이 손수건으로 깨끗이 닦아 주었다. 그러나 몸이 온통 더러워졌기 때문에 집에 돌아올 때까지 글룸달클리치는 나를 상자에서 나오지 못하게 했다.

왕비는 글룸달클리치에게 그 이야기를 전해 들었으며, 시종들도 그 것을 궁중 전체에 퍼뜨렸다. 나의 명예에 대한 손상에는 전혀 마음을 두지 않은 채, 그 이야기는 며칠 동안 재미있게 사람들의 입에서 오르 내렸다.

제6장

왕과 왕비를 즐겁게 하기 위한 여러 장치들을 만든다. 음악의 재능을 선보인다. 왕이 유럽의 정세에 관해 질문하면 저자가 답한다. 왕이 그것에 관해 논평한다.

나는 일주일에 한두 번 궁중에서 거행하는 알현식에 참석했다. 이따금씩 이발사가 와서 국왕의 얼굴을 면도하는 것도 보았다. 처음 보았을 때는 굉장히 무서운 광경이었다. 면도칼이 커다란 낫의 두 배 이상 길었던 것이다. 이 나라 사람들의 관습에 따라 국왕은 일주일에 두 번씩 면도를 했다.

나는 이발사에게 부탁해 면도를 하고 난 거품을 달라고 했다. 나는 그 거품에서 가장 뻣뻣한 수염 40~50개를 골라냈다. 아주 섬세한 나무를 골라서 빗 모양으로 자르고, 글룸달클리치에게서 얻은 가느다란 바늘로 간격이 같도록 해서 구멍을 뚫었다. 나이프로 수염 끝을 부드럽게 깎아서 나무에 붙이자, 쓸 만한 빗이 되었다. 내가 처음부터 가지고 있던 빗은, 이가 빠져서 거의 쓸 수 없게 되었기 때문이었다.

이렇게 해서 만든 빗은 시기적절한 공급품이었다. 브롭딩낵에 있는 어떠한 직공도 나만큼 섬세하고 정교한 빗을 만들 수는 없었다.

그러고 보니, 나는 그 무렵 많은 시간을 할애하여 재미로 수공예품을 만들기도 했다. 나는 왕비의 시녀에게 부탁해 왕비가 머리를 빗고 난 다음, 남은 머리칼을 모아 달라고 했다. 얼마 지나지 않아서 상당한 양의 머리카락을 마련할 수 있었다.

나를 위해 조그마한 물건들을 만들어 주라는 명령을 받고 있는 목공과 의논하여, 내가 상자 속에서 가지고 있는 것과 비슷한 크기의 의자틀 두 개를 만들었다. 의자 등받이와 좌석으로 된 부분에 가느다란 송곳으로 조그만 구멍들을 뚫었다. 그런 다음에는 가장 강한 머리칼을 골라서 그 구멍을 통해 엮었다. 영국에 있는 등나무 의자를 만드는 방식으로 했던 것이다.

나는 완성된 의자 두 개를 왕비에게 선물했다. 왕비는 진열장에 그 의자를 집어넣고는, 다른 사람들에게 진기한 물건으로 보여 주었다. 그 의자를 본 사람들은 모두 감탄을 했다.

왕비는 나에게 그 의자에 앉아 보라고 했다. 그러나 왕비의 머리를 장식했던 귀중한 머리카락 위에 내 몸 중 특히 불결한 부분을 갖다 대느니 몇 천 번이든 죽음을 당하는 편이 낫다면서 제의를 거절했다. 의자를 만들고 난 다음, 머리털로(나는 언제나 손재주에 몹시 능했다) 150센티미터 길이의 깨끗하고 작은 돈주머니를 만들기도 했다.

금실로 왕비의 이름을 수놓아 글룸달클리치에게 주었다. 사실 그것은 사용하기 위해 한 것이라기보다는 장식용이었다. 무거운 것을 견딜 수 있는 힘이 없기 때문이었다. 따라서 글룸달클리치는 어린 소녀들이 좋아할 만한 작은 장난감을 제외하고는 아무것도 주머니 속에 넣지 않았다.

음악을 좋아하는 국왕은 자주 연주회를 열었다. 가끔씩 나도 초청을 받았다. 탁자 위에 놓인 상자 안에서 음악을 들었다. 음악 소리가 너무 컸기 때문에 음정을 거의 구별할 수가 없었다. 육군 군악대의 북과 나팔이 동시에 독자들의 귀 앞에서 소리를 내더라도, 내가 브롭딩낵에서 들은 음악과 비교할 수는 없을 것이다.

나는 연주자들이 앉아 있는 곳에서 최대한 멀리 상자를 놓아 달라고 부탁했다. 그리고 문과 창을 닫고 커튼을 내렸다. 그렇게 들으니까 그 나라 음악도 제법 듣기 좋았다.

젊었을 때 나는 소형 하프시코드를 조금 배웠다. 글룸달클리치는 하프시코드를 가지고 있었다. 일주일에 두 번씩 선생이 방문해서 글룸달클리치를 가르쳤다. 나는 그것을 소형 하프시코드라고 불렀다. 왜냐하면 유럽의 하프시코드와 비슷했으며, 연주하는 방식도 같았기 때문이었다.

이 악기로 영국의 곡을 연주해서 국왕과 왕비를 즐겁게 해 주면 어떨까 하는 생각이 떠올랐다. 그러나 그것은 쉬운 일이 아니었다. 그 나라의 소형 하프시코드의 크기가 거의 18미터나 되었으며, 건반 하나의 폭이 30센티미터가 되어서 내가 두 팔을 벌리더라도 건반 다섯 개 이상을 칠 수는 없었기 때문이다. 건반을 두드리기 위해 힘껏 주먹으로 쳐야 했으나 상당히 힘이 들었다. 그래서 생각해 낸 것이 다음과 같은 방법이었다.

나는 곤봉 크기만 한 막대기 두 개를 준비했다. 한쪽 끝보다 더 굵은 쪽은 쥐 가죽으로 싸서 두드리더라도 건반을 상하지 않도록 했다. 그것은 소리를 부드러운 음색으로 만들기도 했다. 하프시코드의 건반 아래쪽 120센티미터 되는 곳에 긴 의자를 놓았다. 나는 그 의자 위로 올라갔다. 이리저리 재빠르게 옮겨 다니며 두 개의 막대기로 건반을 두드렸다. 나는 지그 춤곡을 쳐서 왕비를 아주 즐겁게 해 주었다.

그것은 아주 숨찬 운동이었다. 열여섯 개 이상의 건반을 한꺼번에 칠 수는 없었기 때문에 다른 음악가들처럼 반주와 가락을 동시에 연주할 수는 없었다. 그것은 내 연주의 가장 큰 약점이었다.

앞에서 이야기한 것처럼, 뛰어난 이해력을 가진 왕은 상자에 든 채로 나를 데려가 어전의 탁자 위에 놓으라고 했다. 그런 다음에 나에게 상

뛰어난 이해력을 가진 왕은 의자를 가지고 나와서 걸리버에게
상자 위로 올라가 앉으라고 명령했다.

자에서 의자 하나를 가지고 나와 그의 얼굴과 나란히 볼 수 있도록 상자 위로 올라가 앉으라고 명령하는 것이었다. 그렇게 하면 국왕의 얼굴과 나 사이의 거리는 3미터가량 되었다. 이러한 방식으로 나는 국왕과 여러 차례에 걸쳐 대화를 나누었다.

어느 날 나는 용기를 내어, 국왕이 유럽과 그 밖의 세상에 품고 있는 경멸감은 그가 지닌 훌륭한 인품과 잘 어울리지 않는다고 이야기했다. 이성은 몸이 크다고 해서 좋아지는 것은 아니며, 오히려 그 반대로 유럽에서는 키가 큰 사람들이 거의 이성이 부족하다고 했다. 동물 사이에서도 벌과 개미들이 다른 동물보다도 더욱 부지런하며 재치 있고 영리하다는 평가를 받고 있다고 했다. 내가 보잘것없는 생물로 보일지 모르지만, 언젠가는 국왕에게 큰 도움이 될 수 있었으면 한다고 했다.

주의 깊게 말을 듣고 난 국왕은, 나에 대해 전보다 더 높이 평가하기 시작했다. 그리고 영국 정부에 관해 많은 이야기를 들려 달라고 했다.

국왕은 비록 자기가 다스리는 나라의 관습을 지키고 있지만, 나와의 대화를 통해 다른 군주들에 대해 추측한 바가 있기도 했다. 본받아도 좋을 만한 제도들은 수용해야 한다고 했다. 이러한 경우 나에게 데모스테네스와 키케로의 혀가 주어져서 내 사랑하는 조국을 찬미할 수 있었으면 얼마나 좋을까 하고 생각했던 것을 친절한 독자들은 생각하기 바란다.

나는 우선 영국의 영토가 아메리카 대륙에 있는 식민지를 제외한 두 개의 섬에 있는 세 개의 왕국으로 형성되어 있으며, 한 명의 국왕이 다스린다고 했다. 토양의 비옥함과 기후에 대해 설명하기도 했으며, 고귀한 혈통의 인물들이 모인 귀족원과 오래전부터 내려온 훌륭한 가문으로 그 일부가 구성된 영국 의회의 조직에 대해 설명했다. 영국을 다스리는 국왕의 의논 상대가 될 수 있는 자질을 기르기 위해, 법률을 만드는 일에 도움을 주기 위해, 대법원의 엄정한 재판관이 되기 위해, 용기와 행동 그리고 충성심으로 국왕과 나라를 지키는 기사가 되기 위해 관리들이 교양과 무술을 익히는 일에 얼마나 많은 노력을 하는가에 대해서도 이야기했다. 이들은 모두 영국의 귀감이 될 만한 사람들이며, 나라를 지키는 훌륭한 기사들이고, 유명한 조상들의 자랑스러운 후손이었다. 이들의 명예는 선조들의 명망으로 얻은 보수이고, 또한 자손들은 그 명예를 한번도 떨어뜨린 일이 없는 것이다. 의회에는 주교라는 지위를 가진 몇 명의 신성한 사람들도 참가하고 있다. 이들은 종교와 관련된 문제를 담당하며, 백성들에게 종교에 대해 가르치는 사제라는 이들을 보살피는 일을 한다. 주교는 국왕과 그의 현명한 고문들에 의해, 생활이 깨끗하고 학식이 깊어 많은 이들에게 알려진 사제들 가운데에서 선발된다. 따라서 그들은 성직자들과 일반 국민의 정신적 아버지라 할 수 있다.

의회의 일부에는 하원이 있었다. 하원의원들은 뛰어난 재능과 애국심의 소유자로, 국민이 자유롭게 선택하여, 국가 전체의 지혜를 대표하는 사람들이다. 상원과 하원은 유럽에서 가장 위엄 있는 의회를 형성하고 있으며, 국왕과 함께 법률제정에 관한 일을 처리한다. 나는 법원에 대해서도 이야기를 했다. 이곳에서는 현명하고 존경할 만한 법관들이 악에 대해 징벌하는 것은 물론 개인의 권리와 재산 문제가 생겼을 경우, 옳고 그름을 판단해 죄 없는 사람을 보호하는 일을 주관하고 있다. 영국 재무성의 신중한 관리와 영국 군인의 용맹스러움, 그리고 그 업적에 대해서도 이야기했다.

나는 각 종교나 종파에 얼마나 많은 사람들이 있는가, 또는 각 정당에 얼마나 많은 사람들이 있는가를 계산해 영국 국민의 수를 산출해냈다. 운동이나 오락을 포함해 영국의 명예를 드높일 수 있을 것이라고 생각되는 것은 어떤 것도 빠뜨리지 않았다. 마지막으로 나는 지난 100년간 영국에서 일어났던 역사적인 사건들을 간추려 이야기하는 것으로 나의 말을 정리했다.

위에서 말한 것들은 한 번에 수 시간씩 다섯 번의 알현을 거쳐도 끝나지 않았다. 왕은 모든 이야기를 아주 주의 깊게 들었다. 가끔씩 나에게 질문을 했으며, 내가 대답한 것에 대해 세밀하게 적어 두기도 했다.

국왕과의 여섯 번째 만남에서, 그는 내게 이제까지 적은 것을 들여다보며 모든 조항에 대해 의문을 제시하거나 질문을 했다. 때로 반박을 하기도 했다. 그는 영국의 젊은 귀족들이 마음과 몸을 단련하기 위해 어떠한 방법을 사용하는가 그리고 그들이 대개 무엇을 하면서 교육을 받는가에 대해 물었다. 만일 한 귀족의 혈통이 끊어졌을 경우, 상원의 회의 빈자리를 메우기 위해 어떠한 방법을 사용하는가, 새로 귀족이 되기 위해서는 어떠한 자격이 필요한가, 군주의 마음에 의해서인가, 아니면 궁중의 귀부인이나 총리대신에게 뇌물을 주어야 하는가, 국민의 이익에 어긋나는 정당을 강화시키려는 계획이 새로운 귀족을 만드는 동기가 된 일은 없었는가, 귀족들은 국민의 재산을 결정하기 위해 자기 나라의 법을 얼마나 알고 있는가, 그들은 탐욕과 집착과 욕망에서 벗어나 있는가, 뇌물을 받거나 하는 나쁜 자리는 없는가, 신성한 주교들이 종교적인 지식과 청렴한 생활 때문에 그 지위에 오르게 되었는가, 그들이 아직 배우는 사제였을 때 현실과 적당히 타협한 적은 없는가, 귀족들은 주교가 되어서 의사당에 가서도 그 귀족의 견해를 노예처럼 계속해서 따르는 사람은 없는가에 대해서도 오랜 시간에 걸쳐 질문했다.

국왕은 내가 하원의원이라고 부른 사람들을 선출하기 위해 어떻게 선거가 이루어지는지 알고 싶어 했다. 아주 많은 돈을 가진 외지 사람이 천박한 투표자들에게 영향을 주어서, 그 지역의 지주나 덕망 높은 신사를 낙선시킨 적은 없는가, 상당한 노력과 돈이 있어야 이 하원에 들어갈 수 있다고 했는데 보수나 연금이 없는데도 집안을 망치면서까지 사람들이 의회에 들어가려고 열정적으로 덤비는 까닭은 무엇인가에 대해 그는 물어보았다.

내가 이야기한 것들이 아주 높은 덕망과 고결한 정신으로 보였기 때문에 그들이 내가 말한 것처럼 실천하지 않을지 모른다고 의심하는 것 같았다.

국왕은 하원의회 사람들이 부패한 정부와 어울려 많은 국민을 희생시킴으로써 자기들이 사용한 돈과 노력을 보상받으려 하지는 않느냐고 물었다. 국왕은 계속해 많은 질문을 던졌으며, 모든 것들에 대해 자세하게 물어보았다. 그토록 많았던 질문과 나의 대답을 다시 반복하는 것은 적당하거나 신중하지 않은 일이다.

법원에 대해 국왕은 몇 가지 더 알고 싶어 했다. 나는 그것에 대해서는 좀 더 자세하게 대답할 수 있었다. 나는 법원에 재판을 걸어서 승소한 적이 있었다. 하지만 오랫동안 재판을 진행하는 바람에 그 비용으로 거의 파산 지경에 이르렀다. 국왕은 옳고 그름을 판단하는 일에 있어서 어느 정도의 시간이 걸리며, 비용은 얼마나 되는지 물었다.

부당하거나 남을 억압하거나 억누르는 측으로 판단되는 사람을 위해 변호사가 변론을 하지는 않는가, 종교의 종파나 정당이 정의를 판가름하는 데 있어 부당한 역할을 하지는 않는가, 변호사들이 공평성에 입각한 지식을 체계적으로 배운 사람들인가 아니면 지방적이고 부분적인 관습만을 익힌 사람들인가, 변호사들이 판사들이 법을 작성하는 일에 참여했는가, 자기들 마음대로 법을 해석하고 주석을 가한다고 했는데 같은 일에 대해 한 번은 변호하고 다른 한 번은 반박했던 일은 없는가, 상반된 견해를 증명하기 위해 전례를 내세운 적은 없는가, 자신의 의견을 제시함으로써 돈을 받지는 않는가, 재판관들이 하원의원으로 선출될 자격이 있는가에 대해서도 물어보았다.

국왕은 영국 재무성 관리에 대한 문제로 말을 돌렸다. 국왕은 나의 기억력이 그렇게 정확하지는 않다고 말했다. 왜냐하면 내가 산출한 연간 세금은 500만 파운드나 600만 파운드인데, 이에 대해 다시 얘기했을 때에는 그 배가 넘었다는 것이다. 영국의 재정 관리에 관한 지식이 자신에게 도움이 될지 모른다고 생각했기 때문에, 국왕이 기록한 것은 이 점에 있어 꽤 상세했다. 그리고 계산을 하는 면에 있어서도 그를 속일 수는 없었다. 만일 내가 이야기한 것이 사실이라면 어떻게 하나의 왕국이 사사로운 개인처럼 재산을 탕진할 수 있는가, 누가 국가의 채권자인가, 빚을 갚기 위해 어디에서 돈을 마련하는가에 대해 물어보았다.

내가 전쟁에 대해 이야기하자, 국왕은 아마도 우리가 아주 싸움을 좋아하는 국민이거나 이웃 나라가 아주 나쁜 나라들임에 틀림없다고 단정했다. 그리고 영국의 장군들은 국왕보다 더욱 부자임이 틀림없다고 했다. 그는 무역과 조약 체결, 군함을 동원해 국경을 수비하는 경우를 제외하고, 대체 무슨 목적으로 국외로 나가는 것인지에 대해 물었다.

그는 평화스러울 때도 자유로운 국민이 살아가는 곳에 상비 군인이 있다는 말을 듣고 매우 놀랐다. 국민의 대표를 통해 나라가 통치된다면 우리가 도대체 누구를 두려워하고, 또 누구와 싸우는가에 대해 그는 알 수 없다는 표정이었다. 자신의 집은 길거리에서 돈을 주고 고용한 낯선 사람들을 데려다가 지키는 것보다, 자신과 자녀들 그리고 가족이 더욱 잘 지킬 수 있지 않느냐는 것이다. 고용되어 받은 돈보다 몇 백 배나 돈을 벌 수 있다고만 한다면 아무렇지도 않게 당신의 가족들을 죽일 수 있을 것 같은데, 당신 생각은 어떻냐고 물었다.

그는 종파나 정당의 구성원 수로 국민의 수를 계산하는 이상한 산술을(브롭딩낵의 국왕은 이렇게 불렀다) 비웃었다. 많은 사람에게 해로운 영향을 미칠 수 있는 견해를 가진 사람들이 있더라도 그 의견을 왜 억지로 바꾸도록 강요하는지 잘 모르겠고, 또는 그 의견을 숨기고 있으라고 요구하지 않는 이유도 모르겠다고 했다. 자신의 의견을 바꾸라고 강요하는 정부는 독재정치를 하는 것이며, 감추라고 요구하지 못하는 정부는 약한 정부인 것이다. 사람들은 자신의 침실에서라면 독약도 얼마든지 가지고 있지만, 사람들을 속여 그것을 강장제라고 하며 거리에서 팔지만 않으면 될 것이라고 했다.

내가 귀족이나 신사들이 즐기는 오락에 대해 이야기를 하다가 도박에 관해 언급을 했을 때 국왕은 주목했다. 그는 대개 몇 살 때부터 이 도박이라는 오락을 시작하고, 언제 그만두는가를 알고 싶어 했다. 얼마나 많은 시간이 그것을 위해 소비되며, 또 액수가 높아져 재산을 모두 잃게 되는 경우는 없느냐고 물었다. 비열하고 악덕한 자들이 도박의 재주를 이용하여 많은 재산을 모으는 경우는 없으며, 또한 귀족을 나쁘게 물들이는 것은 물론 도박에 의존하도록 만들지는 않느냐고 했다. 귀족들의 정신이 성숙할 기회를 박탈하며, 자신이 입은 손실을 되찾기 위해 더욱 비열한 재주를 익혀 다른 일을 속이는 일은 없느냐고도 물었다.

또 지난 1세기 동안 영국에서 일어난 역사적 사건들을 이야기하자, 국왕은 아주 놀란 표정을 지었다. 그 역사라는 것이 단지 음모, 반란, 살인, 학살, 추방들의 모임에 지나지 않느냐는 것이다. 그것들은 탐욕, 편파, 위선, 불신, 잔인, 격분, 광기, 증오, 시기, 욕망, 악의, 야망이 만들 수 있는 가장 나쁜 결과라는 것이다.

다시 만나게 되었을 때, 국왕은 내가 이야기한 것들을 잘 요약했다. 그가 물은 것과 내가 대답한 것을 서로 비교하고 나서 양손으로 나를 감싸 들었다. 내 몸을 부드럽게 쓰다듬으며 국왕은 다음과 같이 이야기했다. 나는 아직도 그의 이야기와 표정, 태도를 잊을 수가 없다.

　　나의 조그마한 친구 그릴드릭, 그대는 영국이라는 나라에 대해 아주
　　놀랄 만한 찬사를 했습니다. 그대는 의원의 자격을 갖추는 데 있어 무
　　지와 태만, 부도덕이 적절한 요소라는 사실을 증명했습니다. 그리고
　　그대의 나라에서는 온통 법을 악용하고 왜곡하며 회피하는 일에 많은

관심과 노력을 기울이는 자들이 있으며, 이들에 의해 법이 가장 잘 설명되거나 해석되고 있으며 적용된다는 사실에 대해서도 잘 알려 주었습니다.

만들었을 당시에는 아주 좋았을 제도들이 그대의 나라에서 조금씩 허물어지기 시작하다가 이제는 부패되어 완전히 희미해지거나 제멋대로 변모되었다는 것을 알 수 있었습니다. 그대의 말을 들으면서 알게 된 것인데, 어떤 지위에 오르는 데 가장 합당한 이가 그 지위를 갖지는 않는 것 같습니다.

덕망으로 귀족이 되거나, 사제들이 학식으로 승진하는 것 같지도 않으며, 용기 있는 행동으로 군인이 된다거나, 정직하기 때문에 재판관이 영달을 하고, 국가를 사랑한다고 국회의원에 선출되거나, 지혜가 있다고 해서 국왕의 고문들이 총애를 받는 것도 아닌 것 같습니다. 삶의 많은 부분을 여행하는 일에 바친 그대는, 그대의 조국이 저지른 많은 악덕으로부터 벗어나 있었다고 나는 믿고 싶습니다.

그대의 이야기와 내 질문, 그리고 그에 대한 대답을 종합해 보았을 때, 그대의 민족 대부분이 세상의 표면에 기어 다니게 된 생물 중 가장 유해하고 밉살스러우며, 작은 벌레들의 모임인 것으로 나는 결론을 내릴 수밖에 없습니다.

제7장

조국에 대한 저자의 사랑이 드러난다. 그는 왕에게 좋은 제안을 하지만 거절당한다. 왕은 정치에 매우 무지하며 그 나라의 학문은 불완전하고 제한되어 있다. 그들의 법률과 군대 그리고 정당에 대해 설명한다.

내가 이런 얘기들을 하나도 감추지 않고 국왕에게 얘기한 건 무엇보다도 나에게 진실을 사랑하는 마음이 있었기 때문이다. 화를 내 봐야 소용이 없다. 언제나 나의 분노는 놀림감이었기 때문이다. 따라서 나의 사랑하는 조국이 그렇게 모욕을 당하는 동안에도 나는 참고 있을 수밖에 없었다. 이렇게 된 것에 대해 나는 독자들에게 진심으로 사과한다. 하지만 국왕이 모든 부분에 흥미를 가지고 있었기 때문에, 내가 그것을 거절하는 것은 내가 받은 은혜나 예의로 보아서도 불가능했다.

하지만 나는 그의 질문 가운데에서 많은 것들은 교묘하게 피했다고 어느 정도 변호할 수 있다. 엄연한 사실보다는 훨씬 좋게 받아들이도록 대답한 것이다. 디오니시우스 홀리카나센시스가 역사가에게 충고를 했던 것처럼, 나에게는 태어나면서부터 조국을 염려하는 정신이 깃들어 있던 것이다. 나는 조국의 정치에서 약점과 추한 점을 감추고 아름다움과 덕을 보이고 싶었다. 불행하게도 성공하지는 못했지만, 이것은 내가 왕과 여러 번 대화하는 가운데 가장 노력했던 점이다.

그러나 세상에서 완전히 고립되어, 다른 나라에서 널리 퍼져 있는 관습과 견해를 전혀 모르던 국왕에 대해 우리는 관용을 베풀어야 할 것이다. 지식의 부족은 언제나 편협한 사고를 낳게 마련이다. 사실 이렇게 먼 나라에서 살고 있는 국왕이 가지고 있는 선과 악에 관한 생각을 모든 인류의 기준으로 삼기는 어렵다.

위에서 내가 말한 것들을 정당화시키고, 또한 고립된 교육의 비참한 결과를 보여 주기 위해 나는 독자들이 도저히 믿기 어려운 이야기 하나를 소개하고자 한다.

국왕의 사랑을 좀 더 받고 싶은 생각으로, 나는 300~400년 전에 발명된 화약의 제조법 이야기를 했다. 화약 더미에 조그만 불길이라도 닿게 된다면, 그 화약이 산만큼 커다란 것일지라도 천둥소리보다도 더 큰 소리와 진동을 내면서 모든 것을 하늘로 날려 버린다고 했다. 청동이나 쇠로 만든 빈 통 속에 적절한 양의 화약을 집어넣으면 쇠나 납으로 만든 포탄을 쏠 수 있는데, 그 힘을 막을 수 있는 것은 아무것도 없다. 발사된 포탄 가운데 가장 큰 것은 한 부대를 한 순간에 없애 버릴 수 있을 뿐 아니라, 견고한 성벽도 무너뜨리며 1천 명씩 타고 있는 배들도 바다 밑으로 가라앉힐 수 있는 것이다. 몇 개의 탄환을 쇠사슬로 묶어 놓을 경우에는 돛대나 줄을 순식간에 끊어 버린다. 몇 백명이나 되는 승무원의 몸을 두 동강 내고, 앞을 가로막는 모든 것들을 박살내 버린다. 화약을 쇠로 만든 커다란 포탄 속에 넣어서 포위하고 있는 도시 안으로 쏘아 넣으면 포장한 도로를 파괴하고 집들을 산산조각 내며, 폭발할 때 파편이 사방으로 퍼져서 튀어 있는 사람들의 머리를 잘게 부수어 버린다.

화약 성분은 내가 잘 알고 있으며, 그 값도 매우 저렴한 데다 쉽게 구할 수 있다. 그것을 혼합하는 방법도 알고 있고 커다란 포신을 만들 수도 있었다. 가장 커다란 포신의 경우 60미터 정도면 될 것이다. 적절한

양의 화약과 포탄을 가진 포신을 20~30여 개만 가지고 있다면, 그의
영토에 있는 가장 강한 도시의 성벽도 몇 시간 안에 무너뜨릴 수 있다.
국왕의 절대적인 명령에 거역하려 든다면 도시 전부를 부수어 버릴 수
도 있다. 나는 국왕이 베풀어 준 각별한 은혜와 보호에 보답하기 위한
조그마한 성의의 표시로 이러한 제안을 한 것이다.

이 무서운 기계에 대한 설명과, 또한 내가 이것을 만드는 데 도움을
주겠다는 말을 들은 국왕은 매우 노여워했다. 나처럼 무기력하고 천한
벌레가(국왕은 이렇게 말했다) 어쩌면 그렇게 잔인한 생각을 할 수 있느
냐고 했다. 또한 파괴적인 기계가 만들어 내는 피와 살육의 장면을 어
떻게 그리 태연하게 이야기할 수 있느냐는 것이었다. 아마도 그 기계는
사람들을 괴롭히는 악마가 만든 것임에 틀림없다고 했다.

기술이나 자연현상에서 새로운 발견을 하는 것은 즐거운 일이지만,
화약의 비밀을 아는 것보다는 차라리 왕국의 절반을 잃어버리는 편이
훨씬 낫다고 말했다. 그러니 목숨이 아깝다면 다시는 그 이야기를 꺼내
지 말라고 명령했다.

편협한 원칙과 근시안적인 안목의 이상한 결과였다. 존경과 사랑과
숭배를 받을 수 있는 재능과 원대한 지혜와 깊은 학문을 갖춘 데다 훌
륭한 통치력으로 국민에게 찬양받고 있는 국왕이, 이처럼 가엾고 불필
요한 망설임 때문에(이러한 경우는 유럽에서 거의 생각할 수조차 없는 일이
다) 국민의 생명과 자유 그리고 재산에 대한 절대적인 주인이 될 수 있
는 기회가 손안에 들어왔는데도 거절을 한 것이다. 여기에 대한 이야기
를 하면서, 나는 이렇게 훌륭한 국왕이 가지는 여러 덕목을 깎아내리려
하지는 않았다.

이러한 사실 때문에 영국의 독자들은 그의 인품에 대해 낮게 평가할
지도 모르겠지만, 나는 큰 사람들의 이러한 결함이 무지의 소치라고 생
각한다. 유럽의 물질문명이 이룩한 것처럼 정치를 하나의 과학으로 만

들지 못했기 때문인 것이다.

어느 날 왕과 이야기하는 도중에, 나는 정치에 관해 기록한 책이 영국에는 수천 권씩이나 있다는 이야기를 했다. 원래의 의도와는 정반대로 그 이야기는 국왕에게 나쁜 인상을 심어 주게 되었다. 그는 상대가 국왕이든 대신이든, 비밀이나 치밀한 전략, 그리고 음모를 중시하는 이라면 혐오하고 경멸한다고 말했다.

그는 국가의 기밀이라는 말을 이해하지 못했다. 브롭딩낵의 경우에는 적국이나 경쟁하는 나라가 없었기 때문에 그러한 의혹은 오히려 당연한 것이었다. 통치에 관한 그의 지식은 한계 속에 머물러 있었다. 즉 상식과 이성, 정의와 관용, 민사 및 형사재판의 신속한 결정, 그 외에 너무나도 당연한 것들에만 한정되어 있었다.

그의 견해에 따르면, 곡식 한 줄기가 자라던 곳에 두 줄기를 자랄 수 있게 하고, 풀 한 줄기가 자라나는 곳에 풀 두 줄기를 자랄 수 있게 하는 사람이 있으면, 그 사람은 정치하는 사람들 모두를 합한 것보다 더욱 사람들을 위하고 조국에 봉사를 한 위대한 사람이라는 것이다.

브롭딩낵 사람들의 학문은 여러 가지로 부족한 점들이 많았다. 도덕, 역사, 시, 수학 이렇게 네 가지 학문뿐이었으며, 여기에 대해서만 뛰어난 자질을 갖추고 있었다. 수학도 생활에 유용한 경우에만 적용이 되도록 발달되었다.

농업의 개량과 공학 면에만 치우쳐 있기 때문에 영국에서는 별로 환영을 받지 못할 것이다. 사상이나 존재, 추상, 초월 같은 말에 대해는 아주 작은 의미조차도 설명해 줄 수 없었다.

이 나라 법률 조문의 단어 수는 스물 두 자로 된 브롭딩낵 어휘의 수를 넘어서는 낱말을 사용해서는 안 된다고 기록되어 있다. 스물 두 자까지 되는 법조문도 거의 없었다. 큰 사람들은 아주 쉽고 단순한 용어로 표현하기 때문에, 한 가지 해석 이외에 다른 해석을 할 만큼 변덕스럽지 않다.

어떤 법에 대해서든 자기 멋대로 주석을 다는 것은 죽어 마땅한 중죄에 해당한다. 민사나 형사재판에 있어서도 판례가 아주 적기 때문에 그 관계자가 자신의 실력이 남과 다르다는 것을 자랑할 필요도 없는 것이다.

오래전부터 그들은 중국 사람처럼 인쇄술을 알고 있었다. 하지만 큰 사람들의 도서관은 그리 크지 않았다. 가장 큰 것으로 알려진 왕실의 도서관에도 소장된 책은 1천 권을 넘지 않았다. 책들은 360미터나 되는 회랑에 있었다. 나에게는 어떠한 책이든 원하는 대로 빌릴 수 있는 자유가 있었다.

왕비의 목수가 글룸달클리치의 방에 사다리 비슷하게 생긴 750센티미터 높이의, 나무를 사용한 기계를 만들어 주었다. 한 계단의 길이는 15미터였다. 그것은 움직일 수 있는 층계였기 때문에 가장 밑 부분을 벽에서 약 3미터 떨어진 곳에 놓았다. 내가 읽고 싶은 책을 벽에 기대 놓고 우선 사다리의 꼭대기로 올라가 책 쪽으로 고개를 돌리고 맨 위에서부터 읽기 시작한다. 행의 길이에 따라 여덟이나 열 걸음씩 움직이면서 읽고 있으면, 내가 읽는 곳이 눈보다 아래로 내려가게 된다. 그러면 다음 계단에 내려가 읽고, 또 다음 계단으로 내려가 읽고 해서 결국에는 마루로 내려온다. 그러면 다시 올라가 다른 페이지를 같은 방법으로 읽기 시작한다. 이 기계 덕분에 책을 훨씬 수월하게 읽을 수 있게 되었다.

큰 사람들의 문체는 명확하고 남성적이며 부드러웠다. 하지만 현란하지는 않았다. 필요 없는 말을 하거나 한 가지에 대해 다양하게 표현하는 것을 싫어했기 때문이다.

나는 역사와 도덕에 관한 책을 많이 읽었다. 그중 오래되고 짧은 것은 아주 흥미로웠다. 그것은 원래 글룸달클리치의 가정교사가 갖고 있던 책인데, 고상한 중년 부인이었던 그녀는 도덕과 신앙에 대한 책을 즐겨 읽었다. 지금 얘기하려는 책도 그런 책들 중 하나이다.

그 책은 사람들의 약점을 기록해 두었다. 주로 여자들이나 서민들이 읽는 책이었다. 나는 이 주제로 이 나라의 사람이 어떻게 썼을지 궁금했다. 이 책을 쓴 사람은 유럽의 도덕주의자가 한 것과 비슷한 이야기를 하고 있었다. 인간은 본성에 있어 무력한 동물이며, 궂은 날씨나 무서운 맹수들로부터 스스로를 지키기가 어렵다고 말하고 있었다. 힘, 속도, 위험을 예지하는 능력, 근면 등 모든 점에서 인간은 다른 동물들에게 뒤떨어진다고 했다.

여기에 덧붙여, 저자는 자연이 최근에 와서 기력이 아주 약해졌기 때문에 이전에 비해 조그맣고 불완전한 생물만을 생산한다고 했다. 사람들은 원래 훨씬 더 컸을 뿐만 아니라, 원시시대에는 거인들이 살고 있었다고 주장했다. 그것은 역사나 전설로 전승되고 있으며, 지금처럼 작아진 사람들보다 훨씬 큰 인간의 뼈와 두개골이 여러 장소에서 발견되어 확인되었다고 했다.

이러한 것들로 미루어 보아, 저자는 과거에 살았던 사람들의 신체가 지금보다 더욱 크고 건장했을 것이라고 했다. 지붕에서 기와가 떨어지거나 돌에 맞는 등의 작은 사고로 크게 다치지 않았을 것이고, 작은 개울에 빠져 죽지도 않았다는 것이다.

이런 식으로 추리하는 동안 저자는 생활에 유용한 몇 개의 도덕적인 적용을 끄집어냈다. 자연과의 싸움에서 도덕적인 교훈, 혹은 불안감이나 한탄을 끄집어내는 방법이 얼마나 보편적인 것인가에 대해 나는 다시 생각하지 않을 수 없었다. 엄격하게 조사를 해 본다면, 이러한 논쟁이 큰 사람들의 나라에서와 마찬가지로 영국에서도 얼마나 근거 없는 것인가 하는 것이 밝혀지리라 믿고 있다.

자랑스러운 왕의 군대는 17만 6천 명의 보병과 3만 2천 명의 기병으로 구성되어 있었다. 하지만 여러 도시의 상인들과 시골의 농부들로 구성되어 있었기 때문에 진정한 군대라고 할 수 있을지 모르겠다. 귀족과 지주들이 보수를 받지 않으면서 지휘를 했다. 그들의 훈련은 완전에 가깝고 군기도 엄격했지만, 그렇다고 해서 칭찬할 만하지는 않았다. 농부들의 지휘관이 바로 지주이고, 시민들의 지휘관은 베니스 시의 무기명 투표 방식으로 추천된, 바로 그 시민이 살고 있는 도시의 귀족이어서 군기가 엄격할 수밖에 없었던 것이다.

나는 로브럴그라드의 시민군이 도시 가까운 곳에 있는 30제곱킬로미터의 넓은 연병장에서 훈련을 하기 위해 정렬하고 있는 것을 가끔씩 보았다. 그 수는 보병이 2만 5천 명, 기병이 6천 명을 넘지 않았지만, 그들이 차지하고 있는 땅이 너무 넓어서 정확한 수를 확인하는 것은 거의 불가능했다. 큰 말 위에 타고 있는 기병의 높이는 27미터나 되었다. 이 기병 전체가 명령을 받아 한꺼번에 칼을 뽑아 휘두르는 것을 보았다.

아무리 상상력을 동원한다고 하더라도 그처럼 장대하고 놀라운 모습은 잘 그려지지 않을 것이다. 그것은 마치 하늘에서 1만 개의 번개가 동시에 치는 것과도 같았다. 이웃 나라가 없는 나라를 지배하는 국왕이 어떻게 해서 군대를 생각해 냈으며, 국민에게 군사훈련을 시키게 되었는지 나는 몹시 궁금했다. 그러나 대화와 역사책을 읽으면서 나는 곧 그 이유를 알게 되었다.

많은 세대를 거치는 동안 그들도 인류 전체가 겪고 있는 똑같은 악습으로 인해 시련을 겪었던 것이다. 귀족은 권력을 위해, 시민들은 자유를 위해, 왕은 절대적인 지배력을 위해 서로 다투어 왔다. 이 싸움은 법률의 힘에 의해 그런대로 억제되어 왔지만, 가끔씩 귀족이나 시민 또는 국왕이 법을 깨뜨렸으며 수차례에 걸쳐 반란이 일어나기도 했다.

마지막 내란은 지금 다스리고 있는 국왕의 두 세대 이전에 있었다.

하지만 이들은 서로 화해를 하면서 평화롭게 끝을 맺었다. 당시 모든 사람들의 합의로 만들어진 시민군이 엄격한 의무로 남아 있어서 지금까지 유지되어 왔던 것이다.

제8장

왕과 왕비는 변경으로 행차하고 저자도 동행한다. 저자가 그 나라를 떠나는 것에 대해 이야기가 나오고 그는 영국으로 귀국한다.

나는 언제나 자유의 몸이 되고 싶었다. 하지만 어떤 방법으로 자유를 찾을지, 조금이라도 성공할 가능한 계획을 세운다든가 하는 일은 할 수 없었다. 내가 타고 온 것 같은 배는 한 번도 나타나지 않았기 때문이다. 국왕은 다른 배가 나타나면 육지로 끌어올려서, 그곳에 탄 사람을 모두 마차에 실어 로브럴그라드로 데려오라고 엄격하게 명령했다.

국왕은 비슷한 크기의 여자를 만나서 내가 자손을 많이 퍼뜨렸으면 했다. 그러나 카나리아처럼 새장에 갇힌 채 후손을 남기는 치욕을 겪느니 차라리 죽음을 택하는 편이 나았다. 아마 나의 후손들은 귀족들의 장난감으로 팔려서 브롭딩낵의 여기저기로 뿔뿔이 흩어지게 되었을 것이다.

나는 왕과 왕비의 사랑을 받으며 많은 도움을 받고 있었다. 비록 궁중에서 많은 즐거움을 불러일으키는 대상이었지만, 인간의 존엄성으로는 견디기 힘든 것이었다. 집을 떠날 때 남편으로서, 아버지로서 한 약속을 잊을 수 없었다. 나는 동등한 위치에서 대화를 나눌 수 있는 사람들 사이에 있고 싶었다.

개구리나 강아지처럼 밟혀 죽을 염려도 하지 않고 거리와 들판을 걷고 싶었다. 자유는 의외로 빨리 왔다. 내가 자유를 얻게 된 방식은 아주 이상했다. 이에 대한 이야기와 상황을 거짓 없이 적어 보겠다.

큰 사람들의 나라에 도착한 지 2년이 지나고 3년이 되어 갈 무렵, 글룸달클리치와 나는 큰 사람의 나라 남쪽 해안을 순시하는 왕과 왕비를 따라 나서게 되었다. 앞서 이야기한 것처럼 나는 너비가 3미터가량 되는 아주 편리한 여행용 상자 속에 들려 다녔다.

나는 천장의 네 구석에 명주실로 만든 밧줄을 사용해 흔들 침대를 달아 줄 것을 부탁했다. 그것은 하인이 말을 타고 나를 들고 갈 때, 상자가 흔들리는 것을 막기 위한 것이었다. 그리고 걸어가는 동안 그 흔들 침대에서 잠을 청하고 싶었던 것이다. 그리고 그물 침대 바로 위의 지붕에 30센티미터 가량 구멍을 하나 뚫도록 했다. 잠을 자는 동안 바람이 들어와 더위를 식힐 수 있도록 하기 위해서였다. 나는 파놓은 홈을 통해 판자를 앞뒤로 당겨 그 구멍을 마음대로 여닫을 수 있었다.

여행이 끝났을 때, 왕은 바다에서 29킬로미터 안에 있는 도시인 플랜플래스니크 근처의 성에서 얼마간 지내는 것이 좋을 것이라고 생각했다. 글룸달클리치와 나는 매우 지쳐 있었다.

나는 가벼운 감기에 걸린 정도였지만 가엾은 글룸달클리치는 너무 아파서 방에 누워 있어야 했다. 나는 바다가 보고 싶었다. 바다야말로 내가 이곳을 벗어날 수 있는 유일한 출구였다. 나는 조금 과장해 아픔을 호소했다. 내가 좋아하는 시종과 함께 바다의 신선한 공기를 마시러 갈 수 있도록 허락해 주기를 부탁했다. 앞으로 무슨 일이 일어날 것인지 예감이라도 하듯 글룸달클리치는 홍수 같은 눈물을 흘리면서 허락했다.

글룸달클리치는 내가 자신의 곁을 떠나는 것에 대해 몹시 서운해했다. 그녀는 나를 잘 보살피라고 시종에게 엄격히 당부를 했다. 나는 그것을 결코 잊을 수 없다. 시종은 상자를 들고 성에서 약 1시간 정도 거리에 있는 바다로 나를 데리고 갔다.

나는 해변의 바위 위에 상자를 내려달라고 했다. 창문을 열고는 바다를 향해 슬프고 그리움에 지친 눈길을 여러 차례 보냈다. 나는 기분이 몹시 좋지 않았다. 흔들 침대에서 낮잠을 좀 자면 나을 거라고 시종에게 말했다. 내가 침대에 들어가자 시종은 창문을 꼭 닫아 춥지 않도록 했다. 내가 잠든 동안에는 아무런 위험도 발생하지 않으리라 생각한 시종은 새알을 찾으러 바위 사이로 갔다.

창문을 통해서 그가 무엇인가 찾고 있는 것을 보았다. 그는 바위 틈새에서 새알을 한두 개 집고 있었다. 나는 곧 잠들었다.

상자 위에 달아 둔 고리를 누가 세차게 잡아당기는 바람에, 나는 갑자기 잠에서 깨어났다. 상자가 하늘을 향해 매우 빠른 속도로 날아가는 게 느껴졌다. 처음에는 흔들림 때문에 침대에서 떨어질 뻔했으나, 곧 흔들림은 가라앉기 시작했다. 나는 소리를 몇 번 질렀으나 아무런 소용도 없었다. 창밖을 내다보았으나 구름과 하늘만 보일 뿐이었다.

바로 위에서 날개를 치는 소리가 들렸다. 지금 내가 얼마나 비참한 상태에 놓여 있는가 깨달았다. 독수리가 나를 물고 가다가 바위에서 떨어뜨리려는 것이었다. 껍질 속에서 웅크린 거북이를 떨어뜨려서 그 살을 먹는 것처럼, 상자를 깬 다음, 나의 몸을 삼키려고 하는 것이다. 나는 5센티미터 두께의 상자 속에 숨어 있었지만, 영리하고 냄새를 잘 맡는 독수리는 먼 거리에서도 먹이를 찾아냈던 것이다.

조금 후에 나는 날개 치는 소리가 아주 빨라지는 것을 알았다. 내가 들어 있는 상자는 바람이 세게 부는 날의 표지판처럼 아래위로 마구 흔들렸다. 누군가가 독수리에게(내가 들어 있는 상자의 고리를 부리로 물고 있는 것은 분명히 독수리였을 것이라고 믿는다) 몇 번의 충격을 가한 것 같았다. 나는 갑자기 1분이 넘도록 아래로 떨어져 내렸다. 그 속도가 믿을 수 없을 만큼 빨랐기 때문에, 나는 거의 숨이 멎을 지경이었다.

떨어지는 것은 나이아가라 폭포의 소리보다 더욱 크게 들리던, 철썩거리는 무시무시한 소리와 함께 끝났다. 1분 동안은 캄캄해서 아무것도 보이지 않았다. 상자는 수면으로 점점 올라가기 시작했다.

마침내 나는 창으로 들어오는 빛을 볼 수 있었다. 나는 바다에 떨어진 것이다. 상자는 나의 몸무게와 안에 있는 물건들의 무게 그리고 네 귀퉁이를 튼튼하게 만들기 위해 붙여 두었던 철판의 무게 때문에, 물밑으로 160센티미터가량 가라앉은 채 떠 있었다. 내가 들어 있는 상자를 물고 날아가던 독수리가 먹이를 빼앗기 위해 뒤쫓아 온 다른 두세 마리의 독수리와 싸우다가 나를 떨어뜨린 것 같았다.

아래쪽에 붙어 있던 아주 강한 철판이 상자가 떨어지는 동안 균형을 유지하게 했고, 물에 떨어질 때도 부서지지 않도록 만들었던 것이다. 이어 붙인 자리는 홈을 잘 파서 만든 것이었으며, 문도 여닫는 것이 아니라 아래위로 올리고 내리는 것이었기 때문에 꽉 맞물려 있어서 물이 거의 스며들지 않았다.

나는 흔들 침대에서 내려와 지붕에 만들어 놓은 판자를 밀었다. 공기가 들어올 수 있도록 하기 위해서였다. 그리고 고생 끝에 침대에서 내려올 수 있었다. 공기가 부족했기 때문에 나는 거의 질식할 지경이었다.

나는 사랑스러운 글룸달클리치와 함께 있었더라면 얼마나 좋았을까 하고 생각했다. 불과 한 시간 만에 지금처럼 멀리 떨어져 있게 된 것이다. 나를 잃어버린 슬픔에다 왕비의 분노까지 얻게 되어서 장래를 망쳐 버린 가엾은 글룸달클리치를 떠올리면 가슴이 아팠다. 아마 내가 당한 경우보다도 더 어렵고 비참한 경우를 당한 여행자는 그렇게 많지 않을 것이다. 내가 들어 있는 상자는 언제라도 쉽게 부서질 것만 같았다. 격렬한 바람이나 물결에도 뒤집혀질 수 있을 것이다.

창을 막고 있는 유리가 깨어지더라도 나는 죽게 되었을 것이다. 여행을 하는 도중에 일어나는 사고에 대비해, 창밖에 붙여 둔 강한 창틀용 철사가 유리창을 간신히 보존해 주고 있었다. 틈새로 몇 줄기의 물이 새어 들어왔으나 별로 심하지는 않았다. 나는 최대한 그것을 막으려고 노력했다. 상자의 지붕을 들어 올려 보려 했으나, 할 수 없었다. 만약 내가 상자의 지붕으로 올라갈 수만 있었다면 올라갔을 것이다. 그래야만이 배의 화물창고 같은 상자 안에서 갇혀 죽지는 않을 것이기 때문이었다.

그러나 상자가 뒤집히거나 깨지는 위험을 며칠 피한다 해도 결국에는 추위와 굶주림으로 비참하게 죽을 것이다. 이러한 상황에서 나는 매 순간마다 최후라고 생각하면서 네 시간을 보냈다.

독자들이 알고 있는 것처럼, 창이 없는 벽의 바깥에는 꺽쇠 두 개가 붙어 있었다. 말을 탄 하인이 가죽띠를 넣어 허리에 찰 수 있도록 하기 위해 만든 것이다. 이처럼 비참한 상태에서 괴로워하고 있을 때, 꺽쇠가 붙어 있는 쪽에서 삐걱거리는 소리가 들렸다. 아니, 들리는 것 같았다.

조금 후에 나는 상자가 어디론가 끌려가고 있다는 환상을 갖기 시작했다. 때때로 누군가가 세차게 당긴다는 느낌을 받았고, 그때마다 물결이 창 꼭대기까지 올라와 상자 안이 어둡게 되었기 때문이다.

나는 희미하게나마 구조될 수 있으리라는 희망을 가지게 되었다. 어떠한 방식으로 구조될 수 있을까에 대해서는 생각조차 할 수 없었지만 말이다. 바닥에 붙여 두었던 의자의 나사를 풀었다. 그리고 몇 시간 전에 열어 두었던 구멍의 밑에 다시 나사를 사용해 의자를 고정시켰다. 그 의자 위에 올라가서 구멍 가까이에 입을 대고는 큰 소리로 살려 달라고 소리쳤다. 내가 알고 있는 모든 언어를 사용했다.

언제나 가지고 다니는 지팡이에 손수건을 잡아매서 구멍 밖으로 내밀었다. 손수건을 여러 번 흔들었다. 만약 보트나 배가 가까이 있다면,

선원들이 상자 안에 가엾은 사람이 갇혀 있다는 것을 알리기 위한 것이었다.

그러나 아무리 흔들어도 소용이 없었다. 하지만 상자가 계속해서 움직이고 있는 것은 분명했다. 한 시간 혹은 그 이상 지났을 무렵 유리창이 있는 벽의 반대쪽, 즉 꺽쇠가 있는 쪽 벽에 무엇인가 단단한 것이 부딪쳤다. 나는 부딪친 것이 바위면 어떡하나 하고 걱정을 했다.

나의 몸은 부딪치는 순간 하늘로 펄쩍 튀어 올랐다. 내 방의 덮개 위로 밧줄이 내려와 고리 사이로 끼어지는 듯한 소리를 들었다.

상자가 조금씩 위로 올라가기 시작했다. 1미터 정도를 올라갔을 때였다. 나는 구멍 밖으로 다시 손수건을 묶은 지팡이를 내밀고 거의 목이 쉴 때까지 살려 달라고 소리쳤다. 내가 고함을 지르자, 다른 고함 소리가 커다랗게 세 번 반복되었다. 그 소리는, 같은 경험을 해 본 사람이 아니라면 아무도 상상도 못할 만큼 황홀한 것이다.

누군가 나의 머리 위로 내려오는 소리가 들렸다. 구멍을 통해 '안에 누가 있거든 말하라'고 하는 커다란 목소리가 들려왔다. 그 목소리는 분명히 영어였다.

나는 운이 나쁘게도 사람이 겪을 수 있는 가장 어려운 환경에 처해 있는 영국 사람이라고 대답했다. 제발 나를 지하 감옥 같은 상자로부터 구해 달라고 애원했다. 상자 위에서는 내가 들어 있는 상자가 자기들의 배와 연결되어 있으며, 목수가 곧 달려와서 톱으로 내가 나올 수 있을 만한 구멍을 만들어 줄 것이라고 했다. 나는 그럴 필요가 없으며, 또한 시간이 너무 많이 걸릴 것이라고 대답하면서 선원 중 누군가 자기의 손가락을 고리에 걸어 들어 올리면 될 것이라고 했다. 그런 다음에, 선장의 방으로 나를 데려가면 될 것이라고 했다.

그 이야기를 들은 사람은 내가 미쳤다고 생각했으며, 다른 사람들은 소리 내 웃었다. 내 생각으로는, 나와 비슷한 키에 힘도 같은 사람들 사이에 와 있다는 생각을 도저히 할 수 없었던 것이다. 목수가 와서 몇 분 안에 너비가 1미터 정도 되는 통로를 톱으로 잘라 만들어 주었다. 조그만 사다리도 내려 주었다. 나는 사다리를 타고 기어 올라갔다. 지쳐 있던 나를, 사람들은 배로 데려가 주었다.

매우 놀란 선원들은 나에게 수없는 질문을 해 댔다. 하지만 나는 별로 대답을 하고 싶지 않았다. 선원들이 놀란 것처럼, 나도 이처럼 작은 사람들이 많은 것을 보고 놀랐다. 오랫동안 나는 큰 사람들의 물건에 익숙해져 있었기 때문에 선원들이 난쟁이처럼 보일 수밖에 없었다.

토마스 윌콕 선장은 정직하고 훌륭한 스롭셔 출신이었다. 그는 내가 거의 기절할 지경에 놓인 것을 보고는 선장실로 데려가 리큐르 술을 마시게 했다. 마음을 진정시킨 다음, 자신의 침대에 누워서 잠시 쉬라고 했다.

나는 휴식이 필요했다. 잠들기 전에 나는 상자 속에 아주 가치 있는 가구 몇 개가 있어서 잃어버리기에는 아깝다고 그에게 말했다.

그 안에는 멋진 흔들 침대, 상당히 좋은 야외용 침대, 의자 두 개, 탁자 하나와 캐비닛 하나가 있었다. 그리고 내 방의 모든 벽은 비단과 목면으로 덮여 있었다. 선원 가운데 한 사람이 그 상자를 선장실로 가져온다면, 그 앞에서 그것을 열어 물건들을 보여 주겠다고 했다.

선장은 내가 헛소리를 한다고 생각했다. 그러나 나를 달래기 위해 내가 원하는 대로 명령을 하겠다고 약속했다. 갑판에 올라선 그는 몇 명의 선원들을 상자로 들여보내 물건들을 모두 꺼냈으며, 벽에 붙였던 담요들도 뜯어냈다. 선원들이 힘으로 그것을 뜯어냈기 때문에 바닥에 나사로 붙여 두었던 의자와 캐비닛 그리고 침대는 많이 상했다.

선원들은 배에서 사용하기 위해 판자를 몇 장 뜯어냈다. 그리고 쓸 만한 물건들도 모두 가져온 다음, 상자는 바다에 던졌다. 밑창과 벽에 상처가 많이 났으므로 상자는 즉시 가라앉았다.

그 광경을 보지 않은 것이 나에게는 차라리 다행이었다. 그 광경은 잊고 싶은 일을 다시 생각하게 해서 나에게 심리적인 타격을 주었을 것이 분명하다.

나는 몇 시간 동안 계속 잠을 잤다. 떠나온 곳에서 겪었던 위험한 사건들이 꿈에 등장해 괴로웠다. 잠에서 깨어나자 나의 몸은 훨씬 좋아졌다. 그때는 이미 저녁 8시였다. 선장은 내가 너무 오랫동안 아무 것도 먹지 않았을 것이라 생각하고는 당장 저녁 식사를 준비하라고 명령했다.

선장을 나를 아주 친절하게 대해 주었다. 나의 이야기가 논리정연했으므로 미쳤다고 생각하는 것 같지는 않았다.

식사가 끝나고 두 사람만 남게 되자, 선장은 나의 여행 이야기를 들려달라고 했다. 어떻게 해서 내가 그 커다란 상자에 갇혀 바다에 표류하게 되었는지 알고 싶었던 것이다.

선장이 그날 정오에 망원경을 보고 있을 때, 멀리 있는 상자를 발견하고는 처음에는 그것이 범선일 것이라 생각했다는 것이다. 마침 그 배의 비스킷이 동이 나서, 멀지 않은 곳에 배가 있으니 가서 비스킷을 좀 구할 수 있을까 하는 마음으로 방향을 돌렸던 것이다. 가까이 다가가니 범선이 아니었다.

그래서 가장 큰 보트를 내려 도대체 그것이 무엇인가를 알아오도록 했다. 돌아온 선원들이 두려움에 떨며 바다 위를 흘러 다니는 집을 보았다고 이야기했다. 선장은 바보 같은 소리를 하지 말라고 웃어넘기고는 스스로 보트를 타고 상자를 살펴보기 위해 나섰다.

그는 선원들에게 튼튼한 밧줄을 챙기라고 명령했다. 날씨가 매우 화창했다.

그는 내가 타고 있던 상자 주위를 몇 바퀴 돌면서 유리창을 부서지지 않도록 지탱하는 쇠줄로 만들어진 창살을 보았다. 빛이 들어갈 틈도 없이 벽에 단단히 붙어 있는 꺾쇠 두 개도 발견했다.

선장은 선원들에게 명령해 그쪽으로 배를 저어가도록 했다. 밧줄을 꺾쇠에 붙들어 매어 큰 상자를 보트로 끌고 가도록 한 것이다. 배에 도착하자 그는 지붕에 달린 꺾쇠에 줄을 매 도르래를 가지고 상자를 들어 올리려 했다. 모든 선원들이 힘을 합쳤으나 1미터 이상은 끌어올릴 수가 없었다. 그러자 구멍에서 지팡이와 손수건이 나왔다. 그것을 보고 어떤 불쌍한 사람이 그 안에 갇혀 있다고 생각했다.

나는 선장 자신이나 선원들이 나의 상자를 발견했을 당시에 커다란 새들이 날아가는 것을 보았냐고 물었다. 내가 잠자는 동안 선원들과 함께 나의 문제에 대해 이야기를 하는 도중 선원 하나가 몇 시간 전에 북쪽으로 날아가는 독수리 세 마리를 보았다고 이야기했다. 그러나 그 독수리의 크기가 보통 독수리보다 큰 것 같지는 않았다는 것이다. 그 독수리들이 너무 높이 떠서 날고 있었기 때문에 선원들의 눈에 크게 보이지 않은 것 같았다. 선장은 내가 무엇 때문에 물어보는지 알지 못했다.

나는 배에서 가까운 육지까지 거리가 얼마나 되느냐고 물었다. 선장은 지금 할 수 있는 가장 정확한 계산에 의하면 적어도 500킬로미터는 될 것이라고 했다. 하지만 나는 선장에게 그의 계산은 실제 거리보다 두 배는 많게 계산된 것이라고 했다. 왜냐하면 내가 육지에서 바다로 떨어지기까지는 두 시간 정도밖에 지나지 않았기 때문이다.

그 말을 듣자 선장은 나의 머리가 이상하다고 생각했다. 그는 넌지시 나의 머리가 정상이 아니라는 이야기를 하면서 당신의 선실을 마련해 두었으니 침대에 가서 자는 것이 좋겠다고 했다. 나는 좋은 대접을 받았으며, 선장이 곁에 있어 주어서 원기를 회복하게 되었기에 이전과 마찬가지로 정신이 맑다고 했다.

그 말을 듣자 선장은 지금까지와는 다른 진지한 표정으로 내가 큰 죄를 저질러 신경을 쓰다가 정신의 혼란을 일으킨 것이 아니냐고 물어보

있다. 그 죄 때문에 어떤 국왕이 상자 속에 가두라는 벌을 내린 것이 아닌가 하는 것이다. 어느 나라에서 큰 죄를 저지른 죄인에게 먹을 것도 주지 않고 물이 새는 배에 태워서 바다에 띄워 보내는 것처럼 말이다.

그토록 불길한 사람을 배에 태운 거라면 기분이 별로 좋지는 않지만, 가장 먼저 도착하는 항구까지 안전하게 나를 내려 주겠다고 약속했다. 그는 내가 방으로 사용하던 상자에 대해 선원들과 자신에게 이야기한 어처구니없는 일 때문에 의심이 점점 늘어나게 되었다고 덧붙였다.

내가 저녁을 먹을 때도 이상한 표정과 행동을 취한 것도 선장의 의심을 더욱 확신에 가깝도록 만들어 준 것이다. 나는 참으면서 이야기를 들어달라고 간청했다.

마지막으로 영국을 떠날 때부터 그가 나를 처음 발견하게 된 순간까지의 이야기를 하나도 빠짐없이 했다. 진실은 언제나 이성과 잘 어울린다. 정직하고 훌륭한 선장은 어느 정도 학식이 있었으며, 센스도 있어서 내가 솔직하게 한 말이 진실이라는 것을 믿게 되었다.

나는 내가 이야기한 것을 증명하기 위해 캐비닛을 가져다 달라고 했다. 캐비닛의(선원들이 내가 사용하던 상자를 버렸기 때문에 캐비닛만 가져오라고 했던 것이다) 열쇠는 나의 주머니에 들어 있었다. 나는 선장이 지켜보는 앞에서 캐비닛을 열었다. 이상한 계기로 떠나게 된 큰 사람들의 나라에서 내가 모은 몇 개의 신기한 물건을 그에게 보여 주었다.

우선, 왕의 수염으로 만든 빗이 들어 있었다. 여왕의 엄지손가락에 있는 손톱을 몸체로, 왕의 수염을 빗살로 사용한 빗이 또 하나 있었다. 30~50센티미터에 이르는 길이를 가진 여러 개의 바늘과 핀이 들어 있었다. 목수가 사용하는 못과 같은 크기인 말벌 침이 네 개, 여왕이 빗고 남은 머리카락, 호의를 베푸는 뜻에서 여왕이 자신의 새끼손가락에서 빼 머리 위에 씌워 주었던 금반지 등이 있었다.

시녀의 발가락에서 직접 떼어 낸 티눈을 보여 주었다. 그것은 켄트 지방에서 자라는 사과만큼 큰 것이었다. 아주 딱딱하게 굳어 있었으므로 영국에 돌아온 다음, 나는 속을 파내고 은으로 장식해, 그것을 컵으로 이용했다.

나를 잘 대접해 준 선장에게 그 반지를 선물했으나, 그는 단호하게 거절했다. 마지막으로 내가 입고 있는 바지를 그에게 보여 주었다. 그것은 쥐 가죽으로 만든 것이었다.

나는 선장에게 시종의 이를 주었다. 그가 아주 흥미 있게 바라보면서 좋아하는 것 같았다. 하찮은 물건인데도 그는 아주 감사하다는 말을 여러 번 하면서 그것을 받았다.

그 이는 경험 없는 외과의사가 이를 앓고 있는 글룸달클리치의 시종에게서 실수로 뽑은 것이다. 뽑아 보니 그것은 다른 이와 마찬가지로 건강한 치아였다. 나는 그것을 깨끗하게 씻어 캐비닛에 넣어 두었다. 길이가 30센티미터, 지름이 10센티미터가량 되는 것이었다.

선장은 내가 들려준 이야기를 아주 만족스러워했다. 그는 우리가 영국에 돌아간 다음, 이 여행기를 글로 써서 세상에 발표해야 할 것이라고 했다. 하지만 나는 너무나 많은 여행기가 이미 나와 있으며, 진실을 전하기보다는 허영이나 이익에 관심을 기울이는 저자와 무식한 독자가 흥미만을 요구하기 때문에 아주 괴상한 것이 아니면 출판하기 어려울 것이라고 했다. 나의 이야기는 너무나 일상적이기 때문에 별로 특이한 내용이 없으며, 이상한 풀과 나무, 새나 다른 동물에 대한 장식적인 묘사도 없고, 또한 대부분의 저자가 쓰고 있는 야만인들의 풍속이나 우상숭배 같은 것이 없는 것이다.

그러나 나는 선장의 의견에 경의를 표하고, 그 문제를 고려해 보겠다고 약속했다.

선장은 몹시 궁금한 것이 하나 있었다. 그것은 내가 그처럼 큰 소리로 이야기하는 것으로 미루어 보아, 그 나라의 왕이나 왕비가 모두 귀가 어두운 사람들이 아니냐는 것이었다. 나는 2년 동안이나 길들여진 목소리이기 때문에 어쩔 수 없다고 했다. 선장과 선원들의 목소리는 속삭이는 것처럼 들리지만, 잘 들려서 오히려 놀랍다고 했다. 그러나 큰 사람들의 나라에서 이야기를 할 때는, 내가 식탁 위로 올라가거나 큰 사람의 손에 올라가지 않으면 길거리에 서 있는 사람이 뽀족탑의 꼭대기에 서 있는 사람과 이야기하는 것과 같다고 했다.

사실은 나도 선장에게 내가 관찰했던 것을 말했다. 내가 처음으로 배에 올라올 때 주위에 선원들이 서 있었는데, 나는 그들이 이제까지 보았던 것 가운데 가장 보잘것없고 형편없는 생물이라고 생각했던 것이다. 큰 사람들의 나라에서 생활하고 있을 때, 나는 주위에 있는 어마어마한 것들에 눈이 익자 거울을 들여다볼 엄두를 내지 못했다. 주위의 것들과 거울에 비친 내 모습을 서로 비교할 때, 나에 대한 자학의 감정을 도저히 참을 수 없었던 것이다.

선장은 저녁 식사를 하는 동안 내가 놀라면서 주위의 것들을 쳐다보았으며, 또한 웃음을 참지 못하는 것을 보았다고 말했다. 그는 나의 태도를 어떻게 해석해야 할지 몰랐다. 머리가 조금 이상하기 때문이라고

생각한 것이다.

나는 그것이 사실이라고 대답했다. 동전 크기의 접시, 한 입도 안 되는 돼지 다리, 호두 껍질만 한 잔들을 보고 어떻게 웃음을 참을 수 있었겠느냐고 말했던 것이다. 이러한 방식으로 나는 선장의 방에 있는 물건들의 크기를 설명했다.

궁정에서 지내는 동안 왕비가 내게 필요한 모든 것을 작게 만들어 주었는데도 불구하고, 나의 생각은 내 눈에 보이는 모든 것에 완전히 사로잡혀, 마치 사람들이 자신의 결점을 볼 때 그러하듯 나 자신의 작은 모습을 애써 못 본 체했던 것이다.

선장은 나의 농담을 잘 받아 주었으며, 오래된 영국의 속담을 인용하여 즐겁게 대답했다. 나의 눈이 나의 배보다도 더욱 큰 것 같다고 했다. 하루 종일 굶었는데도 식욕은 별로 생기지 않았다는 것이다.

그는 농담으로 내가 독수리의 부리에 물려 있는 상자 속에 들어 있었던 모습과, 나중에 그처럼 높은 하늘에서 바다로 떨어지는 것을 보게 해 준다면 100파운드를 선뜻 내어 놓겠다고 했다. 그 모습은 그림으로 남겨 후세에 전할 만한 가치가 있을 정도로 아주 멋진 광경이었을 것이라고 했다. 그러면서 그것은 태양신의 마차를 잘못 몰았던 파에톤이 제우스신의 번갯불에 맞아 떨어져 죽는 장면과 아주 흡사할 것이라고 놀렸다. 나는 그 비교를 좋게 생각하지 않았지만, 선장은 그렇게 말했다.

톤퀸에 들렸던 선장은 영국으로 돌아가는 중이었다. 배는 동북쪽으로 밀려가서 북위 44도, 동경 143도 지점에 있었다. 내가 배에 오르고 난 다음, 이틀이 지나자 무역풍이 불어왔다. 배는 오랫동안 남쪽으로 항해했다.

우리는 뉴홀란드(지금의 호주)를 지나 서남서로 방향을 잡았다가 다시 남남서로 방향을 틀어 희망봉을 돌았다. 항해는 순조로웠다. 항해일지를 가지고 독자를 괴롭히고 싶은 마음은 없다. 선장은 한두 군데 항구에 커다란 보트를 내려 보냈다. 식량과 물을 싣기 위해서였다.

나는 큰 사람들의 나라에서 떠난 지 9개월이 지난 1706년 6월 3일 영국의 다운즈 항에 도착할 때까지 배를 떠나지 않았다. 나는 운임의 담보로 물건들을 배에 남겨 두고 가겠다고 했지만, 선장은 한 푼의 운임도 받지 않았다.

우리는 진심으로 아쉬워하며 헤어졌다. 나는 선장에게 레드리프에 있는 집을 방문하겠다는 약속을 받았다. 나는 선장에게서 빌린 5실링의 돈으로 한 필의 말과 안내인을 구할 수 있었다.

집으로 가는 동안 아주 작은 집과 나무, 가축 그리고 사람들이 너무 작아 보여서 나는 실수로 릴리퍼트로 다시 되돌아온 것은 아닌가 생각했다. 사람들을 만날 때마다 나는 밟아서 죽이게 될까 봐 겁이 났다. 길을 비키라고 소리를 지르기도 했다. 나의 엉뚱한 행동 때문에 한두 차례 머리를 다칠 뻔한 적도 있다.

집에 도착했을 때, 하인 가운데 하나가 문을 열어 주었다. 나는 머리가 부딪힐까 봐 두려워서(문 밑에 있는 거위처럼) 들어가기 위해 고개를 숙였다. 아내는 달려 나와 나를 안으려고 했다. 나는 그녀의 무릎보다 더욱 낮게 머리를 숙였다. 그렇게 하지 않으면 아내의 입술이 나의 입에 닿을 수 없을 것 같았기 때문이다.

딸은 한쪽 무릎을 꿇고 내 손을 잡으려 했는데, 딸이 일어설 때까지 나는 그녀를 바라볼 수가 없었다. 머리를 똑바로 세우면서 18미터 위로 눈을 돌리던 습관 때문이었다. 나는 한 손으로 딸의 허리를 잡아 들고는, 집에 있던 하인들과 한두 명의 친구들을 내려다보았다. 마치 그들이 모두 피그미 족들이고 내가 거인이라도 된 것처럼 말이다.

나는 아내가 너무 절약을 해서 굶어죽을 것처럼 보였고, 딸에게는 아무것도 주지 않은 것 같다고 말했다. 내가 너무나 어이없는 행동을 했기 때문에 그들은 모두 선장이 나를 처음 보면서 이상하다고 했던 것과 같은 생각을 했다. 그들은 내가 제정신이 아니라고 했다. 이것은 습관과 편견이 가질 수 있는 힘에 대한 하나의 예로 이야기를 하는 것이다.

어느 정도의 시간이 흐른 뒤, 나와 가족 그리고 친구들은 서로에 대해 올바르게 이해할 수 있었다. 아내는 내가 두 번 다시 바다로 항해를 해서는 안 된다고 했다. 하지만 나의 악마적 천성은 또다시 여행을 떠나도록 했다. 아내에게는 나를 막을 만한 힘이 없었다. 독자들은 여기에 대해 앞으로 알게 될 것이다.

나의 불행했던 두 번째 여행기는 여기서 끝맺는다.

제3부

A Voyage to Laputa, Balnibarbi, Luggnagg,
Glubdubdrib, and Japan

하늘을 나는 섬의 나라

― 라퓨타, 발니바르비, 럭낵, 글럽덥드립, 일본 등의 나라 기행 ―

《걸리버 여행기》 제3부의 여행 지도
하늘을 나는 섬 라퓨타와 발니바르비, 럭낵, 글럽덥 드립, 일본 등이 보인다

제1장

저자는 세 번째 항해를 떠나고 해적에게 붙잡힌다. 한 네덜란드인의 악의로 쫓겨나 어느 섬에 도착하는데 라퓨타라는 곳이다.

내가 집에 돌아와서 10일도 지나기 전에, 콘웰 출신의 선장 윌리엄 로빈슨이 나의 집을 방문했다. 그는 300톤 급의 배인 호프웰 호의 선장이었다. 나는 윌리엄 로빈슨이 다른 배의 선장으로 있을 때, 그 배의 외과의사로 일을 한 적이 있었다. 그는 레반트로 항해하는 그 배의 4분의 1에 해당하는 소유권을 갖고 있었다. 그는 나를 자신보다 신분이 낮은 선원이 아니라 형제처럼 대해 주었으며, 내가 영국으로 돌아왔다는 소식을 듣고 찾아왔다.

우리는 오랫동안 헤어져 있었기 때문에, 일상적인 이야기를 제외하고는 다른 화젯거리가 없었다. 그러나 그는 우정에서 우러난 마음으로 자주 방문했으며, 나의 건강이 아주 양호한 상태라는 것을 보고는 매우 기뻐했다. 그는 지금의 생활에 만족하느냐고 물었다. 그리고 두 달 후에는 동인도 제도로 항해할 예정이라고 말했다. 그는 정말 미안하지만 나에게 그 배의 외과의사로 일을 할 수 있느냐고 물었다. 두 명의 조수 외에도 다른 외과의사를 내 밑에 둘 것이며, 급료는 다른 사람의 두 배를 줄 것이라고 했다.

항해에 관한 나의 경험과 지식이 그와 비슷했기에, 항해에 대한 나의 충고를 받아들이겠다고 했다. 이것을 제외하고도 그는 여러 가지 호의를 베풀었다. 그가 정직한 사람이라는 것을 알았기 때문에 나는 그 제안을 거절할 수가 없었다.

항해를 하면서 지금까지 겪었던 불행한 과거에도 불구하고 아직까지 가 보지 못한 세상을 다시 알고 싶은 욕망도 솟아올랐다. 유일한 어려움은 아내를 설득시키는 일이었다. 그러나 아이들에게 앞으로 많은 도움이 될 것이라는 전망 때문에 아내도 마침내 허락했다.

우리는 1706년 8월 5일 항해를 시작했다. 1707년 4월 11일에는 세인트 조지 항구에 도착할 수 있었다.

병들고 지친 선원들에게 원기를 주기 위해 3주 동안 그곳에서 쉬었다. 그뒤 우리는 톤퀸으로 갔다. 그곳에서 선장은 얼마 동안 머무르기로 했다. 그가 구입하려는 물건 가운데에서 아직까지 준비되지 않은 것이 많았기 때문이다. 그 일은 몇 개월 안으로 해결될 것 같지도 않았다.

그는 범선 한 척을 구입했다. 정박하는 동안 지불해야 할 비용의 일부를 벌어들이기 위해서였다. 그 배에 톤퀸 사람들이 가까운 섬에 살고 있는 사람들과 교역하는 상품 몇 종류를 실었다. 그곳 원주민 세 사람을 포함한, 열네 명의 선원들을 배에 태웠다. 선장은 나를 그 배의 선장으로 임명했다. 톤퀸에 남아서 그가 처리를 해야 하는 일이 있었기 때문이다. 그는 나에게 무역을 할 수 있는 권한을 주었다.

항해를 시작한 지 사흘도 되기 전에 심한 폭풍이 일었다. 우리는 5일 동안에 걸쳐 처음에는 북북동쪽으로, 그다음에는 동쪽으로 밀려갔다. 날씨가 잠시 좋아졌다가 갑자기 서쪽에서 강한 돌풍이 몰아쳤다. 출항을 한 지 10일째 되는 날 우리는 두 척의 해적선을 만났다. 해적선은 우리를 곧 따라잡았다. 짐을 많이 실었던 배가 속력을 낼 수 없었기 때문이다. 우리는 스스로를 방어할 수 있는 입장이 아니었다.

두 척의 해적선에서 해적들이 거의 동시에 우리 배로 올라왔다. 해적의 두목은 부하들보다 앞장서서 맹렬하게 달려들었다. 그러나 나의 명령으로 선원들 모두가 항복 의사를 밝히자, 해적들은 튼튼한 밧줄로 우리를 묶어 파수를 세우고는 배를 뒤지기 시작했다.

나는 해적들 가운데에서 네덜란드 사람을 보았다. 그는 해적선의 선장은 아니었지만, 어느 정도 권력을 가진 것처럼 보였다. 그는 우리가 영국인이라는 것을 알았다. 우리에게 그는 두 사람씩 등을 맞대어 묶어서 바다로 던져 버리겠다고 네덜란드 말로 크게 떠들며 욕설을 했다. 나는 네덜란드 말을 어느 정도 할 수 있었다. 나는 우리들이 다 같은 기독교인이며 프로테스탄트이고 가까운 나라 사람들로서, 서로의 굳건한 동맹관계를 생각해서라도 해적선 선장에게 우리 처지를 헤아려 달라고 말해 줄 것을 빌었다.

나의 말을 들은 그는 몹시 화를 내면서 당장에 우리를 바닷속으로 던져 버리겠다고 위협했다. 해적들에게 돌아간 그는 아주 화가 난 목소리로 이야기를 했다. 일본 말로 이야기를 한 것 같았다. 그 네덜란드인은 기독교라는 말을 가끔씩 사용했다.

두 척의 해적선 가운데 큰 배의 선장은 일본인이었다. 그는 네덜란드어를 약간 했지만, 완전하지 않았다. 그는 나에게 와서 몇 가지를 물어보았다. 나는 아주 공손하게 대답을 했다. 일본인 선장은 우리를 죽이지 않겠다고 약속했다.

나는 그 선장에게 허리를 굽혀서 절을 하고는, 그 네덜란드인을 바라보면서 같은 기독교를 믿는 사람보다 종교가 다른 사람에게서 너그러움을 발견하게 된 것을 마음 아프게 생각한다고 했다. 그러나 나는 그렇게 말한 것을 곧 후회했다. 그것은 바보 같은 말이었다. 네덜란드인은 악의에 가득 차서 선장 두 사람에게 나를 바다에 던지라고 했다. 하지만 이미 약속한 후이기 때문에 나를 죽일 수는 없었다. 그러더니 결국 이런저런 수작을 부려 나에게 죽음보다도 더욱 가혹한 벌을 받게 되었던 것이다.

나의 부하 선원들은 두 척의 해적선에 나뉘어 태워졌다. 우리가 타던 범선은 해적들이 점령했다. 나는 노와 돛이 달려 있는 조그만 보트에 실려 표류하게 되었다. 그 보트에는 나흘치 식량만 실려 있었다. 친절한 일본인 선장은 자신의 몫을 나눠 나흘 정도의 식량을 더 주었다. 그리고 어떠한 사람도 나의 몸을 함부로 뒤지지 못하게 했다. 갑판에 서 있던 네덜란드인은 내가 보트로 내려가는 동안에도 쉬지 않고 온갖 욕설과 악담을 퍼부었다.

해적선을 발견하기 한 시간 전에, 나는 관측을 해서 우리가 북위 46도, 동경 183도에 있다는 것을 알았다. 해적선에서 어느 정도 멀어지게 되자 나는 망원경을 꺼내 주위를 살펴보았다. 남동쪽에서 몇 개의 섬을 발견했다. 바람은 순조롭게 불어오고 있었다. 나는 돛을 올렸다. 세 시간이 지난 후에 나는 가장 가까운 섬에 도착할 수 있었다. 온통 바위로 가득 찬 섬이었다. 그러나 주변에 새알이 많이 있어, 마른 해초와 관목에 불을 지펴 새알을 구웠다. 가능하면 식량을 아끼려고 했기 때문에 저녁 식사로는 새알만을 먹었다.

나는 커다란 바위 밑에 관목을 깔고, 밤을 지냈다. 아주 편안하게 잠을 잘 수 있었다. 다음 날 나는 다른 섬으로 항해를 했다. 다음에는 또 다른 섬 그리고 그다음 날에는 또 다른 섬으로 옮겨 갔다. 돛을 사용하기도 했으며, 때로는 노를 저어 가기도 했다.

당시의 괴로운 상황을 자세하게 이야기해서 독자들을 괴롭힐 생각은 없다. 5일째 되는 날 나의 눈으로 볼 수 있었던 마지막 섬에 도착했다는 것으로 설명은 충분하다. 그 섬은 다른 섬에서 남남동쪽에 위치해 있었다. 그 섬은 내가 예상했던 것보다 훨씬 멀리 떨어져 있었기 때문에 그 섬에 도착하기까지 다섯 시간이 넘게 걸렸다. 배를 정박시킬 만한 곳을 찾기 위해 그 섬을 한 바퀴 돌았다. 카누보다 세 배 정도 큰 너비의 작은 만에 상륙했다. 그 섬은 향기 좋은 허브와 목초가 섞인 작은 풀밭을 제외하고는 온통 바위로 뒤덮여 있었다.

나는 음식물을 조금 꺼내 허기를 달랬다. 남은 음식을 동굴 속에 보관해 두었다. 그 섬에는 아주 많은 동굴이 있었다. 나는 새알들을 많이 모아서 바위 위에 놓았다. 마른 해초와 풀들도 모아 두었다. 날이 밝으면 그것들을 태워서(나는 불을 지피기 위한 부싯돌과 성냥 그리고 볼록렌즈를 가지고 있었다) 많은 새알을 구워 둘 생각이었다.

밤에는 식량을 보관해 둔 동굴에서 누워 있었다. 불을 지피려고 모아 둔 마른 풀과 해초 더미를 침대로 이용했다. 몸의 피로보다도 불안한 마음이 더 커서 거의 잠을 이루지 못했다. 외진 곳에서 살아가는 것이 얼마나 어려운지, 나의 최후는 얼마나 비참할지를 생각했다. 피로와 절망감으로 아무런 의욕도 없었다. 겨우 힘을 내어 동굴 밖으로 기어 나왔다. 해가 높이 떠 있었다.

나는 바위 사이를 잠시 걸었다. 하늘은 아주 맑았다. 햇볕이 뜨거웠기 때문에 나는 고개를 돌리지 않을 수 없었다. 그때 갑자기 해가 가려졌다. 구름이 해를 가리는 것과는 아주 다른 기분이었다. 나는 고개를 돌렸다. 나와 태양 사이에 있는 무엇인가 커다란 불투명체가 이 섬을 향해 다가오고 있는 것을 보았다. 3킬로미터 정도의 높이로 떠 있었으며, 6~7분 동안이나 태양을 가렸다.

하늘을 나는 섬의 가장 낮은 복도에서 사람들이 낚시를 하고 있었다.
그리고 그들이 낚시하는 것을 지켜보는 사람들도 있었다.

산 속의 그늘에 있을 때보다도 춥거나 어둡지는 않았다. 아주 단단한 물체로 되어 있는 불투명체는 아래 부분이 평평하고 매끈했다. 바다 빛이 반사되어 환하게 빛났다.

나는 해변으로부터 180미터 정도 높은 곳에 서 있었다. 커다란 물체는 1,600미터도 채 안 되는 거리까지 다가와서 내 시선과 거의 평행하게 밑으로 내려오고 있었다. 나는 망원경을 꺼내 그 물체를 바라보았다. 수많은 사람들이 그 물체의 가장자리에서 움직이고 있는 것이 보였다. 그 물체는 조금씩 비스듬히 내려오는 듯이 보였다. 나는 사람들이 어떠한 일을 하고 있는지 도저히 구별할 수가 없었다.

어쩌면 살아날 수 있을지 모르겠다는 생각이 들었다. 생명에 대한 본능적인 애착이 나에게 그러한 감정이 들도록 했던 것이다. 나는 지금 처해 있는 고립된 장소와 조건으로부터 벗어날지도 모른다는 희망을 갖게 되었다. 그러나 독자들은 하늘을 날아다니고 있는 섬을 지켜보는 나의 놀라움을 상상할 수도 없을 것이다.

그 섬에는 사람들이 살고 있었다. 그들은 자기들이 원하는 대로 섬을 하늘에 띄우거나 내릴 수 있고, 앞으로도 움직일 수 있는 능력을 가진 것처럼 보였다. 하지만 그 당시에는 이러한 현상에 대해 여러 생각을 할 만한 입장이 아니었으므로, 나는 그 섬이 어디로 움직이는가에 대해서만 정신이 팔려 있었다.

섬이 잠시 가만히 있는 것 같았기 때문이었다. 그 섬은 곧 가까이 다가왔다. 나는 하늘을 날아다니는 섬의 측면을 볼 수 있었다. 측면에는 외부로 나 있는 여러 개 복도가 있었으며, 일정한 간격을 두고 한쪽에서 다른 한쪽으로 내려올 수 있는 층계로 둘러싸여 있었다. 가장 아래쪽 복도에서는 사람들이 낚시를 하고 있는 모습도 볼 수 있었다. 낚시하는 것을 구경하는 사람들도 있었다.

나는 섬을 향해 낡은 모자와 손수건을 흔들었다. 그 섬이 조금 더 가까워지자 나는 있는 힘껏 소리쳤다. 내가 바라보이는 방향으로 한 무리의 사람들이 몰려들었다. 그들이 나의 고함 소리에 대답하지 않았지만, 서로 조심스러운 표정으로 나를 가리키며 손짓을 하고 있었다. 어렵지 않게 나를 발견했던 모양이었다. 네댓 명의 사람들이 서둘러 층계를 올라가서, 그 섬의 꼭대기로 사라지는 모습을 볼 수 있었다. 아마도 권력을 지닌 사람의 명령을 받기 위해 위로 올라간 것이라고 추측했다.

그 생각은 옳았다.

사람들의 수가 불어났다. 30분도 되기 전에, 천천히 떠오르기 시작해 그 섬의 가장 아래 층이 내가 서 있는 언덕에서 90미터도 채 되지 않을 거리까지 다가왔다. 나는 간곡하게 애원하는 자세를 취하면서 아주 공손한 어조로 말을 했다.

그러나 아무런 대답도 없었다. 나를 정면으로 바라보고 있는 사람들은 외모로 보아서 지위가 높은 사람들처럼 보였다. 그들은 이따금씩 나를 쳐다보면서 서로 무언가를 의논했다.

마침내 그들 가운데 한 사람이 이탈리아 계통의 언어로 부드럽게 말을 걸어왔다. 분명하면서도 예절 바른 목소리였다. 나는 그의 귀에 좋게 들리는 억양을 사용하면서 이탈리아어로 대답했다. 비록 서로의 말을 알아듣지는 못했으나, 나의 의사는 손쉽게 전달되었다. 그들은 내가 처한 상황을 이해한 것이었다.

그들은 바위 위에서 내려와 해변으로 오라고 손짓했다. 나는 해변으로 내려갔다. 그들은 하늘을 나는 섬을 알맞은 높이로 조종해 가장자리가 나의 머리 위로 다가오도록 했다. 가장 낮은 복도에서 의자가 달린 줄이 내려왔다. 나는 의자에 앉아 도르래로 끌어 올려졌다.

제2장

라퓨타 사람들의 성향에 대해 묘사한다. 그들의 학문, 그리고 왕과 궁전에 관해 설명한다. 사람들은 공포와 불안에 사로잡혀 있다. 여자들에 대해 설명한다.

하늘을 나는 섬에 도착하자 한 무리의 사람들이 나를 둘러쌌다. 가장 가까운 곳에 서 있는 사람들은 신분이 높아 보였다.

그들은 아주 경이롭다는 표정으로 나를 바라보았다. 그것은 나도 마찬가지였다. 나는 그때까지 그들처럼 진기한 모습과 차림새와 얼굴을 가진 종족을 본 적이 없었다. 그들의 머리는 모두 오른쪽이나 왼쪽으로 기울어져 있었다. 눈도 하나는 깊숙이 틀어박혔으며, 다른 하나는 위로 올라가 있었다. 그들의 옷에는 해와 달 그리고 별들의 그림이 바이올린, 플루트, 하프, 트럼펫, 기타, 하프시코드 등 유럽에는 알려지지 않은 악기들과 함께 수놓여 있었다.

나는 바람이 들어 있는 주머니를 짧은 막대기에 매달아 손으로 들고 다니는 시종들의 모습을 여기저기에서 많이 보았다. 나중에 들어서 알게 된 일이지만, 주머니 속에는 말린 완두콩이나 작은 자갈들이 잔뜩 들어 있었다. 시종들은 가끔씩 바람 주머니로 가까이 있는 사람의 입이나 귀를 두드렸다. 하지만 그 이유는 알 수 없었다.

하늘을 나는 섬의 사람들은 너무나 깊은 사색에 사로잡히기 때문에 발성기관이나 청각기관을 외부의 자극으로 깨우지 않으면 말을 하거나, 다른 사람과 대화할 수 없는 것 같았다. 그렇기 때문에 여유가 있는 사람들은 '클라임놀'을 시종으로 거느리고 있었다. 클라임놀은 머리를 두드리는 일을 했다. 그들은 시종이 없을 경우에는 외출하거나 방문을 하지 않았다.

시종이 하는 일은 둘이나 혹은 더 많은 사람들이 모여 있을 때, 공기 주머니로 말하려는 사람의 입과 그 말을 들을 사람의 오른쪽 귀를 부드럽게 두드리는 것이었다. 두드려 주는 시종들은 주인이 걸을 경우에도 부지런히 따라다니면서 가끔씩 주인의 눈을 부드럽게 두드려 주었다.

주인은 언제나 사색에 잠겨 있기 때문에 절벽이 나타나면 떨어지고, 기둥마다 머리를 부딪치며, 거리에서 다른 사람을 밀치거나 혹은 다른 사람에게 밀려서 하수구에 떨어지는 위험에 아무런 대책도 없었다. 독자들에게 이 사실을 알리는 것은 매우 중요하다. 이것을 모르고서는 나를 충계 위로 안내해 그 섬의 꼭대기까지 올라가고, 그곳에서 왕궁으로 갈 때까지 하늘을 나는 나라의 사람들 행동에 무척이나 당황할 것이기 때문이다.

우리가 올라가는 동안에도 그들은 몇 번이나 자기들이 하고 있는 일을 잊어버렸다. 나를 가만히 내버려 두었다가 두드리는 시종에 의해 기억이 되살아나 나를 다시 이끌곤 했다. 그들은 낯선 차림새와 얼굴 그리고 사색에 별로 사로잡히지 않는 정신력을 가진, 나와 같은 저급한 사람의 말에는 전혀 마음을 움직이는 것 같지 않았다.

우리는 왕궁에 도착해서 접견실로 들어갔다. 국왕은 좌우에 귀족들을 거느리고 옥좌에 앉아 있었다. 옥좌 앞에는 지구의와 하늘의 모양을 표시한 천구 그리고 모든 종류의 수학 기구로 가득 찬 커다란 탁자가 있었다. 접견실로 들어갔을 때, 그곳에 모여 있던 사람들은 우리를 보고 조금 소란스럽게 행동했다. 그러나 왕은 우리를 조금도 알아차리지 못했다.

그는 하나의 문제를 풀기 위해 깊은 생각에 잠겨 있었다. 우리는 국왕이 그 문제를 해결하기 전까지 적어도 한 시간을 기다려야 했다. 그의 양쪽에는 젊은 시종들이 한 명씩 바람 주머니를 들고 서 있었다. 문제를 풀고 난 국왕이 쉬고 있는 것을 보자, 그들 가운데 한 시종은 부드럽게 그의 입을 두드렸고, 다른 시종은 오른쪽 귀를 두드렸다. 그러자 국왕은 갑자기 일어난 사람처럼 깜짝 놀라며 우리를 바라보았다. 그러다가 우리가 온 것을 생각해 냈다. 나에 대해 미리 전갈을 받았던 것이다.

국왕이 말을 시작하자, 어떤 사람이 다가와서 바람 주머니로 나의 오른쪽 귀를 두드렸다. 나는 그러한 것이 필요하지 않다는 몸짓을 했다. 나중에 알게 된 것이지만, 그 일은 국왕과 궁중의 사람들에게 나의 학식이 형편없을 것이라는 생각을 심어 주었다. 국왕은 나에게 몇 가지의 질문을 했던 것으로 생각한다. 나는 알고 있는 모든 언어를 사용해 이야기를 했다. 그러나 말이 통하지 않아서 서로의 의사를 알 수 없었다.

나는 국왕의 명령으로(하늘을 나는 나라의 국왕은 손님을 맞아들이는 데 있어 이전의 국왕들보다도 더욱 훌륭했다) 어느 방으로 안내되었다. 두 사람의 시종이 파견되어 나의 시중을 들었다. 저녁 식사를 하게 되었을 때, 국왕 가까이에 있던 대신 가운데 네 명이 나와 함께 식사를 했다. 영광스러운 일이었다.

식사는 두 개의 코스로 이루어져 있었으며, 하나의 코스마다 세 개의 요리가 나왔다.

첫 번째 코스에는 정삼각형으로 자른 양의 어깨 고기와 마름모꼴로 자른 쇠고기 그리고 동그란 푸딩이 나왔다. 두 번째 코스에는 날개와 다리를 함께 묶어서 바이올린 모양처럼 구워 낸 두 마리의 오리와, 플루트와 오보에를 닮은 소시지와 푸딩 그리고 하프 모양으로 만든 송아지의 가슴 고기가 나왔다.

시종들은 빵을 원뿔이나 원기둥, 평행사변형 등의 수학적인 도형으로 잘랐다. 식사를 하는 동안 나는 용기를 내어 여러 물건의 이름을 물어보았다. 대신들은 두드리는 시종의 도움을 받으면서 대답을 해 주었다. 서로간의 대화를 할 수 있게 되면, 자기들의 위대한 능력에 대해 내가 몹시 감탄할 것이라는 생각으로 그렇게 했을 것이다. 나는 빵과 음료수 그리고 나에게 필요한 것들을 달라고 할 수 있게 되었다.

저녁 식사가 끝나고 대신들이 돌아가자, 국왕의 명령을 받아서 한 사람이 두드리는 사람을 데리고 나를 방문했다. 그는 펜과 잉크, 종이 그리고 서너 권의 책을 가져왔다. 나는 그 사람이 말을 가르치러 왔다는 것을 몸짓으로 알게 되었다. 우리는 네 시간 동안 같이 있었다. 그동안 나는 수많은 단어들을 종이에 썼으며, 그 뜻을 옆에 적었다. 그런 식으로 나는 간단한 문장을 쉽게 배울 수 있었다.

그는 나의 하인에게 무엇을 가져오라고 했으며, 돌아다니거나 몸을 숙이거나 앉거나 서도록 시켰다. 그러면 나는 그것을 문장으로 만들어 글로 적었다. 그는 책을 펼쳐서 해, 달, 별, 12궁도, 적도 지방, 열대 지방, 극지방의 모습을 보여 주었으며, 여러 평면체와 입면체의 이름을 가르쳤다. 모든 악기의 이름과 그에 대한 설명을 해 주었고, 그것을 연주하는 일에 쓰이는 일반적인 용어도 가르쳐 주었다. 그가 떠나간 후 나는 모든 단어를 그 의미와 함께 알파벳 순으로 다시 적었다. 며칠이 지나자 나는 하늘을 나는 나라의 언어에 대해 어느 정도 이해할 수 있게 되었다.

'하늘을 나는 섬' 혹은 '떠다니는 섬'이라는 뜻은, 그 나라 말로 '라퓨타'였는데 그것의 어원에 대해서는 확실하게 알 수 없었다. 지금은 쓰이지 않는 말이지만 '랖'은 '높다'라는 의미를 가지고 있으며 '운타'는 '통치자'를 가리킨다고 했다. 이 두 단어의 합성어인 '라푼타'가 변해서 '라퓨타'가 되었다는 것이다. 그러나 나는 이 설명에 찬성하지 않았다. 조금 억지 같기 때문이다.

하늘을 나는 나라의 학자들에게 나의 의견을 말해 보았다. 그것은 다음과 같은 것이었다. '라퓨타'는 '콰시 랖 아우터드'와 비슷한데 '랖'은 햇살이 바다에서 춤추는 것을 가리키고 '아우터드'는 날개를 의미한다고 했던 것이다. 하지만 나의 의견을 독자들에게 강요하지는 않겠다. 다만 현명한 독자들의 판단에 맡길 뿐이다.

시중을 드는 사람들은 나의 초라한 옷을 새로 갈아입히기 위해 다음 날 아침 나의 몸 치수를 재도록 재단사에게 명령했다. 그 재단사는 유럽의 방식과 아주 다르게 몸을 쟀다. 그는 먼저 전체의 고도를 측정하는 사분의로 나의 키를 쟀다. 자와 콤파스로는 신체의 부피와 윤곽을 측정했다. 그런 다음, 모든 것들을 종이에 적었다.

6일이 지난 후 재단사는 몸에 맞지 않는 옷을 가져왔다. 계산하는 도중에 숫자가 틀렸기 때문이었다. 그러나 나는 이곳에서 그러한 사고가 빈번하게 일어나는 것을 보았기 때문에 크게 상관하지 않았다. 입을 옷이 없어서 방에만 머물러 있었던 기간과 그 후 며칠간 몸이 불편해 쉬는 동안, 나는 하늘을 나는 나라의 말에 대해 더욱 많은 것을 알게 되었다. 그런 다음 다시 국왕을 만났을 때 나는 그의 이야기 가운데 많은 것을 알아들을 수 있었으며, 어느 정도 대답도 할 수 있었다.

국왕은 땅 위에 떠 있는 이 왕국의 수도 래가도에서 수직 방향으로 북동쪽 그리고 다시 동쪽으로 라퓨타를 이동하도록 했다. 그곳은 약 430킬로미터 정도 떨어진 곳에 있었다. 우리의 여행은 4일하고도 반나절 밖에 걸리지 않았다. 섬의 움직임을 나는 조금도 느낄 수 없었다.

다음 날 아침 11시쯤에 국왕은 모든 악기를 준비해 쉬지 않고 세 시간 동안이나 직접 연주했다. 귀족들과 신하, 관리들을 거느린 채였다. 나는 소음과도 같은 악기 소리에 무척 놀랐다. 가정교사가 알려 주기 전까지는 왜 그런 음악을 연주하는지도 알 수 없었다. 교사는 천체의 음악에 익숙해 있는 라퓨타 사람들은, 그 음악을 어느 기간에 계속해서 연주한다고 했다. 궁중의 사람들은 자신이 가장 잘 다루는 악기로 맡은 부분을 연주한다는 것이었다.

하늘을 나는 나라의 수도인 래가도로 가는 도중, 국왕은 그 섬을 몇 개의 도시와 마을 위에 잠시 멈추라고 명령했다. 국민의 진정서를 받으려는 것이었다. 이를 위해 작은 추를 달아 놓은 줄을 몇 가닥 아래로 내려 보냈다. 이 줄에 국민은 진정서를 매달아 놓는다. 그렇게 하면 연과 연결해 놓은 줄 끝에 아이들이 붙여 놓은 종잇조각처럼 곧장 올라오는 것이다. 가끔씩 포도주와 음식물을 도르래로 끌어올리기도 했다.

내가 알고 있던 수학 지식이 하늘을 나는 나라 사람들의 어법을 익히는 데 큰 도움을 주었다. 이 나라의 어법은 수학과 음악에 많이 의존한 것이었으며, 나는 음악에 대해서도 꽤 지식이 있었다. 그들의 생각은 대부분 선과 도형에 관한 것이었다. 예를 들어 한 여자나 어느 동물의 아름다움을 칭찬할 때, 그들은 사다리꼴, 원, 평행사변형, 타원 및 그 밖의 기하학 용어로 표현하는 것이었다. 음악에서 빌려 온 용어로 표현하기도 하는데, 여기에서는 그것까지 이야기하지는 않겠다.

나는 국왕의 주방에서 여러 종류의 수학 기구와 악기들을 보았다. 요리사들이 국왕의 식탁에 올리는 고기는 그 모양을 본떠서 자르는 것이었다. 그 섬에 살고 있는 사람들의 집은 매우 조잡하게 지어진 것이었다. 그 어떤 방에도 직각이 없이 벽을 경사지게 했다. 이것은 하늘을 나는 나라의 사람들이 실용 기하학에 대해 경멸을 가지고 있기 때문인데, 실용 기하학은 아주 천박한 것으로 생각하고 있었다.

그들이 지시하는 것은 일하는 사람들의 지적인 능력으로는 도저히 이해할 수 없을 정도로 정교한 것이어서, 거의 언제나 실수가 생겼다. 종이 위에 자와 연필과 콤파스를 사용하는 작업에는 상당한 능력이 있었지만, 그것을 제외한 다른 일들에 대해서는 아주 서툴거나 어색하고 불편하게 행동했다. 수학과 음악을 제외한 모든 문제를 생각하는 일에 있어서 이들처럼 느리고 쩔쩔매는 사람들도 없을 것이다.

그들은 언제나 비합리적이었으며, 올바른 의견을 갖는 경우란 거의 드물었다. 상상력이나 공상, 발명 같은 단어는 그들에게 있어 낯설 뿐 아니라, 그런 뜻을 나타내는 말조차 없었다. 그들의 정신이나 마음은 수학과 음악에 모두 갇혀 있는 것이었다.

하늘을 나는 나라 사람들의 대부분은 점성술을 믿었다. 특히 천문학에 관계하는 사람들은 더욱 그러했다. 비록 공공연히 인정하는 것에는 부끄럽게 여기지만 말이다. 내가 주로 감탄한 것은 뉴스와 정치에 대해 그들이 아주 강한 취미를 가지고 있다는 것이다. 그들은 끊임없이 공무를 수행하며 국가의 일에 대해 판단을 내리고, 정당의 견해를 철저하고 열정적으로 논박했다.

내가 알고 있던 유럽의 대부분의 수학자들에게서 그러한 기질을 본 적이 있다. 만약 수학자들이 조그만 원도 커다란 원과 마찬가지 각도를 갖고 있기 때문에 세계를 통제하고 운영하는 일도 하나의 공을 다루거나 굴리는 것 이상의 능력이 필요하지 않다고 주장하는 일만 없다면야 수학과 정치에 닮은 점이 있다고 볼 수 없을 것이다. 하지만 나는 자신과 아무런 관계가 없는 일에 더욱 많은 관심을 보이고, 잘난 체하기를 좋아하는 사람들로부터 이러한 성질이 나왔다고 생각한다.

이 나라 사람들은 언제나 불안에 싸여 있으며, 마음의 평화를 한순간도 누리지 못하고 있다. 이들의 불안은 다른 사람들에게 아무런 영향도 미치지 못하는 엉뚱한 이유에서 생겨난다. 그들이 두려워하는 몇 가지 변화가 천체에서 일어나면 걱정이 되는 것이다. 예를 들어 태양이 계속해서 접근하기 때문에 시간이 지나면 태양이 지구를 삼킬 것이라고 염려했다. 불타는 태양의 표면이 점차 노폐물로 덮여서 빛을 더 이상 주지 못하면 어쩌나 하는 걱정을 하기도 했다.

얼마 전에 지구는 혜성의 꼬리와 스치는 것을 가까스로 피했는데, 만약 피하지 못했더라면 틀림없이 재로 변했을 것이며, 계산하기로는 31년이 지난 다음 또다시 날아드는 혜성은 분명히 지구를 파괴해 버릴 것이라고 걱정하는 사람도 있었다. 혜성이 가장 가까운 거리까지 다가올 때, 태양과 어느 정도의 각도 안으로 들어온다면(그들의 계산으로는 충분히 두려워 할 이유가 있었다) 혜성은 붉게 달아오른 쇠보다 만 배가 넘는 열을 가지게 된다.

혜성이 태양을 벗어날 때는 160만 킬로미터에 달하는 불타는 꼬리를 달게 된다. 만일 지구가 그 혜성의 핵으로부터 16만 킬로미터 떨어진 거리에서 꼬리 부분을 통과하게 된다면, 통과하는 도중에 불이 붙어 재가 되어 버린다는 것이다.

태양에 연료가 공급되지 않고, 빛만 계속해서 소모한다면 결국에는 모든 연료를 다 써 버리고 소멸할 것이며, 태양으로부터 빛을 받고 있는 지구와 그 밖의 행성들도 태양과 함께 사라질 것이라고 근심하기도 했다. 그리고 이것과 비슷한 위험 때문에 항상 근심하고 불안해하는 그들은 잠자리에 들어서도 편히 잘 수 없었으며, 보통 사람들이 누리는 즐거움이나 생활의 기쁨을 맛볼 수도 없었다.

그들이 아침에 이웃을 만나면 처음으로 묻는 것이 태양의 상태였다. 태양이 지거나 뜰 때의 모습은 어떠했으며, 다가오는 혜성과의 충돌을 피할 수 있는 희망은 있을까 하는 것들이었다. 그들은 유령이나 귀신에 대한 무서운 이야기를 듣기 좋아하는 나이 어린 소년들이 이야기를 열심히 듣고 나서는 겁이 나서 혼자 침대로 가지 못하는 기분으로 이러한 대화를 나누었다.

이 섬의 여자들은 아주 활기로 가득 차 있었다. 그들은 남편을 멸시했으며, 다른 곳에서 온 사람들을 좋아했다. 섬 아래에 있는 땅의 많은 도시에서 공무나 사적인 일들을 해결하기 위해 궁중에 와 있는 이방인은 언제나 많았다.

그들은 하늘을 나는 섬의 남자들과 같은 재능이 없었기 때문에 멸시를 받고 있었다. 이들 가운데에서 여자들은 자신과 정을 통할 사람을 찾는다. 이들은 언제나 안심을 하고 안전하게 행동을 했다. 남편이 언제나 사색에 잠겨 있기 때문에, 남편 앞에서도 정부와 함께 무척 다정하게 행동할 수 있는 것이다. 하지만 남편에게 종이와 도구가 들려 있고, 두드리는 시종이 곁에 있으면 그러지 못했다.

나는 하늘을 나는 섬이 세상에서 가장 아름다운 곳이라고 생각했다. 그러나 그들의 부인이나 딸들은 라퓨타에서 자신들이 갇혀 있는 생활을 하고 있다며 한탄했다. 이곳에서는 모든 것이 풍족하고 위엄 있게 살 수도 있으며, 원하는 것은 무엇이든 얻을 수 있었다. 하지만 이들은 세상을 무척이나 보고 싶어 했으며, 그 나라의 수도에서 즐거움을 만끽하려고 했다.

그러나 국왕으로부터 특별한 허락이 없으면, 수도에 갈 수가 없었다. 아래로 내려간 여자들을 다시 돌아오도록 설득하는 일이 얼마나 어려운가를 대신들은 경험을 통해 알고 있었기 때문이다.

총리대신과 결혼해 아이도 여럿 있는, 지체 높은 귀부인이 있었다. 건강이 나쁘다는 이유로 그 귀부인은 하늘을 나는 나라에서 가장 부자이고 상냥하며 그녀를 아주 사랑한, 가장 좋은 집에서 살고 있는 남편을 버리고 래가도로 내려가서는 몇 달 동안이나 숨어 있었던 것이다. 국왕이 찾아보도록 명령을 해서 알아본 결과, 형편없는 음식점에서 누더기를 걸치고 있던 여자를 찾아냈다. 입고 있던 옷은 늙고 병든 사람을 돌보기 위해 저당 잡혔던 것이다.

그 사람은 귀부인을 매일 구타했다. 하지만 그 사람으로부터 그녀를 데려오기가 무척이나 어려웠다고 했다. 그 여자의 남편인 총리대신은 조금도 비난하는 기색이 없이 부드럽게 아내를 맞이했다. 그러나 그 귀부인은 꾀를 부려서 보석을 모두 가지고 다시 대륙으로 내려갔다. 그리고는 그 남자에게로 되돌아갔는데, 그 이후로는 아무런 소식도 없다는 것이다.

이것은 아주 멀리 있는 나라의 이야기로 들리기보다는 유럽이나 영국에서의 이야기로 느껴질지도 모르겠다. 그러나 독자들은 여자들의 변덕이 어떤 지역이나 국가에 한정된 것이 아니며, 우리가 상상할 수 있는 것보다도 더욱 보편적이라는 것을 알아야 한다.

한 달이 지나는 동안 나는 그 나라 말을 아주 잘하게 되었다. 국왕과 함께 이야기를 할 때에도, 그의 질문에 대부분 대답할 수 있을 정도였다. 국왕은 내가 방문한 일이 있는 나라의 법, 정부, 역사, 종교, 관습 등에 대해서는 전혀 관심을 보이지 않았다. 그의 질문은 수학 같은 것에 한정되었으며, 내가 하는 이야기는 경멸하듯이 무관심하게 받아들이는 것이었다. 시종들이 그의 곁에서 몇 번이나 주머니로 두드렸는데도 말이다.

제3장

현대 철학과 천문학에 의해 해결된 현상에 대해 이야기한다. 라퓨타의 천문학은 매우 발달되어 있다. 왕이 반란을 진압하는 방법이 이야기된다.

　나는 왕궁을 떠나, 하늘을 나는 섬의 진기한 것들을 볼 수 있도록 허락해 달라고 간청했다. 국왕은 기꺼이 승낙하면서, 가정교사가 나를 도와줄 수 있게 했다. 나는 하늘을 나는 섬의 움직이는 방식이 도대체 어떠한 기술인지, 어떠한 자연의 원리에 의한 것인지 알고 싶었다. 이제부터 여기에 대해 철학적인 설명을 독자들에게 하겠다.

　'하늘을 나는 섬' 혹은 '떠다니는 섬'은 정확히 원형으로 되어 있는데, 지름은 약 7킬로미터였으며, 40제곱킬로미터의 면적을 가지고 있다. 두께는 270미터였다. 아래에 있는 사람들에게 바라보이는 밑바닥은 약 180미터의 두께의, 평평한 모양의 암석이었다. 그 암석판 위에는 몇 가지의 광물들이 순서대로 덮여 있었다.

　제일 윗부분은 3~4미터 두께의 좋은 흙으로 덮여 있다. 위의 표면은 바깥쪽에서 중심을 향해 경사져 있었기 때문에, 그 섬에 내리는 비나 이슬은 작은 시내로 흘러서 가운데로 모여들었다. 이렇게 해서 모이게 된 물은 중심에서 180미터 떨어진, 각각 둘레가 약 800미터 정도인 네 개의 큰 연못으로 흘러들어 간다. 이 연못들의 물은 태양열로 낮 동안 끊임없이 증발되어, 넘쳐흐르지는 않는다. 더구나 국왕은 그 섬을 구름이나 수증기가 있는 곳보다 더욱 높이 뜨게 할 수도 있었기에, 원할 때마다 이슬이나 비를 피할 수 있었다. 가장 높은 구름도 3,200미터 이상의 높이로는 뜨지 않기 때문이다. 그 나라에서 아직 그렇게 높이 올라간 구름은 없었다.

섬의 중심부에는 직경 45미터 정도로 움푹 팬 곳이 있는데, 천문학자들은 그곳에 위치한 둥근 천장의 거대한 건물로 들어간다. 그 건물은 '홀래도나 개노울'이라 부르는데, '천문학자들의 동굴'이라는 뜻이다. 이곳은 라퓨타의 대지가 되는 암석판의 윗부분에서 약 90미터 내려간 곳에 있다.

이 동굴에서는 항상 램프 스무 개를 밝게 켜 둔다. 불빛이 주위의 암석에 반사되어 동굴의 사방은 아주 밝았으며, 그곳에는 여러 종류의 6분의와 4분의, 망원경, 천체관측의를 포함한 여러 천문학 기구가 있었다. 그러나 가장 흥미로우면서도 라퓨타의 운명과 직결되어 있는 것은 베를 짜는 틀의 북처럼 생긴 것이었다. 그것은 6미터나 되는, 가장 굵은 부분만도 3미터인 무척이나 거대한 천연 자석이었다.

이 자석은 아주 강한 철석으로 만들어진 축으로 지탱되었다. 축은 자석의 한가운데를 뚫고 들어가 있었다. 그 축 위에서 자석을 움직이는데, 매우 정확하게 균형이 잡혀 있어서 아무리 약한 힘을 줘도 그것이 움직이도록 만들어져 있었다. 그 자석은 깊이와 두께가 약 120센티미터, 지름이 약 10미터인 철석으로 둘러 싸여 수평으로 놓여 있었다.

그것은 높이가 546센티미터인 여덟 개의 기둥으로 받혀 있었다. 오목한 면 가운데는 깊이가 30센티미터 정도의 홈이 파여 있었으며, 그곳에 축의 양쪽 끝이 붙어 있어서 필요할 때마다 돌릴 수 있도록 만들어져 있었다. 천연 자석은 아무리 힘이 센 사람이라도 다른 곳으로 운반할 수 없었다. 천연 자석을 에워싸고 있는 원통과 다리는 그 섬의 바닥을 이루고 있는 철석과 같이 연결되어 있는 바위이기 때문이다.

천연 자석을 이용해 섬은 올라가거나 내려갈 수 있었으며, 어느 장소에서 다른 장소로 옮겨갈 수도 있었다. 그 나라의 국왕이 다스리는 지역에서 이 자석의 한쪽 끝은 미는 힘을 가지고 있으며, 다른 쪽 끝은 당기는 힘을 가지고 있었다. 당기는 힘이 있는 자석의 끝부분을 땅으로 향해 똑바로 세우면 섬은 내려간다. 그러다가 미는 쪽을 아래로 세우면, 섬은 다시 위로 올라가는 것이다.

자석을 약간 비스듬한 위치에 놓으면 그 섬의 움직임도 비스듬해진다. 이 자석에 있는 힘은 항상 자석의 방향과 평행하게 움직인다. 이러한 운동으로 섬은 국왕이 다스리는 영토의 여러 지역으로 움직일 수 있는 것이다.

운동 방법을 설명하기 위해 발니바르비의 영토를 가로지르는 임의의 선 AB를 설정한다. 그 다음에는 CD의 선을 천연 자석으로 설정한다. 지금은 섬이 C 지역의 위에 있다. D는 밀어내는 방향이며, C는 잡아당기는 방향이다. 천연 자석을 CD 방향으로 두고 밀어내는 방향을 아래로 하면, 섬은 비스듬히 D 지역을 향해 올라갈 것이다. D 지역에 도착했을 때, 자석을 축으로 돌려 잡아당기는 방향이 E 지역으로 향하게 하면, 그 섬은 비스듬히 E 지역을 향해 내려갈 것이다. E 지역에 도착했을 때, 자석을 다시 축에서 돌려 방향을 EF로 만들고 밀어내는 방향을 아래로 향하게 하면 섬은 비스듬히 F 지역을 향해 올라갈 것이다. 그곳에서 잡아당기는 방향을 G 지역으로 향하게 만들면 섬은 G 지역으로 갈 것이다. G 지역에서 H 지역으로 자석의 방향을 바꾸어 밀어내는 방향을 아래로 향하게 함으로써 H 지역으로 갈 수 있다.

필요할 때마다 천연 자석의 위치를 바꾸면 비스듬히 올라가거나 내려가며, 그에 따라서 섬은 (그다지 크지 않은 경사도의 범위에서) 영토의 한 곳에서 다른 곳으로 옮겨갈 수 있는 것이다.

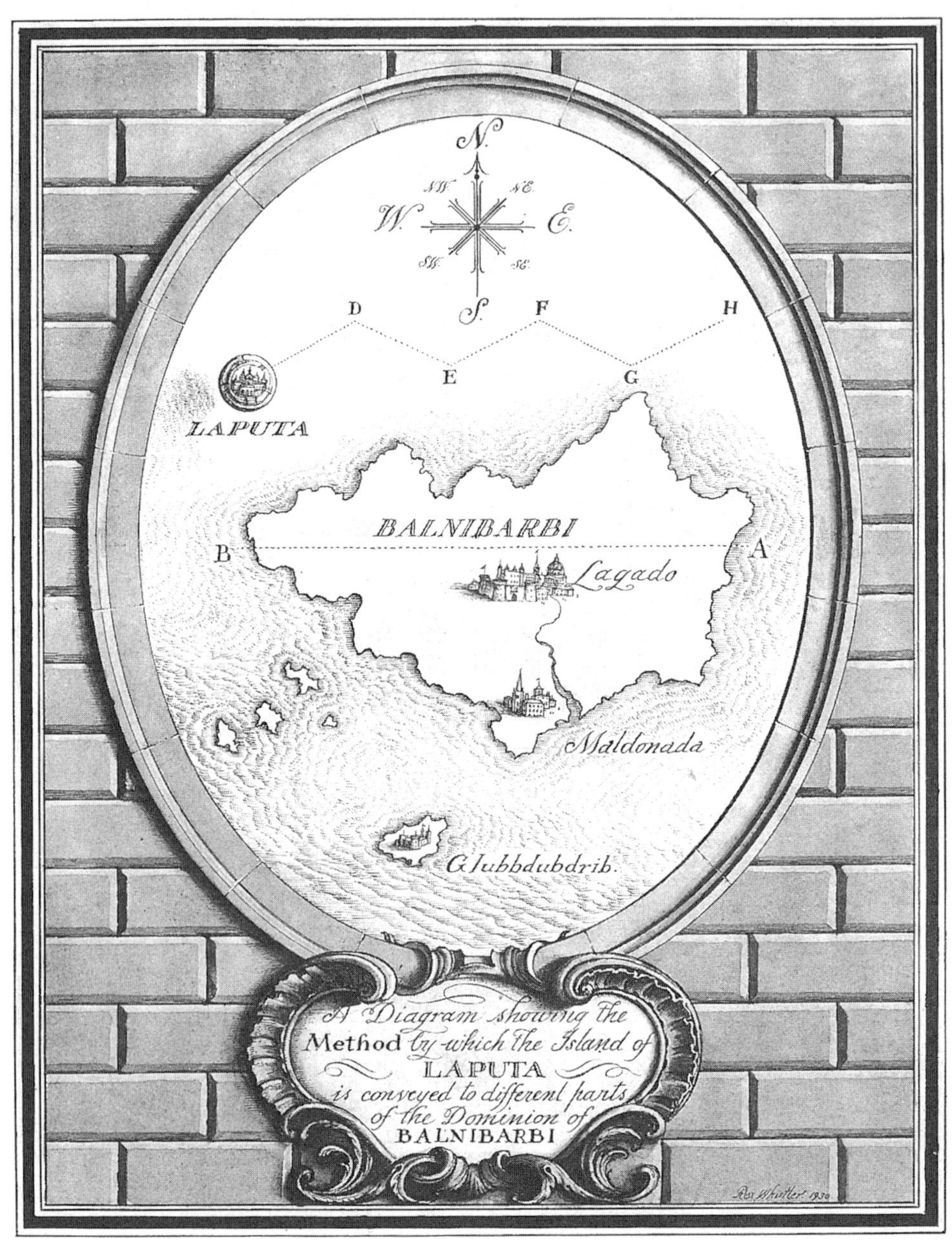

라퓨타의 비행과 발니바르비 아래쪽에 글럽덥드립이 보인다.

그러나 아래에 있는 영토의 경계 밖으로 나가지는 못하며, 6,400미터 이상의 높이로도 뜰 수 없었다. 천연 자석에 대해 광범위한 체계를 세운 천문학자들은 다음과 같은 이유를 내세우고 있다. 즉 자석의 힘이 6,400미터 이상의 거리에는 미치지 못하며, 그 자석에 영향을 주는 광석은 해변에서 약 28킬로미터 정도 떨어진 거리의 바닷속에 있는데, 그 광석은 전 세계에 걸쳐서 퍼져 있지 않으며, 국왕이 다스리는 영토의 경계 안에서 끝난다는 것이다. 이런 이점을 가진 국왕은 자석의 힘이 미치는 범위 안에 있는 국가를 쉽게 굴복시켰다.

자석을 지평선과 평행한 위치로 두면 섬은 그 자리에서 멈추어 선다. 그때는 자석의 양극이 지구로부터 똑같은 거리에 있게 되며, 아래로 당기는 힘과 위로 미는 힘이 같아져서 아무런 운동도 일어나지 않기 때문이다. 이 천연 자석은 몇 명의 천문학자들 보호 하에 있다. 그들은 왕이 지시하는 방향으로 자석의 위치를 바꾸며, 우리의 것보다 훨씬 성능이 좋은 망원경의 힘을 빌어 천체를 관측하는 일에 삶의 대부분을 보낸다.

그들의 망원경 가운데에서 가장 큰 것이라고 하더라도 1미터를 넘지 않지만, 우리들이 가진 망원경 가운데에서 30미터 정도 되는 것보다도 물체를 더욱 많이 확대할 수 있기에 별들을 우리보다 훨씬 정확하게 볼 수 있다. 그렇기 때문에 그들은 유럽의 천문학자들보다 훨씬 많은 것들을 발견할 수 있었다.

그들은 행성 1만 개에 대한 목록을 만들었다. 유럽에서 만들어진 가장 커다란 목록이라고 하더라도 그 수의 3분의 1조차 포함하고 있지 못하다.

그들은 화성 주위를 돌고 있는 두 개의 위성을 발견했다. 안쪽에 있는 위성은 화성의 중심으로부터 직경의 세 배 되는 거리에서 돌고 있었으며, 밖에 있는 것은 직경의 다섯 배 되는 거리에서 돌고 있었다. 화성을 한 바퀴 도는 데 걸리는 시간은, 안에 있는 위성이 열 시간, 밖에 있는 위성이 스물한 시간 30분이었다. 따라서 운행 시간의 제곱은 화성의 중심으로부터의 거리의 세제곱에 비례하는 것이었다.

그것을 보면 이 두 개의 위성은 다른 천체의 행성들이 영향을 받고 있는 것과 같은 중력 법칙의 지배를 받고 있는 것이 확실하다. 천문학자들은 아흔 세 개의 혜성을 관찰했으며, 그 주기를 아주 정확하게 관측했다. 이것이 사실이라면(라퓨타의 천문학자들은 이것이 아주 정확한 것이라고 자신 있게 주장한다) 그들이 관측한 기록을 세상에 알릴 수 있게 되길 바란다. 이것은 불완전하고 결함이 많은, 혜성에 대한 지금의 학설이 천문학의 다른 부문에서와 마찬가지로 좀 더 완전하게 구성될 수 있도록 하기 위해서다.

만약 국왕이 신하들을 설득시켜 자신의 말을 들을 수 있도록 한다면, 그는 전 세계에서 가장 절대적인 권력을 가진 국왕이 될 것이다. 그러나 신하들은 아래에 있는 땅에 자신의 영지를 가지고 있었으며, 국왕이 아끼는 신하라고 할지라도 그의 사랑을 받는 기간이 명확하지 않다는 것을 생각해서 국왕이 발니바르비를 노예처럼 만드는 일에는 동의하지 않았다.

어떠한 도시가 반항하거나 반란을 일으킨다면, 또는 과격한 당파가 지배하거나 공물을 바치지 않는다면 국왕은 그들을 굴복시키기 위해 두 가지의 방법을 사용했다.

첫 번째 방법은 온건한 것이었다. 그 도시와 주변의 땅 위에 섬을 머무르게 해서 그 도시 사람들이 햇빛을 받거나 비를 얻지 못하게 하는 것이다. 그렇게 하면 가뭄과 전염병이 아래에 있는 사람들을 괴롭히게 된다. 그들의 죄가 많을 경우에는 섬에서 큰 돌을 던지기도 한다. 아래에 있는 사람들은 돌에 맞아서 지붕이 부서지는 동안 지하실이나 동굴 속으로 들어가 피하는 것 이외에는 다른 방법이 없다. 그래도 반항하거나, 반란을 멈추지 않는다면 국왕은 두 번째 방법을 사용하는 수밖에 없다.

섬을 아래에 있는 사람들의 머리 위로 곧장 내려 한꺼번에 많은 집을 부수고 사람들을 없애 버리는 것이다. 그러나 이러한 극단적인 방법을 사용한 적은 거의 없었다. 아무리 국왕이라도 그렇게까지 하고 싶지는 않았을 것이다. 신하들도 국왕에게 그렇게 하자고 건의하지는 않았다. 그렇게 되면 사람들이 그들을 미워하게 될 것이며, 아래에 있는 신하들의 영지에도 막대한 피해를 줄 것이기 때문이다. 그 섬은 왕의 사유지였다.

그러나 발니바르비를 다스리던 이전의 국왕들이 반드시 필요한 경우가 아니면 그렇게까지 파괴적인 방법을 사용하지 않았던 가장 큰 이유는 다른 곳에 있다. 대부분의 큰 도시가 그러하듯 만일 파괴하기로 결정된 도시가 높은 바위를 가지고 있을 경우, 특히 섬이 내려앉는 재해를 방지하기 위해 사람들이 그러한 곳에 도시를 세웠다면 곤란한 문제가 발생할 것이다. 높은 탑이나 돌기둥을 많이 세웠을 경우에도 마찬가지다.

그러한 경우에도 갑자기 섬이 내려앉는다면, 비록 그 섬의 밑바닥이 180미터 정도의 두께를 가진 암석으로 이루어져 있음에도 불구하고, 충격이 심해서 깨질 수도 있으며 아래에 있는 집에서 피워 둔 불에 아주 가까이 접근하는 순간 폭발해 버릴지도 몰랐다. 쇠나 돌로 만든 굴뚝의 내부가 갑자기 터지는 것처럼 말이다.

이러한 것들에 대해 사람들은 잘 알고 있었다. 그래서 자신들의 자유나 재산이 밀접하게 관련되어 있을 때, 어느 정도까지 고집을 부려도 되는가를 잘 알고 있는 것이다. 아주 화가 난 국왕이 한 도시를 파괴하기로 결심을 했을 때에도 아주 부드럽게 섬을 내려가도록 명령한다. 국민을 사랑하기 때문이라고 변명하지만, 사실은 그 섬의 바닥이 부서질까봐 두렵기 때문이다.

그 나라에 살고 있는 모든 철학자들의 의견에 따르면, 한 번 밑바닥이 부서지게 될 경우 자석은 그것을 두 번 다시 끌어올리지 못하게 되어 모든 것이 땅 위에 떨어진다는 것이다.

내가 발니바르비에 도착하기 3년 전이었다. 자신의 영토를 돌아보던 국왕은, 그 왕국의 종말을 가져올 만한 커다란 사건을 당하게 되었다. 그 사건은 아직까지도 나라에 영향을 미치고 있다고 한다. 국왕이 그의 영토를 순시하던 첫 번째의 도시는 발니바르비에서 두 번째로 큰 린다리노였다. 순시를 하던 국왕이 린다리노로 출발한 지 3일이 지났을 때, 억압에 대해 불평을 하던 사람들이 도시의 문을 잠그고 시장을 감금했다. 그리고 재빠른 솜씨로 도시의 사방에 린다리노 시 중심부에 위치한 뾰족한 바위와 같은 높이인 네 개의 커다란 기둥을 세웠다.

그들은 각각의 기둥 꼭대기와 바위 꼭대기에 커다란 천연 자석을 고정시켰다. 그리고 자신들의 계획이 실패할 경우에 대비해 가장 태우기 쉬운 연료를 엄청나게 모아 두었다. 천연 자석의 계획이 실패하게 된다면, 그 연료를 이용하여 나는 섬의 밑바닥을 태워 버리려고 했던 것이다.

국왕이 린다리노 시의 반란을 알기까지는 8개월이 걸렸다. 매우 화가 난 국왕은 나는 섬을 린다리노 시의 위에 떠 있도록 명령했다. 하지만 린다리노 시 사람들은 일치단결해 식량을 저장하고 있었으며, 강물이 그 도시의 중심부를 가로질러 흐르고 있었다. 국왕은 도시 위에서 며칠 동안을 머무르며 햇빛과 비를 차단시켰다. 그는 추가 달려 있는 줄을 많이 내려 보내도록 했다.

그러나 단 한 사람도 진정서를 올려 보내지 않았다. 오히려 더욱 대담한 요구를 했다. 세금을 면제해 달라고 하는 등, 자신들의 불만을 없애 달라는 것이었다. 이외에도 여러 무리한 것들을 요구했다. 국왕은 섬의 거주자들에게 명령해서 돌을 던지라고 했다. 그러나 린다리노의 사람들은 이러한 것에 대비해 사람들과 귀중한 물건들을 네 개의 탑과 튼튼한 건물과 동굴 속으로 옮긴 다음이었다.

국왕은 이들을 진압하기 위해 나는 섬을, 바위와 탑의 꼭대기에서 36미터 이내로 내려가도록 명령했다. 나는 섬을 내려가도록 작동하고 있을 때, 관리들은 평소보다도 더욱 빨리 움직이고 있다는 사실을 알게 되었다. 천연 자석들을 돌려 보아도 안정되지 않았으며, 떨어지기 위해 자꾸만 기울어지고 있는 것을 알아차렸다.

그들은 즉시 이 소식을 왕에게 알려 섬을 높게 올라갈 수 있도록 간청했다. 국왕은 이것을 승낙하고는, 국민 의회를 소집한 다음 그 섬의 관리들에게 참석하도록 했다.

그들 가운데 가장 나이가 많고 경험도 많은 사람이 실험을 했다. 그는 90미터나 되는 튼튼한 끈을 가지고 갔다. 린다리노 시가 나는 섬을 끌어당기는 힘으로부터 벗어나기 위해 높이 올라간 다음, 그는 끈의 끝에 섬의 밑바닥과 같은 성분의 광석을 매달았다. 그것을 그 도시의 탑 꼭대기에까지 천천히 내렸다. 광석이 4미터도 내려가기 전에 갑자기 아래로 강하게 끌리기 시작했다. 그 광석을 다시 끌어올릴 수는 없었다.

그는 몇 개의 광석 조각을 던져 보았다. 그것들이 탑의 꼭대기에 의해 강력하게 끌려간다는 사실을 알게 되었다. 같은 실험이 다른 세 개의 탑과 바위 위에서도 시도되었으며 모두 같은 결과가 나타났다.

이 사건은 국왕의 결단을 요구했다. 더 이상의 수단이 없었기에 국왕은 그 도시가 원하는 조건을 모두 들어 주었다. 만약 나는 섬이 린다리노 시를 향해 조금만 더 가까이 내려갔더라면 다시는 올라올 수 없었을 것이며, 그 도시 사람들에 의해 발니바르비의 국왕과 신하들이 모두 죽어서 정부가 바뀌게 되었을지도 모른다는 이야기를 어느 대신에게서 들었다.

그 나라의 기본법에 따라 국왕이나, 국왕의 나이 많은 두 왕자는 그 섬을 떠날 수 없도록 되어 있었다. 왕비도 아이를 낳을 수 있는 기간이 지날 때까지는 어떠한 경우에도 나는 섬을 떠날 수는 없었다.

제4장

저자는 라퓨타를 떠나 발니바르비로 가서 그곳의 수도에 도착한다. 수도
와 인근 지역에 대해 묘사한다. 저자는 귀족의 접대를 받는다. 귀족과의 대
화가 나온다.

하늘을 나는 섬의 사람들은 나를 함부로 대하지는 않았다. 하지만 어
느 정도 무시를 하거나 경멸적으로 대했다. 국왕을 포함한 그 나라 사
람들은 수학과 음악을 제외한 다른 분야에는 아무런 관심이 없었다. 나
는 수학과 음악 분야에 있어서 그들보다 아주 뒤떨어져 있었다. 그렇기
때문에 내가 당하는 멸시는 어쩌면 당연한 일인지도 몰랐다.

라퓨타의 진기한 것들을 모두 보고 나자, 나는 그 사람들에게 싫증을
느끼게 되었다. 그 섬을 떠나고 싶은 생각이 간절했다. 나는 이처럼 재
미없는 사람들을 만나 본 적이 없었다. 그들은 음악과 수학의 분야에서
아주 뛰어났기 때문에, 그 분야에 대해 어느 정도 알고 있던 나도 높이
평가할 수밖에 없었다. 하지만 그들은 늘 멍하니 있거나 사색에만 몰두
해 있기 때문에 오랫동안 나의 흥미를 끌 수가 없었던 것이다.

나는 두 달 동안 머무르면서 여자들이나 상인들, 바람 주머니로 머리
를 두드리는 시종들 그리고 궁중에서 일하는 사람들하고만 대화를 나
누었다. 이러한 행동 때문에 나는 하늘을 나는 섬의 사람들로부터 더욱
경멸을 받게 되었다. 그러나 나와 이야기를 나누었던 사람들에 의해서

만 합리적인 대답을 얻을 수 있었다.

발니바르비 말을 열심히 배웠던 나는 그 나라 언어에 대해 상당한 실력을 갖게 되었다. 하지만 나는 지금처럼 체면을 유지할 수 없는 섬에서 갇혀 있는 것이 싫었다. 기회가 닿으면 그곳을 떠나기로 결심했다.

궁중에는 국왕과 가까운 친척 관계에 있는 대신이 있었다. 그는 국왕의 친척이라는 이유 때문에 사람들로부터 존경을 받고 있었다. 하지만 그것을 제외하고는 그 나라에서 가장 무지하고 어리석은 사람으로 알려져 있었다. 국왕을 위해 그는 여러 차례 대단한 봉사를 했다. 천부적인 재능 뿐만 아니라 경험으로 얻은 기술을 갖추고 있었으며 충성심과 명예심도 가지고 있었다. 그러나 중상모략가들은 그가 박자를 맞출 줄 모른다는 사실을 들며 비난했고, 개인교수들이 그에게 수학에서 가장 쉬운 명제를 증명하는 방법을 가르치느라 애를 먹고 있다는 사실도 마구 이야기 했다.

그는 가끔씩 나를 방문하여, 많은 도움을 주었다. 내가 여행했던 나라들의 법이나 관습, 예절 학문에 대해 알고 싶어 했으며, 유럽의 사정에 대해서도 몹시 궁금해했다. 그는 진지하게 이야기를 듣고 난 다음, 현명한 의견을 말해 주기도 했다. 위엄을 보이기 위해 그는 머리를 두드리는 두 명의 시종을 거느리고 있었다. 하지만 궁중이나 연회장을 제외한 다른 장소에서는 사용하지 않았다. 나와 단둘이 있을 때는 언제나 그들을 물러가도록 지시했다.

나는 그에게 라퓨타를 떠날 수 있도록 허락을 받게 해 달라고 부탁했다. 그는 유감스러운 뜻을 표시하면서도 내가 바라는 대로 해 주었다. 그는 여러 번 나에게 유리한 제안을 했지만, 나는 감사하다고 하면서 그것을 거절했다.

2월 16일, 나는 궁중의 사람들과 작별을 했다. 국왕은 영국 돈으로 200파운드의 가치가 있는 선물을 주었다. 국왕의 친척인 대신도 그 나

걸리버는 무노디 영주와 함께 마차를 타고 래가도의 시내를 구경했다.

라의 수도인 래가도에서 살고 있는 친구에게 보내는 소개장을 써 주었
으며, 많은 선물도 주었다.

산 위에서 3킬로미터 정도 높이에 머무르고 있을 때, 가장 아래쪽에
있는 층에서 나를 내려 주었다. 끌어올릴 때와 같은 방법이었다. 땅을
밟으니 한결 편안한 기분이었다. 그곳의 사람들과 같은 옷을 입었으며,
함께 말을 나눌 수 있는 실력을 갖춘 나는 아무런 걱정도 없이 래가도
를 향했다.

소개장에 있는 사람의 집을 찾아, 그 대신이 전해 준 소개장을 주었
다. 그는 나를 친절하게 맞아 주었다. '무노디' 라는 이름의 그 사람은
자신의 집에 거처를 정하라고 했다. 그곳에서 머무르는 동안, 나는 아
주 융숭한 대접을 받았다.

다음 날 그는 나를 마차에 태우고 거리를 구경시켜 주었다. 그 도시
는 런던의 절반 정도의 크기였다. 그러나 아주 이상한 모양으로 지은
집들은 대부분 손질도 되어 있지 않았다. 거리를 지나는 사람들은 아주
빨리 걸어 다녔다. 그들은 무척이나 난폭해 보였으며, 시선은 고정되어
있었다. 그들의 옷차림은 대개가 누더기였다.

우리는 도시의 성문을 가로질러 5킬로미터 정도 떨어져 있는 교외로
나갔다. 그곳에서는 수많은 노동자들이 도구를 가지고 일을 하고 있었
다. 하지만 무엇을 하고 있는지는 알 수 없었다. 땅은 비옥해 보이는데
도 불구하고 곡식이나 농작물이 자라난 흔적도 찾아볼 수 없었다. 도시
와 교외의 모습을 보고, 나는 이상한 생각이 들었다. 나는 용기를 내어
무노디 영주에게 물어보았다. 거리나 들판에 있는 많은 사람들이 무엇
때문에 그렇게 바쁘게 일하고 있느냐고 했던 것이다. 그렇게 많은 사람
들이 일을 해서 만들어 놓은 결과는 어디에서도 찾아볼 수 없었다. 거
칠게 경작된 땅이나, 이상하게 지어져 있거나 허물어져 가는 집들 그리
고 얼굴이나 차림새로 보아서 그들처럼 비참하고 가난한 사람들은 아

직까지 본 적이 없었다.

무노디 영주는 지위가 아주 높은 사람이었으며, 수년간 래가도의 총독을 지냈다. 그러나 대신들의 음모로 해직을 당했다. 국왕은 그가 보잘것없는 지식을 가진 사람이지만, 좋은 마음을 가지고 있다고 친절하게 대해 주었다. 내가 발니바르비와 그 국민을 혹평하자, 그는 내가 그 나라를 이해하고 평가하기에는 그 곳에서 보낸 시간이 너무 짧으며, 또한 세상의 여러 나라들은 서로 다른 관습을 가지고 있다는 등 일반적인 이야기를 했다.

집으로 돌아오자 그는 나에게 이 건물의 모양이 어떤지, 부조리한 점을 발견하지는 않았는지 물었다. 하인의 옷이나 표정에서 불합리한 점들은 없었지도 물어보았다. 그는 편안한 마음으로 나에게 질문을 했다. 그와 관련된 모든 것들은 아주 훌륭했으며, 정연하면서도 세련되어 있었기 때문이다.

나는 그의 신중함과 자질, 지위 등이 다른 이들의 우매함, 비루함이 낳은 결핍과는 거리가 멀다고 대답했다. 그는 내가 약 32킬로미터 떨어진 자기의 영지로 가면 이러한 대화를 좀 더 편안하게 나눌 수 있을 것이라고 했다. 나는 그렇게 하겠다고 대답했다.

다음 날 아침 우리는 영지를 향해 길을 떠났다.

영지를 향해 가면서, 그는 나에게 농부들이 경작하는 것을 자세히 관찰하도록 했다. 그 방법은 아주 이상한 것이었다. 몇 군데를 제외하고는 곡식 한 알, 풀 한 포기도 볼 수 없었다. 그러나 세 시간 정도를 달리자 풍경은 아주 바뀌었다. 아주 아름다운 농촌이 펼쳐진 것이다.

거리마다 드문드문 깨끗하게 지은 농부의 집들이 있었으며, 포도밭과 들판과 목장에는 담장이 둘러져 있었다. 아주 상쾌한 풍경이었다. 나의 표정이 밝아지는 것을 본 무노디 영주는 한숨을 내쉬었다. 그러고는 여기서부터가 자신의 영지가 시작되는 곳이며, 앞으로 집에 도착할 때까지 이러한 광경이 계속될 것이라고 했다.

발니바르비의 사람들은 그가 아주 형편없이 일을 처리하고 있으며, 또한 그 나라에서 나쁜 선례를 만들었다고 비웃는다는 것이다. 모범적인 그의 행동을 뒤따르는 사람들은 거의 없었다. 그를 따르는 사람들은 모두 늙고 완고하며 약한 사람들이었다.

우리는 집에 도착했다. 고상하게 만들어진 그 집은, 최고의 건축 기술로 지어진 것이었다. 샘물과 정원, 산책길, 현관으로 이어진 가로수길이 정확한 판단과 심미적 체계에 따라 배치되어 있었다. 보이는 것들에 대해 나는 아낌없는 찬사를 보냈다.

그는 저녁 식사를 마칠 때까지 나의 말을 듣지 못한 것처럼 행동했다. 식사가 끝나고 주위에 아무도 없게 되자, 그는 아주 우울한 어조로 말하기 시작했다. 어쩌면 그의 집을 모두 허물고, 현재 다른 사람들의 방식대로 다시 지어야 할지도 모른다고 했다. 농장을 파괴해서 그 나라의 방식대로 만들거나 농민들에게 다른 사람과 같은 지시를 하지 않으면, 오만이나 개인적인 허식, 무지, 변덕스러움 등의 비난을 받게 되며, 국왕에게 불쾌한 감정을 주게 될지도 모른다는 것이었다.

궁중에서 내가 듣지 못한 것들을 말해 주면, 그 나라에 대한 존경심은 작아지거나 아예 사라져 버릴 것이라고 했다. 궁중에 있는 사람들은 사색에만 빠져 있기 때문에, 아래에서 일어나는 일에는 신경 쓸 여유가 없다는 것이다.

그의 이야기를 정리하면 다음과 같다.

40년 전에 어떤 사람들이 라퓨타를 방문한 적이 있었다. 5개월간 그곳에서 머무르는 동안 그들은 수학에 대한 지식을 아주 조금 배운 다음, 기분이 몹시 들뜬 채 돌아왔다. 돌아오자마자 그들은 땅 위에서 이제까지 해 오던 일들을 부정하고 예술과 과학, 언어 그리고 기술을 새로운 기반 위에 올려놓을 계획을 세웠다.

국왕의 허가를 얻은 그들은 래가도에 들어가 이 계획을 실행할 이들을 위해 아카데미를 설립했다. 그때의 들뜬 기분은 국민을 아주 강렬하게 사로잡았다. 발니바르비에서 그러한 아카데미를 세우지 않은 도시는 하나도 없을 정도였다. 아카데미의 교수들은 농업과 건축의 새로운 법칙과 방법 그리고 제조업을 위한 새로운 기구와 도구를 고안함으로써 한 사람이 열 사람의 일을 할 수 있고, 궁전을 일주일 안에 새로 지을 수도 있으며, 궁전을 짓는 재료도 아주 튼튼해서 수리를 하지 않고 영원히 쓸 수 있다는 것이었다.

모든 과일도 어느 때든 원하는 계절에 열리게 할 수 있고, 지금보다 백배나 많이 수확할 수 있다는 등 수많은 제안을 한 것이다. 하지만 이 모든 계획 가운데 어느 하나도 아직까지 완성된 것이 없다는 것이다.

그러는 동안 나라 전체가 아주 비참할 정도로 황폐해졌으며, 집들도 모두 파괴되었다. 사람들은 식량과 옷이 부족하게 되었다. 그러나 사람들은 좌절하거나 계획을 그만두지 않았다. 오히려 더욱 열렬히 연구를 한 것이다.

무노디는 이전의 방식대로 일을 하는 것에 만족하고 있었다. 모험심이 강하지 않은 그는 조상들이 지은 집에 살면서, 생활의 모든 면에 있어 새로운 것을 찾지 않고 관습대로 행동했다. 몇 명의 귀족이 그와 같이 행동을 했다. 그들은 예술의 적으로, 반국가적인 인간으로, 국가의 총체적인 개선에 앞서 자신의 안락과 게으름을 피우는 자들로 멸시와 냉대를 받게 되었다.

그는 계속해서 말을 했지만, 더 이상 자세하게 설명을 해서 내가 그 위대한 아카데미를 실제로 보게 될 때 가질 즐거움을 없앨 생각은 아니라며, 내가 반드시 그곳을 방문해야 한다고 말했다. 그는 나를 그곳에 보내기로 마음을 먹고 있었던 것이다. 그는 나에게 4,800미터 떨어진 산기슭에 있는 파괴된 건물을 자세히 보라고 주의를 주었다. 그 건물에 대해서 그는 다음과 같은 이야기를 해 주었다.

무노디는 집에서 800미터 떨어진 곳에 아주 편리한 방앗간을 가지고 있었다. 그것은 큰 강물의 힘으로 돌아가는 것이었는데, 그의 가족들과 많은 농민들을 만족시키기에는 충분했다. 7년 전, 연구하는 사람들의 무리가 방앗간에 대한 새로운 계획을 세워서 가지고 왔다. 이 방앗간을 부수고 산기슭에 새로운 방앗간을 짓자는 계획이었다.

그 산의 능선에 긴 운하를 판 다음, 파이프와 기계를 통해 물을 흘려 보내서 방앗간을 돌리자는 것이었다. 높은 곳에 있는 바람과 공기는 물을 더욱 잘 흐르게 하고, 경사를 따라 내려오는 물은 평지를 흐르는 강물의 반 정도의 수량으로도 충분히 방아를 돌린다는 것이었다.

그 당시 무노디는 궁중과 사이가 별로 좋지 않은 데다, 여러 친구들이 강요하는 바람에 그 제안에 찬성했다. 2년 동안 인부 100명을 동원해 일을 했으나 실패로 돌아갔다. 연구자들은 모든 책임을 그에게 지우고서 떠나 버렸다. 그다음부터 그들은 무노디를 비난하기 시작했다. 다른 사람들에게도 그와 똑같은 실험을 했다. 마찬가지로 성공하리라는 확신만 가득히 심어 놓은 다음, 실패를 해서 실망만 남겨 주었던 것이다.

며칠 후 우리는 다시 도시로 돌아왔다. 그에 대한 평판이 아카데미에서 별로 좋지 않다는 것을 염려해, 그는 나와 함께 가려고 하지 않았다. 그 대신 그의 친구에게 이야기를 해서 나를 그곳에 데려가도록 했다. 연구계획들에 대해 열렬히 찬양하는 데다 호기심도 많고, 쉽게 잘 믿는 사람으로 나를 그 친구에게 소개했다. 사실 그의 이야기는 거짓말이 아니었다. 나 역시 젊었을 때는 계획을 세워서 연구를 했던 적이 있었다.

제5장

저자는 래가도의 거대한 아카데미를 방문하게 된다. 그 아카데미와 그곳의 교수들이 하는 연구에 대해 이야기한다.

아카데미는 하나의 건물로 되어 있지 않았다. 길을 사이에 두고 양쪽으로 서 있었다. 건물들이 황폐하게 되자, 아카데미에서 구입해 사용을 하고 있었다. 문지기는 나에게 아주 친절히 대해 주었다. 나는 여러 날 동안 아카데미를 방문했다. 방마다 한 명이나 그 이상의 연구원들이 있었다. 그동안 내가 들른 방만 하더라도 500개는 될 것이다.

내가 처음으로 만났던 연구자는 무척이나 마른 사람이었다. 손과 얼굴은 온통 거무스름했다. 길게 자란 머리카락과 수염은 덥수룩했으며, 불에 그을린 흔적이 여기저기 나 있었다. 그의 옷과 피부는 같은 색깔이었다.

그는 오이에서 태양 광선을 추출해 내는 계획을 8년 동안 연구하고 있었다. 태양 광선을 유리병에 넣어서 밀봉해 두었다가, 기후가 좋지 않은 여름에 개봉을 해 공기를 덥힌다는 것이었다. 8년만 더 있으면 총독의 정원에 상당한 양의 태양 광선을 공급할 수 있다고 했다. 그러나 오이가 얼마 남아 있지 않다고 불평을 했다. 오이가 비싼 계절이기 때문에, 자신의 연구를 격려하는 의미에서 기부금을 좀 달라고 애원했다. 나는 약간의 돈을 주었다. 방문하는 사람들에게 구걸하는 관례를 잘 알고 있었기 때문에, 무노디가 그 일에 쓰라고 미리 돈을 주었던 것이다.

나는 다른 방으로 갔다. 그러나 금방 돌아 나오려고 했다. 지독한 냄새가 나를 견딜 수 없게 했기 때문이다. 안내인은 제발 실례를 범하지 말라고 속삭이며 나를 앞으로 다가서게 했다. 실례를 범하면 연구자들이 아주 화를 낸다는 것이었다.

나는 코를 막을 엄두도 내지 못했다. 그 방의 사람은 아카데미에서 가장 오랫동안 연구하는 사람으로, 얼굴과 수염은 엷은 노랑이었고 손과 옷은 온통 오물로 더럽혀 있었다. 안내인이 나를 소개하자, 그는 나를 와락(이러한 인사의 표시는 정말 사양하고 싶었다) 껴안았다. 그가 아카데미에서 연구하는 분야는 인간의 대변을 다시 원래의 음식으로 되돌리는 일이었다. 그것은 대변이 쓸개에서 밴 색깔과 냄새를 없애고 끈적끈적한 침을 다시 걷어 내는 일이다. 그는 주일마다 배설물이 가득히 담긴, 브리스톨 술통만 한 통을 공급받고 있었다.

다른 연구자는 얼음에 열을 가해 화약으로 만드는 일에 몰두하고 있었다. 그는 자신이 쓴, 불의 성질에 대한 논문을 보여 주었으며, 그것을 출판하려고 했다. 아주 독창적인 건축가도 있었는데, 그는 우선 지붕부터 시작해 차차 아래로 내려와 기초를 만드는 아주 새로운 건축법을 고안했다. 아주 신중한 두 종류의 곤충, 즉 꿀벌과 거미의 실례를 들면서 자신의 방법을 정당화시켰다.

태어나면서부터 장님이었던 또 다른 연구자는 자기처럼 장님 제자 몇 명을 데리고 있었다. 제자들이 하는 일은 그 연구자가 촉각과 후각으로 색을 구별하는 방법을 가르친 대로, 화가들을 위해 색을 섞는 것이었다. 그들이 완전하게 배우기 이전에 방문을 한 것이 나의 불운이었다. 연구자 스스로도 자주 틀리는 것이었다. 예술에 대해 이러한 계획을 세운 연구자는 아카데미에 있는 모든 사람들로부터 상당한 존경과 격려를 받고 있었다.

다른 방에서는 쟁기와 가축 그리고 노동력에 드는 비용을 절약하기 위해 돼지로 밭을 가는 방법을 연구하는 연구자를 만날 수 있어서 아주 즐거웠다. 그의 방법은 다음과 같다. 4천제곱미터 정도의 땅에 15센티미터 간격으로 20센티미터 깊이에 적당한 양의 도토리, 대추, 밤 등 돼지들이 좋아하는 먹이를 묻어 둔다. 그리고 600마리 이상의 돼지를 그곳에 몰아넣는다.

며칠이 지나면 돼지들이 먹이를 찾느라고 땅을 온통 파헤쳐 놓아서 씨를 뿌리기 알맞을 정도가 된다. 돼지들의 똥은 거름으로 사용할 수 있다. 그러나 실제로 시험해 보니 너무 많은 비용과 수고가 들었으며, 수확도 형편없거나 아예 없었다. 하지만 이 방법의 발견이 위대한 진보를 이룩할 수 있을지도 모른다는 사실은 아무도 의심하지 않았다.

나는 다른 방으로 들어갔는데, 그 방의 벽과 천장은 연구자가 들어가고 나오는 좁은 통로를 제외하고는 온통 거미줄로 뒤덮여 있었다. 내가 들어서자 그는 거미줄을 흐트리지 말라고 크게 소리쳤다. 그는 누에보다도 우수한 성질을 지니고 있으며, 집에서 손쉽게 기를 수 있는 벌레들이 상당히 많은데도 세상 사람들은 그처럼 오랫동안 누에만을 사용해 온 것이 아주 중대한 실책이라고 한탄했다. 거미들은 누에처럼 실을 뽑는 것은 물론, 실을 짤 줄도 안다는 것이다.

또한 거미를 쓰면 비단을 염색하는 비용이 전부 절약될 수도 있다. 그가 거미들의 먹이로 사용하는, 아주 아름다운 색으로 물들인 수많은 파리들을 보여 주면서 거미들로부터 실을 염색하기 위한 색깔을 얻게 될 것이라고 확언했을 때, 나는 그것을 완전히 믿게 되었다. 그는 거미줄에 힘과 견고한 성질을 부과하기 위해 적당한 파리의 먹이, 즉 고무나 기름 또는 접착성을 가진 물질을 발견하기만 한다면 모든 사람의 취향에 어울리는 모든 색의 옷감을 만들겠다고 했다.

시청에 있는 풍향계 위에 해시계를 설치하는 일을 시작한 천문학자도 있었다. 지구와 태양의 공전과 자전을 조절해서 갑작스럽게 불어오는 바람의 방향 전환에 일치시키기 위해서였다.

나는 배가 몹시 아팠다. 배가 아프다고 안내인에게 말하자, 그는 나를 어느 방으로 안내했다. 그곳에는 한 가지 기구의 상반되는 작용을 이용해 배가 아픈 것을 고치기로 유명한 의사가 있었다. 그는 길고 가느다란 주둥이가 달린, 한 쌍의 커다란 상아로 만든 손잡이가 달린 풀무를 가지고 있었다. 그 주둥이를 항문에 약 20센티미터 정도 집어넣고 바람을 뺀다. 그렇게 하면 내장을 메마른 오줌통처럼 홀쭉하게 만들 수 있다고 장담했다.

그러나 그 병이 고질적이고 격렬한 경우에는 다른 방법을 사용한다. 풀무에 바람이 가득 찼을 때 주둥이를 항문에 집어넣고 그 환자의 몸속으로 바람을 집어넣는다. 그런 다음, 다시 바람을 넣기 위해 주둥이를 꺼낸다. 항문으로 바람이 새어나오지 않도록 엄지손가락으로 구멍을 세게 막는다. 이렇게 서너 번 반복하면, 뱃속으로 들어간 바람이 펌프 물처럼 뿜어 나오면서 해로운 물질을 끌어낸다. 그러면 환자는 병이 낫게 되는 것이다. 나는 그 의사가 개에게 두 가지의 실험을 시도하는 것을 지켜보았다.

그러나 첫 번째 실험에서는 아무런 효과도 알아낼 수 없었다. 두 번째의 실험이 끝나자, 개의 배는 거의 터질 지경이 되었으며, 공기가 빠져나오면서 아주 심하게 배설을 했다. 그것 때문에 나와 안내인은 구역질을 심하게 겪어야 했다. 개는 즉시 죽었다. 똑같은 방법으로 그 개를 살리려고 애쓰는 의사를 남겨놓고 우리는 그 방을 떠났다.

나는 그 밖에도 여러 방들을 들어가 보았으나, 보았던 것들을 모두 이야기해서 독자들을 따분하게 만들고 싶지는 않다. 나는 가능하면 간결하게 만들고 싶기 때문이다. 지금까지는 아카데미의 한쪽만 보았다. 다른 쪽은 사색하는 학문의 연구자들에게 할당되어 있었다. 사색하는 연구자들에 대해서는 그들 가운데 '만능 기술자'라고 불리는 유명한 사람에 대해 말하고 난 다음에 하겠다.

그는 인간의 삶을 개선하기 위해 30년간이나 사색에 몰두하고 있다고 말했다. 그는 흥미 있는 멋진 것들이 가득 들어 있는 두 개의 방을 가지고 있었다. 그 안에는 50명의 사람들이 일하고 있었다. 그들 가운데 몇 사람은 질산칼륨을 추출하여 공기의 물기를 여과시키고 있었다. 공기를 응축시켜서 건조하고 만질 수 있도록 하기 위해서였다.

다른 사람들은 대리석을 부드럽게 해서 베개와 바늘꽂이로 만드는 일을 하고 있었다. 다른 사람들은 말이 넘어지는 것을 방지하기 위해 말발굽을 돌로 변하게 만드는 작업을 하고 있었다. 만능 기술자는 두 가지의 위대한 계획에 몰두하고 있었다. 첫 번째 것은 겨를 땅에 뿌리는 일이었다. 그는 겨 속에도 싹이 틀 수 있도록 하는 능력이 있다고 했다. 여러 실험을 통해 그것을 증명했는데, 나는 능력이 부족해서인지 그것을 이해할 수 없었다.

두 번째 계획은 어린 양 두 마리의 몸에 고무와 광물 그리고 식물의 혼합물을 발라서 털이 자라지 않도록 만드는 것이었다. 적당한 시간이 지나면, 그 나라 전역에 털 없는 양을 번식시킬 수 있을 것으로 기대하고 있었다.

우리는 길을 건너서 아카데미의 다른 건물로 갔다. 앞서 이야기 했듯 그곳에서는 사색적인 학문에 종사하는 연구자들이 머무르고 있었다.

처음에 만난 교수는 매우 커다란 방에서 40명의 제자들과 함께 있었다. 인사를 끝낸 다음 내가 방을 온통 차지하고 있는 액자를 열심히 쳐다보자, 그는 자신이 실제적이고 기계적인 작용을 통해 사색적인 학문을 개선하는 계획에 몰두하고 있는 것을 보면 아마도 깜짝 놀랄 것이라고 했다. 그리고 세상 사람들도 곧 그것이 얼마나 유용한 것인가를 알게 되리라고 했다. 자기보다 고귀한 사상을 생각해 낸 머리는 아직 없

었다고 자랑을 했다. 과학과 학문에 능통한다는 것이 얼마나 힘든 것인
가는 누구나 잘 알고 있는 사실이었다.

그가 고안해 낸 방법을 사용하면 가장 무식한 사람이라도 천재성의
도움을 받거나 연구를 하지 않고도 철학, 시, 정치학, 법률학, 수학, 신
학에 관한 책을 쓸 수 있다는 것이다. 적당한 보수를 내고 약간의 육체
노동을 하기만 하면 말이다.

그는 제자들이 양쪽으로 나란히 서 있는 액자로 나를 데려갔다. 액자
는 방의 한가운데에 놓여 있었다. 6미터나 되는 아주 커다란 것이었다.
표면은 주사위 정도의 크기인 나무 조각들로 구성되어 있었다. 더욱 큰
것도 있었다. 그것들은 모두 가느다란 철사로 서로 연결되어 있었으며,
모든 면에 종이가 붙어 있었다. 그 종이 위에는 그 나라말의 모든 단어
와 문법, 시제, 격변화가 무질서하게 적혀 있었다. 교수는 기계를 움직
일 테니 자세히 관찰해 보라고 했다.

그의 지시에 따라 학생들은 액자의 주위에 붙어 있는 40여 개의 손
잡이를 돌렸다. 단어의 배열이 완전히 바뀌었다. 그러자 그는 36명의
학생들에게 액자에 나타난 몇 개의 문장을 조용히 읽으라고 했다. 그들
은 액자에서 한 문장을 만들 수 있는 서너 개의 단어를 찾아서 나머지
네 명의 학생에게 받아쓰도록 했다. 이 작업이 서너 차례 반복되었다.
기계를 돌릴 때마다 정방형 나무 조각들이 뒤집히면서 단어들이 새로
운 곳에 들어가도록 만들어져 있었다.

어린 학생들은 하루에 여섯 시간씩 이 작업을 하고 있었다. 교수는
지금까지 수집한 것들을 수록한 책 여러 권을 보여 주었다. 그것은 단
절된 문장으로 구성되어 있었다. 교수는 그 문장들을 서로 묶을 생각을
하고 있었다. 이 풍부한 자료로부터 그는 모든 학문과 과학에 대한 완
전한 체계를 완성하여 세상 사람들에게 제공하겠다는 것이다. 만일 사
람들이 기금을 모아 래가도에 이런 액자 500개를 설치하고, 그 액자의

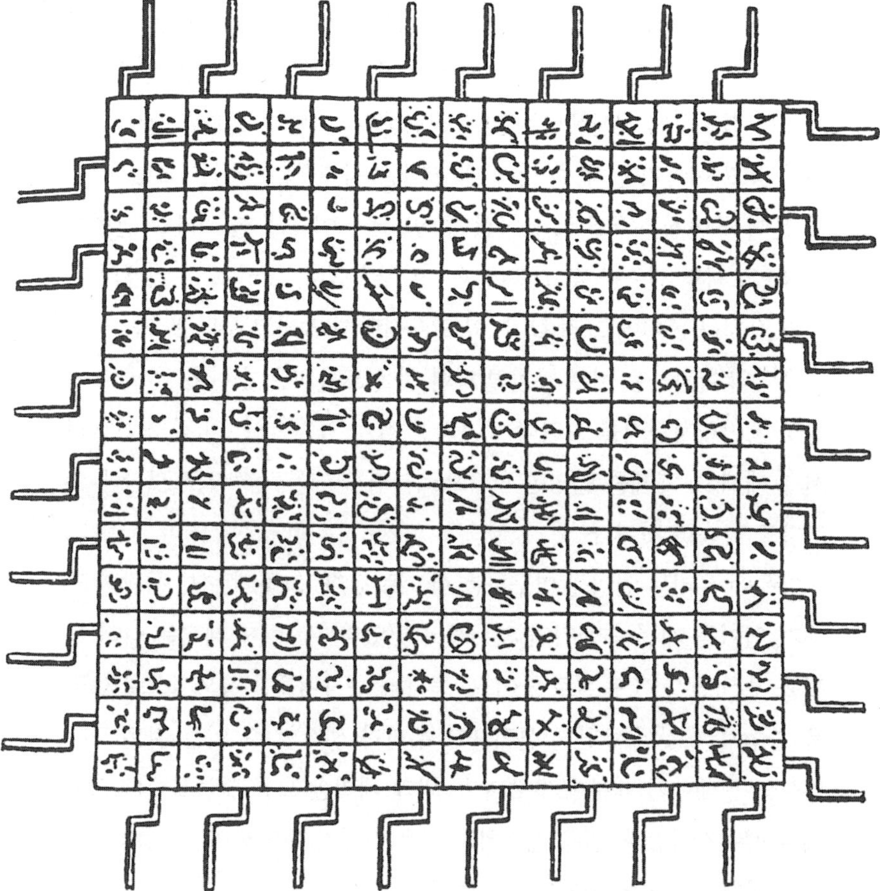

발니바르비의 아카데미에 있는, 언어학자가 발명한 문장을 만들어 내는 기계

관리자들이 수집한 것들을 세상에 모두 내놓는다면 그 일은 더욱 좋아질 수 있을 것이며, 신속하게 진행될 것이라고 했다.

그는 이 발명품에 대해 젊은 시절부터 자신의 모든 생각을 쏟아 부었으며, 자기의 모든 어휘를 이 액자에 집어넣었다고 했다. 또한 책에 나오는 관사나 명사, 동사를 포함해서 여러 품사의 수에 대한 전체적인 비율을 정확하게 계산했다는 것을 장담했다. 이렇게 훌륭한 교수가 숨기지 않고 이야기를 해 준 것에 대해 나는 최대한의 찬사를 보냈다. 만약 운이 좋아서 고국으로 돌아갈 수 있다면, 이 훌륭한 기계를 발명한 사람으로서의 권위를 갖도록 하겠다고 약속했다. 그리고 이 기계의 형태와 장치를 종이에 그려 갈 수 있도록 허락해 달라고 부탁했다.

유럽의 학자들은 서로 남이 발명한 것을 도용하는 습관이 있어, 누가 진정한 발명자인지를 가려내기 곤란한 점이 있지만, 주의 깊게 보살펴서 그에게 이 기계를 발명한 사람으로서의 영예를 전적으로 보장해 주겠다고 약속한 것이다.

다음에 우리는 언어를 연구하는 학교로 갔다. 그곳에는 세 사람의 교수가 언어를 개선하기 위해 의논하고 있었다. 첫 번째 계획은 여러 음절을 가진 말을 한 음절로 줄이고, 동사와 수식어들을 제외함으로써 말을 줄이자는 것이었다. 현실적으로 우리가 생각할 수 있는 것은 모두 명사의 형태이기 때문이라 했다. 두 번째 계획은 모든 말들을 전적으로 폐지하는 것이었다. 말을 폐지하는 것은 간결하기도 하며, 건강에도 도움이 된다는 주장이 제기되고 있었다.

우리가 단어를 말할 때마다 허파가 조금씩 부패되는 것은 명백하므로, 결국 생명을 단축하게 되는 것이다. 단어가 명사로만 이루어져 있다면, 모든 사람들은 특정한 일을 처리하기 위해 필요한 물건들만 가지고 다니게 될 것이며, 그렇게 된다면 훨씬 더 편리할 것이라는 것이다.

여자들이 서민, 문맹과 연합하여 조상들이 하던 방식대로 말을 할 수 있는 자유가 허용되지 않는다면 반란을 일으키겠다고 위협을 하지 않았던들 이 새로운 계획은 틀림없이 시행되어 국민의 건강과 생활을 편리하게 만드는 데 커다란 공헌을 했을 것이다. 과학이 포용할 수 없는 가장 큰 적은 바로 이와 같은 통속적인 사람들이다.

학식이 깊고 현명한 사람들 중 아직도 많은 이들이 사물을 가지고 의사를 전달하는 새로운 방법을 고집하고 있다. 하지만 그 방법을 사용하는 데는 곤란한 점이 있었다. 어떤 사람이 하는 일이 상당히 크고 여러 가지를 다루는 것이라면, 그는 등에 커다란 물건 보따리를 매고 다녀야만 하는 것이다. 물론 돈이 많아서 힘이 센 하인을 데리고 다니지 않는다면 말이다.

이 방법을 실행하는 두 명의 학자가 유럽의 행상인들처럼 무거운 보따리에 짓눌리며 거리를 걷고 있는 것을 가끔 볼 수 있었다. 그들은 거리에서 서로 만났을 때, 짐을 내려놓고 보따리를 열어 한 시간 동안이나 물건으로 대화를 나누었다. 그런 다음, 물건을 다시 집어넣고 서로에게 보따리를 짊어지는 일을 도와주고는 헤어지는 것이다. 그러나 짧은 대화를 위해서라면 주머니나 팔 밑에 물건을 끼고 다니는 것만으로 충분하다. 집에 있을 때는 난처한 경우가 없을 것이다. 이러한 대화의 방법을 실행하는 사람들이 모인 방에는, 대화를 위해 필요한 모든 것이 가득히 마련되어 있기 때문이다.

이 계획에서 얻을 수 있는 또 하나의 커다란 이점은, 그것을 모든 문명국가들에서 통용되는 공통언어로 만들 수 있다는 점이다. 문명국가의 상품과 생활 기구는 같은 종류이거나, 혹은 거의 비슷한 것이므로 그것들을 사용한다면 쉽사리 서로를 이해할 수 있다. 그렇게 하면 부임한 나라의 대사가 그 나라의 말을 전혀 모른다고 할지라도 외국의 국왕이나 대신들과 함께 대화할 수 있을 것이다.

나는 수학을 가르치는 학교에도 가 보았다. 그곳의 교수들은 유럽 사람들이 상상도 못할 방법으로 학생들을 가르치고 있었다. 머리뼈 속에 가득 차 있는 결체질의 물질로 만든 잉크를 사용하여 여러 명제와 증명을 얇은 과자 위에 쓰면, 학생은 그것을 먹어서 배를 채웠다. 그 학생은 여러 끼니의 식사를 거르고 있었다. 그 후 3일이 지날 동안 학생은 빵과 물 이외에는 아무것도 입에 대지 않는다. 소화가 되는 정도에 따라 뼛속에 들어 있는 결체질의 물질은 명제와 증명을 가진 채, 머리 위로 올라간다. 아직까지 이러한 방법이 성공을 거두지 못한 이유는 그 양이나 성분에 일어난 약간의 착오와, 배우는 학생들의 올바르지 못한 태도에 있었다. 이러한 공부 방식이 학생들에게는 상당히 구역질나는 것이었기 때문에, 대개 그들은 몰래 빠져나가 몸속에서 미처 흡수되기도 전에 토해 버렸다. 그리고 규정대로 오랫동안 금식을 하는 학생들도 아직 없었다고 한다.

제 6 장

아카데미에 관해 계속 언급한다. 저자는 몇 가지 개선책을 제시하고 그것이 받아들여진다.

정치를 연구하는 사람들의 학교에서는 그다지 즐거운 시간을 보내지 못했다. 내 생각에 그곳 교수들은 정말로 정신 나간 사람들이었다. 그런 장면을 볼 때마다 나는 언제나 우울해졌다. 이 불행한 사람들은 국왕의 지혜와 능력과 덕에 의해 현명한 신하들을 선출하도록 설득하기 위한 계획을 준비하고 있었다.

공공의 복지를 위해 여러 대신들을 가르치는 계획, 공적과 뛰어난 능력과 국민에 대한 커다란 봉사를 포상하는 계획, 국왕의 진정한 이익을 백성의 이익과 같이 놓음으로써 국왕으로 하여금 자기의 진정한 이익을 알 수 있도록 가르치는 계획, 이것을 실행할 수 있는 자격을 제대로 갖춘 사람을 등용하는 방법을 위시해서 온갖 불가능하고 터무니없는 망상을 짜내고 있었다. 그것은 인간의 마음속으로 들어가야만 할 수 있는 것들이었다.

그것을 보고 '철학자들이 진리라고 주장한 것 중 터무니없고 불합리하지 않은 것이 없다' 는 속담이 옳다고 다시금 생각했다. 그러나 이곳의 사람들이 모두 다 터무니없는 사람들은 아니었다. 올바르게 평가되어야 할 사람도 있다.

그곳에는 정부가 가지고 있는 체계의 특성을 완전히 알고 있는 듯한, 아주 현명한 의사도 있었다. 이토록 뛰어났던 그는 복종해야 할 사람들의 방종은 물론 통치하는 사람들의 죄악이나 우유부단함으로 공공기관이 갖기 쉬운 여러 병폐나 부패를 치료하기 위한 효과적인 방법을 발견하는 일에 자신의 모든 노력을 기울였다.

인간의 신체와 정치체계 사이에는 확실하고 보편적인 유사성이 있다. 인체의 건강과 정치체계의 건강이 다 함께 유지되어야 한다. 같은 질병은 같은 처방에 의해 치료를 해야 한다는 사실은 아주 분명한 것이다. 혈기가 남아도는 광적이고 사악한 기질 때문에 국회나 의회는 가끔씩 곤란을 겪고 있다. 머리와 가슴의 병뿐 아니라 양손, 특히 오른손에서 자주 일어나는 신경과 근육의 수축에 따르는 참기 어려울 정도의 심한 경련, 울화병이나 정신착란, 악취를 풍기는 고름이 가득 찬 연주창, 시큼한 게거품이 나는 트림, 개처럼 게걸스러운 식욕과 소화불량 등 이야기할 필요조차 없는 많은 병이 있는 것이다.

이 의사는 국회의 회기가 시작될 때마다 처음 사흘 동안 의사들이 참석하여 회의가 끝난 다음, 모든 의원의 맥박을 재자고 주장했다. 그런 다음 몇 가지 병에 대한 성격을 충분히 고려하고 연구해서, 나흘째 되는 날 적절한 약을 준비한 약제사를 데리고 국회에 나가 의원들이 앉기 이전에 각 사람에게 그 증상에 따라 통증을 멈추는 약, 완화시키는 약, 설사가 나게 만드는 약, 두통을 멈추는 약, 황달을 치료하는 약, 담을 제거하는 약, 보청기 등의 필요한 것들을 주자는 것이다. 약의 효과에 따라 다음의 회기 때 다시 약을 주거나 바꾸거나 혹은 면제해 주자는 주장이었다.

이러한 계획은 국민에게 많은 세금을 거두어들이도록 요구하지 않을 것이다. 좁은 나의 식견으로도 상원의원이 입법권을 거의 독점하고 있는 이런 나라에서는 업무를 처리하는 데 상당한 도움을 줄 것으로 보였다.

만장일치로 문제를 해결할 수 있을 것이며, 논쟁을 줄이고, 말하지 않는 사람들의 입을 열게 할 것이며, 말하고 있는 사람들의 입을 닫아 줄 것이다. 젊은이의 조급한 성미를 약화시킬 것이며, 늙은이들의 고집을 꺾을 것이고, 어리석은 자를 깨우쳐 줄 것이며, 버릇없는 자의 기세를 누그러지게 할 것이다.

일반 국민의 불평에 따르면, 국왕의 대신들은 모두 기억력이 짧고 무엇이든 쉽게 잊어버리는 병에 걸려 있었다. 그 의사는 총리대신을 만나는 사람들에게 자기가 할 이야기는 아주 간단하고 쉬운 말로 하고, 물러나올 때는 그 대신의 코를 비틀거나 배를 힘껏 걷어차거나 대신의 티눈을 밟거나 해서 감정을 상하도록 해야 한다. 그렇지 않으면 양 쪽의 귀를 세 번 잡아당기거나 다리를 핀으로 찌르거나 팔을 꼬집어 멍들게 해서 들은 이야기를 잊어버리지 않게 하라고 권고했다.

다시 접견할 때마다 그 일이 처리될 때까지 이러한 동작을 반복하라는 것이었다. 그는 다음과 같은 것을 제안하기도 했다.

국가의 최고 회의에 참석하는 상원의원들은 자신의 의견을 발표하거나 변호한 후에 정반대 방향으로 투표를 하도록 만들자는 주장이었다. 이 제안이 그대로 시행되면, 반드시 국민에게 이로운 방향으로 국회가 움직일 것이다.

정당들이 서로 격렬한 싸움을 할 때, 그는 그들을 화해시킬 수 있는 아주 멋진 방법을 생각해 냈다. 각 정당에서 서로 100명의 지도자를 뽑는다. 그리고 머리의 크기가 비슷한 사람들끼리 짝을 지워 놓는다. 그런 다음, 훌륭한 외과의사 두 사람에게 지도자들의 머리를 톱으로 자르도록 시킨다. 뇌가 거의 절반으로 나누어지도록 말이다.

이렇게 해서 잘라 낸 머리를 반대편 정당의 사람에게 붙인다. 그 작업은 매우 정확성을 요구하는 작업이다. 하지만 그 의사는 빈틈없이 교묘하게 수술을 한다면, 정당간의 싸움은 틀림없이 치료될 것이라고 장담했다. 그의 주장에 따르면, 절반으로 나뉜 두 개의 뇌가 하나의 두개골 속에서 논쟁을 하게 되면, 얼마 지나지 않아 서로를 잘 이해하게 될 것이라고 했다. 그렇게 하면 세상을 다스리고 감독하기 위해 태어났다고 생각하는 정치가들의 머리에서도, 국민이 무척이나 바라는 조화로운 사고와 중용이 생겨나게 되리라는 것이다. 각 정당 지도자들이 가지고 있는 두뇌의 양이나 질의 차이는 완전히 무시해도 좋다고 했다.

나는 국민을 괴롭히지 않으면서도 세금을 거둘 수 있는 가장 편리하고 효과적인 방법을 찾기 위해 논쟁을 벌이는 두 교수를 만날 수 있었다. 한 교수는 자신 있는 목소리로 이렇게 말했다.

세금을 거두는 가장 정당한 방법은 사악하거나 어리석은 행위에 세금을 붙이는 것이라고 했다. 이웃에 살고 있는 사람들로 구성된 배심원에 의해 적절한 방법으로 세율을 정하면 된다는 것이다.

다른 교수의 견해는 전적으로 달랐다. 사람들은 자신에게서 가장 중요한 가치를 지녔다고 생각되는 육체나 정신의 질에 따라 세금을 매겨야 한다는 것이었다. 뛰어난 정도에 따라 세율을 적당히 결정하며, 그 결정권은 그 사람의 양심에 맡긴다는 것이다. 가장 많은 세금은 이성들의 사랑을 가장 많이 받는 사람이 내야 한다. 평가는 그들이 받는 사랑의 정도와 성질에 따라 그 기준이 정해지며, 그에 대해서는 자신들이 보증하도록 되어 있다.

이와 같은 방식으로 기지, 용기, 친절과 같은 성품도 많은 세금을 책정 받고 수납하도록 하며, 자기가 소유하고 있는 성품의 양을 스스로 이야기하도록 되어 있다. 그러나 명예, 정의, 지혜, 학식과 같은 것은 절대로 세금을 매기지 못한다. 왜냐하면 그러한 것들은 아주 특수한 성질을 가지고 있기 때문에 아무도 이웃 사람의 그러한 성질을 인정하려 들지 않을 것이며, 자신에게서 그 성질을 값비싸게 평가하려 하지 않을 것이다.

여자들은 용모의 아름다움과 옷을 입는 미적 감각에 따라 세금을 매기도록 되어 있다. 여자도 남자처럼 자신의 판단에 따라 스스로 세율을 결정할 수 있다. 그러나 절개, 정조, 기품, 성격 같은 것에는 세금을 매기지 못한다. 여자는 그러한 것들에 대해서 결코 세금을 내려고 하지 않을 것이기 때문이다.

왕실의 이익을 위해 상원의원의 자리는 언제나 비우지 않도록 하며, 만약 자리가 비었을 경우에는 제비를 뽑아서 정하도록 하자는 제안도 있었다. 그리고 모든 사람들은 제비에 뽑히든 뽑히지 않든 간에 무조건 왕실을 위해 투표를 하겠다는 서약을 받자는 것이었다. 제비에 뽑히지 못한 사람은 다음 기회에 빈자리가 날 경우 다시 제비를 뽑을 수 있는 권리를 갖는다. 그렇게 하면 희망과 기대가 서로 엇갈려서 약속을 어겼다고 불평하는 사람도 없을 것이고, 뽑히지 못한 것을 자신의 운명 탓으로 돌리게 될 것이다.

어떤 교수는 정부에 대한 반란의 음모를 사전에 발견할 수 있는 지침서를 보여 주었다. 그의 말에 따르면 정치가는 의심나는 사람들의 음식, 식사 시간, 침대에서 눕는 방향, 대변을 엄밀하게 조사하여 대변의 색과 냄새, 맛 그리고 소화가 잘 된 것인가를 판단하면 그 사람들의 생각이나 계획을 알아낼 수 있다는 것이다. 왜냐하면 사람이 변기에 앉을 때면 언제나 진지하고 생각이 깊고 열심이기 때문이다.

이것은 그 교수가 여러 차례에 걸쳐 실험한 결과 발견한 것이다. 실험을 위해 국왕을 암살하는 최선의 방법을 생각해 봤더니 그의 대변은 초록색을 띠었으며, 폭동을 일으키거나 그 나라의 수도를 불태울 생각을 했을 때는 아주 다른 색깔을 띠더라는 것이었다. 그 논문의 내용은 아주 날카롭고 정확하게 씌어져 있었다. 정치를 위한 흥미 있고 유용한 여러 관찰 내용이 자세하게 기록되어 있었다.

하지만 나의 생각으로는 아주 완벽한 것은 아니었다. 나는 용기를 내어 내 생각을 그 교수에게 이야기하면서, 그가 좋아한다면 몇 가지의 것들을 첨가하고 싶다고 제안했다. 그는 열성적으로 나의 의견을 받아들였다.

나는 그에게 다음의 이야기를 했다. 내가 오랫동안 머무른 적이 있었던, 랭든이라는 사람이 사는 트리브니아 왕국에서는 국민 전체가 비밀 발견자, 증인, 밀고자, 고발자, 기소자, 공범자에게 불리한 증언을 하는 자, 거짓 맹세를 하는 자 그리고 그들을 따르는 몇 명의 앞잡이들로 이루어져 있는데, 이들은 모두 대신이나 부관들의 파벌 행동, 보수에 따라 그들에게 종속되어 복종하였다. 그 나라의 음모는 대개 심오한 정치가로서의 자신의 특징을 높이기 원하는 사람들의 산물이었다.

탐욕과 부정부패에 찌든 입법부를 부추기거나, 국민의 불만을 억누르거나, 이들의 재산을 몰수해 자신의 금고를 채우거나, 정부에 대한 국민의 신뢰를 개인적인 이익에 가장 적합하도록 만들기 위한 음모를 꾸미는 것이다. 그래서 그들은 먼저 어떤 사람에게 이러한 음모의 혐의를 씌울 것인가를 결정한다. 그리고 그 사람의 편지나 문서를 손에 넣은 후, 그들을 체포하는 것이다. 단어와 음절과 글자의 신비스러운 의미를 편지와 문서에서 찾아내는 데 굉장한 재치를 가진 일련의 기술자들이 그것을 살펴본다.

예를 들면 뚜껑 달린 변기가 왕실의 추밀원을, 거위의 무리가 상원의회를, 다리를 저는 개가 침략자를, 전염병이 군대를, 얼간이가 대신을, 중풍이 신부를, 교수대가 국무대신을, 요강이 귀족 위원회를, 체가 궁중의 귀부인을, 빗자루가 혁명을, 쥐덫이 고용을, 매우 깊은 구덩이가 재무성을, 시궁창이 궁중을, 광대의 방울모자가 총리대신을, 부러진 갈대가 법원을, 텅 빈 술통이 장군을, 고름 흐르는 상처가 행정부를 의미하는 것이라는 사실을 그 기술자들은 알아낼 수 있었다.

이 방법이 실패할 경우, 그들은 더욱 효과적인 두 가지의 방법을 가지고 있었다. 그들 가운데 지식인들이 첫 글자 맞추기와 글자 수수께끼라고 부르는 것이었다. 첫째 방법은 모든 단어의 첫 문자를 정치적인 의미로 해석하는 것이다. 따라서 N자는 음모를, B자는 기병대를, L자는 함대를 나타내게 된다.

두 번째 방법은 의심나는 문서에서 알파벳 순서를 바꾸어 불만에 가득 찬 정당의 숨은 의도를 찾아내는 것이다. 예를 들면, 내가 친구에게 보내는 편지에 '요즘 동생 톰이 치질에 걸렸다'고 썼을 때, 해독 능력이 뛰어난 사람은 이 문장을 구성하고 있는 알파벳이 다음과 같은 의미로 풀이될 수 있음을 알아낸다. 즉 '반항하라. 음모가 절실하다. 여행'으로 풀이되는 것이다. 이러한 방법이 바로 글자 수수께끼이다.

교수는 이러한 내용에 대해 이야기를 한 것에 깊은 감사를 했다. 그리고 영광스럽게도 그의 논문에 나의 이름을 언급하겠다고 약속했다. 나는 계속해서 이 나라에 머무를 이유가 더 이상 없다고 생각했다. 그래서 고국인 영국으로 돌아가려는 생각을 하기 시작했다.

제7장

저자는 래가도를 떠나 맬도나다에 도착한다. 배가 준비되지 않아 글럽덥드립에 잠깐 머르면서 환대받는다.

이 왕국의 한 부분을 차지하고 있는 대륙이 아메리카 미지의 영토 동쪽과 캘리포니아의 서쪽, 태평양의 북쪽에까지 뻗어나가 있다는 것은 의심할 여지가 없었다. 래가도는 태평양으로부터 240킬로미터 정도 되는 거리에 있었다. 이곳에는 좋은 항구가 있었는데, 북서쪽으로 북위 29도 동경 140도 되는 지점에 있는 커다란 섬인 럭낵과의 교역으로 무척이나 분주했다. 럭낵은 일본의 남동쪽으로 약 480킬로미터 떨어진 곳에 있었다. 일본의 천황과 럭낵의 국왕 사이에는 굳은 동맹이 이루어져 있어서, 양국 사이에는 선박 왕래가 많았다.

나는 유럽으로 돌아가기 위해 이 길을 선택하기로 했다. 노새 두 마리를 빌린 나는, 길을 알려 주면서 작은 여행용 가방을 들어 줄 안내인을 고용했다. 나에게 호의를 베풀었으며, 떠날 때도 많은 선물을 건네준 고귀한 후원자였던 무노디와 작별을 했다.

이 여행에서는 이야기를 할 만한 사건이나 모험이 없었다. 맬도나다 항구에 도착했지만, 럭낵으로 항해하는 배가 없었다. 당분간은 배가 다니지 않을 것 같았다. 항구 인근 도시의 크기는 영국의 포츠머스 만 정도였다. 나는 곧 친구를 사귀게 되었으며, 친절한 대접을 받았다.

그 친구는 신분이 높은 신사였는데, 럭낵으로 향하는 배가 한 달 동안은 없으니, 남서쪽 약 24킬로미터 떨어진 곳에 있는 작은 섬으로 여행을 하는 것도 괜찮을 것 같다고 말했다. 그 섬의 이름은 글럽덥드립이었다. 그는 자신과 친구 한 명이 동반을 하며, 여행을 위해 조그맣고 편리한 바크 돛배를 마련하겠다고 했다.

글럽덥드립은 '마법사의 섬'으로 번역할 수 있다. 그 섬은 영국에 있는 와이트 섬의 3분의 1정도의 크기였으며, 과일이 풍부했다. 섬에 살고 있는 사람들은 모두가 마술사인 어떤 종족의 총독에 의해 통치되고 있었다. 그 종족은 다른 종족들과는 결코 결혼하지 않았으며, 가장 나이가 많은 사람이 총독으로 임명되고 있었다. 총독은 웅장한 궁전을 소유하고 있었으며, 잘 다듬어진 돌로 쌓아올려진 6미터 높이의 성벽으로 에워싼 12제곱킬로미터의 정원을 가지고 있었다. 이 정원에는 가축과 곡식 그리고 원예를 위해 몇 개의 작은 울타리가 마련되었다.

총독과 그의 가족들은 약간 이상한 시종들을 부리고 있었다. 신을 부르는 술법을 가진 총독은 죽은 자들 중에서 마음에 드는 자를 불러내 하루 동안 시중을 들게 할 수 있었다. 하루 이상은 되지 않았다. 그리고 아주 특별한 경우가 아니면 3개월 이내에 같은 사람을 두 번 부를 수 없었다.

우리는 오전 11시 정도에 섬에 도착했다. 같이 온 사람 하나가 총독을 찾아가 알현할 수 있는 영광을 누리기 위해 찾아온 이방인을 만나달라고 부탁했다. 총독은 곧 허락했다. 우리 세 사람은 아주 기이한 방식으로 무장하고 제복을 차려입은 두 줄의 호위대 사이를 통과해 궁중으로 들어섰다.

나는 그들의 얼굴에서 무엇인가 표현할 수 없는 공포감을 느꼈다. 호위대와 같은 이상한 얼굴을 가진 시종들이 두 줄로 서 있는 방 몇 군데를 다시 지나갔다. 몇 채의 건물을 지나서 접견실에 도착했다. 우리는

절을 세 번 하고는 몇 마디의 평범한 질문을 받은 후, 총독의 의자에 있
는 계단 중에서 가장 아래쪽 계단에 놓여 있는 등 없는 의자에 앉았다.
총독은 자기 종족의 언어 이외에도 발니바르비 말을 알고 있었다.

그는 나의 여행에 대해 이야기를 해 달라고 했다. 거추장스러운 예의
범절을 차리지 않고 나를 대하기 위해 주위의 사람들을 물리쳤다. 그가
손가락을 움직이자 놀랍게도 주위에 서 있던 자들이 한순간에 사라졌
다. 우리가 갑자기 잠에서 깨어났을 때 꿈속의 장면이 사라지는 것처럼
말이다.

나는 얼마 동안 정신을 차릴 수 없었다. 그러자 총독은 나에게 조금
도 해를 끼치지 않을 것이라고 안심을 시켰다. 이미 그러한 광경을 여
러 번 보았던 두 사람의 동행자들이 별로 놀라지 않는 것을 보고 나는
안심할 수 있었다. 나는 용기를 내어 총독에게 내가 겪었던 모험담을
간단하게 이야기했다. 그러나 나도 모르게 주저하며, 고개를 돌려 유령
시종들이 서 있던 자리를 쳐다보았다.

나는 총독과 함께 식사를 할 수 있는 영광을 누렸다. 새 유령들이 고
기를 대접하고 식탁 옆에서 시중을 들었다. 나는 아까처럼 그렇게 공포
스럽지는 않았다. 해가 저물 때까지 그곳에 머물러 있었다. 그러나 나
는 궁중에서 자고 가라는 그의 청을 정중하게 거절했다. 두 친구와 나
는 궁전 가까이에 있던, 글럽덥드립의 수도에 있는 사람의 집에서 머물
렀다.

다음 날 아침 다시 총독을 만나러 갔다. 총독은 우리를 반갑게 맞아
주었다. 그 후로 이 섬에서 10일 동안을 보냈다. 하루의 대부분을 총독
과 함께 보냈으며, 밤에는 다시 수도로 돌아와서 쉬었다.

나는 유령들을 바라보는 것에 조금씩 익숙해져 갔다. 세 번째인가 네
번째인가는 그 유령들을 보았을 때에도 별다른 감정이 생기지 않았다.
두려움이 어느 정도 남아 있었다고 할지라도, 그 두려움보다는 나의 호

기심이 훨씬 더 컸다. 총독은 나에게 죽은 사람들 가운데에서 누구든지 불러 보라고 했다. 그리고 부른 사람이 나타나면 묻고 싶었던 것들을 물어보게 했으며, 그 유령들에게는 대답할 것을 명령했다. 하지만 그들이 살던 시대의 한계를 벗어나지 않는 범위 내에서만 물어본다는 조건이 달려 있었다.

나의 질문에 대답한 유령들의 말은 믿을 만한 것이었다. 유령의 세계에서는 거짓말도 아무런 소용이 없을 것이기 때문이다. 나는 이와 같이 커다란 호의를 베풀어 준 총독에게 깊은 감사를 표시했다. 우리는 정원이 잘 보이는 방에 들어와 있었다. 가장 먼저 보고 싶은 것은 화려하고 장엄한 광경이었다. 나는 아벨라 전투를 끝낸 다음, 군대의 선두에 서 있는 알렉산더 대왕을 만났으면 했다.

총독이 손가락을 움직이자, 우리가 서 있는 창문 아래의 넓은 정원에 알렉산더 대왕이 나타났다. 총독은 그를 방으로 불렀다. 나의 그리스어 실력은 극히 빈약했으므로, 그의 말을 이해하는 것이 매우 어려웠다. 그는 자신이 독살되지 않았으며, 다만 술을 너무 많이 마셔서 열병으로 죽었다고 했다.

다음에는 알프스를 넘어가는 한니발을 보았다. 그는 자기의 진영에 식초가 한 방울도 없다고 말했다.

그다음에는 이제 막 전투를 시작하려는 시저와 폼페이를 보았다. 그리고 시저가 승리하는 최후의 장면을 볼 수 있었다. 나는 로마의 원로원을 커다란 방에 나타나게 하고, 오늘날의 국회를 다른 방에 나타나도록 해 달라고 부탁했다. 그들을 서로 비교해 보니, 로마의 원로원은 영웅과 반신반인의 모임처럼 보였으며, 오늘날의 국회는 봇짐장수, 소매치기, 강도, 깡패들의 집단처럼 보였다.

총독은 내가 바라는 대로 시저와 브루투스를 우리가 있는 쪽으로 오도록 했다. 나는 브루투스의 모습을 보고 깊은 존경심에 사로잡혔다.

그리고 그의 얼굴 곳곳에서 가장 완전한 덕, 어디에도 비길 수 없는 용맹, 굳건한 정신, 조국에 대한 진실한 애국심 그리고 인류에 대한 전반적인 사랑을 브루투스의 얼굴에서 쉽게 찾아볼 수 있었다. 이 위대한 두 사람이 서로 잘 이해하고 있는 것을 보고는 매우 기뻤다.

시저는 자신의 가장 위대한 업적도 생명을 빼앗은 브루투스의 영광에는 미치지 못한다고 솔직하게 고백했다. 영광스럽게도 나는 브루투스와 많은 대화를 할 수 있었다. 그는 자기의 선조인 유니우스를 비롯해 소크라테스, 에파미논다스, 아들 카토, 토마스 모어 그리고 자신 등의 모두가 저 세상에서도 언제나 함께 있으며 이른바 6인당(黨)을 만들었다고 했다. 하지만 이들과 같은 여섯 사람에게 어울릴 만한 일곱 번째의 사람을 세상은 아직 발견하지 못하고 있다고도 했다.

나의 지칠 줄 모르는 호기심을 만족시키기 위해 얼마나 많은 사람들을 불러냈는가에 대해 자세하게 설명해서 독자들을 성가시게 하고 싶지는 않다. 그것은 아주 지루하기도 한 이야기일 것이다. 나는 주로 독재자와 반역자를 물리친 사람들 그리고 억눌리고 상처 받은 나라에 자유를 찾아 준 사람들을 주로 만나 보았다. 하지만 독자들에게 내가 마음속으로 느꼈던 만족감을 모두 표현하는 것은 불가능할 것이다.

제8장

글럽덥드립에 관해 계속 언급한다. 고대와 현대의 역사가 잘못되었다고 수정한다.

지혜와 학문으로 유명한 사람들을 만나고 싶었기에 하루를 별도로 남겨 두었다. 나는 호머와 아리스토텔레스가 자신의 추종자와(호머와 아리스토텔레스의 말에 주석을 달고 해석을 가한 사람들) 함께 나타나게 해 달라고 요청했다. 그러나 추종자들의 수가 너무 많아서 수백 명이 뜰과 궁중의 바깥쪽에 머물러 있어야만 했다.

나는 한눈에 두 위인을 알아볼 수 있었다. 많은 사람들로부터 쉽게 구별할 수 있었을 뿐만 아니라 누가 누구인지도 알 수 있었다. 두 사람 가운데에서 호머가 좀 더 키가 컸으며 잘생긴 데다 나이에 비해 꿋꿋하게 걸어 다녔다. 그의 눈은 내가 이제까지 본 것 중에서 가장 생기 있고 통찰력 있는 눈이었다. 아리스토텔레스는 등이 많이 굽은 데다 지팡이를 사용하고 있었다. 그의 얼굴은 야위었고 머리카락은 성기었으며 목소리에는 생기가 없어 보였다.

나는 곧 그들이 자신의 추종자들에 대해 전혀 모를 뿐만 아니라, 그들에 대해 듣지도 보지도 못했다는 것을 알았다. 이름을 밝히지 않는 유령 하나가 나에게 이렇게 속삭였다. 지하에서 이 추종자들은 언제나 그들과 가장 멀리 떨어진 방에서 산다는 것이었다. 왜냐하면 자신들이

창문 아래의 넓은 정원에 알렉산더 대왕과 그의 군사들이 즉시 나타났다.

왜곡해서 세상에 전했기 때문에 부끄러움과 죄책감에 못 이겨서 그렇게 살고 있다는 것이다.

나는 호머에게 디다이머스와 유스타디어스를 소개하면서, 그들의 가치를 따지지 말고 더 잘 대해 주도록 부탁했다. 호머는 곧 그들이 한 시인의 정신을 이해하는 데 있어 천재성이 많이 부족하다는 것을 알았다. 하지만 아리스토텔레스는 내가 스코투스와 라무스를 소개하며 그들에 대한 이야기를 했을 때 화를 냈다. 그는 나머지 사람들도 이들처럼 엄청난 바보들이냐고 물었다.

나는 총독에게 데카르트와 가센디를 불러 달라고 했다. 나는 데카르트와 가센디의 도움을 받아서, 그들의 체계를 아리스토텔레스에게 설명했다. 그 위대한 철학자는 자연과학에 있어 자신의 실수를 솔직하게 인정했다. 모든 사람이 그렇게 할 수밖에 없는 것처럼, 그도 많은 것들을 추측했기 때문이었다.

그는 에피쿠로스의 학설을 마음에 들게 만든 가센디나 데카르트의 가설도 추측에서 출발했던 것이라는 사실을 알게 되었다. 그는 현대의 학자들이 열광적으로 주장하고 있는 만유인력도 자신과 똑같은 운명, 즉 반박당할 운명의 길을 걸을 수밖에 없을 것이라고 예언했다. 자연을 이해하는 새로운 체계는 한 순간의 유행에 지나지 않으며, 시대마다 변하는 것이다. 새로운 체계를 수학적 원리로 증명하려 드는 사람도 결국 짧은 기간 동안만 유행의 정상에 있을 뿐이며, 일단 그것에 대한 증명이 이루어지면 그 유행에서 사라져 버리는 것이다.

나는 고대의 학자들과 대화를 하면서 5일을 보냈다. 나는 로마 초기의 황제들을 대부분 만날 수 있었다. 나는 총독에게 부탁해서 엘리오가 발러스의 요리사를 불러 만찬을 준비하도록 했지만, 그들은 요리 실력을 우리에게 보여 줄 수 없었다. 재료가 부족했기 때문이었다. 스파르타의 국왕이었던 아제실리우스의 노예가 우리에게 스파르타의 수프를 만들어 주었다. 하지만 나는 두 숟갈도 먹을 수가 없었다.

글럽덥드립으로 나를 데려온 두 친구가 일이 바빠서 앞으로 사흘이 지나면 돌아가야 했기 때문에, 그 기간 동안은 영국이나 유럽의 다른 나라에서 지난 200~300년 동안 훌륭한 인물이었던 사람을 만나보았다. 나는 역사가 깊고 유명한 혈통에 대해 언제나 열렬하게 찬양하는 편이었다.

총독에게 열 명이나 스무 명의 국왕들을 여덟이나 여덟 세대 이전의 조상들과 함께 불러주도록 부탁했다. 하지만 그 결과는 아주 비통한 것이었으며, 전혀 예상하지 못한 것이었다. 왜냐하면 고귀한 왕족의 행렬 대신에 바이올린 악사 두 명, 말쑥한 궁정대신 세 명, 성직자 한 명을 보았기 때문이었다. 다른 가문에서는 이발사 한 명, 수도원장 한 명 그리고 두 명의 추기경이 있었다.

이와 같은 미묘한 문제에 대해 길게 이야기를 하는 것은, 왕족에 대한 존경심 때문이었다. 하지만 백작, 후작, 공작 등의 가문에 대해서는 그렇게 신중하지 않았다. 어떤 가문의 이상한 특징을 그 근원까지 추적할 수 있게 되었을 때, 그 가문의 긴 턱이 어디에서 왔는지를 쉽게 알 수 있었다.

또한 어떤 가문은 왜 두 세대 동안 악당들로 득실거렸으며, 그다음 두 세대 동안은 바보들로 득실거렸는지 알 수 있었다. 그리고 다른 가문은 왜 정신병자가 있었으며, 다른 가문은 어떻게 해서 사기꾼들로 득실거렸는가도 알 수 있었다.

폴리도어와 버질이 어떤 위대한 가문에 대해 '남자는 억세지 못하고 여자는 정절을 지키지 않는다'라고 한 것이 어디에서 기인한 것인지를 잘 알 수 있었던 것이다.

몇몇 가문에서 그들의 문장만큼 유명한 특징이었던 잔인함과 위선, 두려움 같은 것들이 어떠한 경로로 그 고귀한 가문에 들어오게 되었는지를 알게 되었다. 고귀한 가문에 최초로 매독을 들여온 것이 누구인지, 끔찍하게 부어오르는 종창을 후손에게 대대로 물려주게 된 것이 누구인지도 알게 되었다. 가문들이 시종, 제복을 입은 하인, 몸종, 마부, 도박사, 바이올린 연주자, 배우, 장교 그리고 소매치기들에 의해 어떻게 혈통이 바뀌게 되었는가를 보고도 전혀 놀라지 않았다.

특히 나는 현대사에 대해 많은 메스꺼움을 느꼈다. 지난 100년간 국왕들의 궁중에 있었던 저명한 인사들을 엄격하게 조사한 결과, 어떻게 매춘부와 같은 작가들이 엉터리 글을 써서 사람들을 잘못 인도했는가를 발견한 것이다.

즉 전쟁에서 가장 영예로운 공적은 겁쟁이들의 것으로 만들고, 가장 현명한 조언을 바보들이 했던 것으로 바꾸었으며, 아첨하는 사람들에게는 성실을, 조국을 팔아먹은 매국노에게는 진실을 부여했던 것이다. 대신들이 부패한 재판관에게 주었던 뇌물 때문에 그리고 한 정당의 악의 때문에 결백하고 능력 있는 많은 사람들이 사형을 당하거나 추방되었다. 얼마나 많은 악당들이 명예와 세력과 권위와 풍요로움이 보장되는 자리에 올랐으며, 궁중에서의 각료회의 그리고 상원의회의 움직임이나 사건들이 얼마나 많이 포주와 창녀, 뚜쟁이, 아첨꾼, 익살스러운 광대에 의해 도전을 받았는지 모른다. 세계의 위대한 사업이나 혁명 그리고 여러 사람들의 성공이 형편없는 사건 때문에 생겼다는 이야기를 들었을 때, 나는 인간의 지혜와 성실성에 대해 무척이나 경멸했다.

여기에서 나는 일화나 비화를 쓴다고 자처하는 사람들의 거짓과 무식을 발견했다.

그들은 수많은 국왕을 독약이 든 잔과 함께 무덤으로 보냈으며, 국왕과 국무총리 사이에 있던 이야기를 증인도 없이 말했다. 대사나 국무총리의 생각과 비밀스러운 금고를 마음대로 열어 보면서 오해를 하는, 영원히 불행한 사람들이다.

이곳에서 나는 세상 사람들을 깜짝 놀라게 할 여러 사건의 진상을 알
수 있었다. 한 사람의 창녀가 어떻게 음모를 꾸미고, 그 음모가 의회를
장악할 수 있으며, 의회가 어떻게 해서 상원을 완전하게 통제할 수 있
었는가를 알 수 있었다.

어느 장군은 자신의 비겁함과 잘못된 지휘로 우연히 승리를 거두었
다는 것을 고백했다. 해군 사령관은 자신의 함대를 고스란히 적에게 내
맡겼으나, 적이 그러한 정보를 입수하지 못했으므로 적을 쳐부수었다
고 고백했다. 세 명의 국왕은 통치하는 동안, 실수를 했거나, 신임했던
대신들이 배신을 한 경우가 아니면 한 번도 공이 있는 사람을 등용한 적
이 없다고 했으며, 다시 살아나게 된다 해도 그렇게 하지 않으리라고
말했다. 그들은 덕이 이 인간의 내부에 불어 넣는 적극적이고, 자신감
있고, 고집 센 기질이 공적인 일에는 장애물이기 때문에 부패 없이는
권력이 유지될 수 없다는 사실을 아주 강력한 이유를 들어 설명했다.

나는 많은 사람들이 어떠한 방법으로 명예로운 지위나 어마어마한
재산을 소유할 수 있었는지 물어보고 싶었다. 나는 조사의 범위를 최근
의 시기로 정했다.

내가 지금 이야기하려는 것이, 조국에 대해 비웃으려는 의도가 조금
도 없다는 것을 독자들은 알아주기 바란다. 이와 관련된 많은 사람들이
불려 왔다. 약간만 조사를 해도 파렴치한 행동이 드러났기 때문에 어느
정도 엄숙한 마음 없이는 그 당시의 광경을 회상할 수 없다.

위증, 억압, 매수, 사기, 뚜쟁이질 등의 것들은 그들이 말하는 것 가
운데에서 그나마 용서할 만한 것이었다. 이런 것들은 사실 어느 정도
정상을 참작할 수 있는 것들이다. 그러나 누군가가 남색이나, 근친상간
으로 인해 명성과 재산을 얻었다거나, 자신의 처와 딸을 매음시켜서 직
위와 재산을 얻었다거나, 또는 국가와 국왕을 배반하고 독살을 했다는
얘기를 들었을 때, 그리고 죄 없는 사람들을 파멸시키기 위해 법관을

매수하면서까지 거대한 재산과 명성을 얻었다고 고백했을 때, 내가 높은 지위의 사람에게 느끼는 타고난 존경심이 어느 정도 줄었다고 하더라도 용서해 주기 바란다. 그들의 숭고한 위엄 때문에 그들 밑에 있는 우리들이 깊은 존경심을 가지고 대해야 하지만 말이다.

나는 국왕이나 국가의 위대한 업적에 대해 기록한 것을 읽어 본 적이 있었다. 그런 공적을 남긴 사람들을 보고 싶었다. 조사해 본 결과 그들의 이름은 기록에 남아 있지 않다고 했다. 남아 있는 몇 명의 이름은 형편없는 악당이나 반역자로 역사에 기록되어 있었고, 대부분의 이름은 알 수조차 없었다.

그들은 모두 낙심한 표정에다 형편없는 옷을 입고 나타났다. 그들 가운데 대부분은 자기들이 빈곤과 굴욕 속에서 죽었으며, 나머지 사람들은 교수대에서 죽었다고 이야기를 했다. 그들 가운데서도 특별한 사정이 있는 사람이 있었다.

그는 열여덟 살 정도 되어 보이는 소년 한 명을 곁에 데리고 있었다. 죽기 전에 그는 여러 해 동안 어떤 배의 함장이었다고 했다. 악티움 해전 당시, 그는 적군의 완강한 전력을 뚫고 들어가, 배 세 척을 격침시키고 네 번째 배를 사로잡아 승리를 거둘 수 있도록 했다는 것이다. 그의 옆에 서 있는 소년은 그의 아들로서 그 해전에서 전사했다.

전쟁이 끝나자, 그는 어느 정도 전공을 세웠다고 생각했다. 로마에 가서 자신이 지휘하는 배보다 더욱 큰 배의 함장이 죽었으니, 그 배를 지휘할 수 있도록 해 달라고 아우구스투스 황제에게 호소했다.

그러나 그의 주장과는 무시된 채 지휘관 자리는 바다를 본 일조차 없는 풋내기가 차지하게 되었다. 그 풋내기는 황제의 첩 가운데 한 명의 시중을 드는 사람의 아들이었던 것이다. 그가 자신의 배로 돌아왔을 때, 근무태만이라는 죄를 뒤집어쓰게 되었으며 배는 부사령관 푸블리콜다가 총애하는 시종에게 주어졌다.

그러자 그는 로마에서 멀리 떨어진 곳에 있는 농장으로 물러나서 생애를 마쳤다고 했다. 나는 그가 들려 준 이야기의 진실에 대해 알고 싶었다. 그래서 아그리파를 불러 달라고 총독에게 요청했고, 아그리파는 그 이야기가 모두 사실이라고 증언했다. 그는 오히려 그에게 더욱 유리한 말을 했다. 그 겸손한 함장은 자신의 공적 가운데 많은 부분을 감추었던 것이다.

나는 사치로 인해 로마제국의 부패가 그처럼 빨리 진행되는 것을 보고 놀랐으며 그 때문에. 다른 나라에서 이것과 비슷한 경우를 보고는 그렇게 놀랄 필요가 없었다. 다른 나라에서는 모든 종류의 악이 훨씬 오래전부터 성행했으며, 전리품과 칭송의 말도 최고사령관 혼자서 독차지해 왔던 것이다. 전리품이나 승리에 대한 칭송을 받을 자격이 있는 사람도 실제로 사령관이 아니었는데도 말이다.

부르는 사람이 세상에 살아 있을 때 했던 일을 이야기하는 것을 듣고 나는 지난 수백 년 동안 얼마나 인류가 타락했는지 알게 되었다. 나는 우울하지 않을 수 없었다. 온갖 종류와 그에 따른 갖가지 증상을 지닌 전염병들로 인해 영국인들의 특징적인 생김새가 바뀌고 말았다. 신체의 크기는 줄어들고, 신경은 약화되었으며, 온몸의 근육이 늘어지고, 혈색은 창백해졌다. 또한 피부는 늘어지고 악취가 나게 된 것이다.

나는 영국의 중류층 농민 몇 사람 불러 달라고 요청할 만큼 기준을 낮추었다. 단순한 예절과 음식과 옷으로, 공정한 거래로, 진정한 자유 정신으로, 나라를 위한 용기와 사랑으로 유명했던 중류층의 농민이 보고 싶었다.

살아 있는 사람과 죽은 사람을 비교할 때, 진심으로 감동하지 않을 수 없었다. 그 사람들의 순수하고 천성적인 성품이 지금에 와서 그들의 손자들에 의해 돈 몇 푼에 팔리고 있었다. 투표권을 팔고 선거를 조작함으로써, 모든 악과 부패를 배워서 익혔던 것이다.

제 9 장

저자는 맬도나다로 돌아와 럭낵으로 떠난다. 그곳에서 사로잡힌 그는 궁정으로 안내된다. 알현 방식과 왕이 신하들에게 자비를 베푸는 것에 대해 이야기한다.

떠날 날이 되어서, 나는 글럽덥드립의 총독에게 인사를 하고 두 친구와 함께 맬도나다로 돌아왔다. 보름이 지나자 럭낵으로 가는 배가 준비되었다. 두 친구와 그 밖의 몇 사람이 친절하게도 나에게 여비를 마련해 주었으며, 배를 타는 것을 도와주었다.

항해를 시작한 지 한 달이 지났다. 우리는 격심한 폭풍을 만났다. 289킬로미터 정도의 영향력을 가진 무역풍의 영향권에서 벗어나기 위해 서쪽으로 뱃머리를 돌렸다.

1708년 4월 21일 우리는 럭낵의 동남부에 있는 항구도시 클루그메닉의 강으로 들어섰다. 우리는 항구에서 5킬로미터 떨어진 거리에서 닻을 내리고, 항구에 있는 항해사들을 불렀다. 두 명의 항해사는 30분도 지나지 않아서 배 갑판 위로 올라왔다. 그들의 안내를 받으면서 우리는 위험한 여울이나 바위를 피해 만으로 들어갔다. 도시의 성벽으로부터 180미터 정도 거리에 있는 만은, 하나의 함대가 안전하게 정박할 수 있을 정도의 크기였다.

선원 중 누군가가 항구의 항해사들에게 내가 돈이 많은 이방의 여행자라고 이야기를 했다. 그 항해사들은 세관의 관리에게 그 사실을 알려 주었다. 나는 럭낵에 도착하자마자 매우 엄밀한 조사를 받았다. 조사하는 관리는 발니바르비어로 나에게 이야기를 했다.

교역이 점차로 많아짐에 따라 그 항구는 발니바르비의 언어가 일반적으로 통용되고 있었다. 나는 세관의 관리에게 여러 가지 일들을 간단하게 설명했다. 하지만 국적은 네덜란드라고 속였다. 나의 목적지는 일본이었으며, 그곳에는 네덜란드 사람만 입국된다는 사실을 알고 있었기 때문이다.

관리에게 나는 발니바르비의 해안에서 난파당해 바위 위에서 고립되어 있다가 라퓨타 사람들에게 구조되었으며, 일본으로 항해할 예정이라고 했다. 일본에서는 고국으로 돌아갈 수 있는 배를 구할 수 있을 것이라고 한 것이다.

세관의 관리는 궁중에서 명령을 받을 때까지 나를 잠시 구금해 두어야 한다고 했다. 관리는 나에 대한 일을 작성해서 궁중으로 보냈다. 2주 안에는 답신을 얻을 수 있을 것이라고 했다.

나는 쉬기 위한 숙소로 옮겨졌다. 지키는 사람이 있었지만, 인도적인 차원에서 대우를 받은 나는 정원을 마음대로 산책할 수 있었다. 몇 사람들로부터 초대를 받았다. 그들이 전혀 들어보지도 못했던 나라에서 내가 왔다는 사실이 전해졌기 때문이다.

나는 같은 배를 타고 온 청년 한 명을 통역사로 고용했다. 그 사람은 럭낵이 고향이었지만, 맬도나다에서 몇 년 동안 살았기 때문에 두 나라 말을 완전하게 할 수 있었다. 그의 도움으로 나는 여러 사람들과 대화를 할 수 있었다. 그들은 많은 것을 물어보았고, 나는 성심껏 대답했다.

우리가 예상한 때에 맞춰 궁중에서 연락이 왔다. 나와 나의 시종이 '트랄드랙덥' 또는 '트랄드럭드립'이라는 곳(내가 기억하기에 이 두 가지로 발음되었다)으로 떠날 수 있다는 허락을 한다는 것이었다. 열 명의 기병이 나를 호위하기 위해 찾아왔다. 나는 통역을 하는 청년을 데려갈 수 있도록 해 달라고 했다.

우리는 노새를 타고 갈 수 있었다. 내가 떠나기 한나절 전에 전령을 보내서 미리 기별을 했다. 그리고 럭낵의 관례대로 내가 '국왕이 발을 두는 곳에 있는 먼지를 핥을 수 있는 영광'을 갖기에 적당한 날짜와 시간을 알려달라고 했다. 나는 이러한 관례가 단순한 형식에 그치는 것이 아니라, 아주 중요한 문제와 관련이 있다는 것을 알게 되었다.

이틀이 지난 다음 국왕을 만나게 되었을 때, 나는 배를 땅에 대고 기어가면서 바닥을 핥아야 했다. 하지만 내가 외국인이라는 이유로 바닥은 깨끗하게 치워져 있었다. 이것은 높은 신분에게만 허용되는 아주 특별한 처분이었다.

국왕의 정적이 방문할 때는 일부러 오물을 뿌려 두기도 한다. 나는 어느 고관이 입에 잔뜩 오물을 물고 국왕 앞으로 기어간 것을 본 적이 있었다. 그는 입 안의 오물 때문에 전혀 말을 할 수 없었다. 하지만 그에게는 다른 방법이 없었다. 국왕을 방문하는 사람이 어전에 침을 뱉거나 입을 씻는 것은 사형죄에 해당하기 때문이다.

내가 도저히 인정할 수 없는 관습이 또 하나 있었다. 국왕은 어떤 귀족을 죽이고 싶을 때 마루에 치명적인 독을 지닌 갈색 가루를 뿌려 두라고 명령한다. 그러면 그 귀족은 하루 안으로 틀림없이 죽는다. 이러한 사형집행이 있은 다음에는 반드시 독약이 묻었던 마루를 깨끗이 닦는다. 국왕은 자신의 관대한 마음을 보여 주기 위해, 또는 국민에게 생명의 존엄성을 알려 주기 위해 그렇게 명령하는 것이다. 이 점에 대해서는 유럽의 국왕들도 배웠으면 한다. 이것은 국왕의 명예에 관한 것이 틀림없다.

독약을 씻어 내는 일을 시종들이 게으르게 처리하면, 국왕은 몹시 분노하게 된다. 나는 국왕이 어느 시종에게 체벌을 가하도록 하는 명령을 들은 적이 있었다. 위와 같은 사형 집행이 있은 후, 그 시종은 바닥을 닦아야 했다. 그러나 미처 독을 씻어 내기 이전에, 장래가 촉망되는 젊은 귀족이 국왕을 방문했다가 불행하게도 독을 먹게 되었던 것이다. 국왕은 그 귀족을 죽이고 싶은 마음이 전혀 없었다. 그래서 마음이 너그러운 국왕은 자비심을 베풀어, 그러한 잘못을 다시는 범하지 않겠다는 약속을 받고 시종에게 체벌을 사면해 주었다.

국왕의 앞으로 4미터를 기어갔을 때, 나는 무릎을 꿇은 채 몸을 조심스럽게 일으켰다. 그리고 전날 밤 배운 대로 이마를 땅에 일곱 번 부딪친 후 '익플링 글로후스춉 스쿠트세럼 볼리옵 믈라슈날트, 즈윈, 트놋발크럽 슬리오파드 거들룹 아슈트' 라고 했다. 그것은 국왕을 방문하는 사람들이 반드시 해야 하는 인사말이었다. 우리의 말로 옮기면 '하늘보다 고귀하신 국왕께서 태양보다도 11개월 보름을 더 오래 살기 바랍니다' 라는 뜻이었다. 국왕은 몇 마디 말을 했다.

나는 국왕의 말을 알아들을 수는 없었다. 그러나 나는 다시 배웠던 대로 '프럽트 드린 얄레릭 드울덤 프라스트라드 미르플러쉬' 라고 했다. 이 말은 '나의 혀는 친구의 입에 달려 있습니다' 라는 의미를 가지고 있는 것이었으며, 통역사를 데리고 올 수 있도록 허락해 달라는 것이었다.

통역사가 국왕의 앞으로 불려왔다. 그의 도움을 받아서 나는 왕이 묻는 말에 대답할 수 있었다. 한 시간 이상이나 여러 이야기를 했다. 나는 발니바르비 어로 이야기를 했으며, 통역자는 나의 말을 럭낵의 언어로 고쳐서 전했다.

나와 대화를 하는 데 흥미를 느낀 국왕은 '블립마아클럽' 을 부르도록 했다. '블립마아클럽' 은 궁중대신을 의미하는 것이었다. 국왕은 궁정대신에게 나와 통역사를 위한 숙소를 마련해 주도록 했으며, 식사를 제공하고 금이 들어 있는 커다란 지갑을 용돈으로 주라고 명령했다.

나는 국왕의 의사를 전적으로 따르는 뜻에서 럭낵에 3개월 동안 머물러 있었다. 국왕은 나에게 여러 가지의 은총을 베풀어 주었으며, 아주 영예로운 자리도 마련해 주겠다고 했다. 그러나 나는 여생을 아내와 자식들과 함께 보내는 것이 더욱 중요하고 올바른 일이라고 생각했다.

제 10 장

럭낵 사람들을 칭찬한다. 스트럴드블럭에 대해 묘사하며 저자는 그 주제
에 대해 저명인사들과 많은 대화를 나눈다.

럭낵 사람들은 공손하고 관대했다. 동부 국가들의 특징이기도 한 오
만함을 지니고 있긴 했으나, 외국인들, 특히 국왕의 후원을 받고 있는
외국인에게는 더욱 친절했다. 나는 여러 고귀한 사람들과 교제를 갖게
되었다. 나의 곁에는 언제나 통역사가 있어서 대화를 하는 일에 큰 불
편을 느낄 수는 없었다. 어느 날 훌륭한 친구들과 함께 있을 때, 어느
고관이 영원히 죽지 않는 불멸의 존재인 스트럴드블럭을 본 적이 있는
지 물었다. 나는 본 적이 없다고 대답했다.

그는 아주 드문 경우지만, 붉고 둥근 점이 왼쪽 눈썹 바로 위에 있는
아이가 태어난다고 했으며, 그 점은 절대로 죽지 않으리라는 확실한 표
시라고 했다. 붉고 둥근 점은 3펜스 정도의 은화만 한 크기이며, 성장
하는 동안 계속 커지면서 그 색깔이 변하게 된다. 열두 살이 되면 초록
색을 띠게 되며, 스물다섯 살이 지난 다음에는 짙은 푸른색으로 변한
다. 마흔 다섯 살이 되면 마치 석탄과 같은 검은색이 되며, 크기는 1실
링 정도의 크기로 변한다고 했다. 그 이후로 점은 절대 변화하지 않는
다.

죽지 않는 사람이 태어나는 것은 매우 드문 경우여서, 럭낵에 살고

있는 스트럴드블럭은 남자와 여자를 합해 1,100명을 넘지 않는다고 했으며, 그 가운데 50여 명은 수도에서 살고 있다고 했다. 최근에 태어난 스트럴드블럭은 3년 전에 태어났으며, 여자라고 했다.

죽지 않는 사람이 태어나는 경우는 어느 가문에 한정된 것은 아니었으며, 우연의 결과라고 했다. 스트럴드블럭 사이에서 태어난 아이들도 보통의 사람들과 같이 죽음을 맞는다고 했다. 죽지 않는 사람에 대한 이야기를 들은 나는, 말로 표현할 수 없는 즐거움을 느꼈다. 죽지 않는 사람에 관해 말해 준 고관은 발니바르비의 말을 할 수 있는 사람이었다.

나는 그와 많은 이야기를 할 수 있었다. 나는 환호성을 질렀다. 예전의 미덕을 그대로 전수받은 삶을 즐길 수 있으며, 과거의 지혜를 가르치는 선생들이 있기 때문에 모든 사람이 가장 지혜롭고 행복하게 살 수 있는 나라가 바로 럭낵이었다. 스트럴드블럭은 죽음에 대한 불안과 공포로부터 해방된, 영원히 죽지 않는 사람들이기 때문에 비교할 바 없이 가장 행복한 사람들이라고 할 수 있었다.

이렇게 위대한 사람들을 궁중에서 관찰하지 못했던 스스로가 놀라울 뿐이었다. 이마 위에 나 있는 검은 점은 눈에 잘 드러나기 때문에 쉽게 발견할 수 있었을 것이며, 매우 지혜로운 그들을 국왕이 자신의 고문으로 두지 않을 리가 없을 것이다. 그러나 아마 고귀한 현인들의 덕이 타락하고 방탕한 궁중의 모습과 어울리기에는 너무 어려웠는지도 모른다.

또한 독단적이고 경박스러운 젊은이들이 선배들의 침착한 충고를 받으려고 하지 않기 때문인지도 모른다. 국왕은 내가 귀족과 만나는 것을 기뻐했으므로, 나는 바로 기회를 이용해 죽지 않는 사람들에 대한 문제를 통역사의 도움으로 자유롭고 충분하게 전하려고 생각했다.

국왕은 내가 럭낵에 머물 것을 자주 권유했다. 나는 그 호의를 감사히 받아들이고, 그들이 나를 인정해 준다면 스트럴드블럭과 많은 이야기를 나누면서 여생을 보내려고 결심했던 것이다.

내가 발니바르비어로 그렇게 이야기를 하자, 그는 동정하는 듯한 표정을 지으면서 함께 스트럴드블럭을 볼 수 있는 기회가 있으면 좋겠다고 했다. 그는 내가 말한 것들을 자신의 친구들에게 알려 주어도 되겠냐고 물었다. 나는 아무렇지도 않다고 대답했다. 그는 럭낵의 언어로 친구들과 함께 잠시 동안 이야기를 나누었다. 나는 그들의 대화를 조금도 이해할 수 없었다.

잠시 침묵이 흐른 후, 그가 다시 나에게 말을 걸었다. 자신과 친구들은 영원히 죽지 않는 생명에 대해 아주 큰 의미를 두면서 행복을 느끼는 나의 생각에 동감한다면서, 만약 내가 스트럴드블럭으로 태어나게 된다면 어떻게 살겠냐고 물어보았다. 내가 국왕이나 사령관이라면 무엇을 하는 것이 좋을까 하는 생각을 자주 즐기는 나에게 있어, 그렇게 즐거운 물음에 대답을 하는 것은 아주 쉽다고 했다.

영원히 죽지 않는 생명을 가지게 된다면, 어떤 일을 하면서 어떻게 시간을 보내는 것이 좋을 것인가에 대해 나는 가끔씩 생각하고는 했다. 스트럴드블럭의 한 사람이 될 수 있는 행운이 온다면, 영원한 생명과 죽음 사이의 차이점을 이해함으로써 나는 진정으로 행복하다는 사실을 알게 될 것이다.

가장 먼저 나는 풍요롭게 살 수 있는 기술이나 방법을 알기 위해 노력할 것이다. 절약과 합리적인 경영으로 재산을 불려 나가면 200년 이내에 럭낵에서 제일가는 부자가 될 것이다. 다음으로 나는 어렸을 때부터 예술과 과학을 연구하고 싶었다. 계속해서 연구를 하다보면 언젠가는 학문에 있어 다른 사람을 앞설 시기가 오게 될 것이다.

마지막으로 나는 이 나라에서 일어났던 여러 사건들이나 국왕과 대신의 행동을 면밀히 관찰하고 모든 면에 대해 치우침 없이 객관적으로 기록할 것이다. 그리고 관습, 언어, 유행, 식사, 오락에서 일어나는 변화의 모습도 정확하게 기록할 것이다. 이렇게 해서 얻어진 모든 지식은 살아 있는 지혜의 보고가 될 것이며, 나는 국가의 예언자가 될 수 있을 것이다.

60세가 넘은 다음에는 결혼을 하지 않을 것이지만, 언제나 친절한 행동으로 살아갈 것이며 끊임없이 저축을 할 것이다. 기억과 경험과 관찰을 통해서 얻어진 지혜로 나는 젊은이들에게 미래에 대한 확신을 심어 줄 것이다. 공적인 생활과 사적인 생활에 필요한 모든 덕에 대해, 많은 실례를 들면서 젊은이에게 희망적인 생각을 불어넣어 준다면 무척이나 즐거운 일이 될 수 있을 것이다. 하지만 뭐니뭐니해도 내가 가장 함께 있고 싶은 사람들은 불사신들이다.

가장 나이가 많은 사람부터 내가 살아 있는 동시대에 이르기까지 열두 명을 선출해 함께 지내고 싶다. 이들 가운데에서 부를 원하면, 나는 누구에게나 나의 영지 주위에 안락한 숙소를 제공할 것이며, 몇 명은 나와 함께 식탁에서 같이 식사를 할 것이다. 그리고 유한한 삶을 가진 사람 중에서도 가장 가치 있는 사람 몇 명과 사귈 것이다. 영원한 생명을 가지고 있지 않은 친구들이 죽어갈 때에도 별로 마음이 아프지 않도록 단련이 될 것이며, 그들의 후손이 죽음을 맞을 때에도 역시 그러할 것이다.

매년 봄마다 정원에서 피어나는 패랭이꽃이나 튤립을 보는 것처럼, 죽어 가는 친구들을 마치 작년에 피어서 이미 시들어 버린 꽃으로 생각하면서 슬픔을 가지지 않게 되는 것이다.

스트럴드블럭들과 나는 오랜 세월 동안 관찰하고 기록한 것들을 서로 비교해 가면서 세상이 부패할 때의 그 변화를 지적하고, 사람들에 대한 경고와 교화를 통해 부패와 대항해서 싸울 것이다. 많은 실례를 봐 왔던 우리의 영향력 있는 교훈은, 인간 본성의 계속되는 타락을 막아 줄 것이다.

이러한 것들과 함께 국가와 제국의 다양한 혁명, 상류사회와 하류사회의 변화 과정, 유적 속의 고대 도시, 시골 마을이 도시로 변하는 것을 지켜보는 즐거움도 있다. 또한 넓고 깊기로 유명하던 강이 좁고 얕은 개울로 줄어들게 되고, 넓은 바다가 말라서 육지가 드러나며, 아직 알려지지 않았던 많은 나라들이 발견되는 것을 볼 수 있을 것이다.

문명이 발달한 나라가 야만성에 의해 파괴되고, 이제까지 가장 야만스러웠던 종족들이 문명화되어 가는 것도 볼 수 있을 것이다.

천문학에서 춘분점으로부터 태양의 궤도에 따라 측정한 거리와 역학에 있어서의 무한운동, 의학 분야에서의 만병통치약을 제외하고도 많은 분야에서 위대한 발명품이 만들어지는 것을 볼 수 있을 것이다.

우리가 예측했던 것들을 살아서 확인하고, 태양과 달과 별의 움직임을 살피면서 그 진행과 회귀를 관찰할 수 있을 것이다. 우리는 천문학에서 훌륭한 발견을 할 수 있을 것이다.

나는 영원한 생명으로 얻을 수 있는 행복과 많은 희망 그리고 다른 것에 대해서도 이야기를 했다. 이야기를 끝낸 다음 나의 말이 친구들에게 통역되자, 그들은 럭낵의 언어로 한참동안 이야기를 하고는 커다랗게 웃었다.

통역을 하던 사람이 나에게 이야기를 하기 시작했다. 그는 인간 본성의 어리석음으로 인해 범할 수 있는 몇 가지의 오류를 고칠 수 있게 되기를 진심으로 바란다고 했다. 영원히 죽지 않는 생명을 가진 스트럴드블럭은 럭낵에만 있으며, 그가 대사로 파견되어 근무했던 일본이나 발니바르비에는 존재하지 않는다고 했다. 그리고 스트럴드블럭을 만날 수 있는지 여부는 그들이 대답하기 어렵다고 했다. 일본이나 발니바르비 국민은 죽지 않는 생명을 가진 스트럴드블럭의 존재가 불가능하다면서 믿으려고 하지 않았다는 것이다.

스트럴드블럭에 대한 이야기를 했을 때, 무척이나 놀란 내가 매우 신기해하면서 잘 믿지 못했던 것과 같다고 했던 것이다. 일본과 발니바르비에서 머무는 동안, 그는 죽지 않는 생명을 얻는 것이 많은 사람들의 보편적인 희망이라는 것을 알게 되었다고 했다. 한쪽 발을 무덤 속에 넣은 사람은, 최선을 다해 다른 발을 무덤 속으로 넣으려 하지 않는다는 것이다. 나이가 아주 많은 사람이라고 할지라도 죽음을 최대의 적으로 여기면서 하루만이라도 더 살았으면 하고 기도한다는 것이다.

누구나 죽음 앞에서는 도망을 치게 마련이다. 그러나 영원히 죽지 않는 스트럴드블럭을 언제나 만나볼 수 있는 럭낵 사람들은 삶에 대한 집착이 그렇게 강하지 않다는 것이다.

내가 말했던 영원히 죽지 않는 사람들의 이야기는 그저 나의 상상일 뿐이라고 했다. 내가 말한 것과 같은 삶의 방식은 젊음과 건강 그리고 정력이 언제까지나 남아 있다는 것을 전제로 한 것이기 때문이다. 아무리 어리석은 사람이라고 할지라도 영원히 죽지 않는 생명에서 그러한 것을 기대하지는 않을 것이다. 진정한 문제는 부귀와 건강을 누리면서 젊음을 선택할 것인가 그렇지 않을 것인가에 대한 것이 아니라, 늙음이 함께 가져다주는 불편함 속에서 어떻게 영원한 생명을 계속 유지하느냐 하는 것이다.

노쇠함에서 비롯되는 어려운 상황을 감수하면서 영원히 사는 것을 기대하는 사람은 거의 없을 것이다. 하지만 일본과 발니바르비 사람들은 죽음의 시간이 어느 정도 연기되거나, 아주 늦게 다가왔으면 하고 바라고 있으며, 슬픔과 비탄 때문에 자살하는 경우를 제외하고는 편안한 마음으로 죽음을 맞으려는 사람이 거의 없다고 했다. 그러고는 영국만이 아니라 내가 이제까지 여행한 나라의 사람들도 그러한가를 물어보면서 동의를 구했다.

그는 스트럴드블럭에 대해 상세한 설명을 시작했다. 그들은 30세까

지는 여느 사람과 다름없이 행동하며, 그 이후에는 점차 우울해지고 정
기가 쇠퇴하며, 80세가 넘으면서 더욱 침울해진다고 했다. 하지만 두
사람이나 세 사람 정도의 스트럴드블럭만이 같은 시대에 태어났기 때
문에 일반적인 관찰은 할 수 없었다고 했다.

스트럴드블럭이 80세에(이 나이는 럭낵에서 삶의 한계로 받아들여지고
있었다) 이르렀을 때, 그들은 노망이 나거나 조금씩 어리석어질 뿐만 아
니라 죽지 않음으로 인해 생기는 무서운 절망을 갖게 된다. 그들은 고
집이 세고, 불평을 많이 하고, 욕심이 많고, 언제나 침울하고, 허영심이
많고, 수다스럽고, 남을 사랑할 줄도 모르며, 손자보다 아랫대의 후손
들에게는 어떠한 애정도 주지 않는다. 그들은 시기와 이루어질 수 없는
욕망으로 가득 차 있다.

그들이 주로 질투하는 것은 젊은 사람들의 행동과 나이 든 사람들의
죽음이었다. 젊은 사람들의 행동을 바라보면서 그들은 모든 쾌락으로
부터 자신들이 제외되어 있다는 것을 깨닫게 되었다. 장례식을 볼 때마
다 자신들이 갈 수 없는 영원한 안식처로 죽은 사람들이 떠나는 것을
보고 매우 한탄했다. 그들은 젊은 시절이나 중년에 배우고 관찰한 것
이외에는 잘 기억하지 못하며, 기억한다고 할지라도 매우 불완전하다.
어떤 사건에 대한 확실한 내용을 알기 위해서는 그들의 기억력에 의존
하느니 차라리 일반적인 전설에 의지하는 것이 훨씬 나을 것이다.

스트럴드블럭 가운데에서 그래도 나은 사람은 노망이 들어서 전혀
기억하지 못하는 사람이다. 그들은 다른 사람들로부터 더 많은 동정과
도움을 받을 수 있다. 노망이 든 사람에게는 다른 스트럴드블럭이 가지
고 있는 나쁜 성품을 찾아볼 수 없기 때문이다.

스트럴드블럭이 럭낵 사람과 결혼을 한다고 하더라도, 국가의 법률
에 의해 젊은 쪽이 80세가 되면 곧바로 헤어지게 된다. 이것은 상당히
타당한 것이라고 생각되었다. 아무런 죄도 범하지 않았지만 스트럴드

블럭으로 태어나 영원히 살도록 벌을 받은 사람들에게 아내의 짐마저 지운다는 것은 지나친 것이기 때문이었다.

스트럴드블럭이 80세가 되면 법적으로 죽은 것으로 간주된다. 그들의 상속자는 즉시 스트럴드블럭의 재산을 상속받는다. 스트럴드블럭의 생계를 위해 작은 수입만이 남겨지게 된다. 가난한 사람들의 경우에는 국가의 배당으로 생명을 유지하게 된다. 그들은 상업이나 이윤을 위한 어떠한 것도 할 수 없고, 땅을 사거나 차용 계약을 할 수도 없으며, 민사나 형사재판의 어떠한 경우에도 증인이 될 수 없다. 호수와 땅의 경계선을 정하는 일에도 증인이 될 수 없는 것이다.

90세가 되면 그들의 이와 머리털은 죄다 빠지게 된다. 음식 맛이나 식욕도 함께 없어진다. 스트럴드블럭은 자신들이 먹을 수 있는 만큼만 먹는다. 그들은 항상 병을 앓고 있지만, 그 병이 악화되거나 호전되지 않는다. 사물의 명칭이나 사람의 이름도 쉽게 잊어버리며, 그들의 친한 친구나 가족의 이름조차 잊어버린다. 그렇기 때문에 그들은 독서하는 즐거움도 가질 수 없다. 책을 읽어도 중간 정도 읽게 되면 앞의 내용을 벌써 잊어버리기 때문이다. 그들에게는 아무런 오락도 없는 것이다.

럭낵의 언어는 항상 변화하고 있었다. 한 세대의 스트럴드블럭은 다른 세대의 말을 잘 이해하지 못한다. 200년이 지난 다음에는 몇 마디의 일반적인 언어를 제외하고는 사람들과 대화를 나눌 수도 없다. 자신의 나라에서 마치 외국인과 같은 불편을 겪게 되는 것이다.

이것이 내가 지금 기억할 수 있는 스트럴드블럭에 대한 이야기다. 나중에 나는 서로 연령대가 다른 대여섯 명의 스트럴드블럭을 만날 수 있었다. 이들 가운데 가장 나이 어린 이가 200세를 넘지 않았다. 여러 번 그들을 데리고 왔던 친구들이 세상 구석구석을 모두 가 본 위대한 여행가라고 나를 소개해도 스트럴드블럭은 별다른 흥미를 보이지 않았다. 다만 인사의 표시라는 의미를 가진 '슬럼스커대스크'를 달라고 할 따름이었다. 그것은 구걸을 엄하게 금지하는 법률을 피해 만들어진 정중한 구걸 방법이었다. 구걸을 금지하고 있는 것은, 비록 불충분한 수당일지라도 국가에서 지급되고 있기 때문이었다.

스트럴드블럭은 모든 사람들로부터 미움을 받는다. 스트럴드블럭이 태어나게 되면 불길한 징후로 간주한다. 그래서 그들의 생일은 아주 특별한 방법으로 기록해 둔다. 기록을 보고 나이를 알 수 있도록 하기 위해서다. 그러나 천 년 이상 기록이 보존되는 일은 거의 없었으며, 사회가 소란스러울 때 파손되기도 했다. 그들의 나이를 알아내기 위해서 사용하는 보통의 방법은, 어떤 왕이나 인물을 기억하고 있는가 물어본 다음, 역사에 대해 이야기 해 보면 알 수 있다. 스트럴드블럭의 기억에 남아 있는 마지막 국왕은, 그가 80세가 되기 이전에 즉위했을 것이다.

가장 기분이 나빴던 광경은 그들의 늙은 모습이었다. 여자는 남자보다 더욱 추했다. 그들은 나이가 들어가면서 점차로 송장 같은 모습을 띠게 되었다. 스트럴드블럭의 모습에 대한 서술은 하지 않겠다. 내가 만났던 대여섯 명의 스트럴드블럭은 연령 차이가 서로 100~200년밖에 되지 않았지만, 누가 가장 나이가 많은 사람인가는 금방 알 수 있었다.

스트럴드블럭을 보면서, 영생에 대한 나의 욕망이 많이 줄어들었다는 것을 독자들은 쉽게 알 수 있을 것이다. 영생에 대해 가지고 있던 몇 가지의 즐거운 상상들이 나를 부끄럽게 만들었다. 내가 스트럴드블럭과 같은 생활을 하게 된다면, 아무리 무서운 사형법이 있더라도 나는 그것을 달게 받아들이겠다고 생각했다.

국왕은 죽음에 대한 공포로부터 사람들을 자유롭게 만들기 위해 스트럴드블럭 한 쌍을 영국으로 보내면 어떠하겠냐며 놀리듯 말했다. 나를 기분 좋은 말로 격려하기 위해서였다. 그러나 그것은 럭낵의 법률에 의해 금지되어 있었다. 그렇지 않았다면 나는 기꺼이 그들을 영국으로 옮기는 수고와 비용을 부담했을 것이다.

스트럴드블럭에 대한 이 나라의 법은 아주 합리적인 이유에 근거를 둔 것이라고 인정하지 않을 수 없다. 다른 나라도 그러한 법을 만들지 않을 수 없을 것이다. 만약 그렇게 하지 않는다면 나이가 들기 시작하면서 생겨나는 탐욕에 의해, 스트럴드블럭들은 이 나라 전체를 자신의 것으로 소유하게 될 것이며, 시민의 힘도 약화시킬 것이다. 그렇게 되면 관리능력의 부족으로 사회 전체가 스스로 파괴되고 말 것이다.

제 11 장

저자는 럭낵을 떠나 일본, 네덜란드, 암스테르담을 거쳐 영국에 돌아간다.

스트럴드블럭의 특이한 이야기가 독자들에게 어느 정도 즐거움을 주었을 것이라고 생각한다. 적어도 내가 이제까지 읽어 보았던 어떤 여행기에서도 이와 같은 이야기를 읽어 본 일이 없다. 만약 어느 여행가가 이와 비슷한 이야기를 한 적이 있다면, 그것은 동일한 나라를 여행했기 때문일 것이다. 그럴 경우에는 당연하게 같은 이야기가 나올 수 있으므로 표절이라고 할 수는 없다.

럭낵과 일본 사이에는 끊임없는 왕래가 있었다. 그래서 일본의 작가들이 스트럴드블럭에 대해 쓴 것이 있을지도 모른다. 하지만 일본에서의 체류기간이 아주 짧았고, 또한 일본어를 전혀 몰랐기 때문에 그러한 사실이 있는지 알아볼 수는 없었다. 네덜란드 사람들이 나의 여행기를 읽는다면, 자칫 잘못해서 내가 빠뜨린 점을 보충할 수도 있을 것이다.

국왕은 나에게 이따금 궁중에서 중요한 직책을 맡으라고 권했다. 그러나 내가 고국으로 돌아갈 것이라고 단단하게 결심한 것을 보고는, 기꺼이 떠날 수 있도록 허락해 주었다. 나를 위해 일본의 국왕에게 직접 추천장을 써 주기도 했다. 커다란 금덩어리 440개와(럭낵 사람들은 짝수를 무척 좋아했다) 붉은 다이아몬드 한 개를 선물로 주기도 했는데, 나는 영국에 돌아온 다음 그것을 1,100파운드에 팔았다.

1709년 5월 6일 나는 엄숙한 분위기로 국왕과 여러 친구들에게 작별을 고했다. 너그러운 국왕은 호위병을 불러서 럭낵의 서남쪽에 있는 항구도시 글랑겐스탈드까지 안내를 해 주라고 했다. 6일이 지나자, 일본으로 가는 배를 탈 수 있었다.

보름 동안 항해한 다음, 나는 일본의 동남쪽에 있는 사보시에 상륙할 수 있었다. 그 항구는 좁은 해협 서쪽에 있었다. 해변으로 길게 뻗은 항구의 북쪽에는 일본의 수도인 에도가 있었다.

나는 배에서 내릴 때, 럭낵의 국왕이 일본 국왕에게 보내는 추천장을 관리들에게 보여 주었다. 세관의 관리들은 손바닥 크기인 럭낵 국왕의 옥새를 알아보았다. 도장에는 '절름발이 거지를 걷게 하는 왕'이라고 새겨져 있었다.

관리들은 내가 가지고 온 편지를 보고는, 한 나라의 대신처럼 영접해 주었다. 마차에다 시종까지 딸려서, 수도인 에도까지 가는 경비를 대 주었던 것이다.

에도에 도착한 다음, 일본의 국왕을 만나는 것이 허락되었다. 화려한 예식과 함께 추천장이 개봉되었다. 통역을 맡은 사람이 그 내용을 옮겨서 국왕에게 알려 주었다. 그는 나의 요청이 무엇이냐고 묻는 국왕의 말을 설명해 주었다. 나의 요청이 어떠한 것이든지, 형제와도 같은 럭낵 국왕 덕분에 허락될 것이라는 것이었다.

통역을 맡은 사람은 네덜란드와의 교역을 위해 고용된 사람이었다. 나의 얼굴을 바라본 그는 내가 유럽 사람인 것을 알아보고는, 국왕의 말을 완전한 네덜란드 어로 옮겨 주었다. 나는 미리 생각하고 있던 것들을 정리해 대답했다.

네덜란드 상인인 나는 아주 먼 나라에서 난파를 당하게 되었다. 해로와 육로를 거쳐서 럭낵에 닿게 되었으며, 그곳에서 고국 사람들이 가끔씩 왕래한다는 일본으로 오게 되었다. 고국에서 온 사람들과 함께 유럽으로 돌아갈 수 있는 기회를 가질 수 있기를 바란다고 대답을 했다. 내가 안전하게 낭가삭(오늘날의 나가사키)으로 갈 수 있는 기회를 얻을 수 있도록 허락을 내려달라고 국왕에게 애원했다. 나는 여기에 또 하나 부탁을 추가했다.

나의 후원자인 럭낵의 국왕을 보아서 십자가를 짓밟는 예식을 면제해 달라고 한 것이다. 일본의 국왕은 네덜란드 사람들에게 십자가를 짓밟도록 명령하고 있었다. 내가 일본에 오게 된 것은 교역을 하기 위해서가 아니라 난파에 의한 불행을 당했기 때문이기에 면제를 해 달라고 했던 것이다.

나의 요청이 전해지자 국왕은 약간 놀라는 모습이었다. 네덜란드 사람 가운데 그 문제를 꺼낸 사람은 내가 처음이었다. 따라서 내가 네덜란드 사람이 아니라 기독교를 믿는 사람일 것이라고 의심을 했던 것이다. 하지만 나의 이야기가 어느 정도 타당성이 있으며, 럭낵 국왕이 부탁한 것을 들어주지 않을 수도 없었기에 특별히 은총을 베풀어 허락해 주겠다고 했다. 그러나 이번의 일은 비밀리에 처리해야 할 것이기에, 관리들에게 나에 관한 일을 잊어버리라는 명령을 내리겠다고 했다.

여기에 대한 일이 네덜란드 사람에게 알려지면, 그들은 틀림없이 항해를 하다가 나의 목을 자르고 말 것이라는 이야기였다. 나는 통역하는 사람을 통해 국왕의 각별한 은혜에 대해 감사를 표시했다. 마침 일본의 군대가 낭가삭으로 행진을 하도록 되어 있었다. 국왕은 사령관에게 지시해 나를 낭가삭까지 안전하게 데리고 가도록 했다. 그리고 십자가를 짓밟는 예식에 대해는 특별한 지시를 내렸다.

1709년 6월 9일 나는 길고 따분한 여행 끝에 낭가삭에 도착했다. 나는 450톤이나 되는 암보이나 호를 타고 항해한 네덜란드 선원들을 만날 수 있었다.

그 배는 암스테르담에서 출항한 것이었다. 나는 라이덴에서 공부하는 동안 줄곧 네덜란드에 머물러 있었다. 그렇기 때문에 네덜란드 말을 잘할 수 있었다. 암보이나 호의 선원들은 내가 어디에서 왔는지 곧 알게 되었다. 그들은 나의 항해와 여행 경로에 대해 많은 호기심을 가지고 질문을 했다. 나는 짧고 그럴듯하게 대답했으며, 중요한 부분은 숨겼다. 나는 네덜란드에 있는 많은 사람들을 잘 알고 있었기에, 이름도 거짓으로 꾸며 댈 수 있었다. 선원들에게 나는 겔더랜드 지방에서 살고 있는 미천한 사람이라고 속였다.

나는 테오도루스 방럴트 선장이 요구하는 만큼의 항해비를 주려고 했다. 내가 의사인 줄 알게 된 그는 항해비의 절반만을 내라고 했다. 항해를 하는 동안 선장을 위해 일해 주는 조건이었다.

배를 타기 전에 그 배의 선원들은 십자가를 짓밟는 의식을 했는지 물어보았다. 나는 일본 국왕과 궁중의 신하들에게 잘 보였기 때문에 별다른 어려움은 겪지 않았다고만 대답을 해서 위기를 모면했다. 그러나 어느 하급선원이 다른 선원에게 나를 가리키며 내가 아직 십자가를 짓밟는 의식을 치르지 않았다고 이야기했다. 그러나 내가 승선할 수 있도록 도와주라는 지시를 받은 다른 고급선원 하나가 그 선원의 어깨를 대나무로 스무 번이나 두들겨 주었다. 그런 다음에는 그 예식에 의한 소란은 일어나지 않았다.

항해를 하는 도중, 특별히 언급할 만한 일들은 일어나지 않았다. 순풍이 부드럽게 불어 주어서 우리는 돛을 달고 희망봉으로 향했다. 그곳에서 신선한 물을 구하려고 잠시 머물렀다. 우리는 4월 6일 암스테르담에 도착할 수 있었다. 하지만 항해 도중 병으로 세 명이 죽었으며, 기니 해안에서 얼마 떨어지지 않은 바다에서 한 명이 배에서 떨어졌다. 암스테르담에 도착한 나는 작은 배를 타고서 영국으로 향했다.

1710년 4월 10일 드디어 나는 다운즈에 도착했다. 다음 날 상륙한 나는 5년 6개월 만에 다시 고국의 사람들을 볼 수 있었다. 나는 곧장 레

드리프로 향하여, 같은 날 오후 2시에 집에 도착했고, 건강한 모습으로
지내고 있는 아내와 가족들을 만날 수 있었다.

제4부

A Voyage to Country of the Houyhnhnm
말들의 나라
― 휴이넘 기행 ―

《걸리버 여행기》 제4부의 여행 지도
말들의 나라는 뉴 홀랜드의 서남쪽에 위치해 있다.

제1장

저자는 선장이 되어 항해를 나선다. 그의 부하들이 반란을 일으켜 선실에 그를 감금했다가 알려지지 않은 해안에 풀어놓는다. 그는 그 나라를 여행하는데 야후라 불리는 이상한 동물을 묘사한다. 저자는 두 휴이넘과 만난다.

나는 다섯 달 동안 집에서 편안하게 지냈다. 가족들과 함께 있는 시간은 아주 행복했다. 이렇게 행복한 시간을 언제까지나 즐기는 방법을 진작 알았다면 무척 좋았을 것이다.

그러나 나는 350톤 규모의 튼튼한 상선 어드벤처 호의 선장이라는 유리한 제안을 받아들이고 말았다. 내가 항해술을 잘 알고 있었기에 선장이 될 수 있었던 것이다. 그리고 로버트 퓨어포이라는 젊은 외과의사를 선원으로 받아들였다.

그는 훌륭한 외과의사였다. 나는 선장과 외과의사라는 직책을 겸하고 있었는데, 바다에서 환자를 돌보는 일에 싫증이 났기 때문에 그를 고용했던 것이다. 나는 임신을 한 아내 곁을 떠나 또다시 항해를 하게 되었다.

1710년 9월 7일 우리는 포츠머스 항에서 출항했다. 9월 14일 우리는 테너리프에서 브리스톨 출신의 포콕크 선장을 만나게 되었다. 그는 통나무를 구하기 위해 캠피치 만으로 항해를 하던 중이었다. 9월 16일부터 몹시 불어오던 폭풍 때문에 우리는 그와 헤어지게 되었다. 나중에 듣게 된 것에 따르면, 그의 배는 침몰했으며 선실의 소년 한 명을 제외하고는 아무도 탈출하지 못했다. 그는 정직한 사람이었으며, 훌륭한 선원이었다. 그러나 고집이 셌던 것이 파멸의 원인이 되었다. 만약 그가 나의 충고를 받아들였더라면, 안전하게 집으로 돌아와 가족과 함께 살고 있었을 것이다.

몇 사람의 선원이 열대성 열병으로 죽었기 때문에, 나는 발바더즈와 리워드 군도에서 새로운 선원들을 모집해야 했다. 나를 선장으로 고용한 상인들의 지시에 따라 그곳으로 가게 되었지만, 그것은 내가 곧 후회하게 될 일이 되었다. 새로 모집한 선원 대부분이 해적이라는 사실을 나중에야 알게 된 것이다.

나는 50명의 선원들을 거느리고 있었다. 나를 고용한 사람들로부터 받은 명령은 남양 군도의 인도인들과 무역을 하면서 능력만큼의 상로를 새로 발견하라는 것이었다. 내가 모집한 선원들은 다른 선원들을 꾀어내어, 배를 점거하고 선장을 감금하려는 음모를 꾸몄다.

어느 날 아침 그들은 음모를 실행했다. 선실로 달려 들어온 그들은 나의 손발을 묶었다. 내가 움직이기만 하면 바닷속으로 나를 집어던져 버리겠다고 위협을 했다. 그들의 포로인 나는 절대로 저항하지 않겠다고 약속했다. 해적들은 나에게 이것을 맹세하도록 강요했으며, 묶은 줄은 풀어 주었지만 침대에 나의 한쪽 다리를 사슬로 묶어 두었다. 감시를 하기 위해 보초를 세워 두기도 했다. 만약 내가 탈출을 시도하면 총으로 쏘아서 죽이라고 명령했다. 그들은 나에게 먹을 것과 마실 것을 넣어 주었다. 배는 그들이 장악했다.

그들의 계획은 해적이 되어서 스페인 사람들을 약탈하는 것이었다. 하지만 그렇게 하기 위해서는 더욱 많은 사람들이 필요했다. 부족한 사람들을 구하기 전에는 그 계획을 실행할 수 없었던 것이다. 우선 그들은 배에 실린 물건을 팔고 선원들을 더 모집하기 위해 마다가스카르로 가기로 결정했다. 내가 감금당한 다음, 그들 가운데 몇 사람이 죽었기 때문이다.

그들은 몇 주 동안 항해를 하고 인도인들과 교역을 했다. 나는 배가 어떤 항로로 이동하고 있는지 전혀 알 수가 없었다. 왜냐하면 나는 선실에서 포로로 갇혀 있었으며, 그들이 가끔씩 위협할 경우에는 죽을지도 모른다는 것을 제외하고는 아무것도 생각할 수 없었기 때문이다.

1711년 5월 9일 제임스 웰치라는 사람이 나를 찾아왔다. 그는 새로운 선장으로부터 나를 해안가에 내려놓으라는 명령을 받았다고 했다. 나는 그를 설득하려고 했지만 아무런 소용이 없었다. 그는 나에게 새로운 선장이 누구인지조차도 말하려 하지 않았다.

그들은 새것이나 다름없는 옷으로 갈아입게 했다. 속옷도 한 묶음 주었다. 그러나 무기로 사용할 만한 것은 단검뿐이었다. 그들은 나를 보트에 강제로 태웠지만, 나의 주머니를 함부로 뒤지지는 않았다. 나는 주머니에 있던 돈과 약간의 다른 필수품들을 가지고 올 수 있었다.

그들은 노를 저어가서 나를 5킬로미터 정도 떨어진 해안가에 내려놓았다. 나는 그곳이 어느 나라인지 말해 달라고 했다. 하지만 그들도 나와 마찬가지로 어디인지 모르고 있었다. 그들은 선장이 처음부터 물건을 판 다음, 처음으로 발견한 육지에 나를 내려놓기로 결심했다고 알려 주었다. 그들은 나에게 밀물에 휩쓸리지 않도록 주의하라고 충고를 하고는 떠나갔다.

처량하게 버려진 나는 해변으로 걸어갔다. 육지에 닿은 다음, 둑에 앉아 휴식을 취하면서 이제부터 무엇을 하는 것이 최선의 방법인가를 생각했다.

나는 기운을 차리고 나서 내륙으로 걸어갔다. 처음으로 만나는 야만인에게 내가 먼저 가까이 다가가서, 그들에게 팔찌와 유리반지 그리고 그 밖의 다른 장난감이든 뭐라도 주면서 그것으로 나의 생명을 사려고 했던 것이다. 이러한 것들은 항해를 하는 선원들이 가지고 다니는 것들이었으며, 나도 조금은 가지고 있었다. 그곳의 땅은 자연적으로 자란 나무들의 기다란 행렬에 의해 나뉘어져 있었다. 곳곳에 많은 풀들이 자라고 있었으며, 귀리 밭도 여러 군데 있었다.

나는 갑자기 누군가가 달려들지 않도록 그리고 뒤쪽이나 옆쪽에서 날아오는 화살에 맞지 않도록 주의하며 걸었다. 많은 사람들이 밟아서 다져진 길로 들어섰다. 나는 그 길에서 많은 발자국을 볼 수 있었다. 소의 발자국도 몇 개 있었지만, 말의 발자국이 대부분이었다.

이윽고 들판에 몇 마리의 동물이 있는 것이 보였다. 같은 종류의 동물 한두 마리가 나무 위에 올라가 있었다. 기형적으로 생긴, 너무나 기묘한 모습이었다. 그 동물을 바라보면서 나는 다소 기분이 나빠졌다. 더욱 자세히 관찰하기 위해 수풀 속으로 엎드렸다. 그것들 가운데 몇 마리가 내가 엎드린 곳 가까이까지 다가왔다. 나는 그 동물들의 모습을 분명하게 볼 수 있었다.

그들의 머리와 가슴은 곱슬곱슬하거나 길고 짙은 털로 뒤덮여 있었다. 염소와 같은 수염도 가지고 있었으며, 등과 다리와 발의 앞부분에도 기다란 털이 자라나 있었다. 그러나 나머지 부분에는 털이 없었기에, 나는 옅은 갈색의 피부를 볼 수 있었다.

그들은 꼬리가 없었으며, 항문을 제외한 엉덩이 부분에도 털이 없었

다. 앉게 될 경우, 자신의 엉덩이를 보호하기 위해 자연스럽게 변한 것
이라고 생각했다. 그들은 대부분 그런 자세로 앉아 있었지만, 눕기나
두 발로 서기도 했으며 끝이 뾰족하고 튼튼한 긴 갈고리 모양의 발톱을
지니고 있었다. 그 발톱을 이용해 다람쥐처럼 날쌔게 나무 위로 올라가
기도 했다. 그들은 상당히 재빠르게 뛰어오르거나 껑충껑충 뛰었다. 암
컷은 수컷만큼 크지는 않았다. 암컷은 길고 곧게 뻗은 머리카락을 가지
고 있었으며, 항문과 음부를 제외한 신체의 나머지 부분에 잔털이 뒤덮
여 있었다. 앞다리 사이에는 젖이 달려 있었다. 걸어갈 때는 젖꼭지가
거의 땅에 닿고는 했다. 머리카락의 빛깔은 암컷이나 수컷 모두가 갈
색, 빨강, 검정, 노랑 등 여러 색깔로 되어 있었다.

나는 여행을 하면서 그렇게 기분 나쁜 동물은 결코 본 적이 없었다.
또한 지금처럼 반감을 품어 본 적도 없었다. 그러나 이 동물에게서는
경멸과 혐오를 강하게 느꼈다.

충분히 지켜보았다고 생각한 나는 일어나서 좀전과 같은 길을 따라
걸었다. 그 길이 어떤 인도인의 오두막집으로 나를 안내해 줄 수 있기
를 기대했다.

얼마 가지 않아서 나는 아까 보았던 것과 같은 종류의 동물 한 마리
를 만났다. 그 동물은 곧바로 나에게 다가왔다. 추한 동물은 나를 보자
눈을 깜빡거리거나 입을 벌리고 멍하게 있었다. 그리고는 이제까지 한
번도 본 적이 없는 물건을 대하듯 나를 응시했다. 더욱 가까이 다가와
서는 앞발을 쳐들었다. 그러한 행동이 단순한 호기심인지 아니면 위협
을 하는 것인지는 알 수가 없었다.

칼을 뽑아 든 나는, 그 동물에게 칼등으로 멋지게 일격을 가했다. 칼
날이 있는 부분은 사용할 수는 없었다. 여기에 살고 있는 사람들이 그
들의 가축을 죽이거나 다치게 했다는 것을 알게 된다면, 나를 가만두지
않을 것이기 때문이었다. 그 동물은 아픔을 느낀 순간 뒤로 물러나 크

밉살스러운 얼굴을 한 40마리의 야후들이 몰려오면서 큰 소리로 울부짖었다.

게 울부짖었다.

그러자 40마리 정도 되어 보이는 무리가 들판에서 떼를 지어 몰려와 나를 둘러쌌다. 그들은 무서운 얼굴을 하면서 나에게 으르렁거렸다. 나는 나무에 등을 기대고 칼을 휘두르면서 그 동물들과 거리를 유지했다. 이 고약한 동물들 가운데 몇 놈이 뒤쪽의 가지를 잡고는 나무 위로 뛰어 올라가 나의 머리에 배설물을 떨어뜨렸다. 나는 나무줄기에 착 달라붙어서 그것을 피했다. 하지만 내 주위에 떨어진 배설물의 악취 때문에 거의 질식할 것만 같았다.

내가 이러한 곤경에 처했을 때, 그 동물들은 갑자기 있는 힘을 다해 달아났다. 이것을 본 나는 용기를 냈다. 나무에서 떨어져 길을 따라 걸으며, 그 동물들을 갑자기 달아나도록 만든 것이 무엇인가를 생각했다. 나는 왼쪽을 바라보다가 들판을 천천히 걷는 말을 발견했다. 조금 전까지 나를 괴롭히던 동물들이 말을 보자마자 달아났다는 사실도 알게 되었다. 그 말이 가까이 다가왔을 때, 얼마간 놀란 듯했지만 곧 진정하며 신기한 듯이 나의 얼굴을 쳐다보았다. 주위를 여러 번 돌면서 나의 손과 발을 관찰하기도 했다. 그 말이 앞을 가로막고 서 있었기 때문에 나는 계속 나아갈 수가 없었다. 말은 조금도 화가 난 기색을 보이지 않았다. 오히려 온화한 빛을 띠면서 나를 쳐다보고 있었다.

나는 용기를 내 말을 쓰다듬어 주려고 했다. 그리고 그 말의 목이 있는 곳으로 손을 뻗으려고 했다. 낯선 말을 다룰 때 기수들이 흔히 사용하는 것처럼 휘파람을 불었다. 그러나 이 말은 나의 행동을 아주 경멸적으로 받아들이는 듯했다. 머리를 양옆으로 흔들고 눈썹을 찡그리면서, 나의 손을 피하기 위해 슬며시 앞발을 들어 올렸다. 그러고는 서너 번 울부짖었다. 하지만 말 울음소리의 억양이 평소에 듣던 것과 너무나 달랐다. 그 말이 고유의 언어로 말을 하고 있다고 생각될 정도였다.

그 말과 내가 마주보고 있을 때, 다른 말이 다가왔다. 다른 말은 그 말에게 아주 예절 바르게 대했다. 그들은 서로의 오른발을 가볍게 두드리고는 번갈아 가며 몇 차례 울부짖었다. 그 소리는 높낮이가 조금씩 변화하고 있었는데, 내가 듣기에는 뭔가 이야기를 나누는 것처럼 들렸다.

그 말들은 이리저리로 나란하게 걸어 다니고 있었다. 그것은 마치 사람들이 중대한 사건에 대해 이야기를 나누는 경우처럼 서로 의논을 나누는 것으로 보였다. 말들의 눈길은 종종 나를 향했다. 그것은 내가 도망을 가지 못하도록 지키고 있는 것과 같았다.

이러한 행동을 말과 같은 짐승에게서 발견한 나는 무척 놀랐다. 만일 이곳에서 살고 있는 사람들이 이 말들과 비례한 이성을 갖고 있다면 그들은 지상에서 가장 현명한 사람일 것임에 틀림없을 것이라고 단정을 내렸다.

이 생각은 나에게 많은 위안을 주었다. 나는 두 마리의 말이 서로 이야기를 하도록 내버려 둔 채, 집이나 마을을 발견하거나 원주민 가운데 누구라도 만날 수 있을 때까지 앞으로 나아가기로 했다. 그러나 먼저 보았던 그 회색 말이 내가 도망치려는 것을 알아차리고는, 나를 향해 아주 풍부한 감정이 담긴 소리로 울부짖었다. 그 말이 무엇을 의미하고 있는가를 알 수 있을 정도였다.

그에게 가까이 다가간 나는, 뭔가 더 이야기 할 것이 있으면 듣겠다는 의사를 표시했다. 속으로는 두려움에 떨고 있었지만 이를 최대한 감추려고 노력했다. 나는 이 모험이 어떻게 끝나게 될 것인가에 대해 어느 정도 고통스럽게 느껴졌다. 그렇기 때문에 나는 두려움을 최대한 감추려고 노력했다. 지금의 상황을 내가 만족스럽게 여기지 않고 있다는 것을 독자들은 쉽게 알 수 있을 것이다.

두 마리의 말은 아주 가까이 다가와서 나의 손과 얼굴을 열심히 쳐다보았다. 나의 모자 주위를 회색 말이 앞발굽으로 너무 비벼 대는 바람에 모자는 많이 구겨지게 되었다. 나는 모자를 벗어 바로잡은 다음, 다시 머리에 썼다. 그러자 회색 말과 함께 그의 동료인 갈색 말도 상당히 놀라는 표정을 지었다.

갈색 말이 코트 깃을 만졌다. 그것이 몸에 가볍게 걸쳐져 있는 것을 보자, 그들은 다시 놀라는 표정을 지었다. 갈색 말은 나의 오른손을 어루만지며 그 부드러움과 색깔에 상당히 감탄하는 것처럼 보였다. 그러나 갈색 말이 나의 손을 발굽과 발목 사이로 너무 세게 짓눌러 비명을 지르지 않을 수 없었다.

덕분에 그 이후부터는 나를 만질 때 아주 조심스럽게 행동했다. 구두와 양말에 대해서는 매우 혼란스러워하며 몇 번이나 다시 만져보고 서로에게 울부짖으며 다양한 몸짓을 교환했는데, 그것은 어느 철학자가 새롭고 어려운 현상을 해결하려 할 때와 같은 것이었다.

말들의 행동은 질서가 있었으며, 이성적이고 침착했다. 분별력도 있어서 나는 그들이 어떤 계획에 따라 모습을 바꾼 마술사일 것이라고 생각했다. 마술사들이 낯선 사람을 보게 되자 장난을 치고 싶은 마음을 먹은 것이라고 추측한 것이다. 혹은 이곳에서 멀리 떨어진 지역에서 살았던 사람의 매우 다른 습관과 특징, 그리고 생김새를 보고 진정으로 놀랐는지도 몰랐다. 이러한 생각을 하면서 나는 용기를 내어 그들에게 다음과 같은 말을 했다.

"여러분, 내가 믿고 있는 것처럼 당신들이 진정 마술사라면 어떠한 언어라도 알아들을 수 있을 것입니다. 그래서 여러분들에게 감히 말합니다. 나는 불행하게도 조난을 당해 당신들의 해안에 이르게 된 불쌍한 영국 사람입니다. 여러분 가운데 한 분께 부탁드립니다만, 진짜 말이 된 셈치고 내가 구조를 받을 수 있는 집이나 마을까지 등에 태워서 데려다주기를 바랍니다. 친절에 대한 보답으로 이 칼과 팔찌를 바치겠습니다."

나는 칼과 팔찌를 주머니에서 꺼냈다. 내가 이야기를 하는 동안 그들은 조용하게 서 있었다. 나의 말을 상당히 주의 깊게 듣고 있는 것 같았다. 나의 이야기가 끝났을 때, 그들은 심각한 대화를 하는 것처럼 자주 서로에게 울부짖었다. 그들이 사용하는 언어는 감정이 아주 잘 표현된 것이며, 별다른 어려움 없이 중국어보다도 더욱 쉽게 낱말을 알파벳으로 바꿀 수 있을 것처럼 명확히 들렸다.

'야후' 라는 말을 나는 여러 번 구별해 낼 수 있었다. 그들이 몇 번씩이나 사용했기 때문이었다. 야후가 의미하는 것을 알 수는 없었다. 하지만 나는 두 마리의 말이 서로 대화를 하는 동안, 이 낱말을 혀로 연습했다.

그들이 이야기를 마치자, 나는 가능한 비슷하게 말의 울음소리를 흉내 내면서 커다란 목소리로 야후라고 발음을 했다. 나의 행동에 그들은 매우 놀란 것 같았다. 회색 말은 같은 단어를 두 번 반복했는데, 그것은 마치 나에게 정확한 악센트를 가르쳐 주는 것처럼 보였다. 나는 회색 말을 따라서 흉내를 냈다. 비록 완전하지는 아니었지만, 현저하게 좋아지는 것을 알 수 있었다.

발음하기가 훨씬 어려운 두 번째 낱말을 갈색 말이 나에게 가르쳤다. 굳이 영어로 옮기자면, '휴이넘' 이라는 것이었다. 나는 야후처럼 잘 발음할 수는 없었다. 두세 번 더 연습한 다음에는 다행스럽게도 잘 발음할 수 있었다. 그들은 나의 능력에 몹시 놀라는 것처럼 보였다.

나와 관련이 된 듯한 이야기를 조금 더 나눈 다음에, 그 말들은 서로서로 발굽을 두드리는 식으로 인사를 하고는 헤어졌다. 회색 말은 내가 그보다 앞서 가야 한다는 표시를 했다. 나를 안내해 줄 수 있는 사람을 찾을 때까지 회색 말을 그대로 따르는 것이 좋을 것이라고 생각했다.

내가 조금 늦게 걸었을 때, 그는 "후운 후운" 하면서 소리를 질렀다. 나는 회색 말의 의도를 짐작할 수 있었다. 하지만 피곤해서 더 빨리 걸을 수 없다는 것을 그에게 이해시키려고 했다. 그는 잠시 멈춰 서서 내가 쉬어 갈 수 있도록 곁에 머물러 있었다.

제2장

저자는 한 휴이넘의 집으로 안내된다. 집과 저자가 받은 접대 그리고 휴이넘의 음식에 대해 묘사된다. 저자의 고기에 대한 갈망이 마침내 해소된다. 그 나라에서 저자가 식사하는 방식에 대해 이야기된다.

우리는 약 5킬로미터 정도를 걸어 기다란 건물에 도착했다. 그 건물은 땅에 나무로 된 기둥을 박은 다음, 나뭇가지나 밀짚 등으로 벽을 엮은 것이었다. 지붕은 낮았으며 짚으로 덮여 있었다. 조금 편안해진 나는 그 집 사람들이 나를 친절하게 맞아 주었으면 하는 마음으로 몇 개의 장난감을 꺼냈다. 그것은 아메리카 인디언이나 다른 지역에서 살고 있는 야만인을 위한 선물용으로 여행자들이 가지고 다니는 것들이었다.

그 말은 나에게 먼저 들어가라고 신호를 보냈다. 그곳은 커다란 방이었는데, 바닥은 부드러운 진흙으로 깔려 있었으며 선반과 여물통이 한쪽 벽을 따라 길게 뻗어 있었다. 세 마리의 망아지와 두 마리의 암말이 있었다. 여물을 먹고 있지는 않았으나, 그들 가운데 몇 마리가 엉덩이를 바닥에 대고 있는 모습으로 앉아 있어서 나를 몹시 놀라게 했다.

나머지의 말들은 집 안의 일들을 돌보고 있었다. 이것을 보게 된 나는 더욱 놀랐다. 말들은 내가 보기에는 평범한 가축으로만 보였다. 그러나 무식한 동물들을 이렇게 잘 교육시켜서 문명을 일으킨 사람들은,

세계의 모든 나라에서 가장 현명할 것이라는 나의 생각은 점차로 굳어지게 되었다.

시간이 조금 지나자, 회색 말이 들어와 다른 말들이 나에게 가할지도 모르는 나쁜 행동을 막아 주었다. 회색 말은 그들을 향해 위엄 있는 태도로 몇 차례에 걸쳐 울었다. 그의 울음에 대해 다른 말들이 대답했다.

기다란 집의 형태에 따라 이 방의 건너편에는 세 개의 방이 만들어져 있었다. 마지막 방에 닿기 위해서는 문을 열면 건너편까지 훤히 보이는 세 개의 출입구를 통과해야만 했다. 우리는 두 번째 방을 가로질러 세 번째 방으로 다가갔다. 회색 말은 나에게 잠시 기다리라는 신호를 하고는 먼저 들어갔다.

나는 두 번째 방에서 주인을 기다렸다. 그 집의 주인에게 건네 줄 선물도 미리 준비해 두었다. 두 개의 칼, 모조품인 세 개의 진주 팔찌, 작은 손거울 한 개, 구슬로 만든 목걸이 등이었다. 그동안 말의 울음소리가 서너 번 들렸다. 나는 사람의 목소리가 들리기를 기다렸다. 그러나 말 울음소리만을 들을 수 있었다. 회색 말보다 좀 더 날카로운 말들의 울음소리가 들렸던 것이다.

이 집의 주인은 아주 대단한 명성을 지니고 있을 것이라는 생각이 들었다. 출입에 대한 허가를 얻을 수 있을 때까지는 많은 절차를 거쳐야 하는 것처럼 보였기 때문이다. 하지만 그러한 명성과 자질이 있는 사람이, 말들을 거느리고 살아간다는 것은 이해하기 힘든 일이었다.

지금까지 겪은 고난과 고통과 불행으로 나의 머리는 무척이나 혼란스러웠다. 마음을 가다듬은 나는, 혼자 남겨진 방 안을 둘러보았다. 장식은 첫 번째 방과 같았지만 훨씬 우아하게 꾸며져 있었다. 몇 번이나 눈을 비벼 보았지만 보이는 것은 여전히 마찬가지였다. 혹시 내가 꿈을 꾸고 있을지도 모른다는 생각이 들었다. 나는 꿈에서 깨어나기 위해 팔과 옆구리를 꼬집어보았다. 이것은 분명히 마술이라고 결론을 내렸다.

그러나 이러한 상상을 골똘히 할 수 있는 시간이 나에게는 없었다. 회색 말이 문으로 나와서 나에게 따라 들어오라는 신호를 했기 때문이었다. 안에 들어가자 나는 아주 예쁜 암말 한 마리가 있는 것을 보았다. 그 말이 망아지를 데리고 짚을 이어서 만든 자리에 엉덩이를 대고 앉아 있는 것을 보았다. 짚으로 만든 자리는 정교하고 깨끗했으며, 대충 만들어진 것이 아니었다.

내가 방으로 들어가자, 암말은 자리에서 일어나 가까이 다가와 손과 얼굴을 자세하게 관찰했다. 그 말은 몹시 경멸스러운 표정을 나에게 지어 보였다. 그러고는 회색 말을 향해 몸을 돌렸다. 나는 그들 사이에서 야후라는 말이 자주 반복되는 것을 들었다. 내가 처음으로 배운 말이 야후였지만 그 말의 뜻을 알 수는 없었다.

얼마가 지난 다음, 나는 야후의 의미를 알게 되었다. 그것은 나에게 영원한 모욕으로 받아들여지는 말이었다. 그 말은 머리를 흔들면서 나에게 신호를 했다. 길에서와 마찬가지로 "후운 후운" 하고 반복했으므로, 그를 따라오라는 뜻으로 이해했다. 나는 어느 마당으로 안내를 받았다. 그 마당은 집에서 약간 떨어진 곳에 있었으며, 다른 건물이 세워져 있었다.

우리는 그 건물로 들어갔다. 나는 이 나라에서 처음으로 만났던, 혐오스러운 동물 세 마리가 나무뿌리와 고기를 먹고 있는 것을 보았다. 나중에 나는 그 고기가 당나귀나 개 그리고 사고나 질병에 의해 죽은 소라는 것을 알게 되었다. 세 마리 모두 등나무 덩굴로 엮어 만든 끈으로 목이 매어져 기둥에 연결되어 있었다. 그 짐승들은 앞발로 음식을 쥐고 뜯어 먹었다. 회색 말은 그의 하인이었던 갈색 말에게 이 동물들 가운데 가장 큰 놈을 마당으로 데려오라고 명령했다.

그 짐승과 나는 나란하게 세워졌다. 회색 말과 갈색 말은 우리의 모습을 자세하게 살펴보면서 비교했다. 그들은 야후라는 말을 몇 번이나 반복했다. 놀랍게도 나는 이 흉측한 동물에게서 완전한 인간의 모습을 발견할 수 있었다. 그때의 공포감과 경악은 말로 표현할 수 없는 것이었다.

그 동물은 둥글고 넓은 얼굴과 움푹 꺼져 있는 코, 커다란 입술, 넓은 입을 가지고 있었다. 이러한 모습은 개화되지 않은 야만인의 마을에서 흔히 볼 수 있는 것이었다. 야만인은 아기들이 함부로 기어 다닐 때에도 그냥 내버려 두었다. 업고 다니는 경우에도 아기의 얼굴이 등에 짓눌리도록 가만히 내버려 두기 때문에 얼굴의 윤곽이 흉하게 일그러졌다.

야후의 앞발은 나의 손과 별로 차이가 나지 않았다. 다만 긴 손톱과 거친 갈색의 손바닥 그리고 손등에 나 있는 수북한 털에서만 차이가 날 뿐이었다. 발도 이와 마찬가지로 비슷한 점들이 있었다. 구두와 양말 때문에 말들은 알아차리지 못했지만, 나는 야후의 발이 나와 같다는 것을 확인할 수 있었다.

몸에 나 있는 털과 색깔을 제외하고는 모든 부분에서 나와 야후는 비슷했다. 두 마리의 말들은 곤경에 처한 것처럼 보였다. 그들에게 있어 가장 큰 어려움은 내 몸의 나머지 부분이 야후와는 아주 다르게 보인다는 것이었다. 왜냐하면 내가 옷을 입고 있었기 때문이다. 말들은 옷에 대한 것을 전혀 알지 못하고 있었다. 갈색 말은 자기들의 방식대로(이 방식에 대해서는 나중에 적당한 곳에서 묘사하겠다) 발굽과 발목 사이에 쥐고 있던 나무뿌리를 나에게 주었다. 나는 나무뿌리를 두 손으로 받아 쥐고는 냄새를 맡은 후, 공손한 태도로 그에게 돌려주었다.

갈색 말은 야후의 우리에서 당나귀 고기를 한 조각 가져왔다. 고기의 냄새가 너무나 불쾌한 것이었으므로 나는 구역질이 나서 고개를 돌렸다. 그러자 갈색 말은 그 고기를 야후에게 던져 주었다. 야후는 그것을 게걸스럽게 먹어 치웠다. 그는 나에게 건초 한 다발과 귀리 한 움큼을 보여 주었다. 나는 고개를 흔들어서 먹을 수 없다는 표시를 했다. 비로소 나는 사람들을 만나지 못하면, 굶어 죽을 수밖에 없다는 것을 깨닫게 되었다.

나는 사람들을 무척이나 사랑하고 있었지만, 추악한 야후들에 관해서라면 그렇게 지긋지긋한 감정을 느껴 본 적이 없었다. 내가 말들의 나라에 머무르는 동안, 야후들과 가까이 지낼수록 더욱 미워하게 되는 것이었다.

회색 말은 나의 행동을 관찰하고는 뭔가 깨달은 듯 야후들을 다시 우리로 돌려보냈다. 그는 자신의 앞발을 입에 갖다 댔다. 그 행동이 아주 자연스럽고 편안해 보였기에 나는 깜짝 놀랐다. 회색 말은 내가 먹을 수 있는 것을 알아보기 위해 다른 신호를 보냈다. 하지만 나는 회색 말이 알아들을 수 있는 대답을 할 수가 없었다. 그리고 회색 말이 나의 말을 알아들었다고 할지라도, 내가 먹을 수 있는 음식을 어떻게 찾으면 좋을지도 도저히 알 수가 없었다.

우리가 이렇게 몸짓을 나누고 있을 때, 암소 한 마리가 지나갔다. 나는 암소를 손가락으로 가리키면서 우유를 짤 수 있도록 허락해 달라고 했다. 회색 말은 나의 말을 알아들었다.

그는 나를 집으로 데려간 다음, 하녀인 암말을 불러서 어떤 방을 열도록 했다. 그 방에는 상당한 양의 우유가 토기와 나무로 만들어진 그릇 속에 담겨 있었다. 암말은 우유를 커다란 그릇에 가득 채워 주었다. 나는 우유를 맛있게 마시고 원기를 회복했다.

정오가 되었을 때, 나는 네 마리의 야후가 끄는 마차가 집을 향해 오는 것을 보았다. 그 마차는 썰매처럼 생겼다. 마차 안에는 고귀해 보이는 늙은 말이 앉아 있었다. 그 말은 사고로 왼쪽 앞다리를 다쳤기 때문에 뒷다리를 먼저 앞으로 내민 다음, 마차에서 내렸다.

그는 이 집의 주인인 회색 말과 식사를 하기 위해 방문했다. 주인은

늙은 휴이넘은 네 마리의 야후가 끄는 마차를 타고 다가왔다.

그를 매우 정중하게 맞아들였다. 그들은 가장 훌륭한 방에서 식사를 했으며, 우유로 끓인 귀리를 먹었다. 늙은 말은 따뜻한 것을 먹었으며, 나머지 말들은 차가운 것을 먹었다. 그들의 여물통은 방 가운데에 원을 그린 형태로 놓여 있었으며, 몇 개의 칸으로 나뉘어져 있었다. 그들은 짚으로 만든 자리에 엉덩이를 대고 앉았다. 가운데에는 각각의 여물통 칸막이에 연결되어 건초와 우유로 끓인 귀리가 떨어지도록 만들어진 커다란 선반이 있었다.

말들은 매우 단정한 모습으로 건초와 귀리, 우유로 만든 죽을 먹고 있었다. 나이가 어린 말들의 행동도 겸손해 보였다. 주인 부부의 행동은 몹시 밝았으며, 공손하게 손님을 대했다. 회색 말은 내가 그의 옆으로 오도록 명령했다. 회색 말과 그의 친구들은 나를 낯설게 바라보며 많은 이야기를 주고받았다. 그들은 야후라는 말을 자주 반복했다.

나는 장갑을 끼고 있었다. 회색 말은 그것을 보면서 매우 당황했다. 그는 놀라는 표정을 지으며 발굽을 장갑에 갖다 대었다. 그것은 손을 예전의 모양으로 바꾸라는 뜻인 것 같았다. 나는 장갑을 벗어서 주머니 속에 넣어 두었다.

그러자 그들은 더욱 많은 이야기를 주고받았다. 나의 행동을 그들은 아주 흥미로워 하는 것 같았다. 그것은 좋은 결과를 가져오게 되었다. 회색 말은 나에게 알고 있는 몇 마디 말을 해 보라고 했다. 식사를 하는 동안 주인은 나에게 귀리, 우유, 불, 물 그리고 그 밖의 다른 것들에 대한 이름을 가르쳐 주었다. 나는 어렸을 때부터 언어를 잘 배웠기 때문에, 쉽사리 그를 흉내 내 발음할 수 있었다.

식사가 끝났을 때, 주인은 나를 옆에 세워 두고는 내가 먹을 만한 것이 없어서 몹시 걱정하고 있다는 표정을 지었다. 그들은 귀리를 흘룬이라고 불렀다. 나는 흘룬을 두세 번 발음해 보았다. 처음에는 귀리를 먹을 수가 없어서 거절을 했지만, 다시 생각해 보니 귀리로 빵을 만들어

낼 수 있을 것 같았다. 그리고 우유와 함께 귀리로 만든 빵을 먹으면, 내가 다른 나라로 도망을 갈 수 있을 때까지 생명을 유지하기에는 충분할 것 같았다.

회색 말은 하인인 하얀 암말을 불러서 나무쟁반에 귀리를 가득 담아 나에게 주라고 시켰다. 나는 불 위에서 귀리를 데운 다음, 껍질이 벗겨질 때까지 문질렀다. 이런 저런 방법으로 껍질은 모두 날려 버리고 알맹이만 남도록 했다.

나는 귀리를 돌 사이에 넣어서 잘 갈았다. 그것들을 물로 잘 반죽해서 불에 구웠다. 나는 그렇게 만든 따뜻한 빵을 우유와 함께 먹었다. 맛은 형편없었지만, 시간이 지날수록 잘 먹을 수 있게 되었다. 유럽에도 이런 음식이 흔했고, 여러 번에 걸쳐 고난을 겪었기 때문에 지금과 같은 시련에도 별다른 어려움 없이 지낼 수 있었다.

나는 이 섬에서 머무르는 동안, 한번도 병에 걸리지 않았다. 가끔씩 야후의 털로 덫을 만들어서 토끼나 새를 잡았다. 건강에 좋은 풀들을 모아서 끓이거나 빵과 함께 샐러드로 만들어 먹기도 했으며, 버터를 약간 만들고 유청을 마시기도 했다.

소금이 없어서 처음에는 매우 곤란했다. 그러나 나중에는 습관적으로 소금이 없어도 만족하게 되었다. 나는 지금도 우리가 소금을 많이 사용하는 것은 사치의 결과라고 생각하고 있다. 처음에는 술을 마시기 위한 촉진제에 불과했다.

긴 항해를 하거나 시장에서 멀리 떨어진 곳에서 생활을 할 때는 고기를 보관하기 위해 소금이 필요하다. 나는 사람을 제외하고는 소금을 좋아하는 동물을 본 적이 없다. 이 나라를 떠나고 난 다음, 소금이 들어간 음식을 참으면서 먹을 수 있게 되기까지는 오랜 세월이 필요했다.

음식에 관한 설명으로는 이 정도로 충분하다. 다른 여행자들은 마치 독자들이 음식에 대해 커다란 관심을 가지고 있다는 듯이, 먹을 것에 대한 설명으로 책을 가득 메우기도 한다. 그러나 나는 이러한 나라에서 3년 동안이나 살아남았다는 것이 불가능하다고 사람들이 생각하지 않도록 하기 위해 먹거리 얘기를 한 것 뿐이다.

저녁이 되면서 주인은 나에게 잠자리를 마련해 주었다. 그곳은 집에서 6미터 정도의 거리였으며, 야후의 우리와는 멀리 떨어져 있었다. 나는 이곳에 짚을 깔고 옷으로 몸을 덮었다. 나는 곧 잠이 들었다. 얼마 지나지 않아서 나는 더욱 좋은 곳에서 생활할 수 있게 되었다. 나의 생활방식에 대한 이야기를 시작할 때 자세하게 알게 될 것이다.

제3장

저자는 그 나라의 말을 배우고 주인 휴이넘이 그를 돕는다. 그 나라의 언어에 대해 설명한다. 신분 높은 몇몇 휴이넘이 호기심으로 저자를 보러온다. 저자는 주인에게 자신의 여정에 대해 간략하게 설명한다.

나는 그 나라 말을 배우기 위해 많은 노력을 했다. 나의 주인과(나는 회색 말을 이제부터 주인이라고 부르겠다) 가족들 그리고 그 집에서 생활하는 하인들이 나에게 말을 가르쳐 주었다. 그들은 무식한 동물들에게서 이성적인 특징을 발견하는 것은 아주 놀라운 일이라고 생각하고 있었다.

나는 모든 사물들을 가리키면서 이름을 물어보았다. 혼자 있을 때는 그 이름을 나의 여행일지에 기록해 두었다. 서툰 발음을 고치기 위해 가족들에게 자주 발음을 하도록 부탁했다. 특히 하인인 갈색 말이 발음을 고치는 것을 많이 도와주었다. 말을 할 때 그들은 코와 목으로 발음한다. 그들의 언어는 내가 아는 유럽어 중에 독일의 고어와 비슷했다. 그러나 훨씬 우아했으며 함축성이 있었다. 찰스 5세 국왕도 만일 그가 자신의 말에게 이야기를 한다면 독일의 고어로 할 것이라고 했다던데, 나와 비슷한 생각에서 그런 말을 했을 것이다.

주인의 흥미와 조바심은 대단했다. 그는 나를 가르치는 일에 많은 시간을 할애했다. 나중에 들은 이야기지만, 그는 내가 틀림없이 야후일 것이라고 확신하고 있었다. 하지만 학습 능력과 공손함 그리고 청결함에 몹시 놀랐다. 이러한 것은 야만스러운 동물인 야후에게서 전혀 기대할 수 없는 성질이었기 때문이다. 그러나 그는 나의 옷에 대해서는 전혀 이해하지 못했다.

주인은 나의 옷이 몸의 일부라고 생각하는 것 같았다. 가족들이 잠들기 전에는 결코 옷을 벗지 않았으며, 아침이 되어서는 일어나기 전에 입었기 때문이다. 주인은 내가 어디에서 왔는지, 이성을 어떻게 얻을 수 있었는지 궁금해했다. 그는 나의 이야기를 직접 듣고 싶어 했다. 그들의 말과 문장을 능숙하게 배우는 것을 보고는 얼마 지나지 않아서 들을 수 있을 것이라고 생각했다. 한시라도 빨리 말을 배우기 위해 나는 배웠던 것들을 영어로 고쳐 놓았으며, 단어의 뜻을 기록해 두었다.

언젠가 나는 주인이 있는 곳에서 일부러 글을 써 봤다. 나는 지금 하고 있는 일을 주인에게 설명하기 위해 몹시 애를 태웠다. 휴이넘에게는 책이나 문학에 대한 지식이 조금도 없었기 때문이다.

10주가량이 지난 다음에 나는 주인의 질문 대부분을 이해할 수 있었으며, 세 달이 지난 다음에는 주인에게 대답도 할 수 있게 되었다. 호기심이 많은 주인은 내가 어디에서 왔으며, 이성을 지닌 동물을 흉내 내는 법은 어떻게 배웠는지 알고 싶어 했다.

주인이 보기에는 나의 머리와 손 그리고 다리가 야후와 아주 닮았던 것이다. 야후는 이 나라에서 가장 교활하고 악독한 성질을 지니고 있지만 학습 능력이 없기 때문에, 모든 짐승들 가운데 제일 길들이기 힘들다고 알려져 있었다. 나는 나와 같은 종류의 사람들이 많이 살고 있는 곳에서 나무로 만든 상자를 타고 바다를 건너왔다고 대답했다. 선원들이 나를 강제로 육지에 내려놓고는 떠나버렸다고 했다.

나의 말을 주인에게 이해시키는 데는 무척 힘이 들었다. 많은 몸짓의 도움도 필요했다. 그는 내가 오해를 하고 있거나 아니면 존재하지 않는 것을 말한다고 했다. (휴이넘의 언어에는 거짓말이나 허위라는 표현이 없기 때문에 주인은 존재하지 않는 것이라고 했다.) 바다의 저쪽에는 나라가 존재할 수 없으며, 짐승들이 나무로 만든 상자를 타고 물 위에서 마음대로 움직이는 것도 불가능한 일이라는 것이었다. 그는 어떠한 휴이넘이라도 그러한 상자를 만들 수 없으며, 더욱이 야후가 그렇게 한다는 것은 도저히 믿기 어려운 일이라고 했다.

이 나라에서 휴이넘은 말을 가리키며, 그것의 어원은 '자연의 완전한 창조물'이라는 의미를 가지고 있다. 나는 주인에게 표현하기 곤란하다고 대답했다. 그러나 이 나라의 말을 빨리 배워서 표현력을 기른 다음, 신기한 것들을 다시 자세하게 이야기할 수 있기를 바란다고 했다.

나의 말을 들은 그는 매우 기뻐하며 아내와 아이들, 그리고 모든 하인들에게 기회가 있을 때마다 나를 가르치라고 했다. 주인 스스로도 매일 여러 시간 동안 나에게 말을 가르쳤다.

이웃에서 살고 있는 신분 높은 말들이 이따금씩 우리를 방문했다. 휴이넘처럼 말을 할 수 있으며, 말과 행동에서도 어느 정도의 이성을 찾아볼 수 있는 신기한 야후가 있다는 소문이 퍼졌기 때문이었다.

그들은 나와 이야기하는 것을 아주 좋아했다. 그들은 많은 질문을 했으며, 나는 힘이 닿는 데까지 대답했다. 이것은 휴이넘의 언어를 배우는 것에 있어서 많은 도움이 되었다. 그 결과 다섯 달이 지난 다음에는 무슨 말이든 이해할 수 있었으며, 의사 표현도 꽤 자유롭게 하게 되었다.

나를 만나기 위해 방문했던 휴이넘들은, 내가 야후라는 사실을 믿을 수 없다고 했다. 나의 피부가 야후와는 다른 것으로 덮여 있었기 때문이다. 그들은 내 머리와 얼굴 그리고 손을 제외하더라도 내 털과 피부 또한 보통의 야후들과 전혀 다른 것을 보고 무척이나 놀랐다. 그러나 나는 2주 전에 일어난 사건 때문에 우연히 이에 관한 비밀을 주인에게 들키고 말았다.

주인의 가족이 모두 잠이 들었을 때, 옷을 벗어서 몸을 덮는 것이 나의 습관이라고 이미 독자들에게 알려 주었다. 어느 날 아침 일찍 일어난 주인은 하인인 갈색 말을 불러서 나를 데려오라고 했다. 갈색 말이 왔을 때에도 나는 여전히 잠들어 있었으며, 옷은 벗겨져 있었고 내의도 가슴 위까지 올라와 있었다.

나는 갈색 말이 낸 소리에 잠을 깨었다. 그는 찾아온 이유를 두서없이 이야기하고는 돌아갔다. 몹시 놀랐던 그는 주인에게로 돌아가서 나에 대한 것을 매우 혼란스럽게 설명했던 모양이다. 나는 이 사실을 즉시 알게 되었다. 옷을 입은 다음, 인사를 드리기 위해 주인을 찾아가자, 그는 갈색 말의 이야기가 대체 무엇을 의미하는 것이냐고 물었다. 갈색 말은, 내가 잠이 들었을 때의 모습과 평상시의 모습이 상당히 다르며, 내 몸의 일부가 희거나 노랗고 어떤 부분은 갈색이라고 했던 것이다.

그때까지 나는 저주받은 야후들과 나를 확실하게 구분하기 위해 옷의 비밀을 감추고 있었다. 그러나 나는 더 이상 숨기는 것이 무의미하다는 것을 깨달았다. 입고 있던 옷과 구두가 곧 닳아 버릴 것이기 때문이었다. 그렇게 되면 야후나 다른 짐승의 가죽으로 다시 만들어야 할 수밖에 없고, 따라서 모든 비밀은 자연스럽게 탄로 날 수밖에 없었다.

나는 주인에게 내가 살던 나라 사람들은 언제나 어떤 동물의 털을 가공해 만든 것으로 몸을 감싼다고 했다. 그것은 덥거나 추운 공기의 피해를 막기 위해서이며 동시에 예의를 지키기 위해서라고 했다. 주인이 나에게 몸을 보여 달라고 한다면, 자연이 우리에게 숨기라고 가르쳐 준 부분을 제외하고는 즉시 확인시켜 주겠다고 말했다. 주인은 나의 이야기가 매우 이상하다고 했다. 그중에서도 자연이 우리에게 숨기라고 가르쳐 준 부분은 더욱 이상하다고 했다. 주인은 자연이 우리에게 부여한 것을 왜 감추는 것인지 이해할 수 없었기 때문이다. 주인과 그의 가족들은 신체의 어떤 부분에 대해서도 부끄럽게 여기지 않았다. 그러나 내가 생각이 다르다면, 원하는 대로 하게 해 주겠다고 했다.

나는 코트와 조끼의 단추를 풀어서 벗었다. 신고 있던 구두와 양말, 바지를 벗었으며, 중요한 부분을 감추기 위해 속옷을 허리 밑으로 내린 다음 띠처럼 엉덩이 주위에 둘러맸다. 주인은 시종일관 많은 흥미를 드러내며 감탄을 표시했다.

그는 나를 세밀하게 관찰했다. 그는 나의 옷을 발굽과 발목 사이에 쥐고는 열심히 살펴보았다. 주인은 나의 몸을 가볍게 만지며 몇 번이나 주위를 맴돌았다. 이로써 내가 완전한 야후라는 것을 알았다고 했다. 그러나 나의 몸이 희다는 것, 부드럽다는 것, 피부가 꺼칠하지 않다는 것, 몇 군데의 몸에 털이 없다는 것, 손톱과 발톱의 모양과 길이가 다르다는 것, 언제나 두 발로 걸어 다니려 한다는 것 등에서 다른 야후들과 차이점이 있다고 했다.

그는 더 이상 보고 싶어 하지 않았다. 내가 추워서 떨고 있었기 때문에 그는 다시 옷을 입으라고 했다. 나는 주인이 나를 역겨운 동물인 야후로 부르는 것에 대해 불편한 심기를 드러냈다. 나는 야후에 대해 철저히 증오하고 경멸했기 때문이다.

주인에게 야후라고 부르지 말고 그의 가족처럼 대해 달라고 간청했다. 그리고 피부를 가리고 있는 옷에 대해 누구에게도 말하지 말아달라고 부탁했다. 갈색 말이 알고 있다 해도 주인이 함부로 이야기하지 말라고 한다면 알려지지 않을 것이다.

주인은 나의 말을 친절하게 받아들여 주었다. 나의 비밀은 옷이 모두 닳아 버리기 전까지는 유지될 수 있었다. 나는 입을 옷을 마련하기 위해 이모저모로 고심했지만, 여기에 대해서는 나중에 언급하기로 하겠다.

그는 최선을 다해 그들의 언어를 배우라고 했다. 주인은 옷을 입거나 벗고 있는 나의 모습보다는, 말하는 능력과 이성을 갖춘 나의 능력에 대해 더욱 놀랐기 때문이었다. 주인은 내가 그에게 말해 주기로 약속한 것들을 한시라도 빨리 듣고 싶은 마음이 간절하다고 했다.

다음부터 주인은 나를 가르치는 일에 더욱 열중했다. 그는 동료들에게 나를 데리고 가서는 정중하게 대하도록 했다. 그래야만이 나의 기분이 좋아지게 되어서, 내가 그들을 더욱 즐겁게 만들 수 있다고 이야기를 했던 것이다.

주인은 매일 나와 같이 있으면서 휴이넘의 언어를 가르쳐 주었다. 그리고 나에 대해 몇 가지 궁금한 것들을 물어보기도 했다. 나는 최대한 노력해서 대답했다.

이런 대화가 반복되면서 주인은 나에 대해 불완전하지만 일반적인 지식을 가지게 되었다. 내가 어떻게 휴이넘의 언어를 배우면서 정상적으로 말을 할 수 있게 되었는지 말한다는 것은 매우 지루한 일이다. 주인과 이야기를 하면서 내가 논리정연하고 길게 설명했던 것은 다음과 같다.

나는 아주 먼 나라에서 오게 되었다. 저번에 이야기를 했지만, 나와 같은 종족인 50여 명의 사람들과 함께 이곳에 도착했다. 우리는 나무로 만들어진 커다란 상자를 타고 바다를 여행했다. 그 상자는 주인의 집보다도 더욱 큰 것이다. 나는 배에 대해 자세하게 설명했다. 손수건을 사용하면서, 배가 바람의 도움을 받아 어떻게 앞으로 나가는지를 설명했다.

선원들 사이에서 일어난 싸움 때문에 나는 이 나라의 해안에 버려지게 되었다. 나는 여기가 어디인지도 모르면서 앞으로만 걸어갔다. 그리고 흉측한 야후의 괴롭힘으로부터 주인이 나를 구해 주었던 것이다.

주인은 그 배를 누가 만들었으며, 내가 살고 있던 나라의 휴이넘들이 어떻게 해서 배를 짐승들에게 맡겨 둘 수가 있느냐고 물었다. 나는 주인이 자신의 명예를 걸고, 화를 내지 않겠다고 약속하지 않으면 이야기를 계속할 수 없다고 했다. 약속을 하면 내가 전에 약속했던, 신기한 것들에 대한 이야기를 하겠다고 했다. 주인은 나의 말에 동의했다.

배를 만드는 것은 나와 같은 종족들이며, 그들은 내가 살고 있던 나라만이 아니라, 이제까지 여행을 했던 모든 나라에서 살고 있다고 했다. 그리고 나와 같은 종족은 통치력이 있으며 이성적인 유일한 동물이라고 말했다. 그리고 다음과 같은 말을 했다.

내가 이곳에 도착한 다음, 주인과 그의 친구들이 야후라고 부르는 동물인 나에게서 이성을 발견하고 놀랐던 것처럼, 나도 휴이넘들이 이성적인 존재처럼 행동하는 것을 보고 무척이나 놀랐다. 야후는 여러 가지 면에서 나와 비슷했지만, 그들이 어떻게 해서 그와 같은 모습으로 퇴화하게 되었는지는 나도 설명할 수 없다. 다행스럽게 다시 영국으로 돌아갈 수 있어서, 내가 이 나라의 휴이넘에 대한 이야기를 한다고 하더라도 모든 사람들은 내가 터무니없는 말을 한다고 생각할 것이다. 머릿속으로 꾸며 낸 이야기라는 것이다. 주인과 그의 가족 그리고 친구들에게 진심으로 경의를 표한다.

절대로 화를 내지 않겠다는 약속을 믿고 말하는 것이지만, 내가 살던 나라의 사람들은 휴이넘이 사회를 통치하는 역할을 맡고 있다는 것은 도저히 상상할 수 없으며, 야후가 형편없이 미개한 짐승이라고 절대로 생각하지 않을 것이다.

제4장

진실과 거짓에 대한 휴이넘의 생각에 대해 이야기한다. 주인은 저자의 말을 반박한다. 저자는 자신과 그의 여정에서 생겨날 일에 대해 보다 자세히 이야기한다.

주인은 매우 혼란스러운 표정을 지으면서 나의 이야기를 들었다. 이 나라에서는 의심이나 불신이라는 것이 거의 알려져 있지 않았기 때문에 그들은 이러한 상황에서 어떻게 행동해야 하는지 알 수가 없었다. 나는 사람들의 본성에 관해 주인과 여러 번 이야기했다. 거짓말과 거짓 진술에 대해서도 말을 할 수 있는 기회가 있었다. 다른 일들에 대해서는 매우 날카로운 판단을 했던 주인도, 거짓말이 무엇을 의미하고 있는지를 깨닫는 것에는 아주 힘들어했다.

그는 다음과 같이 주장했다. 언어를 사용하는 것은 서로를 이해하면서, 사실에 대한 지식을 구하기 위해서라는 것이었다. 만약 어느 사람이 존재하지 않는 것을 말한다면, 그 목적은 실패했다는 것이다. 왜냐하면 내가 그를 올바르게 이해한다고 말할 수 없으며, 지식을 받아들일 수도 없기 때문이다. 그 결과 아무것도 알지 못할 때보다 더욱 나쁜 상태로 만드는 것이다. 하얀 것을 검다고, 긴 것을 짧다고 믿게 될 것이다. 이러한 것들이 거짓말에 대한 그의 의견이었다.

내가 살던 나라에서는 야후가 사회를 지배하고 있다고 말하자, 주인은 도무지 믿을 수가 없다고 했다. 그곳에도 휴이넘이 살고 있는지, 그렇다면 무슨 일을 맡고 있는지 알고 싶어 했다. 나는 많은 휴이넘들이 살고 있다고 했다. 휴이넘은 여름에는 목장에서 풀을 뜯고 겨울에는 건초와 귀리를 먹으며 집 안에서 지낸다고 말했다. 야후 가운데 하인은 휴이넘의 피부를 문질러서 부드럽게 하거나 갈기를 빗겨 주고 발을 청소해 주며 먹을 것을 주고 잠자리를 만들어 주는 일을 한다고 했다.

잘 이해할 수 있겠다고 주인은 말했다. 그대가 말한 것을 들으면서, 야후들이 아무리 이성을 가지고 있다고 하더라도 휴이넘이 그대의 주인이라는 것은 분명하게 되었다. 이곳에서도 휴이넘이 야후를 그런 방식으로 길들인다면 얼마나 좋을 것인가 하고 말했다.

나는 주인에게 더 이상 이야기를 하지 않아도 용서해 달라고 했다. 왜냐하면 그가 듣게 되는 이야기는 매우 불쾌할 것이기 때문이었다. 그러나 그는 좋은 것이든 나쁜 것이든 간에 무엇이든 알려 달라고 하며 물러서지 않았다. 나는 그의 말에 따르겠다고 했다.

야후들이 소유하고 있는 휴이넘을 우리는 말이라고 부른다. 말은 야후들의 소유물 중 가장 겸손하고 잘 생긴 동물이며, 힘과 속도가 다른 동물에 비해 두드러진다는 것을 인정했다. 신분이 높은 사람에게 속해 있을 때는 여행이나 경마 혹은 마차를 끄는 일을 하며, 매우 친절하고 세심하게 대우를 받지만, 병에 걸리거나 다리를 못 쓰게 되면 팔려서 죽을 때까지 온갖 고생을 겪게 된다. 그다음에는 가죽이 벗겨지게 되고, 고기는 개나 맹수들의 먹이로 남겨진다.

그러나 농부와 마차꾼과 같이 미천한 사람들이 기르는 말은 그러한 행운을 얻지 못한다. 좋지 않은 음식을 먹으면서 많은 노동을 하는 것이다. 나는 말을 타는 방법과 고삐, 안장, 채찍, 멍에, 마차 바퀴의 모양과 사용법을 설명했다. 딱딱한 길을 돌아다닐 때 발굽이 부서지지 않도록 보호하기 위해 편자라고 하는 보호판을 발바닥에 붙인다고 말했다.

나의 주인은 상당히 화가 난 표정을 지었다. 감히 야후들이 어떻게 휴이넘의 등에 올라탈 수 있는가 놀라는 것이었다. 주인은 자기의 집에 있는 가장 힘이 약한 하인의 등에 가장 힘이 센 야후가 탔다고 할지라도 그는 야후를 흔들어서 떨어뜨릴 수 있으며, 그 짐승을 밟아 죽일 수 있을 것이라고 확신했기 때문이다.

영국의 휴이넘들은 서너 살 때부터 우리가 시키는 대로 몇 가지의 훈련을 받는다고 대답했다. 그들 중 아주 사나운 놈들이 있으면, 그 말은 마차를 끄는 일을 하게 된다. 버릇이 나쁜 말은 어릴 적부터 엄격하게 매를 맞아서 그 버릇을 고친다. 경주를 하거나 마차를 끌게 된 말은 두 살 정도 되었을 때, 대개가 거세를 당한다. 온순하고 얌전하게 만들기 위한 것이다. 그들은 상과 벌에 아주 예민하다. 그러나 주인이 생각해야 할 것은, 말들이 이 나라에 있는 야후보다 조금이라도 많은 이성을 가지고 있지 않다는 사실이다.

내가 말한 것들의 정확한 의미를 주인에게 전하기 위해 나는 매우 고생을 했다. 그들의 욕망이나 감정이 우리보다 적었기 때문에, 휴이넘의 언어는 낱말의 다양성에 있어서 훨씬 빈약했던 것이다.

영국의 휴이넘을 그토록 야만스럽게 대하는 것에 대한 주인의 분노를 표현하는 것은 거의 불가능한 일이다. 특히 휴이넘의 종족이 번성하지 못하도록 그리고 많은 일을 시키기 위해 거세시키는 방법과 용도를 설명한 후에는 더욱 그러했다. 주인은 야후만이 이성을 부여받은 나라가 있을 수 있다면, 그들이 틀림없이 사회를 지배할 것이라고 했다. 왜냐하면 이성이란 언제나 야만적인 힘을 능가하는 것이기 때문이라는 것이다. 그러나 그는 나의 골격을 바라보면서, 이성을 사용하기에는 알맞지 않도록 만들어져 있다고 했다.

주인은 내가 살고 있던 나라 사람들이 나를 닮았는지 아니면 이 나라의 야후들을 닮았는지 궁금해했다. 나는 주인에게 내 체격은 내 나이

또래의 사람들과 비슷하다고 확실히 말하면서, 젊은 사람들이나 여자들은 더욱 부드럽고 아름답다고 했다. 여자들의 피부는 대체로 우유처럼 하얗다고 말했다.

주인은 내가 다른 야후들보다 더욱 깔끔하고 잘생겼으므로, 그들과는 다르다고 했다. 그러나 살아가는 일에 있어서는 내가 훨씬 불편할 것이라고 했다. 나의 발톱은 앞발이든 뒷발이든 모두 쓸모가 없을 것이다. 앞발에 대해서는 그것들을 앞발이라고 부르는 것조차 적절하지 못하다고 했다. 그는 내가 앞발로 걷는 것을 한번도 본 적이 없었기 때문이었다.

땅을 밟기에는 너무나 부드러웠으며, 덮개를 씌웠다고 하더라도 뒷발과 같은 모양이 될 수 없으며 튼튼하지도 않다고 했다. 걷는 모양도 불안해 뒷다리 가운데 하나라도 미끄러지면 당장에 넘어질 것이 틀림없다고 했다. 그는 나의 얼굴이 넓으면서도 코가 오뚝하고, 눈이 정면에 붙어 있어서 고개를 돌리지 않고는 옆쪽을 볼 수 없다고 비판했다.

나는 앞발을 입까지 가져가지 않고서는 먹을 수도 없기 때문에 자연이 그러한 필요성을 충족시키도록 관절을 만들어 놓은 것이다. 그는 나의 발가락이 왜 그렇게 갈라져 있는지 알 수가 없었다. 발은 다른 짐승의 가죽으로 만든 덮개 없이는 딱딱하고 날카로운 돌을 견디기에는 너무 부드러운 것이라고도 했다.

나의 몸은 더위와 추위에 견디기 위한 것이 필요하기에, 귀찮고 힘들지만 언제나 옷을 입고 있지 않을 수 없는 것이다. 주인은 이 나라에 있는 모든 동물들이 야후를 싫어하며 약한 동물은 피하고, 강한 동물은 쫓아 버리려고 한다고 했다. 만약 야후가 이성을 가지게 된다고 하더라도 모든 동물이 야후에게 가지고 있는 자연적인 반항심을 어떻게 극복할 수 있는지에 대해서도 그는 알 수가 없었다. 이러한 까닭에, 우리가 다른 동물을 길들여서 복종하도록 만드는 것이 어떻게 가능한 것인가도 알지 못했던 것이다.

하지만 그는 이 문제에 대해 더 이상 이야기를 듣고 싶어 하지 않았다. 그보다는 나의 이야기와 내가 태어난 나라 그리고 내가 이곳에 오기까지 겪었던 사건들을 더욱 알고 싶어 했기 때문이었다. 그의 흥미를 만족시켜 주기 위해 내가 많이 노력하고 있다는 것을 알려 주었다. 그러나 이 나라에서는 생각할 수조차 없는 몇 가지 일에 대해서는 설명이 불가능할 것이라고 주인에게 말했다. 나는 최선을 다하겠으며, 이 나라에서 최대한 비슷한 경우를 찾아 서로 비교하는 형식을 취하겠다고 했다. 적당한 단어가 필요할 때는 그의 도움을 바라겠다고 했다. 주인은 그렇게 하겠다고 약속했다.

나는 영국이라는 섬에서 태어났다. 부모님들은 훌륭하신 분이었다. 영국은 주인의 하인들 가운데 가장 힘이 센 휴이넘도 1년 동안 쉬지 않고 달려야 겨우 도착할 정도로 이 나라에서 멀리 떨어져 있다. 나는 외과의사로 교육을 받았다. 그것은 사고나 폭력에 의해 몸에 생긴 상처를 치료하는 일이다. 영국은 여왕이라고 불리는 여자에 의해 다스려지고 있다. 나는 재산을 얻기 위해 영국을 떠났다. 돌아온 다음, 나와 가족들을 부양하기 위해서였다. 마지막 항해에서 나는 배의 선장이었다. 나는 50여 명의 야후를 부하로 거느리고 있었는데, 많은 수가 항해 중에 죽었다. 그래서 나는 타국 출신인 선원들을 구할 수밖에 없었다. 배는 두 번이나 침몰할 위기를 지나왔다. 첫 번째는 거대한 폭풍 때문이었으며, 두 번째는 암초에 부딪혔기 때문이었다.

주인은 나의 말을 잠시 중단시켰다. 사람이 죽거나 파선할 위험을 겪으면서도 어떻게 해서 다른 나라의 사람들을 설득해서 함께 여행을 할 수 있었는지 물어보았다. 그들은 가난과 범죄 때문에 태어난 곳에서 도망을 칠 수밖에 없는 절망적인 운명을 타고난 사람들이라고 말했다. 몇 명은 재판소송으로 파산했으며, 모든 재산을 술과 매음과 도박으로 탕

진해 버린 사람도 있었다. 어떤 사람들은 반역죄로 도망을 치던 중이었다. 많은 사람들이 살인, 절도, 독살, 강도, 위증, 문서위조, 위조지폐, 강간 때문에 도망쳤으며, 군대에서 도망치거나 적과 싸우다가 달아난 자도 있었다. 그들의 대부분은 탈옥한 사람들이었다. 그들은 모두 교수형을 당하거나 감옥에서 굶어 죽는 것을 두려워하므로 고국으로 돌아가지는 못한다. 따라서 다른 곳에서 생계를 꾸려야 할 필요가 있었던 것이다.

내가 이야기를 하는 동안 주인은 몇 번이나 이야기를 중단시켰다. 나는 선원 대부분이 고국에서 도망치지 않을 수 없었던 범죄의 성격을 설명하는 데 있어 완곡한 방법을 사용했다.

나의 말을 완전히 이해할 때까지 대화는 며칠 동안 계속해서 이어졌다. 주인은 범죄를 저지르는 목적과 필요성이 무엇인지 전혀 이해할 수 없었다. 이를 분명하게 알려 주기 위해 나는 권력과 재산에 대한 욕망, 정욕, 무절제, 악마와 같은 질투에서 초래될 수 있는 무서운 결과에 대해 주인에게 설명하려고 노력했다. 이러한 것들에 대해 예를 들거나 가정하면서 설명을 했다.

설명을 다 들은 주인은 몹시 놀라면서 의문에 찬 눈을 들고는 했다. 그들의 언어에는 권력, 정부, 전쟁, 법률, 처벌 등의 많은 것들을 설명할 용어가 없었다. 내가 뜻하는 것을 이해하기 위해 주인은 많은 어려움을 겪어야만 했다. 그러나 이해력이 뛰어난 주인은 사색과 대화의 도움을 받아서 마침내 우리가 살고 있는 곳에 대해 완전히 이해할 수 있었다. 그는 유럽이라고 부르는 땅에 대해 자세하게 설명해 주기를 바라는 것이었다. 나의 조국인 영국에 대해서는 더욱 그러했다.

제5장

저자는 주인의 지시대로 영국에 대해 설명한다. 유럽의 여러 나라가 전쟁을 하는 원인에 대해 이야기한다. 영국 헌법에 관해서 설명하기 시작한다.

다음 이야기는 내가 주인과 여러 차례에 걸쳐 대화한 것에서 발췌한 것이다. 2년 동안에 걸쳐 반복했던 점들 중에서 가장 중요한 문제만을 요약한 것이라는 사실을 독자들은 알아두기 바란다. 휴이넘의 언어에 대한 나의 실력이 향상되는 것에 따라 주인은 더욱 많은 것을 알고 싶어 했다.

나는 그에게 유럽의 상황에 대해 설명했다. 무역과 제조업, 예술과 과학에 대한 이야기를 들려주었다. 주인과 나는 수많은 질문과 대답을 모두 기록할 수는 없었다. 그러므로 영국에 대해 이야기한 것 가운데 중요한 부분만을 기록할 것이다. 사실을 있는 그대로 기록하겠지만, 이야기를 나눈 시간이나 장소에 관한 것을 제외하고 될 수 있는 한 요령 있게 적어나가겠다. 나의 유일한 걱정은 주인의 논점이나 표현을 올바르게 나타낼 수 없다는 것이다. 야만스러운 언어인 영어로 번역했을 때 훼손될 것이 틀림없고, 내 능력 부족 때문이기도 했다.

주인의 명령에 따라 나는 오렌지 왕자(후에 윌리엄 3세가 되는 인물)의 혁명에 대한 이야기를 시작했다. 오렌지 왕자에 의해 야기된 프랑스와의 긴 전쟁이 있었다. 그 전쟁은 왕위를 계승한 지금의 여왕이 다시 시작했다. 기독교를 믿는 강대국들이 함께 참여했으며, 그 전쟁은 아직도 계속되고 있다고 했다. 대략 1백만 명의 야후가 전쟁으로 죽었고, 100개 이상의 도시가 점령되었으며, 500여 척의 배가 불에 타거나 침몰했다고 말했다.

그는 나에게 한 나라가 다른 나라와 전쟁을 하게 되는 원인이나 동기가 무엇인지 물었다. 그 이유는 수없이 많지만 가장 중요한 것들만 몇 가지 말하겠다고 했다. 결코 자기가 통치하는 땅이나 사람들로 만족하지 못하는 국왕의 야심이 원인이다. 그들의 사악한 실정에 반대하는 국민들의 분노를 억누르거나, 다른 곳으로 돌리기 위해 전쟁을 일으키기도 한다. 대신들의 부패가 원인이 되기도 한다. 의견의 차이는 수백만 명의 생명을 쉽게 빼앗아 간다.

예를 들면 고기가 빵이냐 빵이 고기냐에 대한 논쟁, 딸기 주스가 피냐 술이냐 하는 논쟁, 휘파람이 악행이냐 미덕이냐 하는 논쟁, 편지에 입을 맞추는 것이 좋은가 아니면 그것을 불에 던지는 것이 좋은가에 대한 논쟁, 외투의 빛깔이 검정색, 흰색, 붉은색, 회색 가운데 어느 것이 가장 좋냐 하는 논쟁, 그리고 외투가 길어야 하는가 짧아야 하는가, 좁아야 하는가 넓어야 하는가, 더러워야 하는가 깨끗해야 하는가에 대한 논쟁 등이 있으며, 그 밖에도 많은 의견의 대립이 있다. 게다가 그렇게 중요하지 않은 일에 대한 의견의 대립으로 일어나는 전쟁만큼 무섭고 잔인하며 긴 전쟁은 없을 것이다.

때로는 두 국왕이, 그들 가운데 어느 누구도 권리가 없는 다른 사람의 영토를 누가 빼앗을 것인가에 대한 이유로 전쟁을 하는 경우도 있다. 어떤 국왕은 다른 국왕이 싸움을 걸어올지도 모른다고 멋대로 생각해서 그 국왕과 싸우기도 한다. 적이 너무 강해서 전쟁이 일어날 때도 있으며, 너무 약해서 일어나는 경우도 있다.

다른 나라에서 우리가 가진 것을 원하거나, 반대로 우리가 원하는 것을 그들이 가지고 있다는 이유로 전쟁이 시작되기도 한다. 그들이 우리의 것을 소유하거나, 우리가 그들의 것을 소유할 때까지 둘 다 싸우는 것이다. 국민이 기근에 허덕이고 전염병으로 고생하다 죽거나, 그들 사이가 당파로 분열하게 되면 그것은 그 나라를 침략하는 전쟁의 정당한 이유로 인정된다.

가까운 동맹국의 도시가 점령하기 편한 위치에 놓여 있거나, 그 나라의 영토를 빼앗으면, 우리의 영토가 안전해지고 튼튼해진다면, 동맹국이라고 할지라도 침략하는 것은 정당하다. 어떤 국왕이 가난하고 무식한 사람들이 있는 나라에 군대를 보낸다면, 국왕은 그들을 개화시켜 야만적인 생활방식에서 벗어나게 한다는 명분으로 그 나라 사람들의 절반을 죽일 수도 있으며 노예로 만들어 버릴 수도 있는 것이다.

한 국왕이 침략을 받아서 다른 국왕의 도움을 바랄 경우, 도움을 주기 위해 온 국왕은 침입자를 몰아낸 후에 그 영토를 소유한다. 그리고 그가 도움을 주러 왔던 국왕을 죽이거나 다른 곳으로 추방시키는 것은 매우 명예스러운 일이며 흔히 발생하는 일이다. 혈연이나 결혼에 의한 동맹이라 할지라도 국왕 사이에서는 충분히 전쟁의 원인이 될 수 있다.

혈연이 가까우면 가까울수록 싸우고 싶은 욕망은 커지는 것이다. 가난한 나라는 궁핍하고, 부유한 나라는 교만하다. 교만과 궁핍이 부딪히면 반드시 전쟁이 일어난다. 이러한 이유 때문에 군인은 가장 명예스러운 직책으로 간주된다. 군인이란 그를 결코 공격한 적이 없는, 그와 같은 종족을 가능한 많이 죽이도록 고용된 야후이기 때문이다.

유럽에는 극빈한 국왕도 있다. 그들의 능력으로는 전쟁을 할 수 없으므로 자신의 군대를 부유한 나라에 고용시키면서 일정한 대가를 받는다. 그 대가의 4분의 3을 국왕이 소유한다. 전쟁을 수출하면서 받은 대가는 국왕의 유지비 가운데 최대의 비율을 차지한다. 그러한 국왕들은 북유럽에 많이 있다.

나의 주인은 이야기를 듣고 난 후 이렇게 말했다.

전쟁에 대해 그대가 이야기한 것을 듣고 있자니 그대들이 갖고 있다는 이성이란 것의 고마움을 너무나 잘 알 것 같습니다. 그러나 그나마 다행인 건 전쟁이라는 것이 분명 부끄러운 일일지언정 그것에 수반되는 위험은 그리 크지 않다는 점입니다. 왜냐하면 그대들이 나쁜 일을 많이 하지 못하도록 자연이 만들어 놓았기 때문입니다. 그대의 입은 얼굴 가까이 붙어 있기 때문에, 동의를 구하지 않고서는 서로를 심하게 물어뜯을 수 없을 것입니다. 그대의 발톱에 대해서라면, 그것들은 너무 짧고 부드러워서 우리의 야후 하나가 열 명의 유럽 사람들을 몰아낼 수 있을 것입니다. 그러므로 전쟁에서 죽었다는 자들을 헤아려 볼 때, 나는 당신이 존재하지 않는 것을 말한다고 생각할 수밖에 없습니다.

나는 그의 무지함에 대해 머리를 흔들며 웃지 않을 수 없었다. 전쟁에 대해 어느 정도 알고 있던 나는 주인에게 여러 모양의 대포와 소총, 기병총, 권총, 탄환, 칼, 대검, 포위, 후퇴, 공격, 참호, 포격, 해전, 1천여 명의 사람들이 타고 있던 배의 침몰, 적군과 아군 각각 죽거나 다친 사람 2만 명, 죽는 자의 비명, 하늘로 날아다니는 팔다리, 연기, 소음, 혼란, 말에 밟힌 사람, 도망, 추격, 승리, 개나 승냥이, 독수리가 파먹을 시체가 놓여 있는 들판, 약탈, 강탈, 능욕, 방화, 파괴 등에 대해 설명했다. 자신의 용기를 보여 주기 위해, 나는 그들이 한 번의 포위 공격에서 100명의 적을 살해하고, 100여 명의 승무원이 탄 배를 부수는 것을 보았다고 했다. 그리고 구경하는 사람들의 기분이 좋도록 산산조각이 난 시체들이 자욱한 연기를 뚫고 떨어지는 것은 엄청난 구경거리라고 말해 주었다.

좀 더 자세하게 설명을 하려고 했을 때, 주인은 그만하라고 했다. 야후의 힘과 교활함을 알고 있는 사람이라면, 내가 이야기한 모든 것이 사실이라는 것을 믿을 것이라고 했다.

주인은 나의 이야기가 야후에 대한 혐오감을 증대시켰으므로, 전에는 느끼지 못했던 마음의 동요를 일으켰다고 했다. 그런 자극적인 말에 귀가 익숙하게 되면 점차 혐오감은 줄어들 것이며, 마침내 그것을 인정하게 될지도 모른다고 생각했던 것이다.

이 나라의 야후를 증오한다고 하더라도, 그는 그네디(잔인한 독수리)나 혹은 말굽을 다치게 하는 날카로운 돌을 비난하는 것보다 지나치지는 않았다. 그러나 이성을 지닌 동물이 그런 잔인한 짓을 할 수 있다면, 그는 이성의 타락이 잔인함보다도 더욱 나쁠 수 있다고 두려워했다. 따라서 그는 우리가 이성을 가지지는 않았으며, 다만 우리의 악행에 걸맞은 자질을 지니고 있을 뿐이라고 확신하는 것 같았다. 그것은 거친 시냇물이 잘못 생긴 몸의 모습을 더욱 커다랗게 비추어 줄 뿐만 아니라 일그러지게 만들어서 나타내는 것과 같은 것이었다.

주인은 전쟁에 관한 이야기를 너무 많이 들었다고 했다. 그를 혼란스럽게 만드는 점은 또 하나 있었다. 나는 몇 명의 선원들이 죄를 지은 다음, 자신을 파멸시키는 법률을 피해 고국을 떠났다고 말했다. 그 말의 뜻도 이미 설명했다.

그러나 주인은 모든 사람을 보호하기 위해 만들어진 법률이 어떻게 사람을 파멸로 이끄는가에 대해 몹시 궁금해했다. 그는 법이라는 단어가 의미하는 것이 무엇인가 알고 싶어 했으며, 법을 시행하는 사람들은 누구인가를 영국의 실정에 맞추어 물어보았다. 만약 우리가 이성적인 동물이라고 한다면, 자연과 이성은 이미 우리에게 해야 할 것과 하지 말아야 할 것을 알려 주는 충분한 안내자가 될 수 있다고 생각하기 때문이있다.

법률은 내가 많이 접해 보지 못한 학문이라고 했다. 나에게 부당한 일이 가해졌을 때, 변호사를 고용했으나 소용이 없었던 일을 제외하고는 법률과 접해 본 적이 없다고 말했다. 그러나 능력이 미치는 대로 대답을 하겠다고 했다.

나는 돈 때문에 어릴 때부터 하얀 것을 검다고, 검은 것을 하얗다고 증명하기 위해 만들어진 전문용어를 사용하는 기술을 배우는 사람들이 우리 사회에 있다고 말했다. 이러한 사회에서는 나머지 사람들은 모두 노예나 다름 없다. 예를 들어 내 이웃 사람이 나의 소를 탐낸다면, 그는 소를 빼앗기 위해 변호사를 고용한다. 스스로를 변호를 한다는 것은 법률에 위배되는 것이기 때문에, 자신의 권리를 방어하기 위해 나는 다른 변호사를 고용해야만 한다. 지금의 경우에는 소를 소유하고 있는 나에게 두 가지의 불이익이 생긴다.

처음의 불이익은 태어날 때부터 허위로 변호하도록 훈련된 변호사들은 올바른 일을 맡게 될 경우, 자신의 자질을 잘 발휘하지 못한다. 나쁜 의도는 아니지만 변호사에게 매우 부자연스러운 업무이기 때문에, 아주 어색하게 일을 처리하는 것이다.

다음의 불이익은 나의 변호사가 매우 조심스럽게 일을 진행시켜야 한다는 것이다. 그렇지 않으면 법률가의 업무를 일부러 방해하는 사람이라고 판사들이 꺼려하거나, 동료 변호사로부터 미움을 받게 된다. 그렇기 때문에 소를 보호하기 위해서는 두 가지의 방법만이 남아 있다.

첫 번째 방법은 두 배의 급료를 주어 상대방의 변호사를 매수하는 것이다. 그는 원래의 의뢰인에게 당신의 주장이 너무 올바르기 때문에 오히려 변호하기 어렵다는 뉘앙스를 풍기면서 내 쪽으로 돌아설 것이다.

두 번째 방법은 변호사로 하여금 나의 소송이 부당한 것처럼 보이도록 만들어서 소를 상대방의 소유로 만드는 것이다. 그것은 틀림없이 판사들의 호감을 얻게 될 것이다.

주인이 알아야 할 것은 판사들이란 죄를 지은 사람에 대한 재판만이 아니라, 재산에 관계된 모든 분쟁을 해결하도록 임명된 사람들이다. 실력은 좋지만 늙거나 게으른 변호사들 가운데에서 선출된다. 젊은 시절부터 진리와 평등에 대해 편견을 가지고 있기 때문에 사기와 위증과 직권남용에 찬성해야 하는 치명적인 운명에 놓여 있다. 내가 아는 어떤 재판관은 부정한 쪽 편을 드는 자신의 본성을 깜빡하여 동료들의 기분이 상하는 일이 없도록 '정당한' 쪽에서 보낸 뇌물을 거절한 적도 있다.

이전에 행해진 모든 사건들은 법률에 의해 다시 행해질 수 있다는 것이 이들 변호사 사이에서의 격언이다. 따라서 그들은 정의와 이성에 반대해 행해졌던 이전의 판단들을 매우 조심스럽게 기록해 둔다. 그들은 판례라는 것을, 가장 부당한 의견을 정당화시키기 위한 권위로써 제시한다. 재판관들은 반드시 이것에 따라 판결을 내린다.

변호를 할 때 그들은 사건의 옳고 그름을 따지는 것을 절대적으로 삼가한다. 그러나 사건과 아무런 관계도 없는 상황을 진술할 때는 큰 소리를 지르면서 격렬하고 끈질기게 달라붙는다. 그들은 나의 소에 대해 상대방이 무슨 근거를 가지고 자신의 것이라고 주장하는가에 대해서는 알려고 하지 않는다. 다만 그 소가 붉은 소인가 검은 소인가, 뿔이 긴 것인가 짧은 것인가, 소가 풀을 뜯어 먹는 들판이 둥근 것인가 네모난 것인가, 그 소가 어떤 질병에 약한가, 집에서 젖을 짜는가 밖에서 짜는가 등을 포함한 사소한 것을 알고 싶어 한다. 그런 다음에 판례를 찾거나 휴정을 하는 것이다. 소에 대한 소유권을 결정기까지 10년, 20년, 혹은 30년이 걸리는 수도 있다.

변호사 사회에는 그들만이 사용하는 특별한 용어와 은어가 있다. 그들은 다른 사람이 쉽게 알아들을 수 없는 언어를 사용한다. 법률 자체도 이러한 언어로 씌어 있다. 그들은 그 용어들의 개수를 늘리려고 노력한다. 그 말들을 가지고 진실과 허위, 옳은 것과 틀린 것에 대한 판단을 혼란스럽게 만드는 것이다. 그들은 6대에 걸친 나의 조상에 의해 유산으로 남겨진 들판이 나의 것인지 혹은 483킬로미터 떨어진 곳에 살고 있는 낯선 사람의 것인지를 결정하는 데 30년이 걸리는 것이다. 국왕에 대한 반역죄로 기소된 사람들을 재판하는 방법은 매우 간단해서 칭찬할 만하다. 재판관은 먼저 권력을 장악하고 있는 사람들의 마음을 살펴본다. 그런 다음에는 법률에 전혀 위반되지 않고 간단하게 교수형을 선고하거나 살려 주는 것이다.

여기에서 주인은 나의 말을 중단시켰다. 변호사에 대해 내가 말한 것을 들어볼 때, 그들은 지혜와 지식에 있어서 다른 사람들의 지도자가 될 만한 자질을 가지고 있지만, 그렇게 행동하지 않는 것이 매우 안타깝다고 했다. 그 말에 대해 나는 자신 있게 대답했다.

변호사들은 자신의 업무를 제외하고는, 모든 면에서 가장 무식하고 어리석은 사람들이다. 일상적인 대화도 제대로 못하고 모든 학문, 지식을 절대로 받아들이려 하지 않는다. 자신의 전문적인 업무를 다루는 경우나 그 이외의 문제에 대해 논의하는 경우에도, 인간이면 누구나 갖춘 이성을 일부러 틀린 방향으로 비틀어 사용하려는 경향이 있다.

제6장

앤 여왕의 통치하에 있는 영국에 관한 언급이 계속된다. 유럽 왕정의 수상에 관해 이야기한다.

주인은 법률가들이 자신의 동족에게 피해를 입히기 위해, 불법을 자행하는 집단을 이루는 이유가 무엇 때문인지 도무지 알 수가 없었다. 사람들이 법률가를 고용한다는 말의 의미도 역시 이해하지 못했다.

돈의 사용법과 돈을 만들기 위해 사용하는 재료의 가치에 대해 설명하는 것도 무척 어려웠다. 어느 야후가 돈을 많이 가지고 있다면, 그는 자신이 가지고 싶은 것을 무엇이든지 살 수 있다. 가장 좋은 옷, 훌륭한 집, 넓은 땅, 값비싼 음식과 마실 것, 가장 아름다운 여자 야후도 선택할 수 있다. 돈만 있으면 이러한 일들을 할 수 있다.

우리나라의 야후들은 낭비벽과 욕심이 있기 때문에 저축하기에 충분한 돈을 가질 수 없다고 생각한다. 부자는 가난한 사람들이 열심히 일해서 만든 것으로 하루를 즐긴다. 가난한 사람들 1천 명이 있다면, 부자는 한 명 정도뿐이다. 소수의 사람을 부자로 만들기 위해 대다수의 사람들은 적은 급료를 받으면서 노동을 한다. 그렇기 때문에 가난한 사람들의 생활은 비참하지 않을 수 없다.

하지만 그는 나의 말을 조금도 이해하지 못했다. 주인은 모든 동물들—더구나 다른 동물을 지배하는 동물은, 땅에서 생산되는 모든 것을 똑같이 나누어 사용할 권리가 있다고 믿고 있었다. 따라서 값비싼 음식은 어떠한 것이며, 우리가 왜 그것을 원하는지 알고 싶어 했다.

나는 머리에 떠오르는 대로 값비싼 음식을 요리하는 방법을 가르쳐 주었다. 그것들은 세계의 여러 나라에서 배를 이용해 구해 오지 않으면 만들 수 없다고 했다. 술이나 소스를 비롯한 여러 편의품들도 마찬가지라고 했다. 부유한 여자 야후가 아침식사와 함께 차를 마시기 위해서는, 다른 사람들이 지구를 세 바퀴나 돌아야 한다고 말했다.

주인은 국민에게 먹을 것을 제대로 마련해 주지 못하는 나라는 매우 비참할 것이라고 했다. 그가 가장 놀랐던 것은 내가 설명한 넓은 대지에 신선한 물이 없다는 것이었다. 그래서 마실 것을 구하기 위해 사람들을 바다 건너편에 있는 다른 나라로 떠나 보낼 필요가 있다는 것이었다. 내가 태어났던 영국에는 곡식에서 추출하거나 과일을 짜서 만든 음료수와 다양한 생활필수품이 있으며, 국민이 소비할 수 있는 것보다 세 배나 더 많은 양의 음식을 생산할 수 있다고 나는 대답했다.

하지만 남자들의 사치와 무절제, 여자들의 허영을 충족시키기 위해 영국에서 생산되는 필수적인 것들을 다른 나라에 보내며, 그에 대한 보답으로 우리가 소비할 질병과 방탕과 죄악을 만드는 재료를 들여온다. 이러한 일에 반드시 따르게 되는 현상은, 구걸, 강도, 절도, 사기, 중매, 거짓 맹세, 아첨, 위증, 위조, 도박, 거짓말, 아양, 허세, 투표, 잡문, 몽상, 독살, 매음, 위선, 인신공격, 자유사상 등이 있으며, 많은 이들이 직업으로 삼아 생계를 유지하는 것이다. 나는 이러한 용어들을 그에게 이해시키기 위해 무척이나 고생을 했다.

포도주는 물이나 다른 음료수들이 부족하기 때문에 다른 나라에서 수입되는 것이 아니다. 포도주가 우리를 즐겁게 만들어 주는 음료이기 때문이다. 그것은 우리를 무감각하게 만들고, 우울한 마음을 전환시켜 주며, 거칠고 허황된 생각을 품도록 한다. 희망을 생기게 해 주고, 두려움을 사라지게 하며, 얼마 동안 이성을 잃어버리게 한다. 깊은 잠에 빠질 때까지 우리의 몸을 움직이지 못하게 만들기도 한다. 머리가 아프고 힘 없는 상태로 깨어나게 만든다. 술을 마심으로써 생기는 질병은 우리의 삶을 불편하고 짧게 만들어 버린다는 것을 고백하지 않을 수 없었다.

많은 사람들은 서로에게 생활필수품이나 각종 편의를 제공하면서 살아간다. 내가 집에서 입고 있는 정장은, 100명의 사람들을 거쳐야만 구할 수 있는 것이다. 집을 짓거나 가구를 만드는 데는 그 이상의 사람들이 필요한 셈이며, 아내의 치장을 위해서는 그 다섯 배나 많은 사람들이 필요하다.

나는 많은 선원들이 질병으로 죽었다고 주인에게 말한 적이 있다. 몸이 아픈 사람들을 돌보면서 생계를 유지하는 사람에 대해 계속 이야기를 했다. 하지만 주인은 내가 의미하는 것을 잘 이해하지 못했다. 휴이넘들은 죽기 며칠 전에도 몸이 약해지거나 힘이 빠져나가지 않았다. 간혹 사고에 의해 몸을 다치기는 했다. 그러나 모든 것을 완전하게 만드는 자연이 우리의 몸에 고통을 준다고는 도저히 생각하지 못했던 것이다. 그는 영문을 알 수 없는 불행한 일들이 우리에게 일어나는 이유를 물어보았다.

나는 우리가 서로 상반되는 일을 많이 하고 있다고 했다. 배가 고프지도 않을 때 먹거나 목이 마르지 않을 때 마시며 아무것도 먹지 않은 채 밤새도록 독한 술만을 찾으면 게으르게 되고 몸이 부으면서 소화를 시키지 못하게 된다고 했다. 창녀인 야후가 병에 걸리면, 함께 잠을 자는 야후들의 뼈를 썩게 만든다. 이러한 병들이 다른 질병과 함께 여러 세대를 거치면서 전해진다. 그 결과 많은 사람들은 복잡한 병에 걸리게 되는 것이다.

야후에게 발생하는 질병의 목록을 그에게 제시한다는 것은 끝도 없는 일이다. 사지와 관절에 감염되는 질병의 수만 하더라도 500~600가지 이상일 것이기 때문이다. 즉, 우리는 몸 안팎의 모든 부분에 질병을 가지고 살아가는 것이다. 그 환자들을 치료하기 위해 교육받은 사람들이 있다. 그 분야에 대한 기술을 어느 정도 알고 있기 때문에, 그 신비한 방법을 감사의 뜻으로 주인에게 알려 주겠다고 했다.

의사들은 모든 질병이 기본적으로 포식에서 비롯되기 때문에 자연적인 통로를 이용하든지, 그렇지 않으면 입으로 게워내든지 간에 배설이 필요하다고 결론을 내린다. 그들은 약초, 무기물, 점성 고무, 기름, 조개껍질, 소금, 과즙, 해초, 배설물, 나무껍질, 뱀, 두꺼비, 개구리, 거미, 죽은 사람의 살이나 뼈, 짐승, 물고기 등으로부터 가장 지독하고도 구역질 나는 냄새와 맛을 내는 것들을 만든다. 위장은 이러한 것들을 매우 싫어하기 때문에 즉시 그것들을 내놓는다. 야후들은 이것을 구토라고 부른다.

이외에도 다른 몇 가지 재료를 섞어 역겨운 약을 만든다. 의사들은 위에 있는 구멍이건, 아래에 있는 구멍이건 가리지 않고 이것을 집어넣는다. 그 약은 배의 긴장을 풀게 해서 모든 것들을 아래로 밀어낸다. 이것을 설사나 관장이라고 부른다.

의사들의 주장에 따르면, 자연은 위에 있는 구멍을 액체와 고체가 들어갈 수 있도록 만들었으며 뒤에 구멍은 그것을 배출하도록 만들었다고 한다. 이들은 자연의 자리를 병이 차지했기 때문에 다시 제자리를 찾도록 각각의 구멍을 바꾸어 사용해야 한다는 것이다. 그것은 고체와 액체를 항문에 강제로 집어넣고, 입으로 토하도록 만드는 것이다.

이렇게 실존하는 질병을 제외하고도, 우리는 상상 속에만 있는 병에 걸리기도 한다. 의사들은 이런 병을 치료하는 가상의 방법을 찾아냈다. 이런 병들은 몇 개의 이름을 가지고 있다. 그것들에 대한 적절한 약이 준비되어 있는데, 대부분 여자 야후들이 걸린다.

의사에게 있어서 가장 탁월한 능력은 진단하는 기술이다. 그들은 좀 처럼 진단에 실패하지 않는다. 질병이 어느 정도 악화되면, 반드시 그들의 예언처럼 대개의 경우는 사망한다. 사망에 대한 일은 언제나 그들의 마음에 달려 있는 것이다. 회복은 잘되지 않는다. 하지만 사망 선고를 한 다음 전혀 뜻하지 않게 회복의 기미가 보이면, 그들은 잘못 진단했다고 비난받기보다는 오히려 그 병을 치료하는 적절한 약품을 사용했다고, 자신의 명석함을 선전하는 것이다. 그것은 서로에게 질려 버린 남편과 아내에게도 똑같이 사용된다. 장남이나 장관 그리고 국왕에게도 이러한 방법은 사용될 수 있다.

나는 주인과 정부의 성격에 대해 말한 적도 있다. 특히 전 세계의 경탄과 부러움을 받은 영국의 탁월한 헌정에 대해서도 이야기를 했다. 나는 앞에서 장관이라는 말을 사용했다.

그는 어떤 족속의 야후를 장관이라는 명칭으로 부르는지 알려달라고 했다. 국가에서 제일 중요한 장관이란 기쁨과 슬픔, 사랑과 증오, 동정과 분노로부터 완전히 벗어난 사람이라고 그에게 말했다. 적어도 부와 권력 그리고 작위에 대한 욕망을 제외하고는 다른 곳에 관심을 두지 않는다. 자기의 생각을 나타내는 경우를 제외하고는 언제나 목적에 어울리는 말을 사용한다.

듣는 사람에게 거짓을 이야기할 목적이 아니면 진실을 들려주지 않는다. 듣는 사람에게 진실을 이야기할 목적이 아니라면 참말을 하지 않는다. 듣지 않는 곳에서 그가 몹시 험담한 사람들은 반드시 승진하게 된다.

장관이 다른 사람이나 당신 자신에게 직접 칭찬을 하면, 당신은 그날부터 버림을 받는다. 당신이 받아들이는 가장 나쁜 말은 약속이다. 그 약속에 맹세를 할 경우에는 더욱 그러하다. 현명한 사람이라면 약속을 받을 경우, 은퇴를 해서 모든 희망을 버린다.

국가에서 제일 중요한 장관이 될 수 있는 방법은 세 가지가 있다. 첫째는 아내나 딸 혹은 여동생을 용의주도하게 이용하는 것이다. 둘째는 선임자를 배반하거나 헐뜯는 것이다. 셋째는 공공 집회에서 궁중의 비리에 대해 열성적으로 반대하는 것이다. 현명한 국왕은 이런 방법 가운데 세 번째 것을 택하는 사람을 고용할 것이다. 그런 정열을 가지고 있는 사람은 반드시 국왕의 생각에 가장 잘 순종한다고 알려져 있기 때문이다.

장관들은 국가의 일에 대한 집행권을 가지고 있으며, 상원의원이나 하원의원을 매수해 자신의 권력을 유지한다. 마지막으로 사면령이라는(나는 사면령의 의미를 설명했다) 제도를 사용해 나중에 있을 보복으로부터 자신을 보호하려고 하며, 그동안 약탈한 것들을 가지고 은퇴하는 것이다.

장관의 처소는 자신의 업무를 다른 사람에게 교육시키는 양성소다. 시종과 제복을 입은 하인 그리고 수위들은 주인을 모방함으로써 자신들이 맡은 지역의 국무장관이 된다. 그들은 세 가지 주된 요소인 거만과 거짓말, 뇌물에 대해 많은 것을 배운다. 다른 사람에게 뒤지려고 하지 않기 때문이다. 그들은 최고의 지위를 가진 사람이 나누어 주는 차관의 처소를 가지고 있다. 그들은 교활함과 무례함에 의해 장관의 후임자가 되기도 한다.

장관은 연약한 여자나 신임하는 부하의 지배를 받는다. 여자들이나 부하들은 장관의 결정이 내려지는 통로다. 그들은 국가의 지배자라고 불려야 할 것이다.

어느 날 주인은 영국의 귀족에 대한 이야기를 듣게 되었다. 내가 귀족이라고 하지 않았는데도, 그는 내가 어떤 고귀한 가문에서 태어났을 것이라면서 칭찬했다. 나의 행동에서 보이는 모양과 색깔, 단정함이 말들의 나라에 있는 야후들을 능가하기 때문이었다. 힘이나 민첩함에 있어서는 내가 뒤떨어지지만, 그것은 다른 짐승들과 구별되는 생활을 했기 때문이라는 것이다. 언어에 대한 능력을 선천적으로 부여받았을 뿐아니라, 어느 정도의 이성도 지니고 있으므로 휴이넘 사이에서 나는 하나의 경이로 간주되고 있는 것이다.

그는 휴이넘 가운데 흰색, 갈색, 회색의 말들은 적갈색과 회색의 바탕에 검은 얼룩점이 있는 말들과 조금 다르게 생겼다는 것을 주의해서 보라고 했다. 그들은 동일한 지혜나 이성을 지니고 태어나지 않는다. 따라서 그들은 언제나 하인의 상태가 유지된다. 하인의 신분에서 벗어나기 위해 노력하지도 않는다. 그것은 휴이넘의 사회에서 아주 이상하고 부자연스러운 행동으로 간주되기 때문이었다.

주인이 나에 대해 좋은 생각을 하고 있다는 것을 알게 된 나는 겸손하게 감사의 표시를 했다. 하지만 나는 서민 출생이며, 어느 정도의 교육을 시킬 수 있는 평범하고 정직한 부모에게서 태어났다고 했다. 귀족이란 그가 생각하고 있는 것과는 확실히 다른 것이다.

영국의 젊은 귀족은 어렸을 때부터 게으름과 사치 속에서 자라난다. 나이가 들게 되면, 그들은 음탕한 여자들 사이에서 저주스러운 병을 얻게 된다. 거의 파산할 무렵에 그들은, 증오하고 경멸하는 비천한 태생의 여자와 결혼한다. 단지 돈을 위해 아름답거나 건강하지 않은 여자와 결혼하는 것이다. 이렇게 해서 태어난 아이들은 거의가 부스럼을 앓으며, 꼽추가 되거나 기형이 된다. 그 가문은 부인이 자손들을 개량시키고 보존하기 위해, 이웃에 있는 건강한 사람이나 하인 중에서 자식들의 아버지를 택하지 않는 한, 좀처럼 3대 이상 유지되지 못한다.

병약한 육체와 여윈 얼굴, 누렇게 뜬 피부색이 귀족의 혈통이라는 표시다. 귀족이 건강하고 훌륭한 외모를 지니는 것은 수치스러운 일이다. 많은 사람들이 그의 진짜 아버지가 시종이거나 마부였을 것이라고 결론을 내리기 때문이다. 우울하고, 둔하고, 무식하고, 경솔하고, 욕정에 휩싸이고, 자만에 가득 차 있는 정신의 결함이나 병약한 육체와 잘 어울리는 것이다.

이러한 귀족들의 동의 없이는 어떠한 법도 만들어지거나 없어질 수 없으며 개정될 수도 없다. 귀족들은 우리에게 재산에 대한 결정권을 주지 않는다. 모든 것을 그들이 차지하는 것이다.

제7장

저자의 조국에 대한 사랑이 나온다. 그의 주인은 저자가 언급한 영국의 법과 행정에 관해 유사한 사례와 비유를 들어 논평한다. 또한 인간의 본성에 관해서도 논평한다.

독자들은 나와 야후가 많이 닮았다는 사실 때문에 인간에 대해 부정적인 견해를 가지고 있는 있는 휴이넘들에게, 나와 같은 종족의 일을 어떻게 마음대로 표현할 수 있었는지 놀랐을지도 모르겠다. 그러나 타락한 인간과 반대편에 서 있는 휴이넘의 미덕이 나의 눈을 뜨게 해 주었으며, 이해의 폭을 넓혀 주었다고 고백하지 않을 수 없다.

나는 이전과 다른 시각에서 인간의 행동과 정열을 바라보기 시작했다. 휴이넘 앞에서 인간의 명예를 유지하려고 행동한다는 것은 아무런 가치도 없다는 생각이 들었다.

더구나 주인처럼 아주 날카로운 판단력을 지닌 휴이넘 앞에서 명예를 지킨다는 것은 처음부터 불가능한 것이기도 했다. 내가 이제까지 사람들의 약점이라고 전혀 인식하지 못했던 잘못들을 주인은 매일 깨우쳐 주었다. 나는 주인을 따라서 모든 허위나 기만에 대해 완전한 혐오감을 드러내게 되었다. 진리를 사랑하기 위해서라면 모든 것을 희생하겠다고 결심했다.

내가 아무런 거리낌 없이 영국에 대한 이야기를 할 수 있었던 것은 다른 동기가 있었기 때문이었다. 말들의 나라에 머무른 지 1년도 지나기 전에, 나는 휴이넘에 대해 사랑과 존경의 마음을 품게 되었다. 나는 영국으로 돌아가지 않고, 훌륭한 휴이넘들과 함께 살면서 미덕에 대한 생각과 행동으로 여생을 보내려고 했다.

말들의 나라에는 어떠한 악습도 없었다. 하지만 영원한 나의 적인 운명 때문에 그러한 행복을 누리지 못했다. 지금에 와서는 내가 영국에 대해 이야기할 때, 엄격한 검사관인 휴이넘 앞에서 사람들의 잘못을 실제보다도 가볍게 이야기했다고 생각하니 어느 정도 위안을 받을 수 있었다. 그리고 모든 일들을 칭찬하는 방향으로 말했던 것이다. 고향에 대한 편견과 애국심에 대해 아무런 동요도 일으키지 않는 사람은 없을 것이다.

나는 주인과 함께 나누었던 이야기의 핵심을 기록했다. 하지만 간결하게 하기 위해 이곳에 기록해 둔 것보다 더욱 많은 내용을 생략했다. 나는 그의 질문에 많은 것들을 대답했다. 마침내 호기심을 완전히 충족시킨 주인은, 어느 날 아침 일찍 나를 불러서 조금 떨어진 거리에 앉으라고 했다. 이러한 것은 이제까지 내가 겪어 보지 못한 영광이었다.

그는 나의 이야기를 심각하게 생각해 보았다고 말했다. 주인은 우리를 아주 작은 분량의 이성을 부여받은 동물이라고 했다. 하지만 우리는 이성을 좋은 일에 사용하지 않았다. 오히려 부정을 더욱 악화시키고, 자연이 우리에게 부여하지 않았던 새로운 잘못을 만드는 일에 이성을 사용했다는 것이다. 자연이 우리에게 부여한 좋은 능력을 잃어버리게 됨으로써 인간의 단점은 더욱 늘어나게 되었으며, 아무런 소용도 없는 발명품에 의해 자신의 단점을 메우려고 노력한다고 말했다.

나는 야후의 힘과 민첩성을 지니지 못했고, 뒷다리를 사용해 걸어 다니며, 손톱과 발톱을 잘 사용하지 못하고, 햇빛이나 비바람으로부터 몸을 보호하기 위한 턱수염도 잘라 버린다고 했다. 마지막으로 그는 말들의 나라에서 살고 있는 나의 형제 야후처럼(주인은 야후를 나의 형제라고 불렀다) 나무에 재빨리 기어오르거나 내려올 수도 없다고 했다.

정부와 법률 체계는 막대한 결함을 지니고 있는 이성으로 만들어진 것이다. 이성적인 동물을 지배하는 데는 이성만으로도 충분하기 때문이다. 따라서 주인이 영국에 대한 나의 설명을 받아들이거나 혹은 인간의 부정을 변호하기 위해 내가 많은 사실을 숨기면서 존재하지 않는 것을 말한다고 생각하더라도 인간에게 있어 이성의 결함이란 피할 수 없는 특징인 것이다. 그는 이렇게 생각하고 있었다.

왜냐하면 내가 힘, 속도, 행동, 짧은 손톱과 발톱 그리고 자연이 관여하지 않은 다른 특별한 부분을 제외하고는 다른 야후들과 나의 몸이 아주 닮았듯이, 인간의 기질에 있어서도 야후들과 비슷하다는 것을 알고 있기 때문이었다.

주인은 야후들이 서로를 미워하고 있다고 했다. 자신의 종족을 다른 동물보다도 더욱 미워하고 있는 것이다. 그 이유는 야후들의 모습이 아주 역겹게 생겼기 때문이다. 야후들은 자신을 제외한 다른 야후의 모습이 보기 싫어서 서로 다툰다는 것이다. 따라서 그는 우리가 몸을 감싸는 것이 아주 현명한 일이라고 했다. 그렇게 함으로써 우리는 서로에게 기형적인 모습을 감출 수 있는 것이다.

주인은 말들의 나라에서 야후들이 서로 싸우는 이유가, 내가 설명한 영국 사람의 행동과 비슷하다는 것을 알게 되었다. 다섯 마리의 야후들에게 50마리가 먹고도 남을 만큼의 음식을 던져 준다면, 그들은 이것을 공평히 나누지 않고 서로 독차지하겠다고 고집하면서 싸울 것이라고 했다. 들에서 야후들에게 먹이를 줄 때는 하인이 옆에서 지켜보고 있거나, 집에서 기르는 야후들은 조금씩 거리를 두어서 묶어 놓는다.

암소가 늙거나 혹은 사고로 죽게 되면, 야후들은 서로 고기를 차지하기 위해 떼를 지어 몰려와 싸우게 된다. 우리가 발명한 것과 같은 살인

도구가 없기 때문에 서로 죽이는 경우는 좀처럼 없다 하더라도, 발톱으로 야후들은 깊은 상처를 입는다. 어떤 경우에는 확실한 이유 없이 싸움이 벌어진다. 한 지역의 야후들은 다른 지역의 야후가 대비하기 이전에 기습을 하려고 항상 기회를 엿보고 있다. 하지만 그들의 계획대로 기습을 하지 못하게 되면, 거주지로 돌아와 같은 지역의 야후끼리 내란을 벌인다.

이 나라의 들판에는 여러 색으로 빛나는 돌이 있었다. 야후들은 그 돌을 미친 듯이 좋아한다. 빛나는 돌이 땅 속에 묻혀 있는 것을 발견하면, 그들은 며칠 동안 발톱으로 땅을 파서 꺼내 가지고 자신들의 굴 안에 무더기로 숨겨 놓는다. 그런 뒤에는 그들의 동료들이 빛나는 돌을 훔쳐 갈까 봐 세심하게 살핀다. 주인은 이런 돌들이 야후들에게 무슨 쓸모가 있는지 알 수 없다고 했다. 무슨 이유 때문에 야후들이 빛나는 돌을 좋아하는지 모르겠다는 것이다.

그러나 이제 주인은 그것이 탐욕 때문이라는 것을 믿게 되었다. 그는 시험 삼아 야후가 숨겨 놓은 곳에서 빛나는 돌을 옮겨 놓은 적이 있었다. 탐욕스러운 이 동물은 크게 울부짖으면서, 야후들을 모두 불러 그 장소로 데리고 간다. 그곳에서 그는 절망적으로 울부짖는다. 그 야후는 동족들을 물어뜯으면서 먹지도 않고 잠을 자지도 않았으며 일을 하지도 않았다. 주인은 하인을 시켜서 빛나는 돌을 원래의 구멍으로 옮겨놓도록 했다.

그러자 그 야후는 즉시 기운을 차리고는 매우 좋아했다. 조심스럽게 빛나는 돌을 다른 곳에 감춘 뒤, 그 야후는 아주 말을 잘 듣게 되었다.

주인은 빛나는 돌이 풍부한 들판에서는 다른 야후들의 끊임없는 기습 때문에 빈번하게 싸움이 일어난다고 했다. 나는 그것을 직접 지켜보기도 했다.

두 마리의 야후가 빛나는 돌을 들판에서 발견하게 되었다. 그것을 서로 갖기 위해 서로 다투고 있을 때, 다른 야후가 그것을 가져가 버리는 일은 흔히 있다고 그는 말했다. 주인은 우리의 법정 소송과 유사점이 있다고 생각했을 것이다. 나는 주인의 잘못된 비교를 깨우쳐 주지 않는 것이 좋을 것이라고 생각했다. 주인이 서로 비교했던 것보다 우리의 여러 법률이 더욱 흉악하기 때문이었다.

야후들은 그들이 서로 싸우게 되었던 빛나는 돌 외에는 잃어버리는 것이 없다. 하지만 우리의 형편없는 법정은 어느 한 사람이라도 자신의 재산이 남아 있는 동안은 그 소송을 그만두지 않을 것이다.

주인은 계속해서 이야기를 했다. 풀이든, 나무뿌리든, 열매든, 동물의 썩은 고기든, 그 모든 것이 함께 섞인 것이든 가리지 않고 무조건 먹어 버리는 야후의 식욕은 매우 역겨운 것이었다. 먼 곳에서 빼앗거나 훔친 음식을, 집에서 마련해 주는 좋은 음식보다 더욱 좋아한다는 것은 야후들의 특이한 기질이었다. 먹이가 많을 경우에는 배가 터질 때까지 먹는다. 그런 다음에 자연이 그들에게 전해 준 어떤 식물의 뿌리를 먹고 설사를 하는 것이다.

수액이 풍부한 다른 종류의 뿌리도 있다. 하지만 그 뿌리는 얼마 되지 않았으며 발견하기도 힘들었다. 야후들은 열심히 그 뿌리를 찾아서 빨아먹는다. 그것은 포도주가 우리에게 미치는 것과 같은 효과를 나타낸다. 그들은 서로 껴안거나 물어뜯는다. 울부짖거나 이를 내보이며 웃고는 크게 지껄인다. 비틀거리다가 쓰러져서는 잠들어 버린다. 진흙 속에서 말이다.

나는 야후가 이 나라에서 병에 잘 걸리는 유일한 동물이라는 것을 알았다. 그러나 우리가 기르는 말이 병에 걸리는 것보다는 훨씬 드문 일이었다. 그들은 욕심이 많은 야후의 더러움과 탐욕 때문에 병에 걸렸다. 휴이넘들은 이 병을 흔히 그들의 이름을 따서 '야후'라고 불렀다. 그것은 짐승의 이름에서 따온 것으로 야후의 약이라는 의미를 가지고 있었다. 치료를 위한 처방은 환자의 똥과 오줌을 섞어서 목구멍에 집어넣는 것이다. 이것을 알게 된 나는 야후들을 치료해서 낫게 했다. 나는 이것을 포식으로 생기는 병의 특효약으로서, 영국 사람들에게 권장하려고 한다.

학문, 정부, 예술, 제조업 등에 대해 주인은 이 나라의 야후와 영국의 야후 사이에 유사점이 거의 없다고 했다. 그는 이 나라의 야후와 영국의 야후 사이에 어떠한 유사점이 있는가에 대해서만 알고 싶어 했다. 야후의 무리에는 지배권을 가지고 있는 야후가 있다는 것을 휴이넘들은 알고 있었다. 그것은 공원마다 지도력이 있는 수사슴이 있다는 것을 우리들이 알고 있는 것과 마찬가지였다.

그 야후는 다른 야후들보다 더욱 못생겼으며 성질이 나쁘다. 두목 노릇을 하는 이 야후는 자신과 비슷한 야후를 골라서 칭찬을 한다. 칭찬을 받는 야후는 두목의 발과 엉덩이를 핥아 주고는 암컷 야후를 두목의 거처로 데리고 온다. 그 야후는 가끔씩 두목에게 나귀 고기를 상으로 받는다.

이렇게 해서 칭찬을 받는 야후는 무리의 미움을 사게 된다. 그는 자신을 보호하기 위해 언제나 두목 곁에서 떠나지 않는다. 그는 자신보다도 더욱 나쁜 야후가 발견될 때까지 자리를 벗어나지 않는다. 그러나 버림을 받게 되면, 그 지역의 모든 야후들이 그의 후임자를 앞세우고 몰려온다. 그의 온몸에다 똥과 오줌을 배설한다. 주인은 영국의 궁중에 있는 장관이나 대신들에게 이러한 현상을 어떻게 적용할 수 있는가에 대해 내가 잘 알고 있을 것이라고 말했다.

나는 여기에 대한 대답을 쓰고 싶지 않다. 그렇게 악의적인 비유를 한다는 것은 인간의 지혜를 사냥개의 영리함으로 격하시키는 것이다. 사냥개라 할지라도 별다른 어려움 없이 무리 가운데 가장 뛰어난 개의 소리를 구별해 쫓을 수 있는 것이다.

주인은 몇 가지 나쁜 성질이 야후들에게 있으며, 여기에 대해 내가 설명할 때 제외시켰거나 가볍게 처리했다고 말했다. 야후들은 다른 동물처럼 암놈을 공동으로 소유한다. 그러나 다른 짐승과 다른 점은, 암야후가 임신을 하고 있을 때에도 수야후를 받아들인다는 점이다. 그리고 암놈과 수놈이 서로 격렬하게 싸우기도 한다. 이러한 습관은 매우 야만적이다. 어떠한 감각을 가지고 있는 생물이라도 이 정도까지는 이르지 못한다.

그가 야후를 몹시 싫어하는 이유는 또 하나 있다. 본능적으로 다른 동물은 깨끗함을 좋아하는데, 야후는 더럽고 불결한 것을 좋아한다는 것이다. 임신을 하고 있을 때 수야후를 받아들이거나, 암놈과 수놈이 서로 다툰다는 비난에 대해 나는 아무런 대답도 할 수 없었다. 나의 종족을 변호할 만한 방법이 없었기 때문이었다. 그럴 방법이 있었다면 기꺼이 그렇게 했을 것이다.

하지만 야후들이 더럽고 불결하다는 비난은 조금 잘못된 것 같았다. 만약 말들의 나라에 돼지가 있었다면(이 나라는 불행하게도 돼지를 기르지 않았다) 우리의 억울한 누명을 벗게 됐을 테니까. 야후보다는 그래도 돼지가 덜 불쾌한 동물이겠지만, 깨끗하다고는 할 수 없다. 더러운 것을 먹고, 진흙 속에서 뒹굴며 자는 돼지들을 주인이 본다면 그는 인정할 수밖에 없을 것이다.

주인은 그의 하인들이 야후에게서 발견한 또다른 특징에 대해 말을 했다. 도저히 이해할 수 없는 것이었다고 했다. 어느 야후가 갑자기 변덕을 부리며 구석에 누워 있으면서 울부짖거나 신음했다. 그 누구도 가까이 다가오지 못하게 했다. 주인의 하인들은 그 야후가 왜 그러는지 이유를 알 수 없었다. 젊고 건강한 그 야후에게는 음식과 물도 부족하지 않았다. 그들이 발견한 유일한 치료법은 그 야후에게 힘든 일을 시키는 것이다. 힘겨운 일을 하고 나면 반드시 정신을 차렸다고 한다.

이 말을 들으면서 나는 계속 침묵했다. 하지만 그의 이야기를 들으면서 나는 게으르고 편안하게 지내는 부유한 사람들이 자주 겪는 우울증의 진정한 원인을 알 수 있었다. 그들에게도 힘든 일을 시킨다면 틀림없이 치료될 것이다. 주인은 방죽이나 숲에서 암야후가 젊은 수야후들을 물끄러미 바라보는 것을 보았다고 말했다. 암야후들은 이상한 몸짓과 표정을 지으면서 나타났다가 숨어 버리고는 했다.

그럴 때 암야후들은 매우 지독한 냄새를 풍긴다. 수야후가 다가오면 암야후들은 뒤돌아보면서 달아난다. 두려움에 사로잡힌 것처럼 표정을 지으면서 수야후가 따라오기 편리한 곳으로 도망치는 것이다.

낯선 암야후가 가까이 다가오면, 함께 어울려 있던 여러 마리의 암야후들은 낯선 야후 가까이 다가가서 물끄러미 쳐다보거나 수다스럽게 떠든다. 이를 보이면서 웃거나, 몸에서 풍기는 냄새를 맡으며 경멸과 조소를 보낸다. 주인이 직접 보았든, 아니면 다른 휴이넘에게 들었든 간에 이 문제에 있어서 다른 표현을 사용할 수도 있었을 것이다.

나는 음탕, 교태, 비난, 추문이 처음부터 여자들의 천성이었다는 사실을 알게 되면서 무척 놀랐다. 그리고 슬프기도 했다.

야후에 대해 이야기를 한 것처럼, 영국에서 자주 일어나는 이성간의 부자연스러운 욕정에 대해서도 주인이 비난하기를 기다렸다. 그러나 자연은 그렇게 유능한 교사인 것 같지는 않았다. 비난이라는 것은 영국 사람들의 이성과 예술의 산물이었던 것이다.

제8장

저자는 야후의 몇 가지 특성에 대해 언급한다. 휴이넘의 미덕에 대해 이야기한다. 자녀의 교육과 훈련에 관해 설명하고 그들의 회의에 관해 이야기한다.

인간의 본성에 대해 주인보다는 내가 더욱 잘 이해할 수 있다는 것은 말할 필요도 없다. 주인이 야후의 특성에 대해 말한 것을, 내가 영국 사람들과 나 자신에게 적용시키는 것은 쉬운 일이었다. 그리고 내가 직접 관찰한다면 앞으로 더욱 많은 것을 발견할 수 있다고 믿었다.

나는 주인에게 야후들을 자주 구경시켜 달라고 부탁했다. 주인은 야만스러운 야후에 의해 내가 타락하지 않을 것이라고 믿고 있었다. 그는 아주 친절하게 허락했다. 주인은 정직하고 천성이 좋은 하인이었던 갈색 말을 불러 나를 지켜주라고 했다. 갈색 말의 보호가 없었더라면, 나는 도저히 야후를 살펴보지 못했을 것이다. 왜냐하면 이미 독자들도 알고 있듯이 그 지긋지긋한 동물은 내가 처음 도착했을 때부터 괴롭혔기 때문이다.

칼을 가지지 않고 길을 가다가, 야후로부터 아주 간신히 벗어난 적도 있었다. 하마터면 그들에게 잡힐 뻔했다. 야후들은 내가 같은 종족일 것이라고 믿는 것 같았다. 갈색 말이 곁에 있을 때, 나는 소매를 걷어서 팔과 가슴을 보여 주었다. 그것을 본 야후들은 자신의 생각을 더욱 굳혔다. 그들은 아주 가까이 다가오기도 했으며, 나의 행동을 원숭이처럼 따라 하기도 했다. 하지만 모자와 양말을 착용하는 데 길들여진 까마귀가 야생의 까마귀들 사이로 오게 되었을 때 구박을 받는 것처럼, 야후들은 나를 매우 증오했다.

야후는 아주 어릴 때부터 재빠르게 움직인다. 나는 세 살이 된 어린 야후를 잡은 적이 있다. 그러나 그 녀석이 소리를 지르면서 나를 할퀴고 물려고 했기 때문에 결국 놓아주지 않을 수 없었다. 울부짖는 소리를 듣고 나이 든 야후가 달려왔을 때는 아주 위험했다. 하지만 어린 야후가 안전하게 있는 것을 보고는 조심스럽게 물러갔다. 갈색 말이 함께 있었기 때문에, 감히 가까이 다가올 엄두를 내지 못했던 것이다.

어린 야후의 몸에서는 역겨운 냄새가 났다. 마치 족제비와 여우의 냄새를 모아 둔 것 같았다. 처음에는 이것을 기록하지(이 사실이 여행기에서 완전하게 제외되어 있더라도 독자들은 용서해 주었을 것이다) 않았다.

내가 어린 야후를 사로잡았을 때, 그 녀석은 내 옷에다 누런색의 더러운 배설물을 함부로 갈겨 놓았다. 다행히 작은 시냇물이 가까이 있어서 옷을 깨끗하게 빨 수 있었다. 그런 다음에도 나의 몸에는 심한 냄새가 배어 있었다. 그 냄새가 바람에 날려서 사라질 때까지 나는 감히 주인에게 다가가지 못했다. 나의 관찰에 따르면, 야후는 교육이 불가능한 동물이었다. 그들의 능력으로는 짐을 끌거나 운반하는 것 이상의 일을 하지 못한다. 이러한 결점은 비뚤어지고 반항적인 기질에서 생겨났을 것이다.

그들은 간사하며 성품이 악하다. 배반을 잘하지만 복수심도 강하다. 야후는 건강하고 튼튼한 몸을 가지고 있지만, 아주 겁이 많은 정신을 가지고 있었다. 그들은 매우 건방지고 야비하며 잔인하다. 붉은 털이 나 있는 야후들은 암수 모두 다른 야후보다 더욱 음탕하고 말썽꾸러기였으며, 힘도 좋았다.

휴이넘은 일을 시키기 위한 야후를 헛간에서 기른다. 헛간은 집에서 멀리 떨어지지 않은 곳에 있다. 하지만 그렇지 않은 야후는 들판에서 뿌리를 캐거나 여러 가지 풀을 뜯어 먹는다. 들쥐를 잡아서 게걸스럽게 먹거나, 죽은 동물을 찾아다니기도 한다. 자연이 그들에게 가르쳐 준 것처럼, 그들은 손톱으로 솟아오른 땅에 깊은 구멍을 판다. 구멍 속에서 살아가는 것이다.

암야후의 굴은 아주 넓어서 여러 마리의 새끼와 함께 있을 수 있다. 야후들은 어릴 때부터 개구리처럼 헤엄을 치거나 물속에서 오랫동안 잠수할 수 있다. 물고기를 잡기도 한다. 암야후는 물고기를 잡아서 새끼들에게 주기 위해 집으로 가지고 간다. 나는 여기에서 이상한 사건을 말하려고 한다. 독자들은 너그럽게 용서하기 바란다.

어느 날 갈색 말과 함께 산책을 나갔다. 날씨가 매우 더웠기 때문에 나는 갈색 말에게 가까이 있는 강에서 몸을 씻을 수 있게 해 달라고 부탁했다. 옷을 벗은 다음, 나는 물속으로 들어갔다. 암야후 한 마리가 둑 위에서 나의 행동을 지켜보고 있었다. 욕정에 사로잡힌 암야후는 아주 빠르게 달려와서 내가 씻고 있던 곳에서 4.5미터밖에 안 떨어진 물로 뛰어들었다. 그렇게 끔찍스러운 공포는 처음으로 느꼈다.

갈색 말은 조금 떨어진 곳에서 풀을 뜯고 있었다. 위험한 일은 일어나지 않을 것이라고 생각한 모양이었다. 그 야후는 아주 음탕하게 나를 껴안았다. 나는 힘껏 비명을 질렀다. 갈색 말이 달려오자, 암야후는 격렬히 반항하다 맞은편의 둑으로 도망갔다. 옷을 입는 동안, 암야후는 나를 쳐다보면서 계속 으르렁거리고 있었다. 나에게는 아주 커다란 치욕이었다.

이 사건은 주인과 가족들에게 이야깃거리가 되었다. 더 이상 내가 야후라는 사실을 부정할 수가 없었다. 암야후가 나를 그들의 종족처럼 생각하고, 자연스러운 성충동을 느꼈기 때문이다. 암야후의 머리칼은 붉은색도 아니었다. 만약 암야후의 머리카락이 붉은색이었다면, 그 욕정이 비정상적이었다는 핑계를 댈 수도 있었을 것이다. 하지만 암야후의 머리카락은 검은색이었다. 얼굴 모양도 다른 야후들처럼 그렇게 험상 궂지 않았다. 암야후는 열한 살이 넘지 않았을 것이다.

나는 말들의 나라에서 벌써 3년을 살았다. 독자들은 다른 여행자들처럼 휴이넘의 풍습과 습관에 대해 내가 말하는 것을 기다릴 것이다. 휴이넘의 풍습과 관습을 나는 무척이나 배우고 싶었다. 휴이넘은 자연적으로 많은 덕성을 지니면서 태어난다. 휴이넘처럼 이성적인 피조물에게는 악한 것에 대한 생각이나 관념이 없었다.

그들의 위대한 금언은, 이성을 기르며 이성에 의한 지배를 받으라는 것이다. 그들 사이에서 이성은 우리의 경우처럼 의심스러운 문제의 쟁점이 되는 것이 아니라, 하나의 신념으로 간주된다. 열정과 흥미에 의해 이성이 흐려지거나 변하지 않는 곳에서는 당연히 그럴 것이다.

나는 주인에게 의견이라는 단어의 의미를 설명하기 위해 무척 고생을 했다. 그리고 어떻게 의견이 논쟁을 불러일으키는가를 이해시키는 것도 아주 어려운 일이었다. 이성은 우리가 확실하게 알고 있을 때에만 긍정하거나 부정하는 표현을 하도록 교육시켰다. 모르는 경우에는 긍정도 부정도 할 수가 없다.

휴이넘에게는 논쟁, 말다툼, 토론, 애매한 명제에 대한 확신이 없었다. 주인에게 자연과학의 몇 가지 원리를 설명했을 때, 그는 이성을 가지고 있는 것처럼 보이는 피조물들이 확실한 지식을 가지고 있더라도 그런 지식은 아무런 쓸모가 없다고 했다. 다른 사람에게서 배운 지식으로 자신을 자랑하는 것은 어처구니없는 일이라는 것이다. 주인은 이렇게 말하면서 웃고는 했다. 그의 견해는 플라톤이 말했던 소크라테스의 감정과 완전히 일치했다. 이것은 위대한 철학자였던 소크라테스에게 최대의 영예를 돌리는 뜻에서 말한 것이다.

나는 학설이 유럽의 도서관에서 얼마나 많은 것을 파괴하고, 학계에서도 얼마나 많은 명성의 길을 가로막을 것인가를 생각했다.

우정과 사랑은 휴이넘에게 있어 두 개의 근원적 미덕이었다. 우정과 사랑은 휴이넘에게 보편적인 것이다. 가장 먼 곳으로부터 찾아온 낯선 휴이넘도 가까이 살고 있는 휴이넘처럼 동등한 대우를 받는다. 그들은 어느 곳을 방문하더라도 자신의 집에 있는 것과 다름없이 대접을 받았다. 언제나 최대한의 예의를 갖추고 있지만, 의례에 대해서는 전혀 알지 못했다.

그들은 자식을 맹목적으로 사랑하지 않는다. 자식의 교육도 이성의 명령에 의해 이루어지는 것이다. 나는 주인이 그의 자식에게 품은 것과 같은 애정을 이웃에 살고 있는 휴이넘의 자식에게도 똑같이 쏟는 것을 보았다. 그들은 자식들에게 모든 종족을 사랑하라고 가르친다. 이성만이 더욱 훌륭한 미덕을 가지게 한다고 믿는 것이다.

휴이넘들은 두 마리의 자식을 낳는다. 암놈과 수놈을 각각 하나씩 낳는 것이다. 자식을 낳은 다음에는 절대로 성행위를 하지 않는다. 자식 가운데 어느 하나가 사고로 죽는 경우에는 예외지만, 그러한 일은 거의 일어나지 않는다. 자식이 죽게 되었을 경우에는 다시 성행위를 하기도 한다. 나이가 들어서 임신을 하지 못하는 휴이넘이 자식을 잃게 되었을 때는 다른 부부가 그들에게 자식을 한 마리 준다. 자식을 준 휴이넘은 다시 임신을 하기 위해 성행위를 한다. 이것은 휴이넘의 숫자가 지나치게 많아지는 것을 막기 위해서다.

그러나 하인으로 자라나는 휴이넘은 이러한 규정에 대해 엄격하게 제한되지 않는다. 신분이 낮은 휴이넘에게는 그 정도의 제한은 없어 암놈과 수놈 각각 세 마리의 자식을 낳는 것이 허락된다. 하지만 그들은 하인으로 성장하도록 되어 있다. 결혼을 할 경우, 그들은 배우자의 색깔을 아주 조심스럽게 선택한다. 자식들을 잡종으로 만들지 않기 위해서다.

수컷에게는 힘이 존중되고 암컷에게는 아름다움이 존중된다. 사랑 때문이 아니라 종족이 퇴화하는 것을 막기 위한 방법이다. 암컷이 뛰어난 힘을 가지고 있는 경우에는, 아름다움에 관점을 두고 수컷을 선택한다. 구혼, 사랑, 선물, 재산, 부동산 처분 결정 등은 그들에게 아무런 상관도 없는 것이다. 휴이넘의 언어에는 이러한 용어도 없다.

한 쌍의 젊은이는 그들의 부모와 친구들의 결정에 따라 서로 만나고 결합한다. 이러한 것은 그들의 관습이었으며, 이성적인 존재에게 필요한 행동으로 간주된다. 결혼 생활의 침해나 부정에 관한 이야기는 들을 수가 없었다. 결혼한 휴이넘은 서로에 대한 우정과 사랑으로 생활한다. 질투, 맹목적인 사랑, 말싸움, 불만 등은 아예 찾아볼 수조차 없다.

자식을 교육시키는 방식은 우리가 본받아야 할 만큼 아주 훌륭했다. 그들은 열여덟 살이 될 때까지 귀리를 먹지 못하도록 되어 있다. 특별한 날은 예외다. 아주 드문 경우가 아니면 우유도 마시지 못한다. 여름 동안에는 아침과 저녁에 두 시간 동안 풀을 뜯어 먹는다. 그들의 부모도 두 시간 동안 함께 풀을 뜯어 먹는다.

하지만 하인의 경우는 그렇지 않다. 하인들이 풀을 뜯는 시간은 한 시간 정도밖에 허용되지 않는다. 하인들은 풀을 뜯어서 집으로 가지고 온다. 일을 하다가 쉬는 시간에 먹는 것이다.

절제, 근면, 운동, 청결은 젊은 휴이넘에게 부여되는 과제였다. 주인은 영국 사람들이 남자와 여자를 구별하면서 서로 다른 교육을 시키는 것을 아주 이상하게 생각했다. 그는 영국 사람 가운데에서 절반을 차지하는 여자들이 아이를 낳는 것을 제외하고는 아무 쓸모가 없다는 것을 알아차렸다. 아이들을 그렇게 쓸모없는 동물에게 맡긴다는 것은 중대한 실수라고 말했다. 그것은 야만스러운 동물만이 저지르는 것이다.

휴이넘은 젊은이들에게 가파른 언덕을 오르내리거나 거친 돌길을 뛰어다니게 함으로써, 강하고 빠르며 대담한 마음을 익히도록 교육을 시킨다. 땀에 완전히 젖었을 때, 연못이나 강으로 뛰어들게 한다. 한 지역의 젊은이들은 1년에 네 차례씩 함께 모여서 달리거나 도약을 한다. 숙련된 솜씨와 강한 힘과 민첩한 묘기를 서로에게 보여 준다. 여기에서 승리하는 휴이넘은, 그를 찬양하는 노래를 들을 수 있다.

축제의 시기에 하인들은 그들의 식사를 위해 건초와 귀리, 우유를 야후들에게 실려서 들판으로 가져온다. 음식을 내린 다음에는, 휴이넘에게 불쾌감을 주지 않기 위해 이 야만스러운 야후들을 즉시 쫓아낸다.

4년에 한 번씩 춘분마다 전국에서 대표회의가 개최되며, 내가 머문 곳에서 32킬로미터 정도 떨어진 평원에서 열렸다. 5~6일 동안이나 회의는 계속된다. 그들은 각 지역의 상황을 살펴본다. 건초, 귀리, 소, 야후의 수가 얼마나 되는지 조사한다. 부족한 것이 있는 곳에는(하지만 이러한 경우는 거의 발생하지 않는다) 즉시 보충된다. 같은 방식으로 어린 휴이넘의 수에 대한 조정도 결정된다. 한 휴이넘의 자식이 둘 다 수컷일 경우에는, 둘 다 암컷만 낳은 휴이넘과 하나씩 바꾼다. 임신을 하지 못하는 휴이넘이 사고로 자식을 잃었을 때도 어느 지역의 가족이 잃어버린 자식을 보충하기 위해 낳을 것인가 결정한다.

제9장

휴이넘의 회의에서 벌어지는 토론과 결정에 관해 이야기한다. 휴이넘의 학문과 건물, 장례 방식 그리고 그들 언어의 결함에 관해 언급한다.

말들의 나라에서 내가 머무르고 있는 동안 큰 집회가 개최되었다. 그 나라를 떠나기 3개월 전이었다. 주인은 이 지역의 대표자 자격으로 참석했다. 이번 집회에서도 해묵은 논쟁이 계속되었다. 이 논쟁은 말들의 나라에서 발생하는 유일한 것이었다. 주인은 이 문제에 대해 매우 자세한 이야기를 들려주었다. 논쟁은 야후들을 이 세상에서 근절시켜야 할 것인가에 대한 것이었다. 찬성하는 휴이넘 가운데 하나가 다음과 같은 내용을 주장하면서 힘차고 무게 있는 논쟁을 시작했다.

야후들은 자연이 만든 것 중에서 가장 더럽고 지독한 냄새가 나며, 기형적으로 생긴 동물들이다. 그들은 아주 반항적인 기질을 가지고 있어서 도무지 길을 들일 수가 없다.

야후들은 모두 해로우며, 나쁜 마음으로 가득 차 있다. 야후들을 계속 감시하지 않으면, 휴이넘이 기르는 암소의 젖꼭지를 빨기도 하고 고양이를 죽여서 먹어 버리기도 한다. 귀리 밭과 풀밭을 짓밟아서 못쓰게 만들어 버린다. 무절제한 행동을 수없이 범하기도 한다. 논쟁을 시작한 휴이넘은, 옛날에는 이 나라에 야후들이 없었다고 이야기를 했다.

오래전에 야만스러운 야후 한 쌍이 산 위에 나타났다. 썩은 진흙 위에 햇빛이 비쳐서 생겨나게 되었는지도 모르겠다. 야후가 새끼를 낳고 번식을 함으로써 얼마 되지 않아 그들의 무리가 늘어나게 되었다. 그 수는 이 나라를 넘칠 정도였다. 휴이넘은 악덕에 사로잡힌 야후들을 제거하기 위해 대대적인 사냥을 하게 되었다. 결국에는 야후들을 모두 사로잡게 되었다.

늙은 야후들은 죽여 버렸다. 휴이넘들은 각각 어린 야후 한 쌍을 우리 속에 가두어 길렀다. 야만적인 천성을 가지고 있는 동물들을 최대한 길들여서, 수레를 끌거나 짐을 운반하는 데 사용했다. 다른 동물들처럼 휴이넘도 야후에 대해 격렬한 증오심을 품고 있다는 것은, 야후들이 처음부터 이 나라에서 살고 있었던 '일른니암시'(이 땅의 원주민)가 아니라는 설명을 가능하게 만들어 준다. 야후들의 악독한 기질이 다른 동물들로부터 충분한 미움을 받는다고 하더라도, 이들이 일른니암시였다면 그렇게까지 미움을 받지는 않았을 것이다. 그리고 야후들이 정말 일른니암시라면 벌써 오래전에 미움이 사라졌을 것이다.

이렇게 말한 휴이넘은, 야후를 길들이는 일에 온통 정신을 빼앗겨서 휴이넘들이 그동안 나귀를 소홀하게 길렀다고 주장했다. 나귀는 야후들보다 민첩함이 부족하지만, 훨씬 잘생겼고 쉽게 기를 수 있으며, 온순하다고 했다. 말도 잘 들을 뿐더러 고약한 냄새도 없으며 힘든 일을 하기에도 충분하다고 설명했다. 나귀의 울음소리가 듣기 좋지는 않지만, 소름끼치는 야후들의 울부짖음보다는 훨씬 낫다는 것이다. 다른 대표들도 동감의 뜻을 밝혔다.

주인은 잠깐 동안 자신의 말을 들어 달라고 했다. 주인은 논쟁을 시작한 대표가 말한 것에 대해 동의를 하고 나서, 처음으로 발견된 두 야후는 바다를 건너서 온 것 같다고 말했다. 동료들에게 버림을 받은 그들은 산 속으로 들어갔다. 세월이 흐르는 동안 점차로 퇴화된 그들은, 선조들이 살던 나라의 종족들보다 더욱 야만적으로 변하게 된 것이라고 했다. 이것은 나의 말에서 도움을 받은 것이다.

주인은 자신의 주장에 대한 근거로 아주 멋진 한 야후를(이 말은 나를 의미하는 것이다) 소개했다. 자신이 소유하고 있는 이 야후를, 대부분의 대표들은 이미 듣거나 보았을 것이라고 말했다. 그는 나를 발견하게 된 동기부터 이야기를 했다. 내가 다른 동물의 가죽과 털로 만든 옷을 입고 있었다는 것과 고유의 언어를 사용했던 것 그리고 휴이넘의 언어를 완전하게 배운 것도 말했다. 내가 말들의 나라에 도착하게 된 이유도 들어서 알게 되었다고 했다. 옷을 입지 않은 나를 처음 보았을 때, 흰 피부와 조금뿐인 털, 짧은 발톱을 제외하고는 모든 부분이 완전히 야후와 같다고 말했다.

그는 내가 살았던 영국이라는 나라와, 유럽의 다른 나라에서는 야후들이 이성적인 동물로 행동하면서 지배하고 있다고 했다. 그곳에서는 야후가 휴이넘을 노예로 부리고 있다는 것도 말했다. 주인은 나에게서 야후의 일반적인 성질을 찾을 수 있지만, 약간의 이성에 의해 어느 정도 문명을 가지고 있다고 했다. 그러나 휴이넘보다는 훨씬 열등하다는 사실도 덧붙여 말했다.

내가 말한 것 가운데에는 휴이넘의 거세에 관한 관습도 있었다. 야후들이 휴이넘을 길들이기 위해 거세하는 것이다. 그 수술은 쉽고 안전했다. 개미에게 근면을 배우고 제비에게(리하안이라고 불리는 새를 나는 제비로 번역했다. 리하안은 제비보다도 훨씬 커다란 새지만 나는 이렇게 번역했다) 집 짓는 것을 배우는 것처럼, 동물로부터 지혜를 얻는 것은 부끄러운 일이 아니었다. 이 제안을 받아들여서 거세하면, 다루기도 쉽고 부리기에 적합할 뿐만 아니라 한 세대가 지나면 죽이지 않고서도 야후들의 종말을 보게 될 것이다.

그동안 휴이넘은 나귀를 기르는 일에 관심을 쏟아야 한다. 나귀는 모든 면에서 야후보다 훨씬 가치 있는 짐승이기 때문이다. 야후들은 열두 살이 될 때까지 일을 시킬 수 없지만, 나귀는 다섯 살이 되면서부터 일을 시킬 수 있다.

이것은 총회에 참가하고 돌아온 주인에게 내가 들은 내용이다. 그러나 주인은 나에 관계된 어떤 사실을 감추고 있었다. 적당한 기회에 독자들도 알게 되겠지만, 그것은 나의 불행이 시작되는 것이었다.

그때부터 불행은 일생동안 나를 따라다니기 시작했다. 휴이넘은 문자를 가지고 있지 않았다. 그렇기 때문에 휴이넘의 지식은 모두 구전되어 내려온 것이다. 그러나 천성적으로 모든 덕성을 갖추고 있어서 단결이 잘 되고 이성에 의해 지배되며, 다른 나라와는 교역이 단절된 휴이넘에게 있어 중요한 사건이란 거의 있을 수가 없다.

그들의 역사는 휴이넘의 기억력에 커다란 부담을 주지 않고도 쉽게 보존될 수 있었다. 나는 휴이넘이 병에 걸리지 않는다는 것을 앞에서 이미 밝혔다. 그래서 내과 의사가 이들에게는 필요하지 않았다. 휴이넘은 날카로운 돌에 부딪혀서 발굽을 상하게 되거나, 몸을 다치는 것을 치료하기 위해 훌륭한 약을 가지고 있었다. 그 약은 모두 약초로 만들어진 것이다.

휴이넘은 해와 달의 운행으로 1년을 계산한다. 하지만 우리처럼 주일로 나누어서 계산하지 않는다. 휴이넘은 해와 달의 운동을 잘 알고 있었다. 일식과 월식의 성질도 알았다. 이것은 그들의 천문학이 이룩한 큰 결과물이었다. 시에 있어서 그들은 이 세상에서 가장 뛰어났다. 직유법의 정확성, 표현의 세밀함과 정밀함은 그 무엇과도 비교할 수 없었다.

휴이넘의 시는 우정과 사랑을 찬양하거나, 육체를 단련하는 운동에서 승리한 휴이넘을 칭송하는 문장들로 가득했다.

그들의 건물은 매우 투박하고 단순하지만 불편하지 않았으며, 추위나 더위로부터 잘 보호되어 있었다. 이 나라에는 수령이 40년이 되면 뿌리가 느슨해져서 거센 바람을 견디지 못하고 쓰러져 버리는 나무가 자라고 있었다. 이 나무는 매우 곧게 자라서 휴이넘은 날카로운 돌을 사용하여(휴이넘들은 쇠를 다루거나 사용하는 방법을 몰랐다) 나무를 다듬었다. 그리고 끝을 말뚝처럼 뾰죽하게 해서 25센티미터 간격으로 땅에 박는다. 그 사이를 짚이나 나뭇가지로 엮는다. 지붕도 이러한 방법으로 만든다. 문도 역시 마찬가지다.

우리가 손을 사용하는 것처럼, 휴이넘은 앞발의 발목과 발굽 사이의 움푹한 부분을 사용한다. 내가 처음에 상상했던 것보다 훨씬 섬세하게 사용하는 것이다.

주인의 가족 가운데에는 하얀 털을 가진 암말이 있었다. 그 말은 내가 일부러 빌려주었던 바늘로 바느질을 했다. 휴이넘은 이러한 방식으로 암소의 젖을 짜거나 귀리를 수확한다. 우리가 손으로 할 수 있는 모든 작업을 그들도 하고 있는 것이다.

그들은 단단한 돌을 갈아서 연장으로 만든다. 이 연장은 도끼나 망치를 대신해 사용한다. 목초를 베거나 귀리를 수확하는 일에 연장을 사용한다. 귀리는 밭에서 자생하고 있다. 야후는 곡식을 수레에 싣고 집으로 운반한다. 하인들은 창고에서 곡식을 밟은 다음, 알곡을 가려내 저장한다. 그들은 흙과 나무로 투박한 그릇을 빚어서 햇볕에 말린다.

휴이넘은 만약 사고로 죽지 않는다면 늙어서 죽는다. 죽은 다음에는 외딴 곳에 매장된다. 그들의 친구나 친척은 죽을 때 기뻐하거나 슬퍼하는 기색을 내비치지 않는다. 세상을 떠난 이웃을 방문하고 돌아오는, 죽음을 맞게 되는 휴이넘에게서도 후회하는 표정을 발견할 수 없다. 중요한 용무를 해결하기 위해 주인은 친구와 가족을 그의 집으로 초대한 적이 있었다. 친구가 방문을 하기로 약속했던 날이 되자, 그의 부인과 자식들만 아주 늦게 도착했다.

그 부인은 이렇게 변명을 했다. 먼저, 그 부인은 남편이 그 날 아침에 '르두훈'을 했다는 것이다. 르두훈은 휴이넘의 언어로 매우 강한 표현을 가지고 있는데, 영어로는 쉽게 바꿀 수 없었다. 그 말은 '최초의 어머니에게로 귀의한다' 는 뜻이다. 그 부인이 늦게 도착한 것은 남편이 아침에 죽어서, 그를 안치할 적당한 장소에 대해 하인들과 의논을 했기 때문이라는 것이다. 나는 그 부인이 다른 사람들처럼 즐겁게 행동하는 것을 보았다. 약 3개월이 지나자 그 부인도 죽었다.

휴이넘들은 일흔 살이나 일흔다섯 살까지 살며, 여든 살까지 사는 경우는 아주 드물다. 그들은 죽기 몇 주일 전에 몸이 점차적으로 쇠약해지는 것을 느낀다. 하지만 아무런 고통도 없다. 이 시기에 그들은 친구의 방문을 많이 받는다. 보통 때와 같이 손쉽게 외출을 못하기 때문이다. 그러나 죽기 열흘 전에는 야후가 끄는 썰매를 타고 가까운 휴이넘을 방문한다. 그들에게 답례를 하기 위해서다.

그들은 자신의 죽는 날짜를 틀리게 계산하지 않는다. 썰매는 늙거나, 긴 여행을 하거나, 사고로 다리를 저는 경우에 사용한다. 죽음을 맞게 되는 휴이넘은 친구들을 방문할 때, 마치 먼 지방으로 여행을 떠나는 것처럼 작별을 한다.

휴이넘의 언어에는 악하다는 의미를 표현하는 단어가 없었다. 나는 이 말을 하기까지 상당히 망설였다. 악하다는 말이 휴이넘에게 있다면, 그것은 야후들의 추한 면이나 나쁜 면을 보고 빌어온 것이다. 그들은 하인의 어리석음, 자식의 게으름, 다리를 다치게 한 돌, 악천후나 계절에 맞지 않는 날씨를 표현할 때 '야후 같은' 이라는 말을 사용한다. '흐눔 야후' '우나호름 야후' '인름나윌마 야후' 와 같이 표현하는 것이다. 제대로 지어지지 않은 집은 '인홀름즈로올리우 야후' 라고 부른다.

나는 휴이넘들의 예절과 덕성에 대해 좀 더 자세하게 설명할 수도 있다. 그러나 이 문제만을 다룬 책을 근간에 다시 출판할 예정이므로 독자들은 그 책을 참조하기를 바란다. 다음에 나는 슬픈 파국에 관한 이야기를 시작할 예정이다.

제 10 장

휴이넘들 사이에서 행복한 저자의 삶이 언급된다. 그들과 대화하면서 저자의 덕망이 향상된다. 주인은 그에게 나라를 떠나라고 통보하고 저자는 슬픔으로 기절하지만 그 말에 따른다. 그는 동료 하인의 도움으로 카누를 만들어 바다에 띄운다.

나는 소박한 생활을 하면서 행복하게 살았다. 주인은 집에서 6미터 정도 떨어진 곳에 휴이넘의 방식에 따라, 벽과 바닥에 진흙을 바르고 잡풀로 지붕을 덮은 방을 만들라고 했다. 나는 야생으로 자란 삼을 잘라서 이불을 만들었다. 야후의 머리카락으로 덫을 만들어 몇 마리의 새를 잡았다. 새의 깃털을 이용해 이불을 채웠다. 고기는 훌륭한 음식이었다.

나는 칼로 두 개의 의자를 만들었다. 거칠고 힘든 일은 갈색 말이 도와주었다. 옷이 많이 해졌을 때, 나는 '누우노오'라고 불리는 동물의 가죽으로 옷을 만들었다. 누우노오는 토끼와 비슷한 크기였으며, 부드러운 솜털로 덮여 있었다. 가죽으로 양말도 만들었다. 나무 조각으로 구두의 밑창을 대고 가죽을 붙였다. 가죽이 해졌을 때는 햇볕에 말린 야후의 가죽을 사용하기도 했다.

나는 가끔씩 꿀을 구할 수 있었다. 꿀은 물에 타서 빵과 함께 먹었다. '자연적인 욕구는 쉽게 만족시킬 수 있다'와 '필요는 발명의 어머니다'라는 두 격언의 진실을 나는 그 누구보다 잘 입증할 수 있었다.

나는 육체의 건강과 정신의 평온함을 즐겼다. 친구의 배반이나 변절에 대해 고민할 필요가 없었다. 숨어 있거나 드러나 있는 적의 비난을 두려워 할 필요도 없었다. 지위가 높은 사람의 환심을 얻기 위해 몰래 뇌물을 주거나 아첨할 일도 없었다. 사기와 압력에 대해서도 마음을 쓸 필요가 없었다. 이곳에는 나의 건강을 해치는 의사도, 나를 파산시키는 변호사도 없었다. 나의 말과 행동을 지켜보면서 억지로 비난거리를 만들어 내는 밀고자도 없었다. 비웃는 사람도, 비난하는 사람도, 뒤에서 헐뜯는 사람도, 소매치기도, 날치기도, 도둑도, 변호사도, 포주도, 익살광대도, 도박사도, 정치가도, 부자도, 짓궂은 사람도, 지리한 웅변가도, 논쟁을 좋아하는 사람도, 강탈자도, 살인자도, 강도도, 감정가도 없었다. 정당이나 파벌을 지도하는 사람이나 그들을 따르는 추종자도 없었다. 유혹하거나 표본이 됨으로써 악을 조장하는 사람도 없었으며, 죄수를 가두는 감옥도, 도끼도, 교수대도, 처벌대도, 죄수에게 씌우는 칼도 없었다. 값을 속이는 상점의 주인이나 직공도 없었다. 자만심도, 허영심도, 꾸밈도, 치장도 없었다. 깡패도, 주정꾼도, 매춘부도, 매독도 없었다. 음탕하고 소란스럽게 떠들면서 돈을 많이 쓰는 아내도 없었다. 어리석은 자만심을 가진 현학자도 없었다. 자랑을 하거나 싸움을 좋아하는, 시끄럽게 큰 소리를 지르는, 어리석으면서도 잘 아는 듯한 표정을 짓고 맹세를 잘하는 성가신 친구도 없었다. 악덕에 의해 거지 신세에서 벗어난 악당도 없었으며, 악덕에 의해 거지 신세로 전락한 귀족도 없었다. 지배자도, 악기를 연주하는 사람도, 재판관도, 춤을 가르치는 교사도 없었다.

나는 주인과 함께 식사를 하기 위해 방문한 휴이넘과 같이 이야기를 하는 은혜를 입었다. 친절한 주인은 내가 방에 머무를 수 있도록 배려해 주었다. 그들이 나누는 이야기를 들어도 좋다고 했다.

주인과 친구들은 가끔씩 나에게 질문을 했으며, 나의 말을 듣기도 했다. 나는 주인이 다른 휴이넘을 방문할 때, 동행을 하는 영광도 누렸다. 하지만 묻는 말에 대답을 하는 것 외에는 감히 말을 하지 못했다. 휴이넘이 물어올 때 나는 대답을 하면서 상당히 어려워했다. 왜냐하면 나의 덕성을 보여 주는 것과는 반대되는 일이었기 때문이다.

나는 휴이넘의 대화를 듣게 된 것이 매우 기뻤다. 그들의 대화에는 유용한 것들만이 거론되었다. 그들은 서로에게 최대한의 예절을 지켰다. 말을 하는 휴이넘은, 그 말을 듣는 휴이넘이 즐거워하는 이야기를 했다. 말을 가로막는 휴이넘도, 지루하게 이야기를 하는 휴이넘도, 화를 내면서 이야기를 하는 휴이넘도, 감정이 상하는 휴이넘도 없었다. 그들은 짧은 침묵이 대화를 더욱 좋게 만든다는 사실을 알고 있었다. 나는 이것이 사실이라는 것을 알았다.

대화를 하다가 취하는 짧은 휴식은, 새로운 생각이 그들의 마음속에 떠오르게 한다. 휴식은 대화가 활기를 띨 수 있도록 도와주는 것이다.

그들은 우정과 사랑, 질서와 절제에 대해 많은 이야기를 했다. 눈에 보이는 자연의 작용이나 옛날의 전통, 덕성의 한계와 범위, 이성의 오류가 없는 법칙, 대표회의에서 결정할 문제에 대해 이야기를 한다. 시의 뛰어난 점을 말하기도 한다. 나에 대한 문제도 충분한 화제가 되었다. 이렇게 말하는 것이 나의 허영이라고 생각하지 않는다.

주인은 나에게 영국의 역사를 알려 주도록 했다. 나의 이야기를 들은 휴이넘들은, 그것에 대해 자세하게 토론을 했다. 그 결론은 우리에게 좋은 것이 아니었다. 그렇기 때문에 이 자리에서 그것을 반복하지는 않겠다.

놀랍게도 주인은 야후들의 성질을 나보다 훨씬 더 잘 아는 것 같았다. 그는 인간의 모든 악행과 어리석은 행동에 대해 잠시 동안 생각에 잠겼다. 그러고는 내가 그에게 말하지 않았던 많은 사실들을 발견했다.

주인은 훌륭한 이성을 가지고 이 나라에서 살고 있는 야후들의 성질과 우리를 서로 비교했던 것이다. 주인은 우리와 같은 동물들이 얼마나 비열하고 비참한 존재인가라는 결론을 내렸다. 그것은 아주 많은 개연성을 가지고 있었다.

친절한 주인의 배려로 얻을 수 있었던 지식은, 유럽에서 열리는 가장 현명한 회의를 듣고 기록하는 것보다 더욱 훌륭한 것이었다는 것을 솔직하게 고백한다. 나는 휴이넘의 힘과 아름다움과 속도에 존경을 표한다. 성자와도 같은 그들의 덕성이 존경심을 불러일으킨 것이다.

야후와 다른 짐승들이 휴이넘에 대해 품고 있던 경외감을 처음부터 느꼈던 것은 아니었다. 하지만 그들에 대한 경외감은 나의 마음속에서 아주 빠른 속도로 퍼졌다.

휴이넘들은 나를 다른 야후들과는 다르게 대해 주었다. 그렇기에 그들에 대한 사랑과 존경의 마음이 저절로 생겨났다. 나의 가족과 친구들, 영국 사람들은 그 모습과 기질에 있어서 분명히 야후들이었다. 다만 이 나라의 야후들보다 조금 더 문명을 익혔으며, 말을 할 수 있는 자연의 선물을 타고났을 뿐이다. 말들의 나라에서 살고 있는 야후들이 악덕만을 가지고 있다면, 그들의 형제인 영국의 야후들은 타고난 이성을 사용해 악덕을 더욱 향상시켰다.

호수나 샘에 비친 나의 모습을 보게 될 때, 나는 한 마리의 야후에 불과한 자신에 대해 증오와 혐오감을 감출 수 없었다. 나 자신의 모습보다는 차라리 야후들의 모습을 한결 편안한 마음으로 지켜볼 수 있었다. 나는, 나를 참을 수 없었다.

휴이넘들과 서로 이야기를 나누면서 나는 즐거운 마음으로 그들을 바라보았다. 그러는 동안 나는 그들의 몸짓과 걸음걸이를 따라하게 되었다. 그것은 이제 습관이 되어 버렸다. 가끔씩 말처럼 뛰어다닌다고 친구들은 나를 핀잔했다. 그러나 나는 그것을 대단한 찬사로 생각한다.

나는 휴이넘의 목소리와 말투를 흉내 내는 습관을 버리고 싶지 않다.

비록 많은 사람으로부터 조롱을 받게 되더라도 나는 억울한 마음을 가지지 않을 것이다.

나는 지금처럼 행복하게 살 수 있는 휴이넘의 나라에서 완전히 정착했다고 생각했다. 어느 날 아침 주인은 평소보다 조금 이른 시간에 나를 불렀다. 그는 난처한 표정으로 어떻게 말을 꺼낼 것인지 주저하고 있었다. 침묵이 흐른 다음, 그는 지금부터 하는 말을 내가 어떻게 받아들일 것인지 잘 모르겠다고 했다.

야후들에 대한 일이 저번의 대표회의에서 거론되었을 때, 많은 휴이넘들은 주인이 한 마리의 야후를(이 말은 나를 의미하는 것이었다) 동물처럼 대하지 않고 집에서 데리고 있다는 사실에 몹시 분노했다는 것이다. 야후를 휴이넘처럼 대할 수는 없다는 것이었다. 주인이 나와 함께 이야기를 나눈다는 사실은 널리 알려져 있었다. 대화를 하는 동안 주인이 어떤 이점이나 즐거움을 얻는 것처럼 말이다. 이러한 행위는 자연이나 이성에 잘 어울리지 않는 것이었다. 휴이넘 사이에서는 도저히 있을 수 없는 일이었다.

대표회의에서는 주인이 나를 이 나라의 야후처럼 부리거나, 아니면 헤엄을 쳐서 내가 온 곳으로 되돌아가도록 명령하라고 했다. 나를 다른 야후들처럼 부리는 것은, 나에 대한 이야기를 들어보거나 만나 본 적이 있는 휴이넘들에 의해 거부되었다. 내가 가지고 있는 기초적인 이성과 야후의 천성적인 타락이 합쳐지게 되는 것은 아주 위험하다고 했다.

내가 야후들을 이끌고 숲이 울창한 산으로 데리고 들어가서, 밤이 깊을 때 몰래 내려와 휴이넘의 가축을 죽이는 것을 두려워했기 때문이다. 야후들은 게걸스럽게 먹으며, 천성적으로 노동하는 것을 싫어하는 동물이다.

주인은 이웃에 살고 있는 휴이넘으로부터 대표회의의 결정을 실행하라는 압력을 받고 있었다. 그것을 오랫동안 미룰 수는 없다고 했다.

주인은 내가 다른 나라로 헤엄쳐 간다는 것이 불가능하다고 생각했다. 그래서 내가 타고 갈 수 있는 배를 만들라고 했다. 배를 만드는 일에는 많은 하인들이 도울 수 있을 것이다.

주인은 내가 휴이넘을 따라함으로써 나쁜 습관과 기질을 조금씩 고친다는 것을 알고 있었다. 그가 살아 있는 동안에는 나를 자신의 곁에 두고 싶었다고 했다. 말들의 나라에서 대표회의의 결정은 홀로아인이라고 불렀다. 그 말을 우리말로 옮기면 권고한다는 뜻이다. 휴이넘의 생각에 따르면 이성을 가진 동물에게 강제적으로 명령할 수는 없으며, 단지 충고를 하거나 권고할 수밖에 없다는 것이다. 이성을 지닌 동물이라는 것을 스스로 포기하지 않고서는, 그 권고를 따르지 않을 수 없기 때문이다.

주인의 이야기를 들은 나는 슬픔과 절망에 사로잡혔다. 나는 그 충격을 이기지 못하고, 주인의 발 아래로 쓰러졌다. 기절을 했던 것이다. 주인은 내가 죽었다고 믿었다. 휴이넘은 허약한 체질을 타고나지 않기 때문이다. 나는 힘이 없는 목소리로, 죽는 것이 훨씬 나았을 것이라고 말했다.

대표회의에서 결정된 권고를 비난할 수는 없었다. 아직 나약하고 부패한 나의 생각으로도 그것은 이성에 어긋나는 것이 아니었기 때문이다. 하지만 나는 5킬로미터도 헤엄칠 수 없었다. 이 나라에서 가장 가까운 땅이라고 하더라도 최소한 480킬로미터는 떨어져 있을 것이다. 배를 만드는 일에 필요한 물자도 전혀 없었다. 나는 배를 만드는 일이 불가능하다고 생각했지만, 주인에게 복종하는 의미에서 도전해 보기로 했다.

나는 파멸의 운명에 부딪히게 되었다. 배를 만들 수 있다 하더라도 죽음에 대한 가능성을 아주 조금 줄일 뿐이다. 위험한 항해에서 생명을 유지할 수 있다고 하더라도, 야후들의 사회에서 도저히 살아갈 수 있을 것 같지 않았다. 나에게 덕성을 가르쳐 주는 휴이넘이 없다면, 나는 다시 부패한 생활로 되돌아갈 것이다. 그것은 도저히 참을 수 없는 일이었다.

나는 현명한 휴이넘들의 결정이 얼마나 이성적인 근거에서 내려진 것인가를 잘 알고 있었다. 한 마리의 비참한 야후에 불과한 내가 어떠한 이의를 제기하더라도 그들은 흔들리지 않을 것이다.

나는 하인들에게 배를 만드는 일을 도와주라고 명령한 주인에게 깊은 감사를 표했다. 나는 배를 만드는 일에 필요한 시간을 충분하게 달라고 했다. 이렇게 형편없는 목숨이지만 살고 싶다고 했다. 내가 영국으로 돌아갈 수 있다면, 훌륭한 휴이넘을 찬양하는 일에 노력하겠다고 했다. 휴이넘의 덕성을 배우라고 함으로써, 영국의 야후들에게 도움을 줄 수 있을 것이라고 했다.

주인은 두 달 동안 배를 만들라고 인자하게 말했다. 그리고 나의 동료였던(이렇게 먼 거리에서 그를 감히 동료라고 부른다) 갈색 말에게 나를 도와주라고 명령했다. 나는 갈색 말의 도움이면 충분하다고 말했다. 갈색 말은 나에게 아주 따스한 마음을 가지고 있었다.

나는 갈색 말과 함께 상륙했던 해안으로 갔다. 언덕에 올라가서 바다를 둘러보았다. 동북쪽에 조그마한 섬이 보였다. 망원경을 꺼내서 자세히 살펴보았다. 24킬로미터 정도 떨어져 있는 섬을 확실하게 알아볼 수 있었다. 그러나 갈색 말에게는 푸른 구름으로 보였다. 갈색 말은 이곳을 제외하고는 그 어디에도 다른 나라가 없다고 믿고 있었다. 그렇기 때문에 갈색 말은 바다를 자주 항해하는 우리처럼 멀리 있는 물체를 능숙하게 구분할 수 없었다.

섬을 발견한 다음에는 아무런 생각도 하지 않았다. 그 결과는 운명에 맡겼다. 나는 그 섬으로 망명하기로 했다. 갈색 말과 의논한 후, 우리는 약간 떨어진 숲으로 갔다. 우리는 칼과 날카로운 연장을 이용해 지팡이보다 조금 더 굵은 크기의 도토리나무를 잘라서 자루 속에 넣었다. 여기에 대한 것을 자세하게 기술해서 독자를 괴롭히지는 않겠다.

6주일이 지나자, 인디언 카누보다 조금 더 큰 보트를 완성할 수 있었다. 힘이 많이 들어가는 일은 갈색 말이 도와주었다. 야후의 가죽을 삼으로 만든 실로 꿰매 엮어서 보트를 덮었다. 마찬가지로, 야후의 가죽으로 돛을 만들었다. 늙은 야후의 가죽은 거칠고 두꺼웠으므로, 어린 동물의 가죽을 사용했다. 네 개의 노도 준비했다. 토끼고기와 새고기를 미리 장만했으며, 우유와 물이 들어있는 항아리도 준비했다.

주인의 집 가까이 있는 연못에서 보트를 시험해 보았다. 잘못 만들어진 곳은 정성을 들여서 고쳤다. 야후의 기름으로 벌어진 틈새를 모두 메웠다. 보트는 짐의 무게를 견딜 수 있을 만큼 튼튼해졌다. 야후들이 끄는 수레에 배를 실었다. 갈색 말의 지휘를 받으면서 바다로 옮겼다.

모든 것이 준비되었다. 떠나야 하는 날이 다가왔다. 나는 눈물을 흘리면서 주인과 이별을 했다. 슬픔에 가득 찬 마음으로 가족들과도 인사를 나누었다.

친절한 주인은 보트를 타고 떠나는 나를 지켜보겠다고 했다. 이웃에 살고 있던 친구들도 함께 나왔다. 나는 밀물을 기다렸다. 한 시간 정도 지나자 다행스럽게도 내가 떠나기로 한 섬을 향해 바람이 불어왔다. 나는 작별 인사로 주인의 발굽에 입을 맞추기 위해 엎드렸다. 그는 조용히 발을 들어서 나의 입으로 가져다주었다. 내가 이 사건을 이야기함으로써 많은 비난을 받게 될 것이다. 나를 비난하는 사람들은 그렇게 훌륭한 덕성을 갖춘 휴이넘이 형편없이 천박한 동물인 나에게 발을 들어주는 영광을 베풀어 줄 리가 없다고 주장한다.

나는 많은 여행가들이 자신이 받았던 영광을 과장해 자랑한다는 사실을 잘 알고 있다. 그러나 휴이넘의 고상하고 예의바른 기질을 알게 된다면, 나를 비난하는 사람들도 자신의 생각을 바꿀 것이다. 나는 마중을 나온 휴이넘들에게 경의를 보내면서 보트를 타고 해안을 떠났다.

제 11 장

저자는 위험한 항해를 거쳐 뉴 홀랜드에 도착하고 그곳에서 살아가기를 희망한다. 원주민의 화살에 맞아 부상당하고 붙잡혀 포르투갈 선박으로 끌려간다. 선장은 매우 정중했으며 저자는 영국에 도착한다.

나는 1714년(혹은 1715년이었는지도 모른다) 2월 15일 아침 9시에 절망적인 항해를 시작했다. 바람은 무척이나 순조롭게 불어왔다. 처음에는 돛을 사용하지 않았다. 노를 저으면서 항해를 했다. 하지만 곧 지쳐 버릴 것만 같았고 바람이 방향을 바꾸었을지도 몰랐기 때문에 작은 돛을 올렸다. 조류의 도움을 받으면서 30분 동안 시속 5킬로미터 정도의 속도로 나아갔다. 주인과 친구들은 내가 시야에서 벗어나 완전히 사라질 때까지 해변에서 줄곧 기다리고 있었다.

나를 무척이나 사랑해 주었던 갈색 말이 '흐누이 일라 니하 마이야 야후' 라고 소리치는 것이 들려왔다. 그 말은 '부디 조심하거라 예의 바르고 유순한 야후야' 라는 의미를 가지고 있는 것이다.

나는 생활에 필요한 모든 것들을 혼자의 힘으로도 충분히 마련할 수 있는 작은 섬을 발견할 수 있기를 바랐다. 그것은 나에게 유럽에서 어느 왕국의 수상이 되는 것보다 더욱 커다란 행복이었을 것이다. 야후들의 타락한 사회에 살면서, 야후들의 부도덕한 정부의 지배를 받으며 산다는 것은 나에게 너무나 끔찍한 것으로 여겨졌다. 사람이 살지 않는 섬에서 혼자 외롭게 산다면, 내 종족의 온갖 부도덕함과 부패에 물들지도 않을 것이다. 그리고 야후들이 어떠한 방법으로도 흉내 낼 수 없는 휴이넘들의 훌륭한 덕성을 자유롭게 생각할 수도 있을 것이다.

독자들은 선원들이 반란을 일으켜 선실에 나를 가둔 사실을 기억할 것이다. 나는 이곳이 어디인지 도무지 알 수가 없었다. 방향도 모르면서 흘러왔던 것이다. 얼마나 오랫동안 항해를 했는지도 알 수 없었다. 보트에 실려서 선원들과 함께 내릴 때, 그들도 이곳이 어디인지 모른다고 했었다. 그 당시에 우리는 희망봉에서 남쪽 방향으로 약 10도가량 떨어진, 남위 45도 지점에 있었을 것이다. 나는 선원들의 이야기를 들으면서 이렇게 추측했다.

마다가스카르 섬으로 가려고 했지만, 바람 때문에 동남쪽으로 항해하게 되었을 것이다. 내가 가려고 했던 섬은 뉴 홀랜드의 남서쪽 해변이나, 아니면 그보다 서쪽에 위치해 있을 것이다. 나는 그 섬에 도착할 수 있을 것이라는 희망에서 진로를 동쪽으로 돌렸다. 서풍이 불어왔다. 저녁 6시까지 내 계산으로 동쪽으로 86킬로미터를 항해했을 때, 나는 2.4킬로미터 정도 떨어져 있는 작은 섬을 발견했다.

나는 그 섬에 보트를 정박했다. 섬은 그저 한 덩어리의 바위일 뿐이었고, 폭풍에 의해 자연스럽게 아치 모양을 갖춘 작은 만이 있었다. 그곳에 보트를 댔다. 나는 바위의 한쪽으로 올라갔다. 동쪽에서 남북 방향으로 펼쳐져 있는 육지를 발견했다. 밤새도록 나는 보트 위에 누워 있었다.

다음 날 아침 일찍 항해를 계속했다. 일곱 시간이 지난 다음, 나는 뉴 홀랜드의 동남쪽에 도착했다. 이것은 내가 오랫동안 품고 있던 생각이 (우리의 지도나 항해도가 뉴 홀랜드를 원래의 지점보다 3도 정도 동쪽에 위치하도록 표시했다는 견해) 옳았다는 것을 확신하도록 만들어 주었다. 여러 해 전에 나는 이러한 생각을 친구였던 허먼 몰에게 알려 주었다. 그러나 그는 다른 사람의 말을 그대로 따랐다.

내가 상륙한 곳에서는 섬에 누가 살고 있는지 보이지 않았다. 무장을 하지 않은 나는 깊숙이 들어갈 용기가 나지 않았다. 해변에서 조개를 주웠다. 불을 피우면 원주민들의 눈에 띄게 될까 봐 더럭 겁이 나서 조개를 굽지 않고 날로 먹었다. 식량을 아끼기 위해 굴과 조개를 사흘 동안 먹었다. 다행스럽게도 나는 물이 흐르는 시내를 발견하고 안심할 수 있었다.

4일이 지난 다음, 나는 용기를 내어 조금 멀리까지 탐색을 했다. 그러다가 45미터 떨어진 언덕 위에서 20~30명의 원주민들이 있는 것을 발견했다. 그들은 아무것도 입지 않고 있었다. 피어오르는 연기를 보고 그들이 있는 곳을 알아낼 수 있었다. 타오르는 불의 주위에는 여러 명의 사람들이 둘러앉아 있었다. 어린아이도 많았다.

그들 가운데 한 사람이 나를 발견하고는 다른 사람들에게 알렸다. 다섯 명의 야만인들이 여자와 어린아이들은 불가에 남겨 둔 채 나에게 다가왔다. 나는 해변으로 달려가서 보트를 타고 도망쳤다. 내가 도망가는 것을 알게 된 야만인들은 재빠르게 쫓아왔다. 그들은 내가 완전하게 도망을 가기 전 화살을 쏘아 댔다. 화살 하나가 내 왼쪽 무릎에 박혔다. 화살이 박힌 흔적은 나에게 영원히 남을 것이다. 나는 그 화살에 독이 묻었을까 걱정이 되었다. 화살이 닿지 않을 만큼의 거리까지 노를 저었다. 그 날은 바람이 불지 않았다. 상처를 닦아 내고는 세게 묶었다.

나는 어떻게 해야 할지 몰랐다. 같은 곳으로는 돌아갈 수가 없었다. 나는 북쪽을 향해 노를 저었다. 나의 항로와는 반대쪽인 북서쪽으로 바람이 조금 불었다. 안전하게 상륙할 수 있는 장소를 찾고 있을 때, 나는 북북동쪽으로 향하는 커다란 배의 돛을 발견했다. 배는 점점 뚜렷하게 보였다. 그 배에게 도움을 청할 것인지 망설였다. 야후들에 대한 혐오감이 나를 떠나도록 만들었다.

남쪽으로 보트를 돌렸다. 돛을 올리고 노를 저어서 남쪽으로 방향을 바꾸었다. 나는 아침에 떠났던 만으로 되돌아갔다. 타락한 유럽의 야후들과 함께 살기보다는 차라리 야만인들과 지내는 것이 좋을 것이다. 나는 보트를 해변으로 끌어 올렸다. 앞에서 말했던 것처럼, 맑은 물이 흐르는 시냇가의 위에 숨었다.

커다란 배는 2.4킬로미터 정도까지 다가왔다. 신선한 물을 구하기 위해 보트에 물통을 싣고는 만으로 다가왔다. 바다를 항해하는 사람들에게는 여기가 잘 알려진 곳인 것 같았다. 선원들은 해안에 닿을 때까지는 나의 보트를 보지 못했다. 내가 보트를 숨기기에는 너무 늦었다. 섬에 상륙하면서 선원들은 보트를 발견했다. 그들은 보트를 자세하게 살펴보았다. 선원들은 그 보트를 타고 있던 사람이 멀리 가지 못했을 것이라고 생각했다. 무장을 한 네 명의 선원이 나를 찾기 시작했다. 그들은 바위 뒤에서 얼굴을 땅에 대고 엎드려 있는 나를 발견했다. 잠시 동안 그들은 내가 입고 있는 거친 옷과 가죽으로 만들어진 외투, 나무로 밑창을 댄 신발, 털로 짠 양말을 놀란 눈으로 쳐다보았다. 원주민들은 대개 옷을 입지 않고 있었기 때문이었다.

어느 선원이 나에게 일어서라고 한 다음, 누구냐고 물었다. 그는 포르투갈 어를 사용하고 있었다. 나는 포르투갈어를 잘 알고 있었다. 나는 휴이넘들에게 추방을 당한 불쌍한 야후라고 했다. 그리고 나의 길을 갈 수 있도록 해 달라고 부탁했다.

그들은 나의 피부를 보고는 유럽 사람이라는 것을 알았다. 그들은 야후와 휴이넘이 무엇을 의미하는지 알 수가 없었다. 나의 말투가 말울음 소리와 비슷한 것을 듣고는 크게 웃었다. 그동안 나는 야후들에 대한 두려움과 증오심으로 떨고 있었다. 나는 떠날 수 있도록 해 달라고 다시 한 번 부탁했다. 그러고는 보트가 있는 곳으로 걸어갔다.

선원들은 나를 붙잡고는 어느 나라 사람이냐고 물었으며 어디로부터 왔느냐고 질문을 했다. 나는 영국 사람이며, 5년 전부터 여행을 하고 있다고 대답했다. 영국과 포르투갈은 서로 사이가 좋은 동맹국이며, 나는 그들에게 나쁜 행위를 하지 않을 것이라고 했다. 불행한 여생을 보내기 위한 외딴 곳을 찾고 있는 가련한 야후에 지나지 않으므로 나를 부디 적으로 대하지 않기를 바란다고 말했다.

나는 그들의 말이 몹시 부자연스러웠다. 그 말은 영국에서 살고 있는 동물인 개나 소 혹은 휴이넘의 나라에서 살고 있는 야후들이 이야기를 하는 것 같았다. 포르투갈의 선원들은 따스한 온정을 지닌 정직한 사람들이었다. 그들 역시 나의 이상한 옷차림과 어색한 말투에 놀랐다. 그들은 배의 선장이 아무것도 받지 않고 나를 리스본으로 데려다 줄 것이라고 했다.

그곳에서 나의 조국인 영국으로 돌아갈 수 있을 것이다. 그러기 위해서는 선원들이 잠시 배로 돌아가서 선장에게 보고해야 한다고 했다. 그동안 나에게 달아나지 않겠다는 맹세를 하라고 했다. 맹세를 하지 않는다면, 강제로 붙들어 두겠다고 말했다. 나는 선원들의 말에 따르는 수밖에 없었다. 그것이 최선의 방법이었기 때문이다. 선원들은 나의 이야기를 무척이나 듣고 싶어 했다. 그러나 나는 그들을 만족시킬 만큼 많은 이야기를 해 줄 수가 없었다. 그들은 내가 고생을 해서 미쳐 버린 것이라고 생각했다.

두 시간이 지나자 물을 싣고 갔던 보트가 다시 돌아왔다. 그 배의 선장은 나를 데리고 오라는 명령을 내렸다. 나는 무릎을 꿇고 애원을 했다. 그냥 보내 달라고 빌었던 것이다. 하지만 아무런 소용이 없었다.

선원들은 나를 밧줄로 묶어서 보트에 태웠다. 배에 도착하자 그들은 나를 선장실로 끌고 갔다. 선장은 페드로 드 멘데즈라는 사람이었으며, 무척 친절하고 너그러웠다. 그는 나에게 어떠한 이야기든지 좀 해 달라고 했으며, 먹고 싶은 것은 없느냐고 물었다. 선장은 내가 자신과 동등한 대우를 받을 것이라고 말했다. 나는 선장의 친절함에 무척이나 놀랐다. 야후들에게 이러한 면이 있으리라고는 상상도 못했던 것이다.

아무 말도 하지 않고 멍하니 앉아 있던 나는, 음식을 먹고 싶다고 했다. 선장은 닭으로 만든 요리와 포도주를 시켜 주었다. 내가 편히 쉴 수 있도록 선실에 잠자리도 마련해 주라고 했다. 나는 침대 위에 드러누웠다. 옷도 벗지 않았다. 30분 정도가 지나서, 선원들이 저녁 식사를 할 때가 되었다. 나는 목숨을 걸고 바다로 뛰어들어 헤엄을 치려고 했다. 도저히 야후들과 함께 지낼 수가 없었던 것이다. 그러나 어느 선원에게 붙잡히게 되었다. 그는 이 사건을 선장에게 보고했다. 나는 선실에서 쇠사슬에 묶인 채 지내게 되었다.

저녁 식사를 마친 다음, 돈 페드로 선장이 나를 찾아왔다. 달아나려고 했던 이유가 무엇이냐고 물었다. 자신이 할 수 있는 일이라면 무엇이든 도와주겠다고 했다. 그는 아주 친절하게 이야기를 했다. 선장은 어느 정도의 이성을 가지고 있는 것 같았다. 나는 그를 이성적인 동물로 대하기로 했다. 나는 말들의 나라를 여행한 사실에 대해 간단하게 이야기를 했다.

하급 선원들의 반란과, 내가 상륙했던 나라 그리고 그곳에서 5년 동안 머무른 것에 대해 말을 했다. 선장은 나의 이야기를 꿈이나 환상으로 여겼다. 나는 선장의 태도에 몹시 화를 냈다. 나는 거짓말을 모두 잊어버리고 있었기 때문이었다. 야후들의 특이한 기질인 거짓말에 대한 능력과, 그들이 다른 사람의 진실을 의심하는 것을 나는 참을 수 없었다. 있지도 않은 사실을 말하는 것이 포르투갈의 관습이냐고 물었다. 나는 거짓이라는 낱말의 뜻을 거의 잊어버렸다고 이야기했다.

선장은 나의 말이 거짓이라고 했던 것이다. 휴이넘의 나라에서 천 년을 산다고 하더라도 나는 단 한마디의 거짓말도 들을 수 없을 것이다. 가장 하찮은 하인에게서라도 말이다. 선장이 나의 말을 신뢰하든 그렇지 않든 간에, 그의 친절에 대한 보답으로써 무엇이든 궁금한 것을 알려 주겠다고 했다. 그러면 나의 진실을 알게 될 것이다.

현명한 선장은 나의 이야기에서 잘못된 부분을 찾으려고 노력했다. 그러다가 나의 말이 모두 사실이라고 믿게 되었다. 그는 이전에 네덜란드 태생의 선장을 만난 적이 있다고 했다. 네덜란드 태생의 선장은 다섯 명의 선원과 함께 뉴 홀랜드 남쪽에 위치한 지방에 상륙한 적이 있다고 했다. 그들은 신선한 물을 구하기 위해 그곳에 상륙했었다.

나는 야후라고 부르는 동물 여러 마리를 말이 어디론가 이끌고 가는 것을 보았다고 했다. 선장은 그 이야기를 얼마 후에 잊어버렸다. 내가 하는 말을 전부 다 믿지는 않았기 때문이다. 선장은 나에게 다시는 달아나지 않을 것을 약속하라고 했다. 생명을 잃는 모험을 함부로 되풀이하거나, 자신을 친구로 대하지 않는다면 배가 리스본에 도착할 때까지 포로처럼 대할 것이라고 했다. 나는 그렇게 하겠다고 약속했다. 하지만 야후들과 함께 살게 되는 것보다는 차라리 혼자 살면서 고생을 겪는 것이 좋을 것이라고 말했다.

우리는 항해를 계속했다. 그동안 별다른 어려움은 생기지 않았다. 나는 선장에게 고마움의 표시를 하기 위해 그와 함께 지내게 되었을 때, 인간에 대한 혐오감을 감추려고 노력했다. 어쩔 수 없이 인간에 대한 혐오감을 드러내는 경우도 가끔씩 있었다. 하지만 그는 모르는 척했다. 선원들과 마주치지 않도록 대부분의 시간을 선실에서 보냈다.

선장은 내가 입고 있는 야만스러운 옷을 벗으라고 했다. 가장 좋은 옷을 나에게 빌려주겠다고 했다. 그러나 야후가 입었던 것으로 나의 몸을 감싼다는 것은 참을 수 없는 일이었기에, 아무리 옷을 벗으라고 해도 소용이 없었다. 나는 두 벌의 내의만 빌려 달라고 했다. 선장이 입었던 것이지만, 이미 세탁을 했기 때문에 나의 몸을 많이 더럽히지는 않을 것이라고 생각했다. 나는 이틀에 한 번씩 내의를 갈아입었다. 빨래도 내 손으로 직접 했다.

1715년 11월 5일 리스본에 도착했다. 배에서 내릴 때, 선장은 나에게 자신의 외투를 입혀 주었다. 구경꾼들이 몰려들지 않도록 하기 위해서였다. 선장은 자신의 집으로 나를 데려갔다. 그는 뒤쪽에 있는 가장 높은 방으로 안내했다. 내가 그렇게 해 달라고 부탁했기 때문이다.

나와 휴이넘에 대한 이야기를 누구에게도 말하지 않았으면 좋겠다고 했다. 휴이넘에 대한 이야기가 조금이라도 알려지면, 많은 사람들이 나를 보기 위해 몰려들 것이다. 종교재판에 회부되어 감옥에 가거나 화형을 당할 위험도 있었다. 선장은 나에게 새로운 옷을 만들어서 갈아입으라고 했다. 그러나 재단사에게 나의 몸을 측정하도록 부탁하고 싶지 않았다. 재단사는 돈 페드로 선장의 몸을 측정해서 옷을 만들었다. 그의 몸이 나와 비슷했기 때문이다.

새 양복은 나에게 잘 어울렸다. 그는 다른 것들도 모두 새 것으로 준비해 주었다. 나는 물건들을 사용하기 이전에 하루 동안 바람을 맞게 했다. 물건에 스며 있는 야후들의 냄새를 제거하기 위해서였다.

선장에게는 아내가 없었다. 시중을 드는 하인이 세 명 정도 있을 뿐이었다. 그들 가운데 어느 누구도 나와 함께 식사를 하지 못했다. 이해심이 많았던 선장은 너무도 친절하게 대해 주었다. 그는 굳어진 나의 마음을 조금씩 부드럽게 만들어 주었다. 나는 용기를 내어 창문 밖으로 내다보기도 했다. 다른 방에도 들어가게 되었다. 그곳에서 거리를 내려다보았다. 하지만 두려움 때문에 다시 안으로 들어왔다.

일주일이 지난 다음, 나는 선장의 도움을 받으면서 문 앞까지 다가갔다. 야후에 대한 두려움은 사라졌으나, 증오와 경멸은 더욱 늘어났다. 드디어 나는 용기를 내어 선장과 함께 거리를 걸었다. 거리를 지나갈 때는 반드시 향이나 담배로 코를 막았다.

리스본에 도착한 지 10일이 지났다. 돈 페드로 선장은 나에게 영국으로 돌아가라고 했다. 나의 명예와 양심을 지키기 위해서라도 아내와 아이들에게 돌아가야만 한다고 했다. 지금 항구에는 영국으로 떠나는 배가 있다고 했다. 귀국에 필요한 것들은 모두 준비해 두겠다고 했다.

나를 설득하려는 선장의 이야기와, 돌아가지 않겠다는 나의 의견을 다시 반복하는 것은 매우 지루한 일이다. 선장은 나에게 필요한 무인도를 찾아내는 작업이 거의 불가능하다고 말했다. 그러나 집에서는 마음대로 지낼 수 있으며, 내가 바라는 것처럼 은둔을 할 수도 있다고 설득했다. 나는 그의 말에 따르기로 했다.

1715년 11월 24일 나는 영국의 상선을 타고 리스본을 떠났다. 그 배의 선장이 누구인가 물어보지도 않았다. 돈 페드로 선장은 승선을 할 때까지 동행해 주었으며, 20파운드의 돈도 빌려 주었다. 헤어지면서 그는 부드러운 인사와 함께 가벼운 포옹을 했다. 나는 그의 행동을 겨우 참았다. 마지막 여행을 하면서 나는 누구와도 만나지 않았다. 아프다는 구실로 선실에서 나오지 않았던 것이다.

1715년 12월 5일 아침 9시, 배는 다운즈 항에 닻을 내렸다. 오후 3시가 되었을 무렵, 나는 레드리프의 집에 도착했다. 내가 죽었을 것이라고 생각하던 아내와 가족들은 매우 기뻐하면서 맞이했다. 하지만 나는 그들을 만나면서 단지 증오와 경멸감만을 느낄 수 있었다. 그들이 나의 가족이라는 생각이 들자 경멸감은 더욱 커졌다.

휴이넘의 나라에서 추방을 당한 후, 계속해서 야후들과 만나게 되었지만 나의 마음은 여전히 휴이넘의 뛰어난 덕으로 가득 차 있었던 것이다. 이것은 돈 페드로 선장과 대화를 하는 동안에도 마찬가지였다. 내가 바로 야후의 아버지였으며, 더러운 야후와 오랫동안 성교를 해 왔다는 생각이 들자, 극도의 수치감과 두려움을 느꼈다.

아내는 나를 껴안고 입을 맞추었다. 나는 거의 한 시간 동안이나 기절했다. 그렇게 역겨운 동물과 오래도록 접촉을 해 보지 않았기 때문이다. 이 여행기는 영국으로 돌아온 후, 5년이 지난 다음에 쓰는 것이다. 처음의 1년은 아내나 아이들이 곁에 있는 것조차 참을 수 없었다. 그들에게서 풍기는 냄새는 정말로 견디기 어려운 것이었다. 그들과 함께 식사를 한다는 것은 더욱 참기 어려웠다. 아내와 아이들은 지금까지도 나의 음식에 손을 대거나 같은 잔으로 물을 마시지 못한다. 아무도 나의 손을 잡지 못하게 했다.

나는 두 마리의 수말을 구입하기 위해 처음으로 돈을 사용했다. 훌륭한 마구간에 말을 넣었다. 두 마리의 말을 제외하고, 내가 가장 좋아하는 것은 말을 돌보는 사람이다. 말을 돌보는 사람에게 배어 있는 마구간의 냄새만 맡아도 나는 정력이 솟구치는 것을 느낀다. 말들은 나를 잘 이해해 주었다. 나는 매일 네 시간씩 말과 이야기를 나누었다. 아직까지 나는 말에게 고삐나 안장을 얹어 보지 않았다. 나와 말은 서로를 사랑하고 있다. 말들끼리도 사이가 아주 좋다.

제 12 장

저자의 진실성과 책을 내는 동기에 대해 이야기한다. 진실을 왜곡하는 여행자들을 비난한다. 저자는 책을 쓰는 데 있어 어떠한 사악한 의도도 없음을 명확히 밝힌다. 반대에 대해 대답한다. 식민지를 개척하는 방법을 이야기하고 그의 조국을 찬양한다. 저자가 묘사한 나라들에 대해 국왕에게 권리가 있음을 인정하며 그 나라들을 정복하는 것은 어렵다고 이야기한다. 저자는 독자에게 마지막으로 미래를 살아가는 방식에 대해 조언하며 끝낸다.

나는 16년 7개월 동안의 여행기를 친절한 독자들에게 들려주었다. 실제로 있었던 일만 이야기했다. 진실을 말하기 위해 장식에는 별다른 신경을 쓰지 않았다. 다른 사람들처럼 도저히 있을 수 없는 이야기를 해서 독자를 놀라게 할 수도 있었다. 그러나 나는 가장 단순한 방법을 사용해, 분명한 사실만을 알리기로 한 것이다.

나의 목적은 여행기를 읽는 독자들을 즐겁게 만드는 것이 아니라, 진실을 알리기 위한 것이기 때문이다. 영국 사람이나 유럽 사람들이 가보지 못한 나라는 아직도 많다. 그런 나라를 방문한 여행가에게, 그곳의 바다와 땅에 서식하는 이상한 동물들을 묘사하도록 하는 일은 별로 어렵지 않다. 그러나 여행가의 중요한 목표는 다른 나라에 대한 정보를 알려서(그것이 좋은 것이든, 그렇지 않으면 나쁜 것이든 관계없이) 사람들을 깨닫게 하거나, 정신을 개발하는 데 있다.

나는 여행기를 출판하려는 여행가들이 출판을 위한 허가를 얻기 이

전에, 그 여행기의 모든 것이 진실이라는 맹세를 대법원장에게 하도록 만드는 법이 제정되기를 진심으로 바란다. 그렇게 되면 사람들은 많은 여행기의 저자들에게 더 이상 속지 않아도 될 것이다. 여행기를 출판한 몇 명의 저자들은 독자들에게 터무니없는 거짓말을 강요하고 있다. 아직 젊었을 때, 나는 커다란 즐거움을 느끼며 여행기를 읽었다. 그러나 지구의 대부분을 돌아보고 난 지금은 그렇지 않다. 그 여행기에는 거짓말이 너무 많았다. 나는 직접 확인한 사실을 가지고 그것들에 대해 반박할 수도 있다. 신기한 것을 잘 믿는 사람들의 성질을 나쁘게 이용한 여행기를 읽는 것은 너무나 역겨운 일이다. 그렇기 때문에 나는 진실에 대한 기록을 엄격한 지침으로 삼았다. 내가 훌륭한 휴이넘의 가르침과 모범적인 행동을 조금이라도 간직하고 있는 한, 진실을 부정하거나 왜곡시키는 잘못은 범하지 않을 것이다. 운명이 시논을 불행하게 만들더라도, 나는 위선을 받아들이거나 거짓말을 하지 않을 것이다.

여행기는 천재성이나 학식, 재능을 필요로 하지 않는다. 좋은 기억력과 정확한 일기만이 명성을 얻을 수 있는 여행기를 남긴다. 여행기의 저자들은 마치 사전을 편찬하는 사람처럼, 나중에 오는 사람들의 무게와 크기에 눌려 잊힌다는 것을 잘 알고 있다.

이 여행기에 기록된 나라를 방문한 사람이 있다면, 그는 나의 실수를 찾아내거나 새롭게 발견한 것을 첨가하여, 나를 유행의 자리에서 밀어낼 것이다. 나의 자리를 대신 차지하고는, 많은 사람들로부터 내가 그 나라에 대한 여행기를 썼던 필자라는 사실도 잊어버리게 만들 수 있을 것이다. 명성을 위해 글을 쓴다는 것은 나에게 참기 어려운 굴욕감을 안겨 준다. 그렇지만 여행기를 쓰는 유일한 의도가 사회의 이익을 위한 것이므로 완전히 실망하는 일은 없을 것이다.

누구든지 자신이 그 나라를 이성적으로 통치하는 동물이라고 간주할 때, 휴이넘의 덕성과 비교해서 자신의 악덕에 대해 부끄럽지 않을

걸리버는 16년 7개월 동안의 여행기를 성실하게 기록했다.

사람은 없을 것이다. 그래도 가장 부패하지 않은 사람들이 있는 나라는 브롭딩낵이다. 도덕과 정치에 대한 그들의 격언을 따른다면, 우리는 행복할 수 있을 것이다. 더 이상 많은 말을 하지는 않겠다. 현명한 독자들 스스로가 의견을 제시하고 받아들이기 바란다.

나의 글을 비난할 사람이 없을 것이라고 생각하니 마음이 흐뭇하다. 너무나 멀리 떨어져 있어서 무역이나 협상도 불가능한 나라의 이야기를 그대로 전한 나에게는 어떠한 반박도 할 수 없을 것이다. 다른 여행기의 저자들이 쉽게 비난 받는 오류를 나는 조심스럽게 피했다. 나는 어느 정당에 대해 간섭을 하지도 않았다. 특별한 감정이나 편견에 사로잡히지 않으면서 여행기를 써 왔다.

내 여행기의 목적은 사람들을 일깨우기 위해서다. 덕성을 갖춘 휴이넘과 오랫동안 이야기를 하면서 많은 것을 배웠기 때문에, 여느 사람들보다는 내가 조금 우월하다고 할 수 있다. 이렇게 말하더라도 나는 여전히 겸손을 갖추고 있다. 나는 물질적인 이익이나 명예를 위해 여행기를 쓰지 않았다. 왜곡된 것으로 보이는 단어는 전혀 사용하지 않았다.

어느 누구도 이 글을 읽고 화를 내지는 않을 것이다. 나는 아무런 비난도 받지 않는 저자가 될 수 있을 것이다. 나에 대해서는 논쟁을 하는 사람, 자세하게 검토해 보는 사람, 꼼꼼히 살펴보는 사람, 반성을 하는 사람, 추리를 해 보는 사람, 가치에 대한 평가를 하는 사람들이라고 할지라도 비난하지 못할 것이다.

내가 돌아오자마자 영국의 국민으로서 여행에 관한 보고서를 국무대신에게 제출하는 의무가 있다고 말한 사람이 있었다. 영국의 국민에 의해 발견된 땅은 모두 영국의 왕실에 속해야 한다는 것이다. 그러나 내가 여행한 나라들을 정복하는 것은, 페르디난도 코르테즈가 아메리카 인디언을 정복했던 것처럼 쉽지 않을 것이다. 릴리퍼트는 군사와 함대를 파견해 복속을 시킬 만한 가치도 없다. 브롭딩낵을 정복하는 일이

과연 신중하고 안전한 일인가 의문스럽다.

하늘을 나는 섬을 영국의 군대가 어떻게 처리할 수 있을까 궁금하다. 휴이넘은 전쟁에 대한 준비가 되어 있지 않다. 전쟁은 휴이넘이 전혀 모르는 것이다. 그들은 대포에 대해 전혀 모르고 있다.

그러나 내가 국무대신이라면 휴이넘을 침략하지 않을 것이다. 이러한 결점은 휴이넘의 신중한 성질과 굳센 단결력, 두려움을 모르는 기질, 나라에 대한 사랑이 충분하게 보충할 것이기 때문이다. 2만여 명의 휴이넘들이 군대로 돌진해서 대열을 흐트리고 차량을 뒤엎을 것이다. 그들의 무시무시한 뒷발이 군사들의 얼굴을 미이라처럼 만들어 버리는 것을 생각해 보면 잘 알 수 있을 것이다. 휴이넘에게는 아우구스투스 황제의 명성을 되돌려 받을 자격이 충분하다.

나는 말들의 나라를 정복하는 것보다, 유럽의 개화에 충분한 수의 사람들을 휴이넘에게 파견했으면 한다. 휴이넘에게 명예, 정의, 진실, 절제, 도덕, 충성, 순결, 우정, 사랑, 절개 등을 배움으로써 우리는 유럽을 개화할 수 있을 것이다.

위에서 말한 덕성은, 우리가 사용하는 언어 가운데에서 아직 남아 있는 것이다. 이것은 고대와 현대의 저술에서도 찾아볼 수 있다. 나의 독서 경험에 의거해 단언할 수 있다. 그러나 내가 책을 읽으면서 발견한 사실에 비추어 볼 때, 다른 나라를 정복하는 일에 자원하지 않는 또 다른 이유가 있었다. 다른 나라를 정복했을 경우, 국왕들이 주장하는 분배의 공평성에 대해 망설이게 되는 것이다.

예를 들어, 폭풍에 밀린 해적들이 정처 없이 흘러가다가 육지를 발견하게 되었다. 해적들은 약탈을 하기 위해 상륙할 것이다. 그들은 순결한 사람을 만나서 친절한 대접을 받는다. 그들은 그 땅에 새로운 이름을 붙이고는, 국왕의 이름으로 영토를 소유한다. 그들은 썩은 판자나 돌멩이를 기념비로 세운다. 그 나라의 사람 20~30명을 학살한다. 억압적으로 그 나라의 남자와 여자를 포로처럼 끌고 온다. 본국으로 돌아와서는 해적질을 용서받는다. 신께서 하사하신 권리에 의해 새로운 영토가 획득된다. 배들을 보내서 그 나라의 사람들을 쫓아버리거나 모두 학살한다. 금을 찾아내기 위해 그 나라의 국왕을 고문한다. 모든 비인간적인 행동이 저질러진다. 대지는 그 나라 사람들의 피로 붉게 물든다. 이러한 '경건한 탐험'에 고용된 살인자의 무리가, 우상을 숭배하는 야만인을 개종시키기 위해 파견되는 현대의 식민지를 만드는 것이다.

그러나 이런 이야기를 한다고 해서, 영국에 나쁜 영향을 미치지는 않을 것이라고 생각한다. 영국은 지혜와 신중과 정의로써, 식민지를 양성하는 일에 대해 전 세계의 모범이 될 수 있다. 종교와 학문을 진흥시키기 위해 영국은 관대한 기여를 한다. 기독교를 전파하기 위해 믿음이 깊고 유능한 목사를 선택한다. 분별력 있는 사람들을 데려다가 그곳에서 살도록 하는 신중함을 보인다. 모든 식민지에 능력 있고 청렴한 관리를 파견한다. 그들에게 민정을 돌보도록 함으로써 정의에 대한 엄격한 존중을 심어 준다. 자신이 통치하는 사람들의 행복과, 모든 영예를 국왕에게 돌리는 것 이외에는 아무런 목적을 가지지 않은 총독을 식민지에 파견함으로써 다른 나라의 귀감이 되는 것이다.

하지만 내가 여행한 나라의 국민은 다른 나라에게 정복되어 노예가 되거나, 학살을 당해 쫓겨나고 싶은 의사가 없는 것 같았다. 금, 은, 설탕, 담배 등과 같은 것도 풍부하지 않았다. 그렇기 때문에 안타깝게도 우리의 성의 있는 용기나 관심에 대한 정당한 대상이 될 수 없을 것이다. 그러나 많은 사람들이 나와 의견을 달라 법정에 출두하게 되었을 때, 나보다 먼저 여러 나라를 방문했던 유럽인이 없었다는 사실을 취소할 준비가 되어 있다. 그 나라 사람들의 말을 그대로 믿는다면 말이다.

만일 그 나라를 정복한다면, 그것은 식민지 법률학자에게 맡기는 것이 좋을 것이다. 하지만 국왕의 이름으로 정복하기 위한 절차는 잘 생각나지 않았다. 생각났다고 하더라도 그때의 상황으로 봐서 신중하지 않을 수 없었다. 생명을 지키기 위한 방법도 생각하지 않을 수 없었기 때문에, 더 좋은 기회가 올 때까지 미루었을 것이다.

그 나라를 여행한 나에게 던져질 수 있는 마지막 물음에 대해 대답을 한 셈이다. 나는 마지막 인사를 독자들에게 한 다음, 레드리프에 있는 집으로 돌아갈 것이다. 그곳의 조그마한 정원에서 사색을 즐기며, 휴이넘에게 배운 덕성을 생활에 적용시킬 것이다. 집에 있는 야후들을 가르치며, 가끔씩 나의 모습을 거울에 비추어 볼 것이다.

시간이 흐르는 동안, 인간의 모습을 참고 견딜 수 있도록 길들이기 위해서다. 영국에서 살고 있는 휴이넘의 야만성을 슬퍼하지만, 나의 주인과 가족들, 친구들, 모든 휴이넘을 생각해서 언제나 존경을 가지고 그들을 대하려고 한다. 영국의 휴이넘은 말들의 나라에서 살고 있는 휴이넘과 비슷한 모습을 가지고 있는 영광을 누리고 있지만, 그들의 지적 능력은 이미 퇴화되어 버렸다.

지난주 나는 아내와 함께 식사하는 것을 허락했다. 아내는 기다란 식탁의 끝부분에서 식사를 했다. 나의 물음에 아주 간단히 대답하는 것도 허용했다. 하지만 야후의 냄새는 여전히 역겨웠다. 나는 향이나 담배로 코를 막았다. 나이 많은 사람이 이전의 습관을 고치기에는 힘들겠지만, 나중에는 이웃에 살고 있는 야후들의 이와 발톱을 겁내지 않고 함께 자리를 할 수 있을 것이라고 생각한다. 만일 야후들이 자연이 부여한 악덕과 어리석은 행위만 한다면, 쉽게 야후들과 화해할 수도 있었을 것이다.

나는 변호사, 소매치기, 대령, 바보, 귀족, 도박사, 정치가, 포주, 의사, 증인, 거짓말을 하도록 강요한 사람, 법정 대리인, 반역자 등을 만날 때에도 거의 화를 내지 않는다. 그러나 기형적인 몸과 정신을 가진, 병에 물든 사람이 자만심에 빠져 있는 것을 보면 나의 인내심은 무너져 내린다. 형편없는 동물과 자만심이 어떻게 서로 어울릴 수 있게 되었는지 도저히 이해할 수가 없었다.

이성에 의한 덕을 지닌 현명한 휴이넘에게는 이러한 악덕을 표현할 수 있는 단어가 없다. 야후의 나쁜 성격을 표현하는 단어를 제외하고는 말이다. 말들의 나라에서 살고 있는 야후조차 자만심이라는 악덕은 없었다. 야후들이 지배하고 있는 나라에서만 찾아볼 수 있는 악덕이었다.

하지만 경험이 많았던 나는, 그 나라의 야후들에게서도 초보적인 형태의 자만심을 발견할 수 있었다. 훌륭한 이성을 지니며 살고 있는 휴이넘은 자신들의 좋은 덕성에 대해 교만스러운 자만심을 가지고 있지 않았다. 이것은 내가 튼튼한 다리와 팔을 가지고 있다고 해서 다른 사람들에 비해 자만심을 가지고 있지 않은 것과 같다. 다리나 팔이 잘린다면 슬픈 일이지만, 어떠한 사람이라도 자신의 다리와 팔이 건강하다고 해서 교만한 마음을 먹지는 않을 것이다.

영국에서 살고 있는 야후들의 악덕에 가득한 사회를, 그래도 좋은 방향으로 개선하려는 희망을 가지고 나는 이 여행기를 쓰게 되었다. 그러므로 이러한 부도덕함을 조금이라도 가지고 있는 사람은, 다시는 내 앞에 나타날 생각조차 하지 않기를 이 자리에서 마지막으로 경고한다.

조너선 스위프트와 《걸리버 여행기》

신현철(문학평론가)

만약 걸리버의 《여행기》가 영국의 상황만을 묘사한 것이라면, 걸리버는 아주 보잘것없는 작가일 것입니다. 같은 악행과 어리석음이 도처에 퍼져 있습니다. 유럽의 모든 문명국가까지도 말입니다. 그렇기 때문에 한 도시, 한 지방, 한 국가, 한 시대만을 위해 쓰는 작가의 작품은 읽을 가치도, 번역할 가치도 없습니다.

— 퐁텐느 신부에게 보낸 스위프트의 편지(1727년 7월)

1

조너선 스위프트가 어떤 작가인지 알기 위해서는, 그의 유명한 에세이 〈겸손한 제안(A Modest Proposal)〉을 읽어 보는 것이 좋다.

그리하여 나는 겸손하게 제안합니다. 여기에 대해 어떠한 반발이라도 일어나지 않기를 진정으로 바랍니다. 나와 안면이 있는 런던의 유식한 미국인 친구 한 명이 나에게 말하기를, 잘 기른 건강한 어린아이는 한 살만 되면 찌거나, 튀기거나, 굽거나, 삶거나 간에 대단히 맛 좋고 영양 많고 몸에 좋은 음식이라고 했습니다. 어린아이는 고기요리나

야채요리에 써도 좋을 것입니다.

따라서 우리 모두 심각하게 생각해 보자고 겸손하게 제안합니다.

이미 산정된 12만 명의 어린 아이 가운데 2만 명은 번식용으로 남겨 두는데, 그 가운데 사내아이는 4분의 1정도면 충분할 것입니다. 사실 이것은 우리가 양이나 소, 돼지에게 허락하는 것보다 많은 비율입니다. 어린아이는 우리 같은 야만인들이 그렇게 대단한 것으로 생각하지 않는 결혼이라는 상황의 산물인 경우가 드물 것이기 때문에, 나의 판단으로는 사내아이 하나에 여자아이 넷 정도면 충분할 것으로 보입니다. 그리고 남은 10만 명은 한 살 정도 되었을 때, 나라 안의 지체 높은 사람들이 사가도록 경매에 붙이면 될 것입니다. 아이들의 어머니에게는 마지막 달에 충분히 젖을 빨려서 살이 포동포동하게 찌도록 충고해야 할 것입니다. 친구들을 초대한 식탁에는 아이 하나만 요리해도 두 접시가 나올 것입니다. 가족들끼리 식사를 할 때는, 아이의 4분의 1정도만 요리해도 훌륭한 음식이 마련될 것입니다. 후추와 소금을 약간 쳐 두었다가, 특히 겨울일 경우 4일째 되는 날 삶아먹으면 아주 좋을 것입니다.

스위프트의 문학은 아이러니로 가득 차 있다. 〈겸손한 제안〉은 아일랜드에서 많은 아이들이 버려지고 있다는 사실을 확인하는 것으로 시작한다. 수학자나 경제학자가 하는 것처럼, 일정한 수치를 통해 이러한 사태를 예증해 보인다.

이 글을 읽는 사람들은 스위프트가 어떤 목적을 위해 일부러 경제학자의 말투와 태도를 취하고 있다는 것을 알 수 있을 것이다. 그의 건조하고 현학적인 말투와, 그가 묘사하는 끔찍스러운 상황은 대조적이면서도 잘 어울리고 있다. 〈겸손한 제안〉의 잔인한 내용은, 그것이 표현된 합리적이고 냉정한 방식으로 스며드는 것이다. 이 글에서 우리가 받아들이는 긴장과 두려움은, 스위프트가 진담을 하고 있지 않다는 사실 때문에라도 줄어들지 않는다. 다시 말하면, 스위프트의 의도를 우리가 잘 이해했다고 하더라도 〈겸손한 제안〉의 충격이 사라지는 것은 아니다. 아이러니는 스위프트 문학의 전반을 감싸고 있다. 그의 문학은 아이러니의 문학이다. 우리는 스위프트의 작품 양식의 다양함과 그로테스크의 강력한 상호작용 그리고 잊을 수 없는 인간적인 불안감을 느끼게 된다. 이것은 스위프트의 작품을 읽는다는 것이 수동적인 것이 아니라 능동적인 일이라는 것을 의미하는 것이다.

2

조너선 스위프트는 1667년 더블린에서 영국계 부모의 유복자로 태어났다. 더블린에서 킬케니 스쿨과 트리니티 컬리지를 졸업했다. 제임스 2세의 왕위 양위와 그에 따른 아일랜드의 침공으로 인해 잉글랜드로 이주했다. 퇴역한 외교관이자 그의 친척인 윌리엄 템플 경의 집에서 지내면서 많은 책을 읽게 되었다. 엄격한 집안의 전통으로 마지못해 교회 계통의 일자리를 구한 스위프트는 풍자가로서의 재능을 발견하고 1696년에서 1697년 사이 종교와 학문에 관한 강력한 풍자 에세이 〈설교단의 이야기(Tale of a Tub)〉와 〈책들의 전쟁(The Battle of the Books)〉을 썼다. 하지만 스위프트는 서른 두 살의 나이에 목사가 되어서 아일랜드로 돌아오게 된다.

스위프트의 일생에서 수많은 추측을 불러 일으켰던 여인을 만나고 사랑했던 곳은 바로 템플 경의 집에서였다. 스위프트의 '스텔라(Stella)'라고 불렸던 에스더 존슨은 집사의 딸이었다. 그녀가 이제 막 소녀 시절을 벗어났을 때 처음 만났다. 스위프트는 그녀를 가르쳤으며, 인격을 형성하도록 도와주었다. 그리고 다른 누구도 사랑하지 못할 정도로 그녀를 사랑하게 되었다.

템플 경이 죽은 다음, 그녀는 스위프트의 권유에 따라 더블린으로 이주를 했다. 그 후에도 스위프트와 에스더 존슨은 꾸준하게 만났지만, 결코 단 둘이 만난 적은 없었다. 스위프트는 나중에 《스텔라의 일기(The Journal to Stella)》로 출판된 유명한 일기편지를 그녀에게 보냈으며, 매력적인 시들도 썼다.

그들이 비밀리에 결혼을 했는지, 하지 않았는지는 아직까지도 논쟁거리지만 그들의 관계가 서로에게 만족스러웠다는 것은 분명하다. 스위프트가 어린 소녀 헤스더와 뜻하지 않게 불러일으킨 열정도 스텔라에 대한 그의 헌신을 어지럽게 만들지는 못했다.

스텔라에 대한 일생 동안의 헌신과 헤스더와의 낭만적 열정을 즐겼던 스위프트는, 그 당시의 많은 유명인들에게도 사랑을 받았다. 애디슨, 포프, 존 게이, 볼링브로크, 옥스퍼드의 백작인 로버트 할리 등과의 친교는 그의 도덕적 완전성과 사교적인 매력을 증명해 준다. 스위프트의 풍자가 평생 동안 상처를 입은 병든 마음의 산물이라는 것은 우리에게 설득력이 없다. 스위프트는 성년이 되어 귀에서 환청이 들리고 어지럼 증세가 있는 병에 시달렸다. 이 질병으로 많은 고통을 받았으나, 결코 미친 것은 아니었다.

1739년 일흔두 살이 된 이후로 극도로 몸이 허약해진 그는 모든 직책에서 물러났다. 스위프트는 신학자였으며, 성서에 대한 논쟁자였다. 그는 성공회를 지지했기 때문에 잉글랜드와 아일랜드 모두에서 정치를 했다. 1710년 스위프트는 국민의 복지에 무관심한 휘그 당을 떠났다. 토리 당의 환영을 받은 그는, 당시의 가장 유명한 정치기자가 되었으며 《검사관(The Examiner)》이라는 당 기관지의 편집장을 지냈다.

아일랜드에서 스위프트는 명망 있는 지도자였으며, 영국의 지배에 대한 반발로 1724년에 있었던 아이리쉬 저항운동의 지도자가 되었다.

그는 M. B. 드래피어라는 가명으로 영국에서 제작된 10만 파운드짜리 새 동전의 유통을 반대하는 글을 연재하기도 했다. 그 돈은 가난에 찌든 왕국을 더욱 타락시킬 것이었다. 그 글을 쓴 사람이 누구인지 더블린의 사람들은 이미 알고 있었지만, 300파운드의 상금을 받기 위해 드래피어라는 인물의 정체를 알려 주는 사람은 아무도 없었다.

스위프트는 지금도 아일랜드에서 국가적인 영웅으로 존경받고 있다. 그는 묘비명에 '용감한 자유의 수호자' 라고 새길 수 있는 권리를 획득했다.

정치적인 일에 개입되어 있으면서도 스위프트는 당시의 사람들과는 다르게 보인다. 심오한 상상력, 신랄한 위트, 감정의 격렬함 때문에 그는 다른 작가들보다 위에 있다. 스위프트는 인류 혐오자라고도 불린다. 《걸리버 여행기》는 신랄한 인간 혐오를 드러낸다. 스위프트가 교황에게 보내는 편지에서 스스로를 인류 혐오자라고 부른 것은 사실이다. 그는 개개인은 사랑하지만, 일반적인 인간들은 싫어한다고 단언하고 '이성적 동물(animal rational)' 이라는 정의 대신에 '이성적일 수 있는 동물(animal rationis capax)' 이라는 새로운 정의를 내렸다. 그는 인간 자체에 대한 혐오를 드러내는 것이 아니라, 인간의 본성이 천성적으로 착하다는 당시의 낙관적 견해에 대한 반감을 보여 주는 것이다.

낭만주의자들과 범신론적 이성주의자들이 하는 인간의 본성에 대한 '박애적인 아첨' 에 맞서서 스위프트는 인간의 본성이 깊이 손상되어 있다는 견해를 주장하는 것이다. 이것이 스위프트가 즐겨 부른 인간혐오의 정신이다. 1745년에 노환으로 죽은 스위프트는 그의 묘비명에서, 심장을 찢어 놓는 맹렬한 분노에 대해 이야기한다. 이 분노는 이성적일 수 있는 존재, 즉 이성적 행동의 존재가 계속해서 그의 능력에 따라 살기를 거부하는 것을 지켜보는 가운데에서 일어난 것이다.

스위프트는 위대한 산문가다. 그는 좋은 문체에 대해 '적당한 곳에 적당한 단어를(Proper words in proper places)'이라고 정의했다. 분명하고 단순하고 단단한 어휘, 복잡하지 않은 문장구조, 경제적이고 함축적인 언어가 그의 글의 특징이다. 그는 문장의 장식과 기교를 피했다. 표현 하고자 하는 분노가 강하면 강할수록 그의 문체는 더욱 긴장되고 절제 된다.

3

　스위프트의 작품은 대단한 정열과 간결한 표현이라는, 두 가지의 공통된 특성을 가지고 있다. 그것은 아이러니 문학의 결정적인 무기여서 자기만족에 빠져 있는 독자의 안정된 태도에 균형을 잃게 만드는 것이다. 《걸리버 여행기》는 스위프트의 작품 중에서 가장 많이 읽히는 소설이지만, 또한 비평가들이 작품에 접근하고 가치를 부여하는 데서 가장 많은 어려움을 겪는 소설이기도 하다. 월터 스코트는 《걸리버 여행기》가 아주 어려우며, 스위프트의 재능이 인간의 본성 가운데 가장 나쁜 부분을 폭로하고 명예를 훼손하는 데 발휘되기는 했지만 그 재능만은 칭찬하지 않을 수 없다고 평가했다.

　하지만 댁커리는 《걸리버 여행기》에 대해 아주 신경질적인 비판을 가했다. 그는 이 책이 끔찍하고 창피하고 비겁하고 신성모독적이라고 평가하면서, 스위프트가 아무리 훌륭하고 위대하다 하더라도 우리는 그에게 야유를 퍼부어야 한다고 주장했다. 특히 이 책의 제4부 〈말들의 나라 휴이넘 기행〉은 어느 누구도 읽어서는 안 된다고 덧붙였다. 그것은 어떤 괴물이 까닭모를 비명을 질러 대고 인류를 향해 이를 갈며 저주를 퍼붓는 격이며, 품위라고는 한 조각도 남기지 않고 모조리 찢어 내며 모든 자부심과 수치심을 팽개쳐 버리고, 말도 더럽고 생각도 더러우며 분노를 촉발하는 외설스러운 작품이기 때문이라고 했다. 얼마 후에 에드먼드 고스는 마지막 항해의 끔찍한 추악상이 영어로 쓰인 가장 뛰어나고 재미있는 책 중의 하나인 《걸리버 여행기》의 제4부를 점잖은 영국가정에서 내쫓아 버렸다고 개탄했다.

이 책에 얽힌 가장 재미있는 사실은, '신중하고 심오하고 암울한' 풍자인 《걸리버 여행기》의 잔인한 재치가 지워진 채 아동용 도서가 되는 아이러니다. 19세기에서부터 현대에 이르기까지 스위프트의 소설에서 잔인한 재치의 부분을 무턱대고 삭제해 버림으로써 아동용 도서로 만들어 낸 것은 바로 비평가들이다. 이들은 어린이들에게 흥미가 있을 것이라고 생각되는 부분을 따라 선을 그어 버리듯이 삭제하고 편집해 버린 것이다. 스위프트의 재치는 책의 어느 부분에서나 끊임없이 작용하고 있고 아이러니도 폭넓게 퍼져 있기 때문에 어느 부분이든 삭제를 하면 전체적인 효과에 치명적인 손상을 입게 된다. 이런 점에서 영문학을 연구하는 사람이나 일반 독자 모두에게 《걸리버 여행기》의 완역은 반드시 필요한 일이었다.

사실 《걸리버 여행기》는 동화적 상상력과 환상이 풍부하게 드러나고 있다. 스위프트는 우리가 일상적으로 바라보는 현실을 달라 보이게 만든다. 현실은 더욱 작아지고 더욱 커지고 거꾸로 뒤집어 보이기도 하고 또 다른 현실로 변화되기도 한다. 스위프트는 새로운 현실을 창조한다. 그동안 억눌리고 숨겨 왔던 삶의 이면이 드러나는 순간이다. 《걸리버 여행기》를 읽는 일에 있어서 많은 혼란과 당혹스러움은 이 소설을 단일한 하나의 의미, 하나의 윤리, 하나의 결론에 고정시키려는 욕망에서 나온다. 우리의 단일한 의미 파악의 욕망이 책읽기의 혼란을 가져오는 것이다. 이러한 혼란의 그물은 스위프트를 이해하는 여러 관점의 분열을 일으킨다. 과연 스위프트는 비관론자인가? 여성 혐오자인가? 기독교 성직자인가? 정신병자인가? 염세주의자인가? 등의 물음들이 스위프트를 가두고 있는 것이다. 하지만 이러한 물음들은 모두 표적을 벗어난 것이다. 다양한 의미의 관점을 통한 책읽기만이 《걸리버 여행기》의 올바른 '의미'에 접근할 수 있도록 해 줄 것이다. 스위프트의 작품에 대한 단일한 견해가 그의 소설을 이해하고 설명하는 데 도움이 될 수는 있겠지만, 결코 그의 소설을 다루는 지배적인 원칙이 될 수는 없다.

4

《걸리버 여행기》는 《로빈슨 크루소》와 함께 앤 여왕이 다스리던 어거스틴 시대의 가장 유명한 대표적인 소설이다. 스위프트는 런던에서 소사이어티라는 이름으로 알려진 정치문학 모임의 회원이었다. 1713년 후반에 소사이어티는 스크리블러스 클럽으로 발전하게 된다. 아버드너트 박사, 포프, 존 게이, 파넬, 로버트 할리까지 포함된 이 모임은 정치보다는 재치와 풍자적인 저술에 더욱 많은 관심이 있었다. 스크리블러스 클럽의 회원들은 학식의 허위적 성향을 풍자하는 데 커다란 흥미를 느꼈다. 이들은 이상주의 철학자 버클리의 개념을 냉소적으로 비판하기도 했다.

포프는 1727년에 《미셀러니스》에서 언급되고, 1741년에 만들어진 《스클리블러스 비망록》을 발간했다. 이 책은 스크리블러스 회원들의 합동 작품집이었다. 〈스크리블러스의 여행에 관한 몇 가지 힌트〉라는 글을 포함한 이 작품의 제16장과 《걸리버 여행기》의 항해에 관한 서술 사이에는 서로 상응하는 점이 많았다.

특히 래가도의 아카데미 연구계획은 《스크리블러스 비망록》에 되풀이되고 있다. 이것은 스위프트가 《스크리블러스 비망록》을 위해 재수록했다기보다는 포프가 《걸리버 여행기》를 이용했을 가능성이 많다.

앤 여왕의 사망 직후인 1714년 8월 24일에 스위프트는 런던을 떠나 더블린의 사제직으로 물러났다. 스스로가 철저한 망명 생활이라고 생

각했던, 더블린에서의 6년 동안의 생활에 대해서는 별로 알려진 것이
없다. 스위프트는 어떠한 출판물도 내지 않았으며, 편지에도 별다른 사
연을 적지 않았다. 그러나 1721년 4월 15일자로 스위프트는 친구인 찰
스 포드에게 다음과 같은 내용의 편지를 썼다.

> 나는 지금 여행기를 쓰고 있습니다. 그 여행기는 두꺼운 부피를 가
> 진 책이 될 것입니다. 우리에게 전혀 알려지지 않은 나라의 이야기입
> 니다. 하지만 건강이 별로 좋지 않아서 진도가 느립니다.

그 당시 스위프트는 나중에 《걸리버 여행기》라고 알려진 책을 쓰고
있었다. 스위프트는 친구들에게 보낸 편지에서 《걸리버 여행기》의 진
행에 대해 여러 번 언급하고 있다. 스위프트가 《걸리버 여행기》를 집필
한 순서는 지금 우리가 볼 수 있는 대로의 순서와 같지 않다. 여러 나라
에 대한 여행기를 쓴 다음, 나중에 다시 순서를 정하여 실은 것이다. 스
위프트는 포드에게 보낸 여러 편지에서 이렇게 밝히고 있다.

> 나는 말들의 나라를 떠나서 하늘을 나는 나라에 와 있습니다. 이곳
> 에서 오랫동안 머물 생각은 없습니다. 나의 마지막 두 여행은 곧 끝날
> 것입니다.
>
> — 1724년 1월 19일

> 나는 지금 여행기를 끝내고 정서를 하는 중입니다. 이 책은 아주 훌
> 륭한 책으로 혼탁한 세상을 바로 잡을 수 있을 것입니다.
>
> — 1725년 8월 14일

나는 여행기를 마무리하고 고치고 다시 쓰고 정서하는 데 시간을 보

냈습니다. 새로 보탠 것과 함께 모두 네 부분으로 완결을 보았습니다. 세상이 이 작품을 받아들일 만한 자격을 갖추고 있기를 바랍니다. 하지만 그 무엇보다도 인쇄업자가 감옥에 갇히는 것을 각오할 용기를 갖게 되면 출판해 볼 생각입니다.

— 1725년 9월 29일

이 편지는 스위프트가 초기 단계에서부터 《걸리버 여행기》의 발표와 출판에 대해서 무척 신경을 쓰고 있었다는 것을 알려 준다.

이 소설의 잉태 기간은 약 15년 동안에 걸쳐 이루어졌으며, 실제로 집필에 종사한 것도 1721년에서 1725년까지 적어도 5년 이상이 걸렸다. 이 소설에서 직접 언급된 정치적 사건들은 주로 집필 기간 동안에 일어난 일들이다. 집필한 순서와는 다른 순서로 용의주도하게 엮어져 있다. 스위프트는 이 소설을 자랑스럽게 생각했으며, 이것을 사람들에게 발표하는 방법의 중요성을 의식했고, 선동적 명예훼손죄로 제소될 위험성이 있음을 알고 있었다.

발표에 있어 세심한 주의는 인쇄를 둘러싸고 일어난 이상한 사건들로 실증이 된다. 스위프트는 1726년 3월 초에 런던을 방문해 다섯 달가량을 머물렀다. 그는 분명히 《걸리버 여행기》의 원고를 가지고 있었는데도, 아일랜드로 돌아가기 2~3일 전까지 출판에 필요한 아무런 조치를 취하지 않았다. 8월 8일에 스위프트가 부르고 존 게이가 쓰고 걸리버의 삼촌 심프슨이라고 서명된 편지가 유력한 출판업자인 벤자민 모트에게 송부되었다. 편지에는 원고의 내용에 대한 소개도 동봉되었는데, 아마도 다른 사람이 옮겨 썼을 것이다. 스위프트 쪽에서 지체한 것은 이 때문이었을 것이다.

작품을 출판할 의사가 없으면 원고를 돌려 주고, 만약 출판하겠다면 3일 이내에 200파운드를 보내 달라고 했다. 그러면 《걸리버 여행기》의

원고를 모두 보내겠다는 내용이었다. 모트는 8월 11일자의 답장에서 원고의 출판은 승낙하겠으나, 그렇게 빠른 시일 안에 200파운드의 돈을 줄 수는 없으며 원고를 보내 주면 즉시 출판하고 성공을 거두면 6개월 이내에 200파운드를 지불하겠다고 했다.

심프슨은 8월 13일 이 조건을 수락했으며, 스위프트는 8월 15일에 런던을 떠났다.

심프슨이라는 이름으로 출판을 하게 된 것은 이 작품이 정치적으로 위험했기 때문이다. 그는 모트에게 보낸 편지에서 약간 풍자적인 구절이 이 책에 포함되어 있음을 인정하고, 출판을 승낙하기 전에 변호사와 상의를 해 보도록 요청하고 있다.

이 과정을 보면 10월 28일에 나온 이 작품의 교정을 스위프트 자신이 보지 않았다는 것을 알 수 있다. 출판은 즉각적인 성공을 거두었으며, 1726년 한 해에 3판을 거듭했고 두 개의 신문에 연재되기도 했다. 하지만 스위프트는 어느 편지에서 작품의 원문이 심하게 난도질을 당해 덧붙여지기도 하고 삭제되기도 했다고 주장했다. 1727년 1월 스위프트는 《걸리버 여행기》의 내용에 대한 교정을 모트에게 보냈다. 그리고 1735년에 더블린의 인쇄업자인 포크너가 스위프트 자신이 직접 교정을 본 완성본을 출간했다. 《걸리버 여행기》의 내용이 당시의 직접적인 정치, 법률, 사회에 대한 풍자와 관계가 있었으므로 포크너마저도 제3부 제3장의 끝부분은 정치적으로 너무 위험하다고 해서 삭제해 버렸다.

5

스위프트의 풍자는 인간성과 사회생활의 통제된 표현이라고 볼 수 있다. 그것은 인간성의 기본적 모순인 이성적 억제와 동물적 충동, 올바른 판단과 오류, 무지와 지식, 진정한 신앙과 환상, 자유와 전제국가의 사이에서 전개되는 대립과 갈등에 대한 스위프트의 관점이다. 그는 자신의 묘비명에서 '용감한 자유의 수호자'라고 말했는데, 여기에서 자유라는 말은 18세기의 정치와 지성을 포함한 아주 넓은 뜻으로 이해되어야 할 것이다.

스위프트는 성직자였으며 애국자였다. 그러나 풍자가는 성직자 이상이며 애국자보다도 더욱 위대하다. 스위프트의 의식은 그의 영국적 합리주의에서 비롯되었을 것이고, 그가 속한 아일랜드 교회의 보수주의에 의해 더욱 강화되었을 것이다. 하지만 작품으로서의 《걸리버 여행기》는 그의 의식에 대한 논증을 예시하기 위한 우화에 그치는 것은 아니다. 이 작품은 소용돌이치는 감성과 재치의 물결에 과감하게 대항하고, 그 위에 새겨지지 않을 수 없었던 일련의 문양이다. 그 문양은 스위프트의 탁월한 수사학적 재능을 말해 준다. 그리고 그 감각과 재치는 스위프트가 가진 재능의 위대한 힘이며, 그 표시의 결과다. 결과적으로 나타나는 것은 줄기찬 불확실성의 효과라고 표현될 수 있는 것의 효과다. 독자는 항상 여기에 반응을 보이며, 이러한 의미에서 《걸리버 여행기》는 스위프트 당대의 분쟁, 선입관, 정치, 논쟁, 신념과 심지어 자신의 신앙까지도 초월한다. 스위프트의 기독교 정신, 아일랜드 출신으로서의 입장, 왕당파의 정신, 지성적 보수주의 등 개개의 사실이 그의 풍자를 구성하는 요소들이다. 스위프트는 자신의 격렬한 개성의 힘, 논증에 대한 애착심, 재치, 새로운 개념과 과학, 언어에 대한 심각한 의혹을 모두 여기에 부여한다.

이것이 어떻게 작용하는지에 관한 좋은 실례를 스위프트의 이른바 분변학적(糞便學的) 문장에서 발견할 수 있다. 스위프트의 배변과 배설물 등에 관한 편집증(偏執症)에 대한 논의는 그의 개성의 평가 기준에 미쳐서, 단순히 18세기의 작가들은 후대의 작가들보다 저속했다는 말로는 다루어지지 않는다. 독자에 대한 교란 작용이 진정한 논제이며 어렵고도 값진 연구인 것이다.

스위프트는 질서와 무질서 사이의 장난을 허용한다. 그는 정치적 소책자에서부터 역사적 저술에 이르기까지 자신을 전지적이고 절대 틀림이 없는 것으로 나타나야만 한다고 느낀다. 그래서 당연히 심리학적 비평을 초래하게 되는데, 이들은 스위프트가 자신의 초자아가 하는 판단에 실질성을 부여하려고 노력한다고 평가한다. 그러나 독자에게 남는 전체적 인상은 오히려 개인적 불확실성과 전통적 질서 또는 방향적 재치와 수용 사이에 있는 팽팽한 긴장감이다.

작품의 중요한 측면에 있어서 우리의 주의를 끄는 것은 걸리버가 작은 사람들의 나라, 큰 사람들의 나라, 하늘을 나는 나라, 말들의 나라에서 혼자 남게 되는 네 가지 경우 사이에 존재하는 대조다. 이야기를 전개하기 위해서 스위프트는 어떻게 해서든지 걸리버를 혼자 남도록 무척이나 애를 쓴 흔적이 보인다.

그러나 스위프트가 사건을 꾸며 내는 방식에는 약간의 발전이 있는 것 같다.

첫 항해에서는 불가피한 사건이었던 격심한 폭풍우와 앤틸로프 호의 파선에 원인이 있다. 바람이 너무 강하게 불어 왔기 때문에 어떻게 할 방도가 없었고, 북쪽에서 불어 온 돌풍이 여섯 명의 선원들을 태운 보트까지 뒤집어 버리고 걸리버만 남겨 놓는다.

두 번째 항해에서는 처음 부분에서 전문 용어를 동원하는 항해술이 강조되고 있다. 어드벤처 호가 브롭딩낵에 닿았을 때, 물을 찾아서 상륙했던 선원들이 걸리버를 남겨 두고 달아남으로써 혼자 떨어지게 된다. 이 사건은 부분적으로 우연인 것이다.

세 번째 항해의 첫머리에서 이번에는 걸리버가 실질적으로 지휘하게 된 배가 당하는 운명이 조금 복잡하다. 무역을 하기 위한 항해에서 호프웰 호에 상품을 싣는 본래의 업무는 제쳐 두고 돛이 달린 배를 구입해 교역을 하다가 해적들에게 사로잡힌다. 해적들은 숙달된 선원이었으며, 자신의 생명을 중시하지 않는다. 그들은 항해라는, 서로의 협조가 필요한 작업에서는 일종의 질서와 지배체제를 가지고 있었지만 법률적 종교적 권위에 의한 제재가 없었다. 해적들의 이상한 세계에 대한 매력은 오늘날까지도 집요하게 계속되고 있다. 디포우는 재미있는 사회 경제학적 서문을 붙여서 공들인 《일반 해적사》라는 책을 썼다. 해적에 관한 근대 문학은 주로 도덕적 판단에 더욱 관심이 있는 비전문적 역사가인 작가들에게서 나온 것 같다. 그러나 스위프트는 그 행동의 잔학함이 극단적으로 이교적인 정도에 이른 네덜란드 선장과 이교도이면서도 관대함을 베푸는 일본인 선장을 소개함으로써 해적의 모습을 복잡하게 만들어 놓는다. 여기서는 조작화된 약탈행위와 위험한 잔학행위라는 질서 속에서 심술궂게 발휘되는 인간성의 악함이 걸리버가 고립되게 하는 이유이다.

네 번째의 항해가 시작되었을 때, 걸리버는 외과 의사나 하급 선원이 아닌, 어드벤처 호의 선장이라는 유리한 제안을 받아들인다. 그러나 부하 선원의 일부가 열병으로 죽었기 때문에 발바더즈와 리워드 군도에서 선원을 모집한다. 새로 모집한 선원의 대부분이 해적들이었기 때문에 이들은 반란을 일으켜서 지휘권을 찬탈하게 된다. 걸리버는 어느 바닷가에 버려짐으로써 방해가 되지 않게 제거된다. 이 반란 집단은 확실히 선원이 아니다. 그러나 이들의 나쁜 행동에도 구별을 지을 수 있다면, 그들의 행동은 전적으로 나쁘기만 한 것도 아니다. 걸리버를 죽이지 않았을 뿐만 아니라 몸을 뒤진다거나 탈취하는 일도 없이 소지품을 가지도록 허용했기 때문이다. 걸리버의 마지막 항해에서의 고립은 비능률적인 인간 행동의 산물이며, 대부분은 사악하지만 약간의 비능률과 약간의 선량함, 약간의 우연이 섞여 있다. 위험은 자기 자신의 '사회' 즉 반란으로부터 닥친다. 이것은 해상의 범죄 중에서 아직도 가장 중한 처벌의 대상이다. 신임에 대한 배반의 주제는, 걸리버의 동료로서 이름이 나오는 로버트 퓨어포이와 해적들 가운데 한 사람인 제임스 웰치에 의해서 강조되고 있다. 배반의 주제는 세 번째의 항해에 이어 일관되게 진행되는 주제로서 제5장 부분에서의 변호사에 대한 토론이나 제6장 처음에 나타나는 금전에 대한 논의 또는 제12장에서 걸리버가 훌륭한 문장이라고 소개하는 버질 인용구에 나타나 있다.

운명이 시논을 불행하게 만들더라도, 나는 위선을 받아들이거나 거짓말을 하지 않을 것이다.

이것은 자신의 불행(휴이넘으로 태어나지 않은 것에 대한 불행)과 거짓말에 대한 거부(그러므로 휴이넘의 덕성을 주장한다)를 결합하는 인용으로 적당하다. 하지만 이것은 스위프트의 글에서 찾아볼 수 있는 대단한 아이러니다. 버질의 시에서는 이러한 연설 자체가 거짓말이며, 걸리버가 부적당하게 자기 자신과 연결시킨 시논은 트로이 전쟁에서 목마의 계략으로 성문을 통과하는 데 성공한 그리스의 배반자인 것이다.

그러나 스위프트의 이런 복잡한 농담은 제쳐 놓더라도 네 번의 항해에서 고립화되는 이야기에는 필연으로, 우연에서 있음직한 실수로, 다시 외부적 악으로, 또다시 내부의 배반으로 진행되는 과정이 있다. 배반은 또한 열병에 의한 선원들의 죽음과 같은 우연과 섞여 있다. 걸리버는 서부 인도에서 새로 모집한 수가원들이 해적일 가능성이 높다는 것을 모를 만큼 지휘자로서는 서툴다. 단지 그가 알고 있는 것은 훌륭한 항해술뿐이다. 이것은 내부의 배반과 이성의 부패를 선명하게 보여준다. 각 항해마다 그 시초부분을 잘 살펴보면, 제4부가 이야기의 종말이나 진정한 의미의 중심이 아니고 다른 항해를 거치면서 다다른 의미의 좀 더 복잡한 진술이라는 느낌을 받게 된다.

풍자가 스위프트는 《걸리버 여행기》에서 인간에 있어서의 선의 가능성과 역사, 경험, 자기 능력의 실현이 모두 우리에게 보여 주는 비열한 행동과의 사이에 전개되는 갈등에 대해서 독자들로 하여금 강인하게 버티도록 강요한다. 이 슬픈 상황은 너무나 확실하고 너무나 명백하지만, 그래도 이 작품에는 약간의 조절된 희망이 있다. 과거는 실패의 모습을 전개해 보이지만 실패는 도달되지 않는 어떤 목표나 목적 없이는 존재할 수 없다.

성직자 스위프트는 명백히 이러한 목표를 보고 있었을 테지만 풍자가로서의 결론은 모든 재치와 힘의 표현이 있은 다음에도 여전히 불확실한 것으로 남는다.

풍자 작품은 해설자나 비평가들에 의해서 작품에 통일적인 유형을 강요당한다. 이것이 그들에게 스위프트에게 줄 수 있는 찬사일 것이다.

옮긴이 **신현철**

경북 영주에서 태어나 경희대 문리과대학을 졸업하였다. 1990년《중앙일보》신춘문예 평론으로 당선되었고, 현재 문학평론가로 활동 중이며, 유네스코 번역가연맹 회원이다. 옮긴 책으로는《죽은 병사의 전설》《마르크스와 데리다》《우울한 봄》《공주를 찾아서》《세븐》등이 있다.

걸리버 여행기

초　판　　1쇄 발행　1992년　7월　7일
초　판 103쇄 발행　2010년　8월　3일
개정판　36쇄 발행　2025년　4월 25일

지은이 | 조너선 스위프트
옮긴이 | 신현철
발행인 | 강봉자 · 김은경

펴낸곳 | (주)문학수첩
주　소 | 경기도 파주시 회동길503-1(문발동633-4) 출판문화단지
전　화 | 031-955-9088(대표번호), 9534(편집부)
팩　스 | 031-955-9066
등　록 | 1991년 11월 27일 제16 -482호

홈페이지 | www.moonhak.co.kr
이메일 | moonhak@moonhak.co.kr

ISBN 978-89-8392-077-5 03840

* 파본은 구매처에서 바꾸어 드립니다.